ALEXIA CLEMENS

# RED PYTHON
## TRUST ME

# Prologue

**Saul**

Un silence de mort règne dans la voiture. Je n'ose même pas allumer la radio, par peur qu'il déraille, que sa patience s'effrite davantage. Son calme m'inquiète, il n'a pas prononcé un mot depuis que nous avons quitté la soirée. Un simple « on se casse » et depuis, plus rien.

Mes doigts se resserrent sur le volant tandis que j'accélère, dépassant les limitations de vitesse. Je n'ai qu'une hâte, que toute cette mascarade se termine. La route est en travaux depuis des siècles, mais je la connais par cœur, je la traverse tous les jours à moto avec mon daron.

– En plus de baiser ma sœur, tu veux nous tuer ? crache finalement Ash sur ma droite.

Je me crispe en jetant un coup d'œil au rétroviseur central. Lara me regarde, les yeux brillants de larmes. Elles n'ont pas cessé de couler depuis qu'on est partis. Putain, même comme ça elle est magnifique. Je crois que je suis tombé amoureux d'elle la première fois que j'ai croisé ses iris couleur caramel. Il y a un paquet d'années, donc. Elle m'a toujours été interdite, alors j'ai résisté. Enfin, jusqu'à il y a quelques semaines.

Ash se foutait de ma gueule au bahut. Je recalais toutes les nanas dans leurs tentatives désespérées de séduction. Même un plan baise ne me tentait pas. J'avais l'impression de tromper Lara, bien avant qu'il ne se passe quelque chose entre nous. Dans mon esprit, déjà, nous avions un lien implicite, une sorte de pacte. Je me suis toujours dit que lorsque son frère, Ash, qui n'est autre que mon meilleur pote, serait prêt à encaisser la nouvelle, je lui aurais parlé de mon amour pour sa sœur. Je savais que c'était réciproque. Elle ne me l'a jamais caché. Moi non plus.

Mais cet été, tout a dérapé. Une soirée, un peu trop d'alcool et de fumette, un mec trop insistant envers elle, et j'ai explosé. Je n'ai pas pu me contenir, j'ai collé mon poing dans la tronche de cet enfoiré et je me suis tiré avec elle. L'attraction était telle que j'ai franchi le fameux cap, celui que je voulais atteindre en douceur. Premier baiser rapidement devenu sa première fois. On a fait l'amour à l'arrière de ma caisse, pas très romantique pour lui prendre sa virginité ! Mais c'était magique.

Après avoir goûté à ses lèvres, puis à son corps, je n'arrivais plus à m'en passer. Je la retrouvais en catimini une fois qu'Ash dormait ou qu'il était occupé à baiser une énième nana. J'ai besoin de Lara, dans son ensemble, mais surtout de son amour. Avec elle, je me sens vivant certes, mais surtout moi-même, sans artifice. Je ne suis pas seulement le fils du chef des Red Python. Non, je suis Saul, juste Saul Adams.

Je suis convaincu qu'Ash ne le comprendrait pas. Il n'a jamais été amoureux. Il n'a jamais senti les battements de son cœur devenir frénétiques lorsque ses yeux croisent celui de la bonne, la seule et unique. Il n'a jamais embrassé une fille en se disant qu'il pourrait en crever tant c'est bon. Il n'a jamais serré la nana qu'il aime dans ses bras, certain que c'est la meilleure place du monde. Non, lui, il baise.

Ce soir, nous avons été imprudents. Vodka, quelques joints, et, ni elle ni moi n'étions plus aptes à nous contenir. Nous avons fait l'amour dans une des chambres à l'étage de la baraque de Tex, un pote du lycée, et j'étais persuadé que j'avais fermé la porte à clé. Mais dans le feu de l'action, il faut croire que j'avais d'autres préoccupations. Je me suis planté. J'ai merdé. Il nous a vus. Il a vu son meilleur pote, pantalon sous le cul, dans un pieu avec sa petite sœur, robe retroussée sur sa taille, culotte déchirée au sol.

– Je ne baise pas ta sœur, contré-je en tentant de garder mon calme.

– Putain, ferme ta gueule ! J'vous ai vus de mes propres yeux !

– Je ne *baise* pas ta sœur, affirmé-je de nouveau, ma voix s'élevant légèrement.

Je lui fais l'amour, avec toute la douceur qu'elle mérite. Je vénère son corps comme une œuvre d'art authentique qui aurait sa place dans un musée. Je chéris ses caresses comme un putain de trésor. Lara n'est pas une meuf qu'on baise. C'est une déesse. *Ma* déesse.

– Tu ne sais rien du tout, ajouté-je, alors tais-toi.

– Quoi ? Tu vas me faire croire que vous êtes fous amoureux l'un de l'autre ?

– Bah ouais, ducon ! Et si tu te sortais un peu la tête du cul, tu l'aurais vu depuis longtemps !

Je regrette ces paroles à peine ont-elles franchi mes lèvres. Ash a beaucoup de défauts, mais il est loin d'être égoïste. Il donnerait sa vie pour Lara. Et pour moi… Du moins avant qu'il ne sache que je couche avec sa sœur.

– C'est ma sœur putain ! Et toi, tu es comme mon frère. Tu captes le souci, là ?

Je lâche un rire amer qui, visiblement, fait céder ses dernières barrières. Alors que j'approche d'un virage, Ash envoie son poing dans mes côtes. J'accuse le choc en contractant mes abdos et je perds un instant le contrôle de ma bagnole. Je donne un coup de volant pour me remettre sur la voie de droite, faisant passer ma main gauche sur mon épiderme douloureux. Heureusement qu'aucune voiture n'arrive en face. Je m'apprête à incendier Ash lorsque Lara apparaît entre nous. La tête entre les deux sièges, elle nous regarde à tour de rôle.

– Arrête Ash ! crie-t-elle. Mais tu vas nous faire rentrer dans le paysage ! Bon sang… J'aime Saul ! Et il m'aime.

Elle conclut sa phrase dans un murmure.

– Mon cul ! s'écrit-il. C'est un queutard qui ne pense qu'à baiser ! Et toi ? Toi, tu fais ta salope, c'est tout. Il te kiffe parce que tu écartes les cuisses un peu trop facilement, ou bien c'est ta bouche que tu ouvres un peu trop grand ?

Fou de rage, je tourne la tête vers lui. Putain, il ne parle pas réellement de Lara, là ?

– J'vais te buter, hurlé-je en empoignant son col d'une main, l'autre tenant toujours le volant.

Ma vue alterne entre la route et mon pote qui me regarde avec des yeux vitreux qui transpirent la haine et la colère.

– Saul, calme-toi, s'il te…

Ash me balaie d'une droite qui me fait perdre la route des yeux quelques secondes. La bagnole fait une nouvelle embardée que je rectifie dans la foulée. Il me tient par le col en continuant de beugler. J'essaie de garder mon calme et de me concentrer sur ce qui se passe devant moi.

– Putain, ne lui parle pas comme ça !

Ash laisse éclater un rire gras et sans joie, mon polo toujours dans son poing.

– Depuis quand t'es le justicier de ces dames ? ricane-t-il. T'es qu'un enculé, Saul. J'vais aller baiser Aria juste pour que tu voies ce que ça fait.

À l'évocation de ma sœur, je donne un coup dans son bras pour lui faire lâcher sa prise, puis je plante mon regard dans le sien. Mes muscles se contractent et ma respiration s'accélère.

Il touche une corde sensible, et il le sait. Parce qu'on s'est toujours dit qu'il ne fallait pas jouer avec la famille. Mais je ne joue pas dès qu'il s'agit de Lara.

– Reparle une seule f…
– Attention ! hurle-t-elle.

J'ai beau tourner mon visage vers la route, je ne vois qu'une masse que je percute. Un sanglier, ou une biche, je n'en sais rien. La voiture part dans tous les sens, tout se passe vite, trop vite. Je perds la maîtrise.

Puis vient un choc. Et le silence. Un putain de silence. J'ai l'impression que tous mes membres souffrent de ces secousses. Je bouge mes orteils, mes doigts, tout est douloureux, mais répond. Paniqué, je jette un coup d'œil à Ash dont un débris est planté dans la cuisse, mais il ne semble pas s'en préoccuper. Je remonte vers son visage, son regard est figé, et quand mes yeux prennent la même direction, mon monde s'écroule.

L'éternité devient éphémère.

Le silence éternel.

La douleur sans fin.

Un cri. Une larme. Les ténèbres.

Et dans un dernier souffle, une part de moi s'éteint à jamais.

Plus rien ne sera jamais pareil.

# 1

**Romy**

Je remue mon mug rempli de chocolat chaud en scrutant la télévision sur une chaîne d'information locale. Après un énième règlement de compte dans un appartement cossu du quartier de Magnolia Center, le direct montre une manifestation qui a lieu devant la mairie. La population se plaint de l'insécurité, condamne les gangs et autres clubs de bikers bien présents dans notre charmante ville, mais aussi la police locale qu'elle juge incompétente.

Toujours la même histoire. À tout point de vue.

D'où je viens, le taux de criminalité est dix fois plus élevé, à l'inverse du niveau de vie. Détroit est la ville enregistrant le plus grand nombre de crimes violents aux États-Unis. Ici, ils ont la chance de vivre sous le soleil trois cent cinquante jours par an, leurs rues sont goudronnées et jonchées de palmiers, leurs commerces sont pour la plupart guindés tout comme les gens qui y vivent. Je ricane, amère. Ils ne voient que la partie émergée de l'iceberg.

Même si le cadre de vie est idyllique à Riverside, j'ai laissé à Détroit mon père, la seule famille qu'il me reste.

Depuis ma mutation forcée dans le commissariat central de Riverside il y a maintenant quinze mois, je subis. J'ai beau être lieutenant, je suis affectée aux tâches les plus ingrates, celles que personne ne veut faire. La plupart du temps, je me sens inutile ou je m'ennuie sévère, au choix. Chaque affaire qui pourrait m'apporter un peu de frissons me passe sous le nez. Et clairement, je n'ai pas mon boss dans la poche.

*On est loin de ce que Mme Goodwill, à la tête de la police des polices, m'avait vendu…*

Je soupire, lasse, et baisse mon regard sur le dossier qui est posé sur mon plan de travail. Je relie l'ordre de mission de ma matinée.

« Lieu : Sierra Academy
Objet : Sensibilisation à la sécurité routière
Intervenant : Association *L.A. Security & Riverside*

*Police Department*
Début de réunion : 10 h 00 »

L'avantage de cette obligation professionnelle, c'est que je forme un duo avec le seul ami que j'ai ici, Fitz, qui dirige l'association. Nous savons tous les deux rendre nos interventions dynamiques et intéressantes pour des jeunes qui viennent tout juste d'obtenir leur permis de conduire, ou qui l'ont depuis peu, et qui ne pensent qu'à s'amuser. Les responsabiliser est essentiel.

Mon téléphone vibre sous la chemise cartonnée qui contient toute la paperasse qu'il me faudra remplir plus tard pour la remettre à mon supérieur. Tiens, quand on parle du loup !

– Fitzy ! Ça gaze ?

Il éclate de rire à l'autre bout du fil.

– Romy, on ne dit plus « ça gaze » depuis 1902.
– T'es déjà en route ? le questionné-je en ignorant sa remarque.

Si le lycée où nous devons intervenir n'est qu'à une dizaine de minutes de chez moi, et à une quinzaine du commissariat, son temps de trajet à lui avoisine les quarante-cinq minutes !

– Ouais, je suis parti y a vingt bonnes minutes.
– D'ac. Je vais me préparer alors. On se rejoint devant ?
– Ouais.

Toc de mon meilleur ami. Ponctuer ses phrases, ou les commencer, avec des « ouais » nonchalants et irritants.

– On dit pas ouais, on dit oui ! m'amusé-je.
– Vas-y, tu m'saoules, réplique-t-il, piqué.

Ah, mais qu'il est lunatique celui-là !

– Laisse ta mauvaise humeur dans ta caisse avant de me rejoindre, réponds-je sans cacher mon agacement. J'ai franchement pas envie que tu me pètes les couettes aujourd'hui.

Et je raccroche sans attendre de réponse. Je sais qu'il ne se formalisera pas du ton que j'ai employé, ni de lui avoir raccroché au nez. Il fait de même dans ses phases de mesquinerie. Parce qu'il est comme ça : toujours en colère, à vouloir attaquer pour se défendre d'agressions qui n'existent que dans sa tête. Il se sent persécuté, tout le temps, pour tout et n'importe quoi. Peu de personnes le remettent en place, mais moi, je ne me gêne pas.

Je n'ai pas pour habitude de me laisser marcher sur les pieds.

Quand je me souviens de notre première intervention ensemble, j'en ris encore. Fitz pensait que parce que j'étais une femme, je n'étais pas qualifiée pour discuter du Code de la route, de l'importance de la sécurité au volant et de tous les dangers qui viennent remettre en cause une bonne conduite. Il n'a pas été déçu de mon discours ni de notre dispute qui a suivi. Mais lorsqu'il a fallu renouveler l'expérience, il a demandé à mon supérieur que ce soit moi qui l'accompagne, ce que je fais depuis un an environ.

J'enfile mon uniforme et vérifie que ma panoplie du flic parfait est en place avant de me rendre à la Sierra Academy. Je patrouille toujours avec un véhicule de police, mais dès que c'est possible, je sors avec ma voiture, même si je dois retourner au commissariat après mon intervention. Ma vieille Ford Mustang Mach de 1971 blanche avec une épaisse bande noire au centre du capot pourrait se trouver actuellement dans un musée. Mon grand-père l'a achetée pour ses 40 ans, mon père en a hérité il y a dix ans avant de me la léguer à son tour. Ce bijou me donne toujours des frissons. Pour autant, c'est la voiture d'à côté vers laquelle je me dirige. Une flambant neuve aux couleurs de la police locale. Je monte à l'intérieur et mets le contact sans attendre.

Le trafic est fluide à cette heure-ci, le soleil brille déjà dans un ciel bleu sans nuage. La journée va être chaude aujourd'hui encore, comme hier et avant-hier. Quand le thermostat atteint les trente-cinq degrés à l'ombre avant midi, on sait qu'on va morfler, suer, coller.

Parfois, je m'interroge sur la raison pour laquelle je n'ai pas demandé à mon père de me pistonner, de rendre cette punition plus agréable pour éviter d'être entourée d'hommes arriérés qui n'apprécient pas mes compétences à leurs justes valeurs. Mais je suis très vite rattrapée par les images sordides qui me hantent depuis cette fameuse nuit…

*Tu sais pourquoi tu ne l'as pas fait, parce que tu ne le mérites pas !*

Je soupire à cette simple pensée. Je ne peux pas m'empêcher de me dire qu'aveuglée par ma soif de vengeance, mes actes ont peut-être gâché ma vie.

Parfois, j'ai l'impression de n'être que déception pour ma famille… Mon père a fini commissaire de la police de Détroit. C'était le grand patron. Avant lui, mon grand-père paternel était à cette place. Je perpétue donc la tradition en reprenant le flambeau : nous sommes policiers de père en fils, ou de père en fille en ce qui me concerne. C'est eux qui m'ont transmis cette soif de justice, de terrain, ce besoin d'aider mon prochain… Je ne me vois pas faire autre chose que d'aider les autres. Mais force est de constater que je ne suis pas près de grimper les échelons hiérarchiques aussi vite qu'eux. Être une femme n'est clairement pas un avantage dans ce métier. Certains diront que ça n'a pas d'importance au XXIe siècle, mais c'est faux. Faire entendre ma voix n'a jamais été facile et ça l'est encore moins ici, à Riverside, sans l'appui de mon nom de famille, respecté à Détroit.

Même si mon père n'a eu de cesse de me répéter que dire ce qu'on pense était important, il aimait aussi me rappeler qu'il fallait de temps à autre savoir fermer sa gueule. Visiblement, à l'époque, j'avais du mal avec ce mantra. Depuis que je suis sous la direction du shérif Clark, j'ai bien été obligée d'apprendre à fermer mon caquet. Cet homme sexiste et machiste n'a pas l'air tout beau tout propre, et même si l'avoir dans ma poche serait un atout, je ne suis pas prête à vendre mon âme au diable.

Il me reste encore neuf mois à tirer avant que mon dossier ne soit examiné à nouveau par le conseil de discipline du Département supérieur de la police des polices. Je croise les doigts pour que je puisse retourner auprès des miens, dans la ville où je suis née, où j'ai grandi, où mon cœur est encore brisé sur l'asphalte. Je n'oublie pas l'envers du décor, les horreurs que j'ai faites… Celles qu'on aimerait ne pas avoir sur la conscience. Alors, même si le terrain est exaltant, il me rappellera toujours ce moment de ma vie. Celui où tout a basculé.

J'entrevois Fitz adossé à son gros 4x4 sombre et je me gare juste à côté avec le mien, légèrement plus petit. Après avoir récupéré les dossiers sur le siège passager, je sors le saluer.

– Alors, Fitzy chéri, t'as laissé ta mauvaise humeur dans ta voiture ?
– Ouais, grogne-t-il.

Je lève les yeux au ciel devant son manque d'entrain. Finalement, je lui demande s'il y a quelque chose que je devrais savoir pour la conférence d'aujourd'hui, il grimace.

– Il y a eu un accident mortel d'un jeune le week-end dernier, reprend-il alors que nous avançons jusqu'aux grandes portes vitrées du lycée. Un jeune de 18 ans est mort sur le coup.
– Merde. Il était seul dans le véhicule ? Implication de tiers ? Stup ? Alcool ?
– La totale, ouais.

La jeunesse dorée de Californie se bourre de coke, speed, herbe et pilules en tout genre sans s'imaginer la merde que c'est. Qui plus est quand ils font des mélanges en y couplant de l'alcool. Ce constat me désole. J'aimerais vraiment me rendre utile auprès de ces jeunes conducteurs qui sont, pour la plupart, sur la défensive dès qu'un membre de la police leur évoque les risques routiers. Ils n'y voient que de la répression quand j'y vois de la prévention. Il va falloir y aller avec des pincettes pour sensibiliser des jeunes ébranlés, mais apparemment pas encore totalement imbibés des règles de prévention routière.

– J'avais l'intention de leur montrer les images de la caisse pour qu'ils comprennent le message. T'en penses quoi ?

On n'a visiblement pas la même vision de la situation.

– Fitz, m'exaspéré-je. Allô ! Certains de ces gamins doivent encore pleurer leur ami, leur frère ou cousin. Tu imagines ce que ça leur ferait de voir ça ? Sérieux, parfois tu réfléchis pas…
– Ouais, t'as peut-être raison, continue-t-il. Mais je reste convaincu que voir la réalité en face les ferait réagir.
– Ils ne sont pas tous pareils ! T'es d'une insensibilité qui fait peur des fois…

Là, c'est lui qui lève les yeux au ciel en marmonnant un « ouais, ouais ».

Ah, ce qu'il m'agace !

Heureusement que je prends les rênes de l'intervention, car les jeunes qui sont au premier rang de la salle de conférence sont des amis de la victime et ils sont encore sous le choc de ce qui est arrivé à leur camarade. L'un d'eux nous explique le désarroi de la famille du défunt ainsi que de sa sœur qui était dans la voiture et qui est sortie indemne. Je rebondis sur ces propos d'une tristesse absolue pour rappeler à toute l'assemblée l'importance de ne pas boire ni fumer quand ils sortent et, pire, quand ils prennent la responsabilité d'une autre personne, quelle qu'elle soit.

Fitz est étonnamment silencieux, lui qui voulait confronter ces jeunes à la triste réalité des dangers de la route… Toutefois, ça lui arrive souvent de se murer dans le silence sans que je ne comprenne pourquoi. Parfois, il est là, mais… il n'est tout simplement plus avec nous. Il fixe un point au loin, les traits du visage tirés par la nostalgie. Lorsque je l'interroge, il fuit la discussion, change de sujet.

Les deux heures se sont écoulées à une vitesse folle. Une fois l'intervention terminée, nous rassemblons nos affaires. Nous saluons le directeur des lieux qui ne manque pas de nous remercier et de nous donner rendez-vous dans quelques semaines pour faire un point avec la cellule psychologique que l'école a ouverte pour l'occasion, puis nous rejoignons nos voitures.

– Encore un dossier sordide, cet accident.

J'entends brièvement un « ouais, c'est ça » avant que Fitz ne claque sa portière et passe la marche arrière de son carrosse.

*Quelle tête de con !*

Il est têtu comme une mule, parfois mesquin et distant, mais je l'aime bien ! Je cogne à la fenêtre du côté passager et il finit par ouvrir.

– On se voit bientôt ? demandé-je pour tenter d'apaiser les tensions qui alourdissent les épaules de mon ami.

– On pourrait aller boire un coup à Santa Ana un de ces quatre, propose-t-il après quelques secondes de réflexion. Ça te branche ?

Je ne sors pratiquement jamais dans Riverside. J'y vis, j'y travaille, OK, mais lorsqu'il s'agit de s'amuser, de faire la fête, je préfère en être loin. On a de magnifiques réserves protégées autour de nous, Los Angeles à cinquante bornes et l'océan Pacifique à soixante-dix kilomètres. Il y a de quoi faire.

– On peut y aller demain si tu veux ?

– Ouais. 18 h 30.

– Bye Fitzy ! lâché-je en lui envoyant un baiser du bout des doigts.

Il grogne en entendant ce surnom, mais me retourne un clin d'œil en signe d'acquiescement.

Sur le chemin qui me mène jusqu'à mes bureaux, j'écoute les appels radio de la centrale quand une alerte retentit.

« Avis à toutes les unités, vol à main armée en cours dans le pub irlandais sur Golden Avenue, à l'angle de Cochran. Un homme est apparemment à terre. Deux hommes armés seraient retranchés dans le pub. Individus potentiellement dangereux. »

J'enclenche la sirène de ma voiture et mets la gomme. Je préviens la centrale que je serais sur les lieux dans moins de dix minutes. Il est midi passé, la circulation est plus dense. Je croise des sorties d'écoles qui me contraignent à ralentir pour les laisser rejoindre rapidement le trottoir. Une fois arrivée, je déchante. Quatre motos sont déjà sur place, et leurs propriétaires aux cuirs bien connus de nos services semblent avoir géré la situation : les Red Python.

*Merde ! Ils se prennent pour qui ?*

Je vois deux voitures de patrouilles, gyrophares allumés, garées en travers de l'autre côté de la rue. Je claque la portière tandis que les motards jettent un regard au-dessus de leur épaule. Je reconnais facilement les deux qui, quelques mois plus tôt, ont passé plusieurs auditions à la centrale. Mason Reed et Saul Adams. L'un est sombre quand l'autre est solaire. L'un tire une tête de six pieds de long quand le second sort son arme de prédilection : la séduction. Un sourire de tombeur, des yeux verts hypnotisants, et quand il passe sa main dans ses cheveux, on est dans le cliché. Une vraie pub pour gel coiffant. À chaque fois que nos routes se croisent, c'est le même cinéma, et à chaque fois, je l'ignore pour mieux lui faire comprendre que son manège ne fonctionnera pas avec moi.

Il est beau, je ne vais pas mentir, mais je ne suis pas candidate dans une émission où il serait le *Bachelor*.

Arrivée devant mes coéquipiers, à l'entrée du pub, je leur demande ce qu'on a.

– Deux types armés ont déboulé pour réclamer la caisse à la rouquine derrière le comptoir. Elle a donné l'alerte tout de suite grâce à un bouton d'urgence sous le plan de travail.

– La centrale annonçait un blessé potentiel. Il y en a un ?

– Un des agresseurs. La nana avait une batte de base-ball sous la caisse qu'il n'a pas vue arriver. Il l'a prise en pleine tête !

– Et le second ?

– Volatilisé. Mais nos chers amis, m'explique-t-il en me montrant d'un signe de la tête les motards à l'extérieur, sont arrivés plus ou moins dans le même temps. Donc…

J'ai compris le message… Donc, ils ont géré le sujet.

C'est un des points les plus exaspérants de mon poste à Riverside : nous sommes censés, nous, les policiers, représenter l'autorité et régler les différends, entendre les plaignants et arrêter les fauteurs de troubles. En théorie. La pratique du terrain est tout autre. Un club de motards, en l'occurrence les Red Python, est souvent au courant des affaires avant même qu'elles n'arrivent à nos oreilles. De fait, ils sont sur place avant nous et appliquent leurs lois. Parce qu'on a beau être au XXIe siècle au sein de la première puissance mondiale, c'est un groupe de criminels, auxquels sont implicitement reliées maintes plaintes, qui règne en maître.

Cependant, le shérif Clark en fait son cheval de bataille. Il veut casser du motard et réduire à néant leur pouvoir. C'est peut-être même le seul truc de bien que fait cet homme depuis qu'il est en poste. En dehors de cette volonté, c'est un sombre connard aux multiples secrets qui écraserait père et mère pour un peu de reconnaissance, et pour atteindre son objectif non dissimulé : Washington. La Maison-Blanche.

*La planque !*

Smith, mon collègue, reprend :

– Et comme par hasard, les bandes de vidéosurveillance sont vierges. De la rue comme de l'établissement. Un comble, conclut-il avec dédain.
– Ne me regardez pas comme ça, claque une voix rauque dans mon dos, je n'y suis pour rien.

Je me retourne pour faire face au charmeur de la bande de motards.

– Bonjour jeune demoiselle. Si vous avez bes…
– Lieutenant Williams, le coupé-je, déjà agacée.

Son sourire arrogant ne le quitte pas et il me répond simplement.

– Je sais, Miss Riverside.
– Lieutenant suffira.
– À vos ordres, beauté.

Je le fusille du regard. Une lueur de défi brille dans ses prunelles d'un vert clair fascinant. Je me reprends rapidement pour ne pas me laisser attendrir, ce que je fais uniquement en regardant des vidéos de chatons tout mignons sur YouTube. Ce qu'il ne s'imagine pas, c'est qu'en étant la seule fille de la promo à l'école de police fédérale, j'ai dû tenir tête à des bonshommes bien plus costauds. Rarement aussi beaux, certes, mais il ne fait pas le poids.

– Et donc vous vouliez ? lui demandé-je avec toute la suffisance que je peux exprimer.

– Vous aider, répond-il en laissant son visage jovial se fermer. Mais, vous êtes probablement la meilleure, donc…

Il recule de quelques pas, mais avant qu'il fasse demi-tour, je ne peux m'empêcher d'enfoncer le clou.

– Donc je n'ai aucunement besoin de vous. Vous pouvez disposer avec vos petits copains.

Je me retourne pour faire face à mes deux camarades, bouche bée. J'ignore s'il a quitté les lieux, mais la chaleur que je ressens sur ma nuque m'indique qu'il m'observe intensément. Je suis convaincue que je l'ai mis en colère. Toutefois, il ne peut rien faire en présence de tous mes collègues, en pleine journée, sur la voie publique.

J'exulte.

*Reste à ta place, Saul Adams ! Nous sommes l'autorité, nous décidons, tu exécutes.*

Ce n'est pas grand-chose comme satisfaction, mais c'est une bonne sensation. Se faire respecter est la mission principale d'un bon flic et j'ai l'impression que c'est ce que j'ai réussi à faire à l'instant.

Le bruit des motos gronde, puis s'éloigne.

– Putain, mais t'as peur de rien, toi ! s'exclame Smith.
– Couvre tes arrières, réplique le second, tu viens de provoquer le président du MC[1], *jeune demoiselle.*

Ils éclatent de rire, me laissant perplexe. Sous couvert d'être président du MC du coin, on ne devrait rien lui dire ?

Depuis que l'on m'a confié les archives et les conférences dans les lycées des environs, je n'ai approché ce groupe que quelques fois. Étant donné leur faible niveau de conversation, il m'était impossible d'en savoir plus. Le shérif ne partage pas non plus les dossiers concernant le club. Il n'en discute pas. Du moins, pas avec moi.

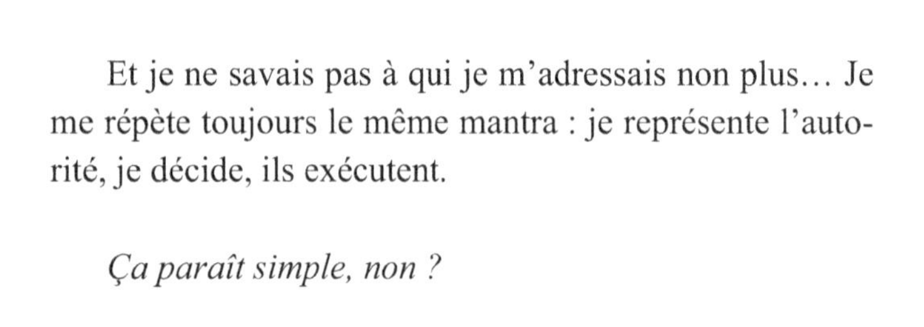

Et je ne savais pas à qui je m'adressais non plus… Je me répète toujours le même mantra : je représente l'autorité, je décide, ils exécutent.

*Ça paraît simple, non ?*

1. Motorcycle Club ou club de motard en français.

# 2

**Saul**

En rentrant au ReDiners, notre quartier général, Mason me charrie encore. Merci, mon Dieu, je peux compter sur Fallon pour lui remettre les idées en place. La femme du Vice-Président est parfois flippante, je le reconnais sans mal. J'ai vu mon père sursauter face à sa folie et il faut savoir une chose : Cole Adams, le co-créateur du fameux et absolument génial – je ne dis pas ça parce que je suis le Président, promis – club de motards Red Python ne sursaute devant personne. Jamais. Mais Fallon arrive à le surprendre, encore aujourd'hui ! Par conséquent, je pense avoir le droit de la trouver flippante.

– Vous êtes une bande de débiles, grogne-t-elle. Je ne vois pas d'autre explication ! Ce n'est pas possible d'être aussi cons !

– Mais… commencé-je.
– Oh, ça va, me coupe-t-elle fermement. Vous tourniez en boucle sur la chaîne locale, le ReDiners vous avait en premier plan.

Elle soupire et se passe une main dans les cheveux.

– Vous cherchez quoi au juste ? Clark veut casser du biker, on le sait tous ! Que les médias soient là ne vous interpelle pas ? Vous n'avez rien fait, mais c'est encore vous qu'on voit. Les gens vont s'imaginer quoi à votre avis ?

*Parfois, je me demande qui est le Président ici…*

Clark, chef de la police de Riverside. Il veut faire tomber le club depuis… approximativement toujours. Toutefois, mon père le tenait par les couilles et par conséquent, moi aussi. On sait des choses qu'il préférerait voir terrer six pieds sous le niveau de la mer et même si on ne détient pas de preuves physiques, on maintient une sorte de pression, on lui met des bâtons dans les roues. Ses actions sont relativement limitées, mais il ne se gêne pas pour nous embarquer dès qu'il nous prend en flagrant délit de tout et n'importe quoi. On peut esquiver les perquisitions avec une facilité déconcertante quand on connaît un peu les lois, que les contribuables sont de notre côté et surtout que le meilleur hacker de la côte est des nôtres. Néanmoins, dès qu'il y a des témoins, des vrais, cet enfoiré nous coffre avec un large sourire sadique.

– Il n'était pas là, tente de la convaincre Mason.

Fallon lève les deux mains vers le ciel en lâchant un rire sarcastique.

– Oh, bah s'il n'était pas là alors.

Elle lui colle une claque dans le bras avant de reprendre :

– La fliquette est pire que lui bande de nazes ! Elle applique à la lettre toutes les règles de leurs bouquins de poulet ! Ça se voit comme le nez au milieu de la figure.

La fliquette est autrement nommée Romy Williams. 29 ans. Elle est née et a grandi à Détroit. Elle fait partie, à mon sens, des cinq plus belles femmes que ce monde ait portées en son sein après ma mère, Aria, Lara et… Pamela Anderson, cette blonde gonflée à l'hélium, aux obus aussi énormes que ses lèvres, qui courrait sur les plages de Malibu dans son maillot rouge ridiculement petit. OK, elle, elle est hors catégorie même si ses posters ont tapissé les murs de ma chambre d'adolescent. Non, là, c'est autre chose. Un autre niveau. Ses yeux verts sont à couper le souffle, ses cheveux noirs mi-longs encadrent un visage angélique… Je ne parle même pas de son cul parfaitement moulé dans sa tenue de policière. Avec elle, j'ai découvert le fantasme de l'uniforme, il surpasse même celui de l'infirmière dans mon classement des fantasmes les plus dingues. Depuis que mes yeux se sont posés sur elle, je ne rêve que d'une chose : la baiser. Plusieurs fois. Dans toutes les positions qu'on trouve dans le livre du Kamasutra et peut-être aussi en inventer des nouvelles. Je pense même à ce que je pourrais faire avec des cordes et des menottes. Ouais, j'aime la domination et le bondage, et le rêve de me faire la fliquette prend tout son sens.

Problème ? Ma chère Romy est raide, autoritaire et ne laisse absolument rien passer. Il y a deux semaines, elle m'a mis une contravention parce que j'ai grillé un feu rouge. C'était la première fois que ça m'arrivait. Les flics de Riverside nous laissent généralement tranquilles. Pour la plupart, ils reçoivent un joli paquet de billets en fin de mois pour les récompenser de leur silence. Les autres ont bien trop peur pour bouger le petit doigt. Mais Romy…

Ah, Romy… Et son caractère de merde ! Cette façon bien à elle de n'avoir peur de rien ni de personne. Ou alors elle ne se rend pas compte du danger qu'elle encourt… Je me suis souvent posé la question : est-elle beaucoup trop courageuse pour son bien ou est-elle juste très conne ? Quoi qu'il en soit, je n'hésiterai pas à la remettre à sa place si elle dépasse les limites et met ma famille en danger.

*Quitte à la punir dans mon pieu... Quoi ? Autant joindre l'utile à l'agréable !*

Si je dois être parfaitement honnête, je ne pense pas que j'étais réellement prêt à devenir le président des Red Python. Ça fait quelques mois maintenant. Bien sûr, j'aime ce club et je mourrais pour chacun de ses membres, de mon Vice-Président aux nouveaux prospects. J'ai grandi avec les plus anciens, j'ai mûri avec ceux de mon âge. Ils sont tous de ma famille, le sang en moins. Toutefois, un grand homme a dit un jour : « Un grand pouvoir implique de grandes responsabilités. »

*Une minute de silence pour l'oncle Ben sans qui Peter Parker ne serait jamais devenu Spiderman.*

Et ces grandes responsabilités me font parfois flipper.

Avant de devenir président du MC, je ne prenais pas réellement conscience du poids qui pesait sur les épaules de mon père. Généralement, lorsque nous avons des décisions à prendre, le noyau se réunit à la chapelle et on vote. La majorité l'emporte. Alors, de mon point de vue, le Président servait seulement à représenter le club et entériner les décisions avec un petit marteau en bois. Foutaise ! Il y a tellement d'éléments que je n'avais pas pris en compte. Même mon propre père doute que ma maturité soit suffisante.

Il ne le dit pas à haute voix, mais je le ressens dans tout mon être lorsqu'il est présent et que je dois prendre une décision. Je sens le poids de son regard scrutateur. Je vois ses pieds s'agiter d'impatience. Il prend sur lui pour me laisser prendre ma place, mais ces petits détails qui ne m'échappent pas me foutent une pression de dingue.

Et puis, les plus anciens du club ont du mal à oublier qu'il n'y a pas si longtemps, je portais des couches-culottes et me baladais à quatre pattes devant eux.

*Je vous prouverai ce que je vaux, les gars. Si Cole Adams était un bonhomme, je vais vous montrer que je suis encore plus.*

Ceux-là, qui sont de la génération de mon paternel, ne font plus partie du noyau, mais ont une place importante dans la vie du club, celle qui s'anime dans le *diner* que nous dirigeons. Ils bénéficient d'une protection éternelle et d'un toit en cas de besoin. Surtout depuis que nous avons fait construire une sorte de petit lotissement sur le fond du domaine, laissant le dortoir attenant au bar avec des chambres libres.

Depuis que mon père a pris sa retraite, tous les regards sont braqués sur Fallon, fille du second co-fondateur du club, Mas' et moi. Bien que j'adore Fallon comme une sœur, et qu'en soit, sa façon de parler ne me dérange pas, je sais aussi que je dois la remettre à sa place.

Tous les membres du noyau sont parfaitement conscients que c'est ainsi qu'elle s'exprime, une sorte de chiwawa qui agresse tout ce qui bouge. Elle reste une gamine de 20 piges. Toutefois, bien qu'absolument tous les membres du club aient remarqué son fort caractère, un Président n'est pas censé se laisser faire par une nana, même la régulière du Vice-Président.

– Chapelle, ordonné-je finalement. Quant à toi, Fallon, reparle-moi sur ce ton une seule fois et je te fais bouffer ta langue.

Elle se retient de lever les yeux au ciel et de soupirer, signe qu'elle comprend qu'elle est encore allée trop loin.

Je me dirige vers la chapelle sans un regard pour elle ni pour personne d'autre.

Je ne supporte pas d'incarner le méchant. Durant de nombreuses années, j'ai été le gentil et c'est Mason qui s'occupait de ce rôle. Le costume lui collait à la peau. C'était parfait puisqu'il était sergent d'armes. Mais aujourd'hui, les choses ont changé.

Bien sûr, je sais porter mes couilles et me salir les mains n'a jamais été un problème, encore moins avec nos ennemis. En revanche, devoir jouer le connard avec mes frères, ça, c'est loin d'être mon kiff.

Je m'installe en bout de table alors que les membres du noyau arrivent au compte-gouttes. Le Limier, nouveau sergent d'armes, est le premier à s'installer. Lui est ravi de son nouveau poste. Je le soupçonne de l'avoir toujours convoité. Il fait bien son job, jusqu'ici nous n'avons pas à nous plaindre. Il aime casser des gueules et il le fait bien. Peut-être pas aussi bien que Mason, mais sur ce point, je pense que personne n'égale la colère de Mas' avec ses pratiques douteuses et novatrices.

Puis vient Kurtis, notre génie en informatique. Il est entré en tant que prospect chez les Red Python alors qu'il n'avait que 16 ans. On a grandi ensemble lui, Mason et moi. Il n'est pas très bavard. Même moi, je ne connais pas réellement son passé. Je sais seulement qu'il s'est retrouvé à la rue à 14 piges et qu'il a trouvé dans le piratage une source de revenus assez importante pour pouvoir se payer une chambre dans un motel. Jusqu'à ce que mon père tombe sur lui et l'accueille chez nous.

Dwayne, notre trésorier, s'installe tranquillement autour de la table suivie de Tyron. Kyle, le petit nouveau dans le noyau, s'assoit à côté de Kurtis. Il y a quelques mois, alors que nous secourions Fallon, il a su faire ses preuves. Par conséquent, il a quitté son poste de prospect pour prendre sa place autour de cette table. En réalité, ce gamin nous a tous sauvé le cul malgré les crasses qu'on lui a fait subir ainsi que le passage à tabac à la Mason après qu'il a failli à la protection de Fallon.

Mason est le dernier à se pointer. Il s'installe à ma droite en face du Limier. Une clope à la main, j'ouvre la réunion sous le regard noir de mon VP. Celui-ci, un peu trop protecteur envers sa nana, doit m'en vouloir de lui avoir parlé sur ce ton. Fallon, c'est ma pote. Quand nous sommes en petit comité, on se parle comme des charretiers, oubliant la ligne hiérarchique du club. Toutefois, je pense qu'il faut que nous instaurions un genre de code : s'il n'y a pas que le noyau de présent, tu t'adresses à moi avec la révérence qu'impose mon rang, sinon c'est la guerre. Je sais que sa façon de parler n'est aucunement un manque de respect. Elle s'inquiète surtout pour nous et a un léger problème de gestion des émotions, en particulier de la colère.

*Ce n'est pas la nana de Mason pour rien !*

Depuis qu'elle bosse au garage, ce dernier point nous a causé quelques emmerdes que j'ai dû régler un flingue sur la tempe de plusieurs clients. Comme le jour où elle a balancé une clé de douze dans la gueule d'un pervers qui lui a peloté le cul. Ou encore quand elle a « oublié » de remettre de l'huile dans le moteur d'un type qui affirmait qu'une nana ne pouvait pas être mécano, juste pour l'emmerder. Il y a aussi eu la fois où elle a rayé sur toute la longueur la voiture d'une cliente qui avait maté deux secondes de trop Mason avec une clé, probablement celle du bureau. J'ai dû verser pas mal d'argent à un flic qu'elle a insulté de tous les noms. Je pense que le « fils de pute » était l'outrage de trop. Tout ça parce qu'il a insinué qu'elle était trop jeune pour traîner dans un garage.

*En effet, adorable comme nana.*

– Le taux de criminalité a augmenté de 20 % en seulement trois mois, commencé-je. Même les quartiers huppés sont envahis de petits dealers à la con, de petits voleurs de poste comme de bagnoles.

– Je veux bien le croire. L'autre jour, j'ai vu un gamin de 12 ou 13 piges jouer les guetteurs pendant les heures de cours, confirme Tyron.

Je n'aime pas ça du tout. J'ai grandi dans le MC et mon père a toujours mis un point d'honneur à garder le club loin de la drogue, des putes et surtout, loin des gosses. Mais avoir de beaux principes ne nourrit pas tout un club de bikers. Du coup, les Red Python sont devenus une plaque tournante de trafic d'armes de la région. On a même une très bonne réputation. Gamin, je savais ce qu'il se passait en dehors de nos activités légales seulement parce que j'espionnais les réunions. Si mon père me surprenait – c'est arrivé quelques fois – il m'enfermait dans ma piaule avec un bon coup de pied au cul. Jamais je n'ai loupé un jour d'école, que ce soit pour les flingues quand j'étais en âge de gérer une transaction, le business ou même pour le garage. Avec Aria, ma sœur, nous avons toujours été mis à l'écart de tout ça, en ce qui me concerne jusqu'à mes 17 ans. Quant à elle, même si elle est au courant de certains trucs, elle n'est pas impliquée dans les activités du club, si ce n'est la gestion du bar. Je ne pourrais pas gérer les ego de mes frères et les crises de ma sœur. S'en suivraient des embrouilles entre eux, des tensions inutiles à mon sens. Puis clairement, une femme au milieu de toute cette testostérone, ça nous ferait bien chier.

J'ai tendance à être très protecteur avec Aria. Depuis toujours et certainement jusqu'à ce que l'un de nous meure. Après tout, c'est ma petite sœur.

Bref, quoi qu'il en soit, je ne supporte pas que des gosses soient mêlés de près ou de loin au monde cruel qu'on côtoie au quotidien. Comme dit si bien ma mère : « Tentez votre chance à l'école et si ça foire, réessayez. Et si ça foire encore une fois, eh bien, réessayez. L'illégalité, c'est seulement lorsqu'on est au pied du mur. » Pia Adams, coach de vie à ses heures perdues…

Pour moi, c'est différent, je suis né chez les bikers, j'ai grandi avec eux. Toute mon enfance, j'ai rêvé de rouler avec les Red Python. Ma place n'était nulle part ailleurs.

– Vous avez vu aux infos ? Il y a même des putes maintenant, renchérit Kyle. Des flics ont fait une descente dans un club mardi dernier, sans notre bon shérif. Ils y seraient restés près de deux heures pour que les gars ne mangent qu'un avertissement.

– Sérieux ? demandé-je. Mais quel club ?

– Un au nord, à la sortie de la ville. À côté du barbier.

– Je ne savais même pas qu'un club s'était monté, dis-je, surpris.

Et ce n'est clairement pas normal qu'on soit passé à côté. Je fronce les sourcils pour réfléchir à ce qui m'aurait échappé. Rien ne me vient. Je remue imperceptiblement la tête en me demandant qui dirige ce putain de club.

– Et le vieux Greg qui tient la station-service à la sortie de la ville, reprend Kyle. Il s'est fait tirer dessus hier parce qu'il n'a pas voulu vider sa caisse. Il est à l'hôpital.

Je glisse ma main dans mes cheveux. La ville part en couille et j'ai l'impression que tout est arrivé du jour au lendemain. Le vieux Greg est sous notre protection depuis la création du club et nous avons toujours interdit les putes à Riverside. Ici, c'est chez nous. Les habitants comptent davantage sur nous pour maintenir l'ordre que sur les flics. S'ils s'aperçoivent que nous ne sommes plus en mesure de les protéger, on risque d'avoir des problèmes de voisinage.

C'est ainsi qu'on paie notre loyer en quelque sorte : on défend la ville et ses habitants, et en contrepartie, ils ferment les yeux sur nos activités. C'est donnant-donnant, mais si nous ne sommes plus en mesure de donner, ils risquent de se révolter. Et en ce moment, qu'importent les pots-de-vin qu'on versera, les flics ne pourront plus fermer les yeux.

– Eh le Limier, tu sais d'où vient cette merde ? demandé-je.

– J'ai aucune preuve, mais ça a commencé quand les Tigers Riders ont débarqué en ville.

Je jure dans ma barbe.

Les Tigers sont initialement originaires de Détroit. Ils se sont installés à la limite de la ville et ont montré patte blanche quand nous sommes allés les rencontrer pour savoir à quoi nous attendre. Orlando, le président des nomades des Tigers Riders a ouvert un chapitre[1] à la sortie de la ville. Techniquement, ils ne sont pas sur notre territoire puisque leur QG n'est pas à Riverside. Toutefois, s'il s'avère que c'est vraiment eux qui foutent la merde, on ne va pas les tolérer bien longtemps. La paix est toute récente à Riverside, depuis qu'on a fait tomber les Legends qui nous ont causé du tort par le passé. Avant ça, c'était la merde. Les fusillades étaient monnaie courante, les embrouilles quasi quotidiennes. Chaque coup bas entraînait des représailles, c'était un cercle vicieux impossible à arrêter. Nous avions chacun trop de fierté pour ne pas avoir le dernier mot. Je ne veux plus que Riverside soit plongé dans une guerre de clubs comme celle-ci, mais entre ce que je veux et ce qui doit être fait, il y a un fossé et je n'hésiterais pas à faire ce qu'il faut.

Le problème de la drogue, c'est que ça touche d'abord la jeunesse. Et si ça touche les adolescents, alors ça touche tous les habitants. Les gens sont sensibles à deux types d'individus : les vieux et les mômes.

Nos fondateurs ont toujours mis un point d'honneur à porter ces valeurs qui nous caractérisent : on est considérés comme des rebelles, mais on a le sens de la famille, on est libres et on se respecte. On ne touche pas aux femmes ni aux enfants. On ne touche pas à la came qui finit par détruire les plus fragiles… En clair, on a une putain de morale.

– OK. Le Limier, tu te renseignes. Je veux savoir qui fout la merde dans notre ville, ordonné-je. Kyle, tu vas à l'hosto, tu prends des nouvelles du vieux Greg. Apporte-lui des fleurs, du chocolat, ce que tu veux. Montre-lui que les Red Python ne l'oublient pas. C'est un pote de mon vieux et il nous envoie des clients aux garages, on ne peut pas perdre sa confiance.

Ils acquiescent tous les deux. Une bonne chose de faite.

– Maintenant, le Mexicain !

Je me tourne vers Mason. Le Mexicain est l'un de nos plus gros clients pour les armes. Nous avons prévu un gros deal avec lui qu'on a dû repousser plusieurs fois. C'était bien trop la merde à l'époque pour qu'on puisse assurer un échange en toute sécurité. Puis le Mexicain a été emmerdé par la Police fédérale mexicaine et a été sous étroite surveillance pendant plusieurs mois. On a attendu le meilleur moment pour cette livraison par notre partenaire. Mas' gère ce dossier.

– On a bougé les AK à l'entrepôt la nuit dernière, mais on n'a toujours pas reçu les munitions. Les Canadiens se sont fait choper à la frontière il y a quelques jours. Ils refusent de reprendre le risque tout de suite.

Une nouvelle fois, je jure dans la barbe que je n'ai pas.

Les Canadiens nous fournissent les armes venues d'Europe de l'Est ainsi que les munitions. Ils nous font les meilleurs tarifs et pour l'heure, on ne peut pas se permettre de prendre un autre fournisseur qui nous ferait payer le double, voire le triple. Après les dégâts constatés au ReDiners lorsqu'on a été pris pour cible par nos rivaux, on a dû réparer tous les vitrages et renforcer notre système de sécurité. Puis nous avons voté l'achat d'un nouvel entrepôt pour les armes et la construction de maisons individuelles pour les membres du noyau. En clair, on a besoin des Canadiens !

– Tyron, tu prends River et d'autres gars, et vous allez chercher les munitions. J'ai bien la piste des Irlandais sous le coude, mais les tarifs sont pas les mêmes.

– Je ne suis pas sûr que ce soit une bonne idée, avance Mason. Avec les merdes qui arrivent à Riverside, on ne peut pas se permettre de se disperser, même pour quelques jours.

– Tu as une meilleure idée ? Quelqu'un a une meilleure idée ? leur demandé-je en les regardant à tour de rôle. On ne peut pas repousser le deal avec le Mexicain indéfiniment, il va finir par aller voir ailleurs.

– On change de fournisseur ? propose Tyron.

– Ce sont nos partenaires depuis plus de vingt ans, rétorque immédiatement Dwayne. Puis, clairement, on n'a pas les moyens.

– Et si on passait directement par les Russes ?

Je me tourne vers Kurtis, intrigué. Ce n'est pas une mauvaise idée, bien au contraire.

– Les Canadiens ne vont pas aimer ça du tout si on les double, rétorque Mason.

– J'appellerai Levi, c'est un ami de mon père, annoncé-je. Je compte la jouer franc-jeu. Notre deal ne peut plus attendre et il annonce clairement qu'il ne pourra pas honorer sa part du marché. Il comprendra qu'on ne peut pas faire autrement. Il n'est question que de cet échange. On reprendra les bonnes vieilles habitudes après. Ceux qui sont pour passer par les Russes, levez la main.

Tout le monde hormis Mason lève la main. Je le regarde avec insistance, il n'est jamais bon quand un Président n'est pas d'accord avec son VP. On doit faire front ensemble, au moins devant les autres. Mason semble comprendre le message et lève également la main avec une nonchalance prononcée. Je clôture le vote en tapant du plat de la main sur la table.

– Bien, Kurtis, trouve-moi le contact des Russes, je me charge de ce point. Mas' je compte sur toi pour tout verrouiller avec le Mexicain. On reste sur la date et l'heure convenues. Tout doit être cadré, je ne veux aucun accro. En attendant, profitez de votre soirée.

Je me lève et quitte la chapelle.

En partant, je tombe sur Fallon qui sort des chiottes. Elle me lance un regard indéchiffrable et puisqu'on est seul, je ne résiste pas au besoin de vérifier que tout est cool entre nous.

– Fallon…

– T'inquiète, j'ai compris le message Saul. Je me tiendrai à carreau devant les autres.

– Tu es parfaite, lui lancé-je. Au fait, tout va bien au garage ?

– J'n'ai tué personne, si c'est la question que tu te poses, ajoute-t-elle avec un sourire goguenard.

Je ricane en la dépassant. Cette gamine est cinglée !

Je crois que je commence à comprendre les paroles de mon père : « Un Président a trois visages, fils : celui qu'il montre à ses ennemis, celui qu'il montre aux membres de son club et celui qu'il montre à ses amis. Ne les confonds jamais. »

*Cole Adams aka Jaqen H'ghar*[2]*, facile !*

---

1. Tous les MC se divisent en chapitres, dirigés par un président. Chaque chapitre possède sa propre hiérarchie et fonctionne indépendamment des autres.

2. Personnage de la série *Game Of Thrones*. C'est un « Sans-Visage » de Braavos, un ordre d'assassins redoutés qui peuvent changer de visage à volonté.

# 3

**Romy**

Attablée au comptoir du pub qu'on adore fréquenter avec Fitz, j'attends ce dernier une bière à la main. L'ambiance est très « années 1980 », et les plus téméraires bougent leurs fesses au rythme du son que propulsent les enceintes disséminées aux quatre coins de la pièce principale. Un groupe de mecs jouent au billard accompagné de filles à l'attitude aguicheuse.

– Tu ne prends plus une bouteille pour ton meilleur ami ?

La voix de Fitz me sort de ma contemplation, et lorsque je tourne ma tête vers lui, je constate qu'il est en train d'observer la même scène que moi quelques secondes plus tôt.

– Elles n'ont pas froid aux yeux, dit-il en sifflant. Ni au cul d'ailleurs.

J'étouffe un rire en avalant une gorgée de ma bière. Fitz appelle le serveur et lui commande une seconde tournée.

– Alors, quoi de neuf sous les tropiques ? demandé-je.
– Rom', on ne pose plus cette question depuis des décennies ! Sérieux, tu n'as toujours pas écoulé ton stock d'expressions pourries ?
– Tsss, soufflé-je faussement vexée. Tu n'as aucune culture.
– Ouais, c'est ça.

En entendant des petits cris venant de l'espace billard, nous tournons la tête simultanément. Trois types avec des cuirs emmerdent les filles en petite tenue. Ce blason, je le reconnais entre dix mille. Les Tigers. Une coulée de sueur froide longe mon échine et de violents souvenirs m'assaillent.

– Attends-moi ici, dis-je à mon meilleur ami.

Je me redresse sur mon siège. Je crève d'envie d'aller jouer les justicières, mais je sais d'avance que ce n'est pas l'idée du siècle.

– Hors de question que tu y ailles seule, s'interpose-t-il. Appelle la cavalerie, ne te prends pas pour Zorro.

Je sais qu'il a raison et j'hésite. Puis, je lance un dernier regard vers le billard pour finalement me rendre compte que les choses semblent apaisées. Les membres du gang jouent contre les types du coin et les femmes sont désormais un peu en retrait. L'une est au téléphone pendant que les autres vérifient l'état de leur manucure.

Je fais un pas en arrière et me rassois sur mon tabouret.

– Tu vois, ça s'est calmé, lance-t-il en portant la bouteille à sa bouche.

J'aimerais le croire, mais j'ai un mauvais pressentiment. Mon esprit dérive quelques instants et la panique m'envahit. J'étais à mille lieues de m'imaginer qu'Orlando et ses sbires pourraient venir fouler le bitume de la Côté Ouest.

– Je connais l'emblème sur leur veste, dis-je, tendue. C'est le même que celui de Détroit.

Il lève les yeux vers moi et ancre son regard au mien.

– *Le* gang ? demande-t-il.

J'acquiesce d'un hochement de tête. Comment pourrais-je oublier ce gang qui a causé ma perte et qui est la raison de ma punition ?

– Tu sais ce que je te propose ? On finit nos bouteilles et on se casse à la maison mater un film, OK ?

Il me présente son poing sur lequel je cogne le mien en signe d'approbation. C'est un des trucs que j'aime avec Fitz, on ne se prend pas souvent la tête. On peut se lancer tous les noms d'oiseaux possibles et imaginables, se rentrer dans le lard, mais rien ne dure longtemps. Et surtout, on est toujours là quand l'autre a besoin de quelque chose, sans qu'on ait à se poser dix mille questions. Et ça, ça n'a pas de prix. Encore plus quand on est loin de la seule personne qui constitue sa famille, qu'elle est de surcroît malade et qu'on est coincé à des milliers de kilomètres à cause d'un boss tyrannique.

On entend des motos vrombir sur le parking tandis que les filles se remettent à glousser. D'un coup d'œil, je vois les Tigers les attraper par les bras ou les cheveux en les traînant vers l'arrière du bar. Je ne cherche pas à comprendre et je saute sur mes pieds en intimant au serveur d'appeler du renfort. Je ferai profil bas une prochaine fois ! Je m'approche rapidement du billard et interpelle celui qui est le plus loin de moi.

– Hey, ne bougez plus, crié-je. Police !

Le plus jeune s'avance et tente de me mettre un coup de poing que j'esquive sans mal en me décalant sur la droite. Je profite du fait qu'il soit penché en avant pour propulser mon genou gauche dans son plexus en le poussant au sol. Je fais signe à la blonde de se mettre derrière moi quand les deux Tigers encore debout écarquillent les yeux en regardant au-dessus de ma tête avant de détaler. Je n'ai pas le temps de comprendre où ils vont que trois types leur courent après, leurs lourdes bottes martelant le sol. Je m'approche des filles et leur demande si elles vont bien. Elles ne semblent pas enclines à parler et refusent de porter plainte lorsque je leur suggère. Voyant que je n'en tirerai rien, je leur propose d'aller boire un verre au bar tandis que je sors par la porte arrière vers la ruelle sombre.

J'entends des bruits de coups et des gémissements lorsque je m'enfonce dans la noirceur des lieux.

– Police, crié-je à ceux que mes yeux reconnaissent maintenant qu'ils sont acclimatés à la pénombre. Ce type est en état d'arrestation. Si vous ne coopérez pas, je vous coffre avec lui. Les renforts arrivent.

Je m'avance d'un pas déterminé et j'arrive à distinguer le président du MC local. L'homme auquel j'ai tenu tête hier, Saul Adams, s'approche de moi. Je le reconnaîtrais entre mille. J'ai encore du mal à me dire qu'il dirige le club de bikers le plus connu de la région tant il est solaire. On s'attend à ce que le patron d'une sorte de gang soit fermé, méfiant et inspire la violence. L'homme que j'ai en face de moi est tout le contraire. Il est toujours souriant, ses traits sont fins et son visage lumineux. Ses yeux verts ressemblent à un lagon dans lequel on rêve de plonger sans jamais remonter à la surface.

J'essaie de pencher ma tête pour voir si je peux reconnaître le Tigers, repérer des signes distinctifs pour que je puisse le rechercher dans la base du commissariat, mais Adams me bloque la vue.

– Salut jolie demoiselle. Comment ça va aujourd'hui ?

Il n'attend pas ma réponse parce qu'il enchaîne :

– Jusqu'à preuve du contraire, ton insigne ne te sert à rien ici. Mais je veux bien me faire coffrer si c'est toi qui me mets les menottes.

L'opération séduction débute, comme à chaque fois que je le croise. Il tend ses deux mains en avant en me narguant, tandis que ses yeux reflètent ouvertement ses pensées libidineuses. Après m'avoir fixé pendant de longues secondes, son regard coule sur mon cou, mes seins, jusqu'à descendre sur mes chaussures. Lorsque son visage se relève, les bras désormais croisés sur son torse, son sourire en coin est rempli de promesses, toutes classées -18…

– Je vous ai déjà dit que c'était *lieutenant* Williams pour vous.

Je maintiens ma position, je ne plierai pas face à ses tentatives de déstabilisation.

– C'est un peu pareil, ricane-t-il. Mon adjoint finit de l'interroger et on te le rend.

Quand j'entends sa manière de l'interroger, c'est-à-dire sans parole, je me demande dans quel état je vais retrouver mon suspect. Je me dois de lui faire une énième leçon…

– *Je* représente l'autorité. Je fais respecter les lois de notre pays. Écartez-vous et laissez-moi récupérer l'individu.
– Pourquoi se presser ? Ça nous laisse le temps d'apprendre à nous connaître, me répond Saul, en ponctuant sa phrase avec un clin d'œil enjôleur.

Je lève les yeux au ciel en soufflant parce qu'il ne me laisse clairement pas le choix. Trois bikers des Red Python sont devant moi et ils passent à tabac un Tigers sans que je sache où sont les deux autres. Je ne suis pas en position de force. Puis, les conditions dans lesquelles je me trouve me rappellent de très mauvais souvenirs : ruelle sombre, gang meurtrier, violence et armes… Cette sombre nuit d'hiver où j'étais à la place de ce Tigers…

Je ne vois qu'une solution. J'écarte ma veste et mets en évidence ma plaque fixée à ma ceinture ainsi que mon flingue. D'ordinaire, tout citoyen normalement constitué reculerait d'un pas et exécuterait mes ordres. Mais pas eux. Pas lui.

Il scrute mes gestes et se passe une main sur sa barbe mal rasée. Être observée quand on montre son insigne ou son flingue n'est pas inhabituel, mais en général, c'est plutôt avec crainte. Là, je vois clairement que je ne l'effraie pas le moins du monde. Ce que je lis dans ses prunelles est du pur désir. De la malice aussi. Mes yeux quittent les siens et s'aventurent sur sa stature carrée, ses bras musclés. Un raclement de la gorge me rappelle à l'ordre.

– Tu vas me faire une crise d'autorité ? demande Saul, un fin sourire aux lèvres.

– Je *suis* l'autorité. Je le dem…

– Prés', il a des trucs à te dire, me coupe un de ses collègues.

Saul m'envoie un clin d'œil et marche à reculons. Il s'adresse à l'un de ses amis en lui demandant de me tenir compagnie. Lorsque celui-ci s'approche, je reconnais tout de suite Mason Reed. Lui, j'ai eu l'occasion de l'auditionner. Je parle d'occasion, puisque ma tentative de le faire parler sur une histoire de disparition s'est soldée par un échec cuisant. Depuis, il est d'ailleurs marié à cette fameuse jeune fille disparue. C'est étrange, non ?

– Monsieur Reed, quelle bonne surprise. Donc c'est vous que je vais devoir coffrer pour violence aggravée ?
– J'ai rien fait, réplique-t-il en me souriant.

Agacée, je fais un pas en avant et tente de le contourner sur la gauche, mais il fait un pas sur sa droite pour me bloquer le passage.

– Écoutez, votre cinéma a assez duré. Comme je le disais à votre ami…
– Mon Président.

Je l'observe, ne comprenant pas où il veut en venir. Ami ou Président, c'est la même chose non ? Ils se connaissent et sont proches.

– C'est pareil, rétorqué-je.
– Non.

Je remarque qu'il est toujours aussi bavard à enchaîner ses réponses en monosyllabe. Cependant, je perds patience. Je m'approche de cette armoire à glace jusqu'à n'être qu'à une poignée de centimètres de lui. Je penche la tête en arrière pour ne pas rompre le contact visuel.

– Écoutez Reed, vous allez bouger de mon chemin où je viendrai vous cueillir au petit matin dans une descente qui ne vous fera pas rêver.

– Jamais tu fermes ta gueule ?

Choquée par ses propos, je reste coite quelques instants avant de me reprendre.

– Je vous demande pardon ?

– À votre tenue, je constate que vous n'êtes pas en service. Vous portez votre arme parce que vous en avez la faculté, mais vous n'avez pour autant pas le droit de vous en servir pour nous effrayer ou vous amuser à jouer le shérif. Ce soir, l'autorité, c'est nous. On va régler cette histoire, point barre. C'est clair ?

C'est peut-être des bikers sans cervelle, mais celui qu'on surnomme le Muet à la centrale, qui est en ce moment face à moi, n'est pas si muet que ça finalement. Et il connaît bien les droits de flic hors service. Je cherche quoi rétorquer intelligemment, ne voulant pas perdre davantage de crédit face à ce groupe de malfrats.

– Romy, tu peux venir à l'intérieur ? crie Josh, le serveur.
– J'arrive, réponds-je en haussant la voix.

Au fond de moi, je suis soulagée d'être sortie de cette situation de merde par l'appel à la rescousse de Josh. Dès que j'ai mis un pied dehors, j'ai été prise par un sentiment de déjà-vu qui ne m'a pas lâché tout au long de nos échanges. Mon ventre est noué par l'angoisse et je ne veux qu'une chose, bien que je meure d'envie d'interroger le Tigers, me barrer d'ici. Pour autant, je ne me démonte pas et lui réponds :

– Vous avez bien lu Wikipédia, monsieur Reed. Cependant, n'oubliez jamais : la police est l'autorité, nous décidons, vous exécutez. Ce n'est pas parce que vous portez un cuir avec une tête de serpent rouge que je vais me liquéfier devant vous. Ne l'omettez pas.

Je le vois serrer les dents et froncer les sourcils. Si ce type avait des mitraillettes à la place des yeux, je serais déjà raide morte étalée sur le sol. Je fais volte-face et reviens sur mes pas. Une fois à l'intérieur, rien ne me paraît anormal. Les filles semblent avoir déserté les lieux et je ne vois plus Fitz accoudé au comptoir.

– Qu'est-ce qu'il se passe ? demandé-je à Josh.

Il semble confus et se balance d'un pied sur l'autre.

– J'ai eu peur que la grosse brute s'en prenne à toi. Il est hyper violent.

Une part de moi lui est reconnaissante de m'avoir épiée pour voler à mon secours. Cependant, mon amour-propre en prend un coup.

– Je l'aurais maîtrisé, Josh…

Il sourit, comprenant que je ne reconnaîtrais jamais que j'étais à deux doigts de me faire pipi dessus. Je tente discrètement d'essuyer mes mains moites sur mon pantalon.

– Tu n'as pas appelé les renforts ? demandé-je en regardant autour de la vitrine.

– Romy… Tu sais bien que ce ne sont pas les flics qui font respecter la loi ici.

Ce discours m'exaspère à chaque fois qu'il m'est servi par un artisan, commerçant ou autre propriétaire d'une affaire lucrative dans le coin. Les Red Python sont leurs gardiens, leurs agents de sécurité en quelque sorte. Enfin, ça, c'est le nom qu'ils s'amusent à donner à cet arrangement. Au regard de la loi, nous sommes sur du bon vieux chantage…

– S'il te plaît, ne me sers pas ce discours-là, réponds-je en soupirant. Pas toi…

Je ne peux m'empêcher de lever les yeux au ciel devant sa mine impassible.

– Je suppose que les filles sont parties ?

Je pose la question, mais je connais la réponse.

– Tu supposes bien. C'est l'une d'entre elles qui a prévenu les Red. C'est une de leurs brebis.
– Leurs quoi ?
– Brebis. Nanas de compagnie. Vulgairement, leurs salopes si tu préfères.
– Mouais, le nom moderne serait plutôt composé de quatre lettres…

Josh fait mine de réfléchir.

– Elles ne moyennent pas des faveurs sexuelles, ce ne sont pas des prostituées. Mon Dieu, continue-t-il en se tapant le front du plat de la main, je parle trop. S'ils m'entendaient, je passerais un mauvais quart d'heure…
– Je ne dirais rien, Josh, le rassuré-je.

Il s'avance derrière le bar tandis que je pose une énième question.

– Fitz n'est plus là ?

– Il a détalé en râlant dès que tu es sortie par la porte arrière.

Ça lui ressemble bien ça… Je disais quoi précédemment ? C'est un ami qui est là en toutes circonstances ? Eh bien là, je le cherche encore !

# 4

## Saul

Lorsque Ava m'a appelé pour m'informer que des Tigers foutaient la merde au Brady's Pub, à la sortie de la ville, j'ai dû tirer Mason du lit. Et on va dire qu'il n'était pas en train de compter les moutons avec sa femme… Évidemment, Fallon a râlé. En plus de la priver de sexe, c'était pour embarquer son mec à la rescousse des brebis du club. Autant dire que Miss Jalouse en titre n'était pas contente du tout.

Entre Ava et Fallon, c'est loin d'être l'amour fou. Il faut dire que notre chère brebis était la favorite de Mas' durant des mois. Il se la tapait régulièrement, voire quotidiennement. Elle rêvait, plus ou moins secrètement, de devenir sa régulière. Bien sûr, ça n'était pas dans les intentions de Mason, mais Ava ne l'a jamais compris et a espéré jusqu'au bout du bout. Alors, Fallon a dû en venir aux mains plusieurs fois pour lui rappeler où était sa place.

Chez les Red Python et comme dans tous les clubs de motards que je connais, les régulières ont un rôle important dans l'organisation. Fallon et ma mère sont les seules femmes à porter le cuir à l'image du MC, avec le prénom et le rang de leur mari. Les brebis sont en bas de l'échelle sociale du club, mais elles restent sous notre protection. Mon père avait habitude de dire que dans un MC, il y a une hiérarchie et souvent, ce n'est pas celle qu'on croit. Ma mère prenait certaines décisions que mon père n'arrivait pas à prendre, même si rien n'était officiel… Officieusement, Pia Adams a pris autant, voire plus, de décisions importantes que mon père. Fallon s'en inspire puisque, bien qu'elle ne soit « que » mécano, elle tient fermement les rênes du garage. Ce sont des femmes de caractère. Là-bas, quand Fallon parle, tout le monde la boucle et quand elle ordonne, tout le monde exécute.

Je ne m'en plains pas, elle a un don naturel pour tenir les gars en laisse et gère le business comme personne n'en serait capable à son âge. Et clairement, ça m'enlève une sacrée épine du pied.

Bref, tout ça pour dire que Fallon n'était pas contente *du tout* que j'embarque son mec à la rescousse d'une nana qui, d'un point de vue hiérarchique, est bien en dessous d'elle, et qui écarterait bien les guiboles pour accueillir notre bon Vice-Président. Toutefois, un seul regard a suffi pour que Fallon comprenne qu'elle n'avait pas son mot à dire.

Lorsque des nanas, comme Ava ou les autres, deviennent des brebis pour les Red Python, il est de notre devoir de les protéger. De surcroît, puisque nous souhaitions mettre les choses au clair avec les Tigers, nous faisons d'une pierre deux coups. Le Limier s'est joint à la sauterie en sa qualité de sergent d'armes.

J'ai été plus que surpris de découvrir ma chère Romy en tenue de civil déjà sur les lieux. Je la voyais plutôt passer ses vendredis soir la tête plongée dans un dossier ou sous un plaid chaud à regarder un film romantique sur Netflix.

J'ai tendance à lui mettre bon nombre de clichés sur le dos, je le reconnais. Par exemple, je l'imagine major de sa promo, tellement focalisée sur sa réussite qu'elle n'a jamais participé à une fête universitaire. Ou encore, favoriser le missionnaire à n'importe quelle position, restant sur des basiques sans oser l'extravagance.

*T'inquiète ma douce, on va changer ça !*

Je ne l'imagine pas non plus avoir un coup d'un soir ni draguer ouvertement. À mes yeux, Romy est plutôt du genre timide, voire coincée, à la limite du frigide, simplement parce qu'on ne lui a jamais montré son pouvoir de séduction.

Le regard noir qu'elle m'a lancé quand je lui ai bloqué le passage dans l'arrière-cour tout à l'heure, ça, c'était *hot*. Sa voix autoritaire qui détonne totalement avec son mètre soixante les bras levés, ça aussi c'est sexy. La façon dont elle croise ses bras sous sa poitrine, faisant ressortir ses petits seins que j'imagine fermes et parfaits pour ma paume de main, ça aussi c'est foutrement sexy. Le plus kiffant restait le flingue à sa ceinture et ses menottes, dont l'un des bracelets sortait de sa poche arrière. Une nana qui porte une arme et qui sait sans aucun doute la manier, c'est carrément excitant, mais sur Romy, c'est même bandant. Et ses menottes qu'elle semble avoir toujours sur elle, je me demande si elle les a également au pieu !

Un instant, je l'imagine dans mon lit, nue et attachée, à ma merci. Le BDSM, c'est un tantinet mon trip. Et bordel, je lui ferais des trucs auxquels elle ne pense même pas dans ses fantasmes les plus vicieux !

Rien qu'aux images qui défilent dans mon esprit, je manque de bander. Je secoue la tête pour me concentrer de nouveau sur le Tigers qui semble enclin à papoter. Mason n'y est pas allé de main morte, sa sale gueule est bien amochée ! Agenouillé face à moi, il me fixe avec des yeux remplis de crainte. Dire que je n'apprécie pas ce sentiment de pouvoir absolu serait un mensonge. Surtout qu'il s'en est pris à *mon* club en s'attaquant à *mes* brebis. Savoir que Romy m'observe et m'entend ajoute du piquant à la scène. Que va-t-elle penser ? Va-t-elle prendre peur ou, au contraire, va-t-elle rêver de me passer ses fameuses menottes ?

– Alors, j'ai ouï dire que tu étais d'humeur bavarde, soufflé-je.

Le Tigers doit avoir 25 ans, à tout casser. Il m'observe, hésitant. Je le comprends, s'il parle, il pourra dire au revoir à son cuir et peut-être même à la vie. En revanche, s'il ne parle pas, c'est à sa gueule qu'il peut dire au revoir… Il doit faire un choix cornélien. À sa place, je n'aurais pas hésité une seconde, je préfère crever dix fois que de murmurer un seul mot. Ma loyauté envers le club n'a aucune limite, même si pour ça je dois voir mon frère mourir sous mes yeux.

Je pleurerai sa mort, certainement tous les jours de ma vie. Peut-être même que je finirai par me tirer une balle dans la tempe sous le poids de la culpabilité, mais j'aurai la satisfaction d'avoir protégé tous les autres. Chez nous, c'est ainsi : une vie contre toutes les autres. Et si je le devais, je donnerais ma vie pour que chacun des membres des Red Python puisse respirer sereinement et fouler le sol qu'ils désirent fouler. Que ce soit Mason ou le prospect fraîchement recruté. Je pense même que je me prendrais une balle pour une brebis. J'ai mis ma vie en jeu sans la moindre hésitation pour sauver Fallon alors qu'elle n'était pas encore la régulière de Mason. C'est la famille, voilà tout. Ça ne s'explique pas.

– J'ai des infos sur Orlando, murmure-t-il à demi-mot.

Je lève les yeux au ciel.

*Ouais, j'avais deviné ducon !*

Je mouline de la main, l'incitant à poursuivre. Il secoue la tête et en soupirant, je fais mine de rappeler Mason en claquant des doigts. Ce dernier est en pleine « discussion » avec Romy. Quand je parle de discussion, je parle de Romy qui balance son discours de flic et de Mason qui répond en monosyllabe. J'ai toujours envié sa capacité à faire disjoncter un flic sans même avoir besoin de dire un mot. Sa simple attitude nonchalante suffit à les rendre barges. Généralement, lorsqu'on se retrouve au poste en même temps, il est le premier à sortir de la salle d'interrogatoire. Paraît-il qu'ils ne prennent même plus la peine de l'interroger réellement. Il rentre dans la pièce, on lui demande s'il a quelque chose à dire, il répond par la négative et il se tire. Seule ma petite Romy persiste et tente de le raisonner.

*Rah, sa soif de justice est tellement mignonne.*

– Non, attendez ! s'écrie le mec encore au sol.

Je souris, ravi. Le Limier, lui, ne se gêne pour se foutre de la gueule du gars.

– Dis-moi tout mon chou, le taquiné-je en m'accroupissant à sa hauteur.

Il plante son regard suppliant dans le mien. Je soupire, las de son petit jeu.

– Écoute, soit tu parles et tout se passe à merveille soit je laisse mon ami, dis-je en désignant mon sergent d'armes, s'occuper de toi. Je n'ai pas l'intention de rester ici toute la nuit.

Je compte bien papoter avec ma petite Romy avant qu'elle ne se tire. D'ailleurs, le serveur l'appelle. Avant de rentrer, elle lance un avertissement à Mason qui me fait sourire. Jamais elle ne lâche l'affaire, c'est dingue !

– OK, OK, je vais parler, s'écrit-il après un rapide coup d'œil au Limier.

Il faut dire qu'il est… impressionnant. Du haut de son mètre quatre-vingt-quinze pour ses cent trente kilos de muscles, le nouveau sergent d'armes ne laisse personne indifférent. Je ne suis pas petit, pourtant, je dois parfois lever la tête pour le regarder dans les yeux. Et son regard, tiens, parlons-en. Ses yeux sont si clairs qu'on pourrait presque croire qu'ils sont transparents, et honnêtement, ce n'est absolument pas rassurant. D'autant plus qu'il a *le* regard ! Celui d'un tueur en série sadique et violent. Quand il nous fixe, on dirait qu'il s'imagine nous décapiter avec ses mains ! Des mains qui font la taille de ma tête et des bras qui rivalisent avec mes cuisses ! Pourtant, je passe plusieurs heures à la salle de sport et ça toutes les semaines.

Je le soupçonne de tourner aux stéroïdes, même s'il affirme le contraire. C'est impensable d'être aussi musclé sans aucune autre aide que le sport et les combats clandestins qu'il s'évertue à faire dans son temps libre.

*Moi, jaloux ? Trop pas !*

– Orlando aimerait partager votre territoire. On n'est pas méchants, on veut juste vendre notre came tranquille. On ne cherche pas la merde.

– Ouais, sauf qu'ici, tu n'es pas chez toi. Et foutre la merde dans *ma* ville, ce n'est jamais une bonne idée. Alors tu vas me faire le plaisir de dire à ton Prés' d'arrêter ses conneries, sans quoi… je vais devenir méchant et je t'assure que tu n'as pas envie de voir ça.

Il secoue vivement la tête, un voile de terreur dans les yeux. Je donne deux-trois petites claques sur sa joue avant de me relever.

– Rappelle à ton putain de chef qu'ici le boss c'est moi. Il n'est pas à Détroit, mais CHEZ. MOI.

Il hoche la tête, apeuré. Et il a de quoi l'être, je n'aime pas qu'on me prenne pour un con et encore moins qu'on me la fasse à l'envers. Je serre ses joues entre mes mains et continue :

– Plus de drogue, plus de passage à tabac, plus de putes shootées, plus de gosses dans les rues au lieu d'être à l'école, plus de braquages. Sans quoi, toi et ta joyeuse petite bande, vous irez faire coucou à tous les démons qui peuplent les enfers. C'est clair ?

Il n'hésite même pas un quart de seconde et réplique.

– Oui, oui, très clair.

– Gentille petite, ricané-je en tournant les talons.

Mason et le Limier à ma suite, je rentre dans le pub par la porte de derrière. Romy n'est pas encore partie, pour mon plus grand plaisir. Je ne me gêne pas pour la détailler de haut en bas. Elle porte un jean slim simple qui, je l'ai vu, met parfaitement en valeur son petit cul bombé. Son tee-shirt est primaire, à l'instar de sa personne : un débardeur noir, sans chichi et une veste en jean par-dessus.

Son carré long lui va à ravir, tombant juste sur ses épaules. Je dois reconnaître que j'ai toujours eu un faible pour les nanas avec un carré. D'ailleurs, Peggy, une des brebis, s'est coupé les cheveux seulement pour me plaire. C'est adorable… et inutile. Je baise pas une nana pour ses cheveux.

*Pour son cul, en revanche…*

Romy me fixe d'un œil haineux. J'ai déjà dit qu'elle est ultra sexy quand elle est en colère ? Ses yeux vert profond me percutent de plein fouet, comme à chaque fois que je croise son regard. Il y a un truc dans ses prunelles, un je-ne-sais-quoi qui fait la différence. Un vécu peut-être, une plaie encore à vif. Elle ne cille pas, ne détourne pas les yeux. Elle semble avoir une paire de couilles plus imposante que beaucoup de gars.

Ses lèvres sont, elles aussi, un appel au péché. Comme dirait Mas' avec sa classe naturelle, une vraie bouche de suceuse. Elles sont pulpeuses, bien roses sans avoir besoin de maquillage. Je les imagine sans mal autour de ma queue.

– Vous vouliez quelque chose ? me demande-t-elle, hautaine.

J'adore cet air à la fois arrogant et méprisant qu'elle prend avec moi – et seulement avec moi. Ça me donne encore plus envie de fermer cette petite bouche aguicheuse, à coups de bite.

– En effet, je voulais te dire quelque chose… et puis je t'ai vu et tout a disparu. Pouf, envolé.

Mason et le Limier éclatent de rire derrière moi avant de s'approcher du bar pour commander un verre, tandis que ma petite Romy lève les yeux au ciel. J'affiche un sourire joueur et lorsque j'avance d'un pas, elle recule instantanément. Je penche légèrement la tête sur le côté sans la quitter des yeux.

– Tu as peur de moi, *Romy* ?

Elle ricane froidement en reprenant contenance. Tentant certainement de m'intimider, elle redresse les épaules, pose sa main sur son flingue, relève le menton et me fusille du regard. Si elle espère me faire flipper, elle s'est plantée. Au lieu de quoi, ma queue se réveille ! Elle est carrément bandante quand elle essaie de jouer la méchante.

– Certainement pas. Dois-je vous rappeler qui je suis ? Ce que je représente ?

Je me retiens de rire. Son discours, je le connais par cœur. Ici, tous les flics sont corrompus. L'autorité, c'est moi. La loi, c'est la mienne. La justice, c'est celle que je décide et les habitants de Riverside ne s'en sont jamais plaints. Nous n'avons jamais eu besoin de la soi-disant justice qui privilégie les plus riches et les plus corrompus.

Je n'ai aucune confiance envers les représentants de la loi, encore moins les juges et les avocats. J'ai trop souvent vu mon père payer des pots-de-vin à ces types pour que je puisse imaginer qu'il y ait une justice équitable dans notre société. On vit dans un monde où un violeur ou un pédophile prend dix ans de prison, dont la moitié en liberté surveillée ! Ou un gamin qui braque une banque sans faire de victimes prend quinze piges sans remise de peine. Un politicien véreux qui détourne des fonds publics pour se payer une villa à Cancún prend une sale amende alors que des pauvres gens qui se cassent le dos tous les jours pour joindre les deux bouts se retrouvent sans toit sur la tête parce qu'ils n'ont pas pu payer le loyer ce mois-ci.

C'est ça la justice ? Bah putain, je préfère largement la mienne !

Dans mon monde, les pauvres et les riches ne sont pas logés à la même enseigne. Faudrait peut-être que Romy ouvre les yeux : il n'y a pas de justice lorsqu'on t'a directement mis dans une case. La preuve flagrante avec le père de Fallon, le co-fondateur des Red Python : il a été assassiné par un flic et cet enfoiré a fait porter le chapeau à un jeune qui était au mauvais endroit au mauvais moment. Personne n'a posé de question : il était noir, il était pauvre, il était en décrochage scolaire avec des problèmes d'attitude et de discipline, alors c'était forcément lui, le coupable idéal.

Ce n'est pas de cette justice que je veux pour Riverside. Ce n'est pas dans les valeurs des Red Python.

– Et alors ? demandé-je finalement. Ma jolie, ici, la justice c'est moi. Les gens ont plus confiance en moi qu'en n'importe quel uniforme. Viens prendre un verre avec moi, ça me laissera plus de temps pour te l'expliquer.

Je m'approche d'elle, assez pour qu'elle soit contrainte de pencher la tête en arrière pour ne pas quitter mes yeux. Elle fulmine, contracte la mâchoire, mais ses prunelles ne me lâchent pas. Mieux, elle ne se défile pas devant mon invitation complètement hors de propos et déplacée.

Pourtant, j'aimerais vraiment qu'elle vienne boire un verre avec moi. Pour deux raisons : la première, la plus évidente, est purement personnelle. Je la désire, je la veux dans mon lit, je rêve de m'enfoncer en elle encore et encore. La seconde, en revanche, est professionnelle. Romy a foi en la justice, oui, mais à quel point ? C'est une des rares flics que je n'ai pas dans ma poche ici. J'aimerais trouver une faille dans ses croyances, simplement pour, elle aussi, l'avoir à ma botte et mettre le club en sécurité.

– Deux choses, reprend-elle en enfonçant son index dans mon pectoral. Pour vous, c'est toujours et ça restera toujours lieutenant Williams. La seconde, les poules auront des dents avant que je n'envisage de « boire un verre avec vous ». Qu'importe ce que vous pensez, arrivera un jour où les habitants de cette ville ouvriront les yeux sur vos agissements, où votre chantage à la protection moyennant finance n'aura plus aucun impact sur eux. On ne fait pas régner l'ordre en inspirant la peur !

J'éclate de rire, un rire sans joie.

– La peur, tu dis ? Combien de personnes, hormis les Tigers, ont quitté le bar en courant à notre arrivée ? Je t'aide, aucune. En revanche, ramène la cavalerie et tout le monde décampera plus vite que son ombre, même ceux qui n'ont absolument rien à se reprocher. Bavure policière, contrôle d'identité au faciès, courses-poursuites qui causent la mort de gamins à peine en âge de conduire, des flics qui tirent sur des gosses même pas armés… Je m'arrête là, la liste est longue comme le bras. Tu allumes ta télévision parfois ? demandé-je en ayant l'air surpris par son ignorance ou sa naïveté. Vous, les keufs, vous inspirez la peur aux innocents quand nous sommes craints des enfoirés, des criminels. Telle est la nuance. Tu saisis ?

– Non, mais vous vous entendez ? réplique-t-elle en reculant d'un pas. Je crois rêver !

Elle hausse les sourcils en secouant la tête.

– Le problème avec les types comme vous, c'est que vous pensez être au-dessus de tout, des lois, des règles et de l'autorité ! Mais vous êtes des hors-la-loi, s'insurge-t-elle. Et… tous les agents de police ne sont pas des pourris !

– Et tous les bikers ne sont pas des criminels, rétorqué-je du tac au tac.

Les joues légèrement rougies par la colère, Romy recule à nouveau d'un pas et baisse un instant les yeux vers ses bottines. Je vois son torse monter et descendre plus rapidement qu'à la normale. Je vois l'intérieur de sa joue coincée entre ses dents. Je me demande comment une nana comme elle peut avoir autant d'idées arrêtées. Qu'importe ce qu'elle pense, je l'admets sans mal, je ne suis pas un enfant de chœur. Cependant, on ne juge pas les gens sans les connaître, ce qui n'est absolument pas le cas de tous les flics de Riverside.

– Sais-tu pourquoi Clark est shérif ici alors qu'autrefois il n'était qu'un vulgaire commissaire à Los Angeles ? Sais-tu qu'il a abattu un otage lors d'un braquage il y a sept ans à Santa Monica ? Un innocent est mort parce qu'il n'a pas pris les bonnes décisions. C'est le comble pour un représentant de la loi et de *l'autorité*, non ? Surtout quand il a fait passer sous silence sa bavure. Je ne laisserai jamais cette ville entre les mains d'un homme comme lui.

Romy recule de nouveau, cette fois heurtée par mes mots. Son visage pâlit à vue d'œil. Pourtant, ce n'est un secret pour personne ici. Ça a même fait beaucoup de bruit quand il a pris son poste de shérif. Tout le monde a retenu la mort du jeune Rudy lorsque le groupe de policiers mené par Clark a été dépêché sur les lieux, mais personne n'a les images de vidéosurveillance sur lesquelles on le voit faire feu et tuer le gamin, sans suspect autour de lui. Erreur de discernement. Certes, l'opinion publique n'a jamais su que Clark a cru bon de tirer parce que Rudy avait un bonnet noir sur la tête.

Je me dirige vers la sortie du bar, suivi de près par Mason et le Limier. Avant de franchir le seuil, je me tourne une dernière fois vers elle.

– Frederick Johnson. Il a dû prendre la fuite, mais si tu souhaites l'interroger… c'est un membre des Tigers. Ils ont leurs quartiers à la sortie de la ville. Je te souhaite une bonne soirée, ma douce et… réfléchis pour le verre.

Je sors une bonne fois pour toutes et me dirige vers ma moto sans un mot ni un regard pour mes frères.

*Ouais Romy, la justice ne fait jamais son taf… Regarde-moi, marcher librement après l'atrocité que j'ai commise. J'ai menti, Romy, j'ai fait souffrir une innocente une fois. Et quoi que je fasse pour être meilleur aujourd'hui, le reflet du miroir ne changera jamais.*

# 5

**Romy**

– Non, mais papa, dis-moi exactement ce qu'a dit ton oncologue.

Le moral miné par la voix de mon père à l'autre bout du téléphone, je tente depuis cinq bonnes minutes de lui soutirer des informations sur le diagnostic de son médecin.

– Ne t'inquiète pas ma puce.
– Papa, grondé-je, ne m'oblige pas à me pointer à Détroit.

Nouveau silence au bout du fil. Depuis quelques jours, j'ai un mauvais pressentiment, un truc qui me tord les boyaux sans que je ne sache vraiment de quoi il s'agit. Et ça m'agace, parce que j'ai l'impression que rien ne tournera plus jamais rond.

En réalité, ma vie se résume à quoi ?

Ma seule et unique famille, c'est mon père qui est resté à Détroit et qui, après avoir passé trente ans à fumer deux à trois paquets de cigarettes par jour, se traîne un cancer des poumons qu'il avait réussi à stabiliser tout en étant surveillé. J'ai conscience qu'il ne sera jamais totalement guéri et qu'il vit depuis l'annonce de cette fichue maladie avec une épée de Damoclès sur la tête, ce qui me démoralise. En même temps, qui n'aurait pas le moral à zéro dans une situation comme la mienne ? Mon père m'a élevée seul, ma mère étant décédée en me donnant naissance. Il a été toute ma vie un phare, le pilier sur lequel je pouvais me reposer, m'agripper. Je n'ai pas envie de le perdre et de lui dire adieu. Jamais.

Ma mutation est une punition. J'ai été envoyée ici après la connerie monumentale que j'ai faite à la mort de l'homme que j'aimais. Une connerie qui me rend malade encore aujourd'hui. J'ai commis l'impensable, complètement aveuglée par ma haine et ma peine. Rien ne pourra jamais effacer le bordel que j'ai foutu en abattant par accident la femme et la sœur du chef des Tigers. Si certains collègues se sont montrés cléments, d'autres ont vu en moi un monstre sanguinaire. Je n'aurais jamais cru que ce genre de chose aurait pu m'arriver. J'ai toujours été terre à terre, rationnelle, et me pointer chez l'homme qui a orchestré la mise à mort de Trevor semblait sur l'instant être une bonne idée. Lorsque j'ai vu les deux jeunes femmes derrière la porte où j'étais sûre d'avoir vu Orlando fuir et où j'ai tiré plusieurs fois pour arrêter sa course, j'ai pris conscience de mon acte. Mon cœur s'est mis à battre vite, très vite, quand une vague de culpabilité est venue me submerger. Ma vie a défilé derrière mes paupières. Je voulais juste l'atteindre *lui*. Depuis, j'ai accepté ma peine.

M'envoyer sur la côte Ouest a été pour eux l'occasion d'étouffer une affaire qui aurait pu me causer bien plus de tort, je le sais, mais je ne peux m'empêcher de vouloir retourner auprès de mon père. C'est égoïste, j'en ai conscience. Cependant, il a besoin de moi, autant que j'ai besoin de lui.

– Mes analyses ne sont pas bonnes, rétorque-t-il avant d'être secoué par une grosse quinte de toux.

Le pressentiment que j'avais était assez évident, mais j'ai préféré faire l'autruche.

– Tu vas bien ? demandé-je, paniquée.

Je n'aime pas me savoir si loin alors qu'il va si mal.

– Ma puce, ne t'inquiète pas pour moi.

Mais bien sûr que je m'inquiète ! Je suis morte d'inquiétude, coincée ici avec un connard comme chef et des archives à classer.

– D'accord, mens-je.
– On essaie de se voir à Noël ?

Le shérif Clark n'a pas cru opportun de m'octroyer des jours de vacances, estimant qu'étant célibataire sans enfant, je n'avais rien d'autre à foutre que de remplacer mes collègues. Cependant, je tais cette information pour ne pas l'inquiéter sur le degré de pathétisme de mon patron.

– Je vais regarder les billets d'avion.

Nouvelle quinte de toux à l'autre bout du fil, mon ventre se contracte. Je me demande un instant ce que je fous ici, à des milliers de kilomètres de l'homme de ma vie.

– Je peux prendre un congé avant si tu as besoin de moi, reprends-je. J'ai tellement envie d'être près de toi…

Du bruit dans le bureau se fait entendre, je lève les yeux et vois le shérif entrer dans la pièce en criant que tout le monde est attendu en salle de réunion.

– Je crois que le devoir t'appelle, ma puce. Ne t'inquiète pas pour ton vieux père, va montrer de quoi tu es capable, ma chérie.

Je soupire parce que je n'ai pas d'autres choix que d'abréger notre discussion pour suivre mes collègues qui se déplacent vers la salle de conférence.

– Tiens-moi au courant de ta prochaine analyse, je sais qu'elle aura lieu dans les jours qui viennent.
– Oui, ma puce, rigole-t-il. Va, ma fille, et rends-moi fier.

Je souris à cette évocation, puis je raccroche sans avoir dit à mon père à quel point je l'aime. Le rendre fier, je ne pense qu'à ça depuis que j'ai 10 ans. J'ai choisi ce métier pour lui rendre hommage, lui montrer que je voulais marcher dans ses pas et être aussi bonne que lui et son père, tous deux ayant dirigé la police de Détroit sur leur fin de carrière. Mon grand-père a payé sa place de sa vie dans le cadre d'une mission, le second est rongé par la maladie et a dû céder sa place. Je sais qu'il a été extrêmement déçu par mes actions, même s'il n'en a rien montré. Il a préféré mettre ça sur le compte de la douleur, du manque de sommeil et du deuil que je n'arrivais pas à surmonter.

*Est-ce vraiment une bonne idée de viser le même poste ?*

À vrai dire, je n'en suis plus si sûre. Si mon père me quitte, ce job n'aura plus de sens. En tout cas, il n'aura plus la même saveur.

Je me dirige vers la bulle vitrée au centre du commissariat, entre et reste debout contre une paroi, près de la porte. Toutes les équipes sont présentes, soit environ douze bonshommes pour une seule femme.

*Vive la parité !*

Quand on voit le panel des figures d'autorité de cette ville, on comprend mieux pourquoi, malgré mon grade avancé de lieutenant, je suis en charge des archives, des journées de prévention dans les établissements scolaires, des auditions pour agressions sur les femmes… Adieu les missions qui apportent un peu de sensations et d'adrénaline. Adieu les courses-poursuites sur l'autoroute ou le périphérique. Adieu les perquisitions musclées à six heures du matin tandis que tout le monde dort.

– Bien, débute le shérif Clark. Nous venons de découvrir une information capitale dans le cadre de nos écoutes. Les Red Python doivent vendre des armes à un Mexicain prochainement. Les conversations interceptées font état de plusieurs centaines de caisses d'armes diverses et variées venant du Canada. Du jamais vu. Seul hic, on ignore quand aura lieu la transaction.

J'écoute d'une oreille attentive ce que mon patron met en exergue puisque c'est la première fois en quinze mois qu'il parle en ma présence du MC des Red Python. Un miracle ! Ou alors il est tombé sur la tête…

– On a pu sonder nos indics ? lance Jones, un collègue.
– Ils ne savent rien, reprend le boss. Les Red semblent vouloir se faire discrets depuis quelques mois. Tout ce qui les concerne est difficilement cernable. C'est pour cette raison que l'information que nous venons de découvrir vaut de l'or.

J'ai passé sous silence ma soirée d'il y a une semaine déjà, celle à laquelle j'ai été confrontée au président du club de bikers. J'ai tu le règlement de compte entre les Tigers et les Red Python. Je ne m'attendais vraiment pas à retrouver ce gang ici, si loin de Détroit. Je n'ai aucun doute sur leur identité, le logo sur leur cuir est identique à celui qui est ancré dans ma mémoire. D'autre part, je lui voue une haine indicible et je m'en suis voulu de ne pas avoir réussi à rapporter un de ces enfoirés au poste. Pourtant, j'ai retenu le nom que m'a balancé Saul ce soir-là : Frederick Johnson. J'ignore de qui il s'agit, mais son appartenance au gang aurait pu me permettre de lui soutirer bon nombre d'informations, dont la localisation de leur chef.

Je reste très attentive aux échanges de mes collègues.

– Comment découvrir le lieu de la transaction quand on ne connaît absolument rien du club ?

– En faisant votre boulot d'investigation, pardi ! Sortez-vous les doigts du cul les mecs et donnez-moi les informations qu'il me manque !

J'ai envie de lui crier : « Youhou, je suis là moi aussi ! ». Je rajouterais bien un « connard » à la fin, mais je ne suis pas sûre que ça soit bénéfique pour mon dossier. D'autant qu'il doit repasser devant le conseil de discipline d'ici quelques mois. Neuf pour être précise. Une gestation humaine.

– Pourquoi pas tenter une infiltration ? demande Smith.

Smith est un des rares flics de ce commissariat à avoir un tant soit peu d'estime pour la petite personne que je suis. Un des rares à être courtois et à discuter avec moi. Son idée semble bonne, mais lorsque je passe en revue tous mes collègues, aucun n'a le profil d'un biker sans foi ni loi ! La majorité aurait une pancarte lumineuse « je suis un flic » qui s'agite au-dessus de leur tête, ce serait pareil.

Ils sont trop propres, pas assez sauvages. Ils marchent trop droit, les bras tendus, un peu comme un défilé militaire ! Quant aux autres, entre leur condition physique qui laisse à désirer ou leur âge avancé, ils ne font pas le poids face au charisme des trois armoires à glace que j'ai vues l'autre soir. Mason Reed parle peu. Il semble le plus mauvais, mais dégage une beauté sans précédent. Le troisième, que je ne connaissais pas, est immense tant en hauteur qu'en largeur. Je pense qu'un de ses tee-shirts pourrait me servir de drap. Il doit faire deux bonnes têtes de plus que moi… Et Saul. Est-ce utile de m'attarder sur le physique de cet homme ? Il m'agace avec sa repartie de baratineur de première qu'il fait passer sur le ton de l'humour. Tout ce qui me fait péter un câble en temps normal. Mais je ne peux m'empêcher d'être attirée par son magnétisme.

– Idée à ne pas exclure, mais je vais vous laisser réfléchir aux différentes solutions qui s'offrent à nous dans vos petits crânes de moineaux, dit-il en me regardant, et revenir vers moi. Je veux un plan en béton, aucune bavure.

Je serre les dents à m'en déboîter la mâchoire pour éviter de répondre à son sous-entendu qui n'a pas échappé à son adjoint, Holmes. Ce dernier ricane dans sa barbe de vingt centimètres qui le ferait presque passer pour un bûcheron qui a égaré sa hache…

– On en est où des enquêtes de voisinage sur l'enlèvement de deux adolescentes de Lincoln Road ? demande Clark.

– Rien de nouveau, réplique Jones. Personne n'a rien vu, rien entendu.

– Comme toujours, gronde le chef. Continuez à sonder les alentours.

Tous opinent, puis s'agitent en sortant de la pièce pour vaquer à leurs occupations certainement plus palpitantes que les miennes. Aujourd'hui, je dois archiver des affaires classées. Ce n'est pas comme si un stagiaire ne pouvait pas le faire… Prendre une caisse en carton vide, mettre les pièces administratives de procédures à l'intérieur, les pièces à conviction et autres rapports, mettre le capuchon et écrire le nom de l'affaire au feutre noir sur la face visible depuis l'allée du sous-sol.

*Et dire que j'ai passé des concours pour pouvoir être lieutenant…*

Une vingtaine de caisses remplies plus tard, je descends aux archives avec un chariot pour les ranger par année et par ordre alphabétique. Alors que la dernière caisse touche le fer émaillé de l'étagère qui va l'accueillir, mon téléphone émet le son annonçant l'arrivée d'un message.

[On se boit un verre ce soir ?]

*Fitz.*

Je n'ai pas de nouvelles depuis qu'il a déserté le Brady's Pub sans que je n'aie le temps de l'apercevoir. Je ne peux pas croire une seconde qu'il m'ait abandonnée lâchement, mais Josh a été formel, il a décampé aussi vite que l'éclair. Il n'aime pas les embrouilles, mais je n'aurais pas imaginé qu'il me laisserait en plan comme ça.

Je me décide à le provoquer, juste pour me marrer un peu et apporter une touche de positivité à cette journée bien pourrie.

[Ça dépend…
Vas-tu t'enfuir comme un voleur, cette fois ?]

Les trois petits points flottent immédiatement, signe qu'il rédige une réponse.

[Ha ha ha. Je me marre.]

J'adore l'ironie de son message et plus généralement, son humour décalé. Fitz est une belle personne. Malgré tout, je sens qu'il traîne derrière lui de sacrées casseroles. Mais qui suis-je pour le blâmer ? J'ai moi aussi des fêlures profondes qui ne se soigneront probablement jamais.

[Ben quoi ??
Heureusement que ma vie n'était pas en jeu !]

Jouer sur la corde sensible de notre amitié, d'habitude ça marche.

[Ouais, c'est ça…]

Il commence à capituler. Et moi, je commence à me laisser porter par mon imaginaire exacerbé.

[Fitzy, ils étaient trois !<br>Ils auraient pu vouloir me violer<br>dans la ruelle, derrière une poubelle,<br>et j'étais seule, esseulée, déboussolée…]

J'éclate de rire en lisant mon propre message. J'ai vraiment de la suite dans les idées. Je m'imagine quand même seule, esseulée, déboussolée, projetée contre un mur avant de sentir une fragrance enivrante me retourner les neurones, avant de goûter la chaleur d'une bouche avide qui attaque mes lèvres. Je pense à la barbe de Saul qui meurtrirait la peau laiteuse de mon cou tandis qu'il bloquerait mes bras au-dessus de ma tête… Et dans les bras de Saul, est-ce que j'aurais appelé « à l'aide » ? Pas sûre !

Je me gifle mentalement à cette idée qui fane mon sourire. Qu'est-ce qu'il me prend de penser à ça ? Je dois vraiment être désespérée après ses quinze mois d'abstinence.

À vrai dire, je n'ai jamais réussi à envisager autre chose que de l'amitié avec tous les hommes qui ont croisé ma route au cours de ces derniers mois. J'ai l'impression que mon corps ne saura pas réagir aux douces caresses qui pourraient m'être prodiguées, à une bouche qui chercherait à capturer la mienne, à une langue qui dessinerait des volutes sur ma peau. Puis j'aurais systématiquement la sensation de tromper Trevor. Il était tout : mon ami, mon premier amour, mon premier amant, mon premier soutien. Lui me disait que l'école de police n'était pas pour moi, que ma soif de justice et mon besoin d'aider les autres allaient au-delà de l'uniforme. Mon père me disait que nous étions flics de père en fils depuis quatre générations et que je devais reprendre le flambeau.

Et j'ai fini major de ma promo. J'ai obtenu le grade de lieutenant avec les félicitations du jury.

[Rom', j'y crois pas une seconde.
Je passe te prendre à 18 h 30.]

Bon, ma technique ne marche pas le moins du monde. Ou Fitz me connaît trop bien !

[OK ma Fitzouille !]

Là, je le provoque clairement. Il a horreur que je l'affuble de petits surnoms enfantins !

[M'appelle pas comme ça ! Ggrrrrr.]

Bingo !

[Tu sais que tu peux mettre des émojis ?
Un tigre ou un lion, j'aurais compris le rugissement !]

Je sens qu'il va craquer, et j'avoue que ça me met de bonne humeur. Ces quelques minutes d'aparté m'ont fait oublier le reste de ma journée.

[Tu m'épuises. Sois prête à 18 h 30.
Fin de la discussion !]

Bon, ben, comme ça, c'est réglé.

*À ce soir, Fitzy ! Arme-toi de courage, je suis d'une humeur de chien !*

# 6

**Saul**

– Je n'aime pas ça, déclare Fallon en remontant ses lunettes de soleil sur le sommet de sa tête pour admirer le Red Secret refait à neuf.

– Tu n'aimes pas grand-chose ces derniers temps, rétorqué-je. Tu as tes règles ?

Elle me fusille du regard alors qu'un sourire amusé étire mes lèvres.

– Je n'ai pas besoin d'avoir mes règles pour ne pas aimer une situation, boulet. Et en l'occurrence, l'idée que mon mec mate des putes toute la journée, ça ne me plaît pas du tout.

Elle me bouscule pour inspecter le reste de l'établissement refait à neuf. Une dépense supplémentaire. Toutefois, celle-ci va nous rapporter de l'argent, tout le monde en est parfaitement conscient.

– Elle est d'une humeur de chien, me confirme Mason à voix basse avant de s'exclamer afin qu'elle puisse l'entendre. Ce ne sont pas des putes, baby Fallon, revois ta définition.

Elle lève ses deux majeurs dans notre direction sous nos ricanements. Elle sait que ce ne sont pas des putes, les Red Python ne font pas tourner ce type de business. Aucun membre ne souhaite se lancer dans cette voie, bien au contraire, nous avons toujours lutté contre la prostitution à Riverside. Bien sûr, je n'ai rien contre ces femmes qui vendent leur corps pour se nourrir, elles font bien ce qu'elles veulent. Mais qui dit prostituées dit mac et qui dit mac dit plus aucune liberté pour ces femmes. Lorsqu'il n'y a plus de liberté, le consentement n'existe plus.

Le Red Secret est un club de strip-tease. Le bâtiment en lui-même l'a toujours été, mais disons que nous l'avons... récupéré. L'ancien propriétaire, Bob, était un enfoiré de la pire espèce et il y a plusieurs mois, nous avons mis fin à son affaire qui, pour le coup, servait de plaque tournante à la came et à la prostitution, mais la moche, celle où on drogue les meufs pour qu'elles soient encore plus dociles, qu'elles acceptent des pratiques de barbares. Bob nous a trahis en s'alliant aux Legends, alors nous avons brûlé les lieux pour lui faire payer sa trahison. Il y a aussi perdu la vie.

Triste fin.

*On ne prend pas les Red pour des cons.*

Du coup, quand Tyron a avancé l'idée d'un club de strip-tease, j'ai tout de suite trouvé que c'était un très bon plan. Les hommes aiment mater les nanas à moitié à poil, fantasmer sur leur corps en imaginant les posséder. Je sais que nous récupérerons rapidement l'argent que nous avons investi.

À la fois restaurant, bar et club de strip-tease, le Red Secret s'adaptera aux différents publics. Plusieurs salles ont été aménagées avec, à son entrée, un restaurant que ma mère a insisté pour gérer. Avant de connaître mon père, Pia était la seconde dans un étoilé de la ville. Elle a fait ses études dans la restauration et je la soupçonne de s'ennuyer à mourir depuis que mon père a pris sa retraite. Alors, j'ai accepté. Après tout, c'est une dépense en moins pour le club et si je peux faire plaisir à la matriarche…

Le restaurant est sobre, soft également. Bien sûr, nous sommes dans un club de strip-tease donc, il y aura des barres et des danseuses. Elles ne seront pas réellement visibles, cachées derrière de fins voilages, un projecteur installé derrière le drap projettera leur ombre de manière sensuelle sans que nous puissions les distinguer.

Dans la seconde partie se trouvent un bar avec une salle assez grande pour accueillir une cinquantaine de personnes, des tables ainsi que des canapés en cuir, le tout noir et rouge, dans une ambiance sexy. Une immense scène s'impose au fond de la pièce, avec un podium remontant jusqu'à l'entrée de la salle. Il y a également quatre petites scènes rondes entourées de canapé, pour plus d'intimité. Au fond, une petite porte mène aux salles privées ainsi qu'au bureau de Tyron qui va gérer le club, pour son plus grand plaisir.

Dans toutes les pièces, on a installé des caméras de surveillance afin d'assurer la sécurité des filles. Nous interdisons tout contact avec les strip-teaseuses. On touche avec les yeux, point barre. Nous n'autoriserons aucune exception, pas même pour les futurs employés ni pour Tyron, il en est parfaitement conscient. Malheureusement, je réalise que certaines filles sont prêtes à tout pour se faire un peu plus d'argent. Les caméras serviront également à nous protéger.

Plusieurs femmes attendent autour du bar pour les auditions. Le bouche-à-oreille a mieux fonctionné que je ne l'aurais imaginé, et pour cause. Qu'importent les efforts que tous les Red déploient pour que Riverside soit une ville où il fait bon vivre, la pauvreté règne en maître dans certains quartiers. Il y a des nanas qui sont prêtes à beaucoup de choses pour quitter leur coin défavorisé.

Je laisse Tyron prendre en main la suite des événements, après tout c'est lui qui gérera le club, il est le mieux placé pour choisir les filles qui danseront ici. Évidemment, j'ai le droit de poser mon veto et Mason a également son mot à dire. Quant à Fallon, qui a insisté pour venir, refusant que, je cite : « Mason mate des culs en chaleur toute la journée sans la moindre surveillance », elle n'a pas son mot à dire. La connaissant, nous sommes parfaitement conscients qu'elle donnera son avis, avec ou sans notre accord. Après s'être présenté, Tyron explique aux filles le déroulement des auditions.

– Vous aurez trois minutes chacune pour nous donner envie de vous embaucher. Vous pouvez mettre votre propre playlist ou utiliser celle du club. Concernant les tenues, vous en avez à votre disposition dans les loges, derrière la scène. Avant de commencer, nous demanderons votre prénom, votre pseudo si vous souhaitez en prendre un, ainsi que votre âge. C'est clair pour tout le monde ?

Toutes acquiescent.

– Alors c'est parti.

Les treize filles disparaissent derrière l'épais rideau noir en velours qui sépare la scène principale des coulisses tandis que nous nous installons sur des sièges face à l'estrade. Tyron s'assoit au centre, moi à sa gauche, Mason à sa droite et à côté de lui, Fallon qui fulmine toujours en collant sa chaise à celle de son homme.

Je souris face à l'attitude de la femme de mon Vice-Président. Fallon qui passe sa vie à affirmer qu'elle fait pleinement confiance à Mason se contredit avec ses réactions.

Bien sûr, une strip-teaseuse, c'est sexy, mais elle n'en reste pas moins qu'un fantasme. Mason ne jure que par Fallon, je pense d'ailleurs qu'il ne voit qu'elle. Leur amour est complexe et légèrement trop intense pour moi. Mason est trop protecteur lorsque Fallon a soif de liberté. Et pourtant, même en pleine dispute, ils transpirent l'amour. Je ne peux m'empêcher de repenser à ce que l'amour a fait de mon cœur.

Je quitte mes songes lorsqu'une blonde sulfureuse se met en place. Talons aiguilles noirs vernis, peignoir en soie transparent laissant deviner ses sous-vêtements noirs également, elle avance d'un pas déterminé sur la scène. Ses yeux sombres fixent un point derrière nous.

– Prénom ? demande Tyron qui, en parfait professionnel, sort un petit carnet et un stylo.
– Lia.
– Surnom ?
– Je n'y ai pas réfléchi.
– Pas de soucis. Âge ?
– 24 ans.
– À toi de jouer, déclare Tyron.

Lia s'avance vers la stéréo et lance « Love is a Bitch » de Two Feet. La musique qui à elle seule est un appel au sexe est très bien choisie. Sans hésitation, elle se met à se mouvoir en toute sensualité. Elle est canon, blonde, même si je les préfère plus pulpeuses. Elle est bandante et elle en est parfaitement consciente.

Ses hanches se balancent au rythme de la musique, sa main aux longs doigts fins fermement accrochée à la barre de pôle dance. Elle tourne autour de cette dernière, lentement, avant de détacher de sa main libre la ceinture de son peignoir. Doucement, le tissu glisse sur ses épaules, dévoilant sa peau laiteuse.

Les sous-vêtements qu'elle a choisis ne font qu'accentuer la beauté de son corps. Je toussote en croissant mes bras contre mon torse. OK, elle est vraiment bonne.

Elle porte un ensemble trois-pièces composé d'un soutien-gorge en cuir noir qui ne cache pas grand-chose de son anatomie. Quant au string qui lui rentre dans les fesses, il est constitué de sangles en cuir surmontées de petites chaînes et de clous métalliques au niveau de son entrecuisse.

Elle enroule sa jambe autour de la barre alors que Mason jure dans sa barbe. Le buste penché en arrière, ses longs cheveux blonds frôlent le sol brillant. Un instant, mon esprit s'égare, imaginant ma douce Romy à sa place. Je l'imagine tournoyer autour de la barre dans une petite tenue sexy sans me lâcher du regard. Je sais qu'elle serait provocante, sensuelle… J'en suis certain. Cette tenue, aux connotations dominatrices, accentue le côté autoritaire de sa personnalité et met en avant l'âme soumise de la femme qui la porte… Quel aspect de la personnalité de mon lieutenant préféré serait mis en valeur ?

Aurait-elle osé porter une tenue aussi provocante ? Elle doit être divine dans ce type de lingerie. Pourtant, je ne l'imagine pas avoir le cran de le faire. Certainement trop pudique, ou trop timide. Se rend-elle compte de son pouvoir de séduction ?

Je suis arraché à mes pensées par un bruit sourd. Fallon s'est levée si violemment qu'elle en a fait tomber sa chaise sur le sol. Mason a lâché un soupir un petit peu trop bruyant pour la boule de nerfs qui lui sert de femme.

Cette dernière se dirige vers la scène tandis que Lia l'observe, les yeux écarquillés. Fallon attrape le bras de la danseuse et la traîne dans les coulisses pendant que nous rions tous les trois.

– Vu sa réaction, commence Tyron, je suppose que Lia est embauchée ?

Je ris plus fort tandis que Mason hoche la tête.

– Je trouve qu'elle a bon goût, affirmé-je.
– Normal, elle m'a choisi, se vante Mason.
– Je continue de penser qu'elle a développé le syndrome de Stockholm, le taquiné-je, mais je suis d'accord, Lia est… délicieuse.
– Va te faire enculer, crache Mason.
– Seulement si tu t'en charges.

Il lève les yeux au ciel avant de me présenter son majeur.

– On se calme les enfants, déclare Tyron. Moi, je vote pour choisir les nanas en fonction de la réaction de Fallon !

– La connaissant, elle serait jalouse de ma grand-mère.

La remarque de Mason nous fait rire à nouveau.

– Tsss, arrêtez de vous foutre de ma gueule, rétorque-t-il. Cette nana est cinglée. La semaine dernière, elle m'a tapé une crise de jalousie parce que j'ai ramassé la boucle d'oreille d'Ava. Et la semaine d'avant, parce que j'ai aidé Martine en portant ses courses jusque chez elle.

Mon hilarité augmente alors que j'imagine Fallon jalouse de Martine, la femme du vieux Greg, le gérant de la station-service qui est sorti de l'hôpital il y a quelques jours. Martine doit avoisiner les 70 ans. Je crois qu'aucun d'entre nous ne veut savoir ce qui se cache sous ses fringues, sans vouloir la vexer.

– C'est toi qui l'as choisi, mon pote, assume, ricane Tyron.
– J'étais forcément bourré. Ou dans un état second, plaisante-t-il.

Nous rions encore lorsque Fallon revient, le regard noir posé sur son mec. La régulière du Vice-Président est tout sauf saine d'esprit, mais Bon Dieu, si elle n'existait pas, il faudrait l'inventer. Elle est hilarante.

– Si tu me refais un seul bruit dans ce genre, je t'arrache les couilles !

– Avec les dents, j'espère ?

– Va te faire foutre.

– N'échange pas nos rôles, bébé, dit-il en l'attirant sur ses genoux. T'inquiète, il n'y a que toi qui me fais bander.

Elle lui donne une tape sur l'épaule, mais l'embrasse à pleine bouche alors que Tyron appelle la seconde. Les femmes s'enchaînent, toutes différentes, mais sexy à leur manière. Je pose mon veto sur Manon alias Candy, une petite brune sacrément canon bien que timide. Sa tête quand elle était censée nous séduire en dansant faisait clairement flipper. Elle portait une tenue moins provocatrice que Lia, bien que foutrement hot. Un soutien-gorge en dentelle noire très fine, sa forme en balconnet à armature offrait un décolleté sublime orné de lanières noir satiné. Elles passaient autour de son buste ainsi que sur le dessus de ses seins ronds pour venir se croiser dans son dos. Manon avait également enfilé un porte-jarretelles dans le même esprit avec de la dentelle florale bordée de sangles en guise d'attaches. Ses cuisses toniques étaient entourées de bas fins ajoutant une légère touche de provocation à son costume de scène. La ficelle qui lui servait de string, quant à elle, était glamour, et le triangle censé cacher sa toison brune était assez transparent pour nous laisser imaginer ce qu'il y avait dessous en en dévoilant les pourtours.

Elle a proposé une danse sensuelle. C'était sexy parce qu'elle ne voulait pas réellement l'être ou alors, elle ne s'en rendait pas compte.

Nous terminons les auditions avec une jeune femme aux cheveux teints en blond polaire. Ses yeux bleu foncé se plantent immédiatement dans ceux de Tyron qui répète inlassablement les mêmes questions depuis le début de la séance à chacune des filles.

– Prénom ?
– Kaila.

Elle n'hésite pas une seule seconde, les yeux toujours plongés dans ceux de Tyron qui, visiblement, apprécie la dureté de son regard et la froideur de son expression.

– Surnom ?
– Perséphone.

Je souris doucement au clin d'œil mythologique à la reine des enfers.

– Âge ?
– 25 ans.
– Fais-nous rêver.

Et elle le fait. Sur la musique « I See Red » de Everybody Loves An Outlaw, Kaila danse avec une telle sensualité que ma queue se réveille pour la première fois de la journée. Lorsque le peignoir qu'elle portait s'échoue sur le sol, ma bouche s'entrouvre. Son corps est partiellement recouvert de tatouages et ses hanches qui ondulent sont tout bonnement un délice pour les yeux. La tenue qu'elle porte, à l'instar de sa danse, est parfaitement provocante.

Un harnais entièrement composé d'un jeu de liens, tout ce que j'aime. La lingerie s'entremêle au milieu de son corps, passe entre ses seins ni trop petits ni trop gros, pour se terminer autour de son cou. Des anneaux métalliques permettent de faire le lien entre toutes les bretelles en cuir qui entourent son corps.

Quatre jarretelles accordent des bas noir mat au reste de la tenue. Elle porte un string simple pour couvrir son intimité et des talons hauts rouges qui subliment ses longues jambes. Je soupire et remets ma queue en place lorsque, les jambes enroulées autour de la barre, la tête vers le bas, elle passe ses mains sur sa poitrine, puis sur son ventre. Une sangle cache pile-poil ses tétons, mais le reste de ses seins est parfaitement visible. Je parviens à lire l'un de ses tatouages sous sa poitrine, suivant la continuité du sillon : « TOXIC LOVE » en lettres gothiques.

Je jette un coup d'œil à Tyron qui fixe Kaila, la bouche entrouverte et les yeux écarquillés. Quant à Mason et Fallon, toujours assise sur les genoux du VP, ils sont tous les deux dans le même état que Tyron. Kaila, bien que sa danse soit plus que suggestive, bouge avec légèreté, qu'elle soit sur le sol ou accrochée à la barre. Ses mouvements sont naturels, dignes d'une danseuse professionnelle. Elle paraît si libre, dans son élément, à sa place.

Lorsqu'elle finit sa chorégraphie, le souffle court, elle semble revenir à la réalité, comme si son cerveau s'était déconnecté lors de sa prestation. Nous la fixons sans un mot pendant de longues secondes, choqués dans le bon sens du terme. C'est finalement Fallon qui rompt le silence.

– C'était… Waouh. Les gars, je ne suis pas une pro de danse, mais là… si vous ne l'embauchez pas, je ne sais plus quoi faire de vous.

La question ne se pose même pas, Kaila a totalement sa place ici. Je pensais voir naître un sourire enclin à la fierté sur les lèvres de la danseuse, au lieu de quoi, son visage reste fermé. Aucune expression, comme un joueur de poker lors d'une compétition au sommet. La parfaite *poker face*.

– Tu commences lundi prochain, déclare Tyron.

Pour les autres, il se donne le temps de la réflexion, ne révélant aucune réponse ni négative ni positive aux danseuses, mais face à un tel talent, je comprends parfaitement qu'il n'hésite pas une seule seconde.

Kaila hoche la tête avant de récupérer le peignoir sur le sol. Elle ne prend pas la peine de l'enfiler, nous laissant une vue idéale sur son cul bombé lorsqu'elle nous tourne le dos pour rejoindre les coulisses sans un mot.

– Pas très bavarde la demoiselle, souffle Mason.

– C'est toi qui dis ça ? demandé-je. Même un muet est plus bavard que toi !

– J'ai simplement rien à te dire, rétorque-t-il. Ce n'est pas de ma faute si tes sujets de conversation n'ont aucun intérêt pour moi.

– Outch, dis-je en posant ma main sur mon torse. Si je n'avais pas l'ego que j'ai, tu m'aurais sûrement brisé le cœur. Dire que j'avais prévu de t'offrir une glace pour te féliciter de ta bonne conduite.

– Tu sais où tu peux te la mettre ta glace ?

– Je te l'ai déjà dit, chouchou, il n'y a que toi que je veux dans cette partie de mon corps.

Je rigole tellement quand je vois la tête que tire Mas' ! Il se reprend et lève les yeux au ciel en grognant des injures incompréhensibles.

– Pas touche, mec, contre Fallon. Tout ce que tu vois et ce que tu ne vois pas, c'est à moi. Je peux te donner Patrick en revanche.

– Patrick ? je la questionne.

– Mon gode.

J'éclate de rire.

Aujourd'hui est une bonne journée, sans fantôme ni culpabilité constante.

# 7

**Romy**

Voilà trois jours que je ressasse l'appel téléphonique de mon père, ses aveux en demi-teinte, ceux qu'il refuse de me faire pour éviter d'accroître ma peine. Depuis, l'inquiétude ne me quitte pas. Je n'arrive pas à faire abstraction de ce qui va se passer, parce que j'ai pris conscience d'une dure réalité : mon père va mourir.

Je ne dois pas être dans les petits papiers du Tout-Puissant depuis quelque temps. Il faut croire qu'Il veut me faire payer mes conneries au centuple. Normal. Je ne parviens pas moi-même à faire baisser la jauge de culpabilité qui m'étouffe la plupart du temps.

Mon ventre se noue dès que je pense à ce jour sordide.

Mes muscles se contractent et je peine à chasser les images qui défilent derrière mes paupières. Finalement, je ne suis pas sûre d'arriver à surmonter cette épreuve, que je sois ici n'y changera rien. Je me sens seule, terriblement seule.

Je n'ai jamais connu ma mère puisqu'elle a payé de sa vie le fait que je puisse venir au monde. Elle savait pourtant qu'une grossesse était contre-indiquée avec sa pathologie sanguine, mais son désir de maternité a pris le pas sur le reste. L'accouchement en lui-même s'est bien déroulé, mes parents étaient, de ce qu'en dit mon père, plus que ravis. Cependant, quelques minutes après, son rythme cardiaque a chuté, et les médecins ont tardé à diagnostiquer une hémorragie interne. Ils appellent ça l'hémorragie de la délivrance.

Mon père m'a élevée seul, en présence de mon grand-père qui était alors en poste, grand manitou de la police de Détroit. Je n'avais pas fini le primaire qu'il était abattu en pleine mission, d'une balle dans la nuque. Les obsèques étaient dignes d'un homme d'État, et le cérémonial nous a un peu échappé. Mon père étant déjà dans les forces de police, il a suivi le mouvement pendant que moi, je suivais, l'âme en peine.

C'est à ce moment-là que Trevor a pris une place importante dans ma vie, et je n'avais que 12 ans. Au-delà d'être notre voisin, de m'accompagner tous les matins à l'école avec sa mère, il est devenu mon seul et unique confident, mais aussi ami. Il avait tout pour me plaire : il n'était guère plus grand que moi par son âge, mais sa stature de basketteur en herbe le faisait paraître bien plus âgé. Sa peau ébène contrastait avec ma peau claire, et ses yeux sombres pouvaient en effrayer plus d'un, mais il était la douceur incarnée. Il était gentil, bienveillant et à l'écoute. C'était de ça que j'avais le plus besoin.

Nous sommes allés dans le même lycée où nous avons échangé notre premier baiser lors du bal de promo. J'ai eu l'impression de voler, des papillons en fusion dans mon ventre. Mais quand il m'a fait découvrir les plaisirs charnels, ceux qu'il étudiait en douce sur le *laptop* de son père, j'ai eu l'impression de donner ma vie ! Trevor a étudié les parties de sexe en matant du porno, ce qui, soyons honnêtes, ne m'a pas fait rêver lors de nos premières fois !

Un coup de coude dans mes côtes me fait sortir de ma rêverie. Je me crispe et tourne mon visage vivement vers Fitz qui est assis à mes côtés. Il désigne d'un signe de tête l'écran derrière nous et je me rends compte que notre reportage vidéo sur la prévention routière s'achève.

– T'es vraiment à l'ouest aujourd'hui, râle-t-il.
– Excuse-moi, répliqué-je en me redressant.

Il est vrai que je n'ai pas le goût de bosser en ce moment, pas envie de traîner avec mon meilleur pote ni même de passer des soirées au pub comme nous avons l'habitude de le faire.

D'ailleurs, après ma journée de merde d'il y a trois jours, Fitz est venu me chercher à dix-huit heures trente. J'étais prête, motivée à me changer les idées, mais arrivée au comptoir où Josh m'a servi ma bière comme à chaque visite, mes yeux ont glissé vers la porte arrière de l'établissement. J'ai repensé à ce Tigers qui m'a échappé et à Saul qui m'a fait passer pour une conne. En tout cas, c'est comme ça que je l'ai vécu. Et ça, je peux affirmer haut et fort que ça ne me plaît pas.

Nous concluons la session en rabâchant aux étudiants de l'amphithéâtre que la conduite en étant sous l'emprise de stupéfiant ou d'alcool altère considérablement leur capacité à être réactifs à leur environnement, mais à voir la majorité des jeunes à moitié endormis ou sur leur portable, autant dire qu'on pisse dans un violon…

À peine sorti de l'établissement, je m'approche de ma voiture d'un pas pressé. Je n'ai pas de rendez-vous, mais j'ai besoin de rouler pour me vider la tête et l'esprit.

– Hey !

*Merde, j'avais même oublié la présence de Fitz !*

Je me retourne et étire mes lèvres dans un sourire qui se veut rassurant, sans que mes yeux ne parviennent à transmettre le même sentiment.

– Épargne-moi tes faux sourires, Rom', je te connais comme si je t'avais faite !

*Amen !*

– Je suis désolée, je sais que je suis d'une humeur de chien.
– T'as pas à t'excuser, Rom'. Tu peux juste me parler.

J'aimerais bien, mais que pourrais-je lui dire de plus ?

– Je n'ai rien à rajouter.

Fitz hausse les épaules et n'insiste pas.

*Sois forte Romy, garde la tête haute et ne pleure pas.*

C'est la phrase que m'a répétée toute ma vie mon père. Lors des fêtes des Mères à l'école, lorsque mes camarades se moquaient de le voir m'accompagner partout. Lorsque je tombais à vélo ou que j'échouais à mes représentations de gymnastique devant tous les parents des élèves de ma sélection. Lorsque mon grand-père est mort et que les semaines qui ont suivi, les passants chuchotaient en nous croisant ou faisaient des remarques désobligeantes sur son intégrité…

– Je n'ai rien à dire, Fitzy. En tout cas, rien de plus que ce que tu sais déjà.

J'ai l'impression d'être anesthésiée de l'intérieur, d'être en mode pilote automatique.

– T'es têtue et bornée !
– C'est vrai que toi tu es mieux, craché-je, agacée.

Si je suis entêtée, que devrais-je dire de lui ?!

– Je crois pas que ce soit un concours… réplique-t-il en me tenant tête.

J'étouffe un rire d'exaspération et de fatalisme.

– Écoute, j'ai mal, OK ? J'ai écrit un message ce matin à l'oncologue qui suit mon père pour en savoir davantage, en lui expliquant que j'étais à l'autre bout du pays. J'ai besoin d'avoir de la visibilité sur la maladie, son diagnostic et… le reste.

– Et il t'a répondu ?

– Bah, je sais pas, fais-je en haussant les épaules. On était dans l'amphi toute la matinée.

Il lève les yeux au ciel en m'intimant de regarder. Il n'a pas tort sur un point : je râle, mais je n'ai pas vérifié si j'avais les réponses à mes questions sur mon téléphone. Je suis vraiment à l'ouest !

Je fouille dans mon sac et trouve le Saint Graal sur lequel figurent deux appels en absence. Le premier du shérif Clark et le second du professeur Montgomery. Je lance la boîte vocale, me mets sur haut-parleur et écoute les messages par ordre d'arrivée.

« Williams, ici Clark. Lorsque vous aurez fini votre mission de prévention, venez immédiatement dans mon bureau. Affaire top secrète et urgente. »

Je suis surprise de ce message, mais je décide de m'en préoccuper plus tard.

« Madame Williams, bonjour. Professeur Montgomery au bout du fil. J'ai bien eu votre courrier électronique concernant votre père. Je comprends votre inquiétude et je ne manquerai pas à l'avenir de vous tenir au courant de l'avancée de son état de santé. Pour l'heure, je ne vais pas vous cacher que les analyses d'aujourd'hui ne sont pas bonnes et que la phase terminale de son cancer est bien entamée. J'ignore si vous avez la possibilité de venir à Détroit bientôt. Je ne veux pas vous mettre la pression, mais il faudrait l'envisager au cours des prochaines semaines, un mois ou deux maximums. La situation peut basculer en peu de temps. Je reste à votre disposition si vous avez besoin d'en discuter de vive voix. »

Ce dernier message me laisse bouche bée, le regard figé sur un point qui n'existe pas. Je me penche en avant, les mains sur mes genoux que je fléchis, et je prends une grande respiration.

– Rom', ça va ? demande Fitz en me passant une main dans le dos.

Je ne m'offusque pas de ce rapprochement puisqu'il n'a rien de tordu. Nous sommes comme frère et sœur avec Fitzy. Lors de ma première réunion au sein d'un groupe de soutien aux personnes ayant perdu un proche, nous avons partagé certains de nos traumatismes avec quatre autres participants. J'ai lu en Fitz tellement de peine et de colère que j'ai eu l'impression de voir mon propre regard dans le miroir. Je pense qu'il y a vu la même chose : nous sommes cassés par la vie et nous ne savons pas comment nous réparer. Il frotte mon dos en un geste maladroit qui se veut rassurant, et je tente d'endiguer les larmes qui s'agglutinent au bord de mes yeux.

Mon meilleur ami se redresse et me prend dans ses bras. Ce réconfort est ce que j'attendais pour lâcher prise. Je suis secouée par les sanglots, mes épaules tremblent et mes genoux menacent de flancher. Mais Fitz me serre fermement contre son torse.

– Essaie de le rappeler pour en discuter de vive voix avec lui, non ?

Après quelques secondes nécessaires pour me calmer, je lève la tête en reculant d'un pas pour m'adosser à ma voiture.

– C'est assez clair. Phase terminale bien entamée. Il faut que je m'organise pour lui rendre visite rapidement.
– Fais chier, soupire-t-il en se passant une main dans les cheveux.
– Ouais, comme tu dis...
– Deux mois… ça fait vraiment court...
– Ouais, comme tu dis.
– On dit pas ouais, mais oui, me taquine-t-il.

Je sais qu'il tente d'alléger l'ambiance et de désamorcer la bombe que je suis. Je suis d'ordinaire patiente, je mets du temps à péter un câble, mais quand ça arrive, je suis inarrêtable. Et mon meilleur ami en a conscience. Il a été témoin de quelques débordements il y a plusieurs mois : le premier à l'annonce de la dégradation de l'état de santé de mon père, cette satanée maladie qui ne vous oublie pas même lorsque vous pensez qu'elle n'est plus là, le second lorsque je me suis fait harceler par un collègue de boulot. En étant une femme dans un milieu d'hommes, on est rapidement pris pour cible, une proie facile à croquer. Mais je suis tout sauf une victime et il a été très bien reçu.

– Et je n'ai pas écouté le baragouin de ton boss, il te voulait quoi ?

Merde, je l'avais oublié lui.

– Il me veut dans son bureau dès que possible pour une mission « top secrète », dis-je en mimant des guillemets avec mes doigts. C'est quand même fou que je sois obligée de dire amen à tout ce qu'il me demande alors qu'il m'ignore depuis des mois. Je hais ce type du plus profond de mon être.

– Je le sais, Rom', mais tu dois fermer ta gueule et rappliquer dès qu'il le décide. C'est la dure loi de la jungle !

– Je t'en foutrais moi de la jungle ! rétorqué-je sur un ton plus léger.

Je disais quoi ? Fitz sait comment me faire sentir mieux.

– File, et tiens-moi au jus, dit mon ami en me claquant un bisou sur la joue. Et je t'interdis de pleurer. Sois forte, Romy, et garde la tête haute.

Ses propos me donnent le courage de monter dans ma voiture banalisée direction la centrale.

Après avoir passé les portes battantes du commissariat, je me rends dans le bureau du shérif en saluant les collègues qui croisent mon chemin. Je frappe et j'attends qu'il m'ordonne de rentrer, ce qu'il fait après quelques secondes. Une fois dans son antre, il s'exclame :

– Et ben, c'est pas trop tôt ! Vous avez dû vous arrêter pour une pause technique ?
– Négatif.
– Besoin de se repoudrer le nez ?

J'ai envie de lui mettre mon poing en plein milieu de la figure, mais je souris en répondant une nouvelle fois.

– Négatif.

Il ricane dans sa barbe et ses petits yeux mesquins me scrutent tandis qu'il prend un dossier épais comme une encyclopédie sur le coin de son bureau. Il le pose aussi délicatement qu'un volcan en éruption devant moi et le désigne du doigt.

– Voici le dossier des Red Python. Familiarisez-vous avec leurs membres ainsi qu'avec les dernières affaires les concernant, et plus précisément celles qui se rapportent aux leaders : Saul Adams, Mason Reed et Liam Cox, le trio de tête. Vous devez infiltrer le MC rapidement pour découvrir la date de la transaction avec le Mexicain. Je veux un flagrant délit.

Choquée par cette annonce plus que soudaine, je prends mon courage à deux mains pour lui dire ce que je pense de sa stratégie.

– Sauf votre respect, chef, je ne sais pas si je suis la plus qualifiée pour mener à bien cette mission. Puis, vous connaissez mon histoire…
– Justement, Williams. Vous n'avez rien à perdre…

Il s'arrête quelques secondes, le temps de fouiller les poches de sa veste pendue sur son fauteuil pour en sortir son téléphone qui vibre.

Il regarde l'écran, puis redresse son visage vers moi. J'ai la sensation qu'il s'agace de me voir encore face à lui.

– Votre fiancé est mort et votre père n'en a plus pour longtemps.

*L'enfoiré.*

Je blêmis face à ce mépris qui me percute aussi violemment qu'un train lancé à grande vitesse. Sa voix vibre également de colère, comme si me parler était le plus mauvais moment de sa journée, comme si c'était sa punition du jour. Je déglutis avec difficulté et ouvre la bouche pour tenter de me défendre, mais il me coupe à nouveau l'herbe sous le pied.

– Ne faites pas cette tête. Il faut appeler un chat un chat. Si vous n'aviez pas tiré à l'aveugle, vous ne seriez pas dans *mon* commissariat à faire des tâches que personne ne veut faire.

À ces mots, une colère sourde prend possession de moi. Je secoue la tête, puis mes doigts se plissent pour que mes poings se serrent. Un combat silencieux se joue entre nous. Ma mâchoire se contracte et je le dévisage en m'imaginant taillader sa peau pour lui dessiner un sourire qui resterait éternellement gravé sur son visage.

– Je ne crois pas que la hiérarchie verrait ça d'un bon œil, répliqué-je dans une ultime tentative.

Il me regarde d'un air mauvais et n'attend pas davantage pour me répondre :

– Mais je ne vous demande pas votre avis. La hiérarchie a validé la mission.

Je grimace légèrement, toujours convaincue que ce n'est pas l'idée du siècle.

– Puis, enchaîne-t-il, j'ai ouï dire que vous aviez tapé dans l'œil de leur Président, cet Adams. Passez par lui pour obtenir les informations que j'attends.

Cette fois, c'est moi qui ricane en levant les yeux au ciel.

– Parce que vous pensez que Saul Adams attend après moi ? Qu'il va me suffire de le voir pour lui soutirer ces informations ?

– Écoutez Williams, ne me faites pas répéter. Les consignes viennent d'en haut. Prenez ce dossier chez vous, lisez-le. Apprenez tout ce que vous devez savoir sur le MC et obtenez ces putains d'informations sur la date, l'heure et le lieu de rendez-vous de l'échange avec le Mexicain. Voyez ça comme un moyen de vous racheter auprès des grands chefs. Vous retournerez peut-être plus rapidement d'où vous venez ou vous pourrez être affectée sur de *vraies* missions.

*Je rêve où il me fait du chantage ?*

À l'écouter, j'ai la sensation d'être une cause perdue, d'être un déchet de la société. C'est dingue la faculté qu'ont certaines personnes de ne faire que vous rabaisser. Je prends une dernière fois sur moi et lui demande :

– Qu'en est-il de mes missions de prévention dans les établissements scolaires ?

– Un autre les prendra en charge. Faites ce qu'on vous dit, Williams, et arrêtez de chouiner comme une gamine. Retournez travailler, pour changer !

Je me sens devenir livide.

Mes doigts noués dans mon dos, je me les serre fort pour évacuer la colère que cet homme génère en moi. Cependant, je dois admettre que si je réussis à récupérer les informations qu'il attend pour les remettre à ses supérieurs, je peux regagner leur confiance et obtenir de Clark la modification des plannings. Je dirai adieu à la prévention routière, je verrai probablement moins Fitz, mais j'aurai prouvé que je suis capable d'autre chose que de gratter du papier et répéter mon speech dans des amphis où les jeunes ne m'écoutent qu'à moitié.

*Vois le bon côté des choses, si tu réussis, tu retrouveras ton rang. Un rang qui rendra ton père fier.*

– Dans ce cas, il va me falloir des jours de congé avant de commencer la mission.

Il a un mouvement de recul comme si je le giflais ou lui demandais un chèque à six chiffres. Je ne dois pas perdre de vue que mon père est en fin de vie, et bien que récupérer ces foutues informations soit un levier capital si je veux poursuivre sereinement mon job et récolter le respect de mes pairs, il me faut faire un crochet par Détroit avant.

– Vous avez besoin de voir *papa* ?

Désormais, c'est moi qui ai un mouvement de recul. L'enfoiré est vraiment en train de se foutre ouvertement de ma gueule et de celle de mon père ? J'aimerais bien lui faire fermer son clapet en lui répondant : « Et vous, besoin que j'appelle Goodwill ? »

Je mords ma joue pour éviter de débiter un certain nombre d'insanités et réplique :

– Affirmatif, déclaré-je, résignée.

Je décide de répondre à la militaire sans chercher à rentrer dans son jeu. À quoi bon le faire ? Qu'il me laisse prendre quelques jours pour m'assurer que mon père n'est pas si mal en point qu'on me le décrit et j'irai à la conquête des informations que mes chefs attendent.

– J'ai ouï dire qu'il était à l'agonie, réplique-t-il en me scrutant de son regard perfide.

Il pousse un dossier volumineux vers moi et reprend :

– Donc, plus vite vous vous démerdez pour obtenir les informations que je souhaite, plus vite vous irez le rejoindre.

Je serre les dents.

*Sois forte Romy, garde la tête haute et ne pleure pas.*

– Une fois les informations récoltées, je peux prendre des vacances ? demandé-je. Sans cette assurance, je ne pourrais pas accepter la mission.
– Vous me faites du chantage, Williams ?
– Non, je m'assure que vous n'ayez qu'une parole. Une fois les informations transmises à votre hiérarchie, pourrais-je aller voir mon père ?

Il me jauge plusieurs secondes qui me semblent interminables.

– Affirmatif.

# 8

## Saul

Je roule sur l'asphalte depuis maintenant trente bonnes minutes et comme toujours, les bienfaits du ronronnement de ma bécane qui frémit entre mes cuisses me fait vibrer.

Je repense au dernier échange que j'ai eu avec les Russes concernant les munitions. Une semaine. Ça fait une semaine que ces enfoirés me font poireauter afin de, je cite : « Réfléchir à mon offre à double tranchant. » Dans un sens, je les comprends, ils ont l'habitude de conclure leur transaction au Canada. Là-bas, ils ont des complices avec qui ils travaillent depuis des années. Le mécanisme de leur business est bien rodé. À Riverside, en revanche, ils ne connaissent personne, pas même moi. Ils ne traitent qu'avec un intermédiaire. Bien que mon offre soit plus généreuse que celle des Canadiens, ils doivent prendre des risques qu'ils ne prennent plus de l'autre côté de la frontière. Je leur demande d'innover, de modifier leur parcours de livraison, de revoir leurs plans. Et depuis, je dois m'efforcer d'être patient, tout ce que je ne suis pas, au grand dam de mon père qui affirme que pour être un bon Président, il faut réunir quatre qualités : opportuniste, audacieux, loyal et surtout, patient.

*Trois sur quatre, c'est déjà pas mal, non ?*

Là n'est pas le sujet parce que j'aperçois au loin une silhouette que je reconnaîtrais entre mille. Elle ralentit son jogging en bord de route. Avec sa tenue rouge, impossible de la louper. Je relâche mon poignet pour perdre de la vitesse et observe ses gestes graciles. Elle lève une jambe pour s'étirer : miam.

À quelques mètres d'elle, alertée par le bruit de mon moteur, elle lève son visage dans ma direction. Elle se fige quand elle constate que je freine pour garer ma moto près d'elle. Un sourire enjôleur étire mes lèvres et en l'espace de quelques secondes, j'enclenche le mode séduction. C'est la première nana à me donner autant de fil à retordre. Mais je suis loin d'avoir joué ma dernière carte !

– Hey, mais qui voilà ?

Elle secoue la tête alors que je n'ai débité que quelques mots, mais je ne m'en formalise pas. Elle grommelle un « comme par hasard » qui accentue mon sourire. C'est bien une pure coïncidence qui me mène ici, un besoin de m'évader pour tuer le temps et éviter de péter un câble en attendant de savoir si je vais enfin pouvoir conclure ce putain de deal avec le Mexicain.

Je fais un signe de tête en la désignant et demande :

– Tu cours souvent dans le coin ?
– Dans le coin, pas spécialement. Je change tous les jours de parcours.

Je regarde les environs pour constater que l'endroit est toujours aussi désert à cette périphérie de la ville, comme si ce tronçon de route était hors du temps.

– Tu devrais rester sur les grands axes, l'avertis-je. Ce coin est un peu reculé, tu pourrais te faire enlever ou renverser.
– Oh, monsieur se prend pour un preux chevalier ? se moque-t-elle.
– Je suis multicasquette, jeune demoiselle.

À l'évocation de ce sobriquet qui la fait réagir systématiquement, elle lève les yeux au ciel, puis me fusille du regard.

– Adams, arrêtez de m'appeler comme ça.

Je lève les deux mains en signe de reddition.

– Tu dois avoir soif après avoir couru… Et si on allait boire ce fameux verre ?

Elle ne m'oppose pas un *non* catégorique. Serais-je en train d'inverser la vapeur ? J'y vois une ouverture inédite. Je m'engouffre dans la brèche sans attendre.

– Juste un et je te laisse tranquille, plaidé-je.

Elle continue de s'étirer en posant sa jambe droite sur le mur en pierre bordant la route, souriant devant ma énième tentative. Elle me lance un regard que je n'arrive pas à déchiffrer, comme si elle voulait m'envoyer chier, mais qu'elle se retenait.

– Adams, je ne suis pas sûre que ce soit une bonne idée.

J'aime quand elle me répond avec autorité, ça fait palpiter mon pouls et ma queue.

– Allez, juste un ! insisté-je.

Elle reprend sa position initiale et plie un de ses bras derrière sa tête tout en tirant son coude avec sa main libre. Elle est vraiment bien foutue, putain ! J'aurais presque l'impression qu'elle fait tout ça pour moi…

– Je ne sais pas.

Je sors une clope de la poche intérieure de ma veste en cuir et la cale entre mes lèvres. Je tire également le briquet et l'allume. J'aspire une bouffée de nicotine sans détourner le regard.

– J'arrête de t'emmerder après ça, bien que je sois sûr que t'en redemanderas, conclus-je en lui adressant un clin d'œil.

Elle étouffe un rire avant de répliquer :

– On t'a déjà dit que ton plan drague était complètement nul ?
– Personne ne s'en est jamais plaint jusqu'à présent.

Je tire une nouvelle taffe puis penche ma tête sur le côté en sortant ma lèvre inférieure en une moue triste.

– S'il te plaît !

Elle sourit franchement cette fois, en secouant la tête.

– Je passe une sale semaine, alors pourquoi pas me distraire un petit peu, finit-elle par lâcher en haussant les épaules.

Je tire sur ma clope tout en retenant un rire. Ça me paraît trop facile. La semaine dernière encore, j'étais un damné qui méritait sa place en enfer. Et aujourd'hui, elle aimerait boire un verre avec moi parce qu'elle « passe une sale semaine » ?

*Oh, Romy, tu aurais pu trouver tellement mieux.*

Est-ce que je suis un éternel insatisfait ? Sûrement. Est-ce que j'ai l'impression qu'elle se joue de moi ? Assurément. Peut-être qu'elle va me donner rendez-vous et me planter, me laisser seul comme un con à l'attendre… Je la jauge pour déterminer ce qu'elle a en tête, ça me paraît être un programme plus intéressant que ce que j'avais envisagé pour ma soirée, à savoir *rien*, hormis peut-être me faire sucer par une brebis avant d'aller me pieuter. Pour une fois, elle me laisse entrevoir une meilleure soirée. Si ce qui trotte dans la petite tête de ma lieutenant préférée peut la foutre dans mon lit… j'accepte avec plaisir tout ce qu'elle me propose.

– Dis-moi, Romy, tu aimes les hommes qui prennent les devants ou tu es du genre à tout diriger tout le temps ?

J'attends une réponse qui ne vient pas, alors j'enchaîne :

– Personnellement, j'aime le pouvoir, mais je peux exceptionnellement m'adapter pour toi.

Elle ne répond pas. Je souris en voyant ses joues se teinter et sa respiration s'accélérer, je prends à nouveau les devants.

– Dans deux heures, au Brady's Pub. Ça te branche ?

Après quelques secondes d'hésitation, elle opine.

– À tout à l'heure, beauté, dis-je en jetant mon mégot tout en allumant ma bécane.

Je file sans lui laisser le temps de me répondre ou de contester. Je lui fais déjà une fleur en lui évitant un bar rempli de « criminels » qu'elle méprise tant… Quoique, en vérité, ça m'arrange aussi parce que si les gars apprennent ce que je m'apprête à faire, je pense qu'une réunion extraordinaire à la chapelle sera exigée et des explications attendues. Mais quand je sens mon membre à l'étroit dans mon pantalon, comme rarement il l'a été, je me dis que ça vaut bien le coup !

Je rejoins ma maison et gare ma moto dans l'allée du garage. Donner des rencards, c'est bien, se préparer et ne pas être en retard, c'est mieux. Je jette mes clés sur le plan de travail et je vais prendre une bonne douche salvatrice.

L'eau me fait un bien fou, détend mes muscles rendus raides par la conduite et par mon anxiété de ces derniers jours. Je ne peux pas m'empêcher de me demander comment va se dérouler la soirée, comment elle va être habillée, ce qu'elle aime boire ou écouter comme musique. Que des trucs à la con.

Le bruit d'un message me sort de mes rêveries. Après avoir roulé une serviette sur mes hanches, je m'empare de mon téléphone pour lire le SMS de Mason. Il me demande si j'ai des nouvelles des Russes. Je soupire en répondant par la négative et constate que je n'avais pas pensé à ce deal depuis que mes yeux ont croisé cette déesse au legging et à la brassière rouge un peu plus tôt.

Un tas de questions se bousculent dans ma tête tandis que je fixe mon reflet dans le miroir face à moi. Que peut-elle chercher ? Depuis qu'elle est arrivée à Riverside, j'ai observé la petite lieutenant. Intègre jusqu'au bout des ongles, rien en ce monde ne la pousserait à aller à l'encontre de ses principes, du moins c'est l'image qu'elle renvoie. Et son boulot... Je soupire. Son boulot est à l'opposé de ce que je suis, de ce que je représente.

*Premier dilemme !*

Bien sûr, j'aime taquiner Romy, elle est hilarante quand elle monte sur ses grands chevaux. Je m'amuse de ses réactions, de son caractère, j'adore lorsqu'elle me prend de haut alors qu'elle ne dépasse pas le mètre soixante. Pour ne rien gâcher, elle est foutrement bandante et je ne me ferais pas prier pour la baiser des heures durant si elle m'en donne l'occasion. Je rêve de voir jusqu'où elle serait prête à m'emmener. Mais au-delà de tout ça, je suis surtout intrigué par elle. Je me demande ce qu'elle fout ici dans un commissariat corrompu jusqu'à la moelle. Il se dégage d'elle une aura magnétique qui m'attire comme un aimant. C'est physique et inexplicable.

Pourtant, je suis parfaitement conscient que Romy est et restera un délicieux fantasme. Et je ne vois qu'une seule explication qui la pousserait à vouloir aller boire un verre avec moi : elle est flic, je suis le président du club de bikers qui règne en maître sur la ville, je trempe dans l'illégalité depuis très longtemps et malgré tout, j'ai toujours échappé à la justice. Même si j'ai passé un grand nombre d'heures en garde à vue, je n'ai jamais réellement terminé derrière les barreaux.

Je fais partie des rares exceptions du club. Mason a purgé une peine de cinq ans. Il aurait pu balancer n'importe lequel d'entre nous, mieux encore, mon père qui était encore président du club à l'époque, les flics auraient échangé sa place en haussant les épaules, l'air de dire : « Tant qu'on en éjecte un… » Mais ce n'est pas la politique de la maison. Mason a fermé sa gueule et a fait son temps en taule. Mon père aussi a passé sept ans en prison avant ma naissance, puis un an quand j'avais 13 ans. Ma mère a également fait un séjour de six mois pour outrage et violences volontaires, le Limier est quant à lui resté trois ans derrière les barreaux pour meurtre avant d'être libéré pour vice de procédure. Les pauvres flics ont *malencontreusement* perdu toutes les preuves qui reliaient notre sergent d'armes à la mort de son père.

Plusieurs autres gars ont déjà joui du luxe de la prison du comté. Certains de mes frères y sont encore, d'autres y mourront certainement. Je sais que Clark est fou de rage à l'idée de ne jamais m'avoir bouclé réellement. Il n'a jamais pu mettre mon père hors-jeu et selon lui, je ne suis qu'un Adams de plus qui tient désormais les rênes, une nouvelle cible, un nouveau président de MC. Il me pense beau parleur et immature. D'ailleurs, beaucoup pensent ça, je m'y suis fait. Il estime certainement qu'il sera facile de me faire tomber. En réalité, je m'amuse de ce qu'imagine ce type de personne. Je leur en donne pour leur argent. Je souris avec arrogance, réplique avec nonchalance, manie l'humour avec finesse… Et ils croient ce qu'ils voient.

Néanmoins, je m'efforce de montrer à ceux qui comptent qu'on peut me faire confiance. Que je ne suis pas seulement une belle gueule qui aime la tchatche, les bécanes et les jolies nanas. Je suis le prés' d'un club de motards puissant sur la côte Ouest qui tisse des alliances pour étendre son pouvoir.

*Même si je n'ai pas toujours su être à la hauteur de la confiance qu'on m'a accordée.*

Je me fiche de ce que pensent les autres tant que mes frères savent qu'ils peuvent compter sur moi dans n'importe quelle circonstance.

Il y a quelques années, j'ai perdu la personne qui avait le plus d'importance dans ma vie. Et clairement, je ne suis pas prêt à revivre ce cauchemar.

Certains me jugent espiègle et croient pouvoir en abuser, mais j'ai simplement ma façon à moi d'avancer, et je suis loin d'être dupe.

Romy n'utilisera pas ma prétendue gentillesse contre le MC, ni mon envie de la baiser, ni moi tout court. Je vais seulement me rendre au pub pour comprendre ce qu'elle cherche et par la même occasion, découvrir ce qu'elle sait sur les Red Python.

Personne ne se méfie réellement de moi, et si ça peut-être un sacré désavantage vu mon rang, c'est également un avantage certain quand je dois me faire passer pour monsieur Tout-le-Monde. Je suis le moins impulsif, je ne fais que très peu d'esclandres, on me voit comme un suiveur. Mais chez les Red Python, tout le monde doit faire ses preuves, même le fils du Président. Surtout le fils du Président !

Comme les autres, j'ai dû prouver que j'avais les capacités pour être au poste que j'occupe. Comme les autres, j'ai été un prospect à qui on filait toutes les tâches ingrates : j'ai nettoyé le vomi de ceux qui portaient le cuir, ciré leurs pompes et leur bécane, j'ai enterré des corps, j'en ai cramé certains… Comme les autres. Je n'ai jamais hésité à éliminer une menace ni regretté d'appuyer sur la détente pour l'honneur, la protection ou la vengeance du club et de ses membres. On oublie bien souvent de se méfier de celui qui sourit. Finalement, dans mon monde, les gentils sont seulement des méchants qui ne se sont jamais fait prendre.

J'ai plus de sang sur les mains que la plupart des membres du club. J'ai plus de démons dans la tête que n'importe lequel d'entre eux. Je flirte avec la mort depuis de nombreuses années, j'ai dû apprendre à danser avec elle. Ma prétendue gentillesse, mon humour, mon immaturité… ce n'est qu'un masque qui me permet de me regarder en face dans le miroir.

Même les monstres ont besoin de se rassurer parfois.

***

J'arrive devant le Brady's Pub avec quelques minutes de retard.

Avant de partir, j'ai dû missionner Fallon et Aria pour se rendre chez notre fournisseur de pièces détachées de moto pour changer mon calculateur. Bien évidemment, ma chère sœur a rechigné en affirmant que l'une d'entre elles suffisait pour faire le déplacement, mais il est hors de question qu'elles y aillent seules tant que je n'en sais pas plus sur ce que les Tigers mijotent réellement. Par ailleurs, je sens Aria de plus en plus détachée, j'ai donc demandé à Fallon de vérifier qu'elle va bien. Qu'elles fassent les trucs que les nanas font ensemble : papoter, manucure, coiffeur ou je ne sais quoi, ce qu'il leur chante, tant que je m'assure que ma petite sœur va bien.

Lorsque je pousse la porte, mes yeux tombent instantanément sur Romy, installée au bar, fixant sa bière d'un air absent. Je m'approche, revêtant mon masque de tous les jours, loin de l'humeur maussade qui me colle à la peau depuis ce matin.

*Depuis cet accident qui a bouleversé ma vie.*

Elle ne semble pas m'avoir remarqué lorsque je m'installe à ses côtés. En tenue de civile, elle porte un jean simple et un débardeur blanc ainsi qu'une paire de bottines noire. Elle a relevé le sommet de ses courts cheveux en un petit chignon, laissant le reste tomber sur sa nuque. De profil, je distingue qu'elle a mis du mascara et une touche de rouge à lèvres rose. Toujours tout en sobriété, s'embellissant grâce à son naturel.

– Vous attendez quelqu'un ? demandé-je d'une voix volontairement suave.

Elle sursaute légèrement avant de poser ses yeux verts sur moi. Elle me lance un regard noir, la main sur sa poitrine. Mes iris suivent le chemin de ses doigts pour plonger dans son décolleté. J'aperçois la naissance de ses seins, une petite poitrine qui colle à son style.

– Paraît-il, marmonne-t-elle, mais il a visiblement du mal avec la localisation ou la ponctualité. D'abord, il arrive en retard. Ensuite, le pauvre ne sait plus où se trouvent mes yeux.

Je ricane en plongeant dans son regard. J'y décèle quelque chose d'intrigant. Un mélange de force et de faiblesse. Comme si elle portait le poids du monde sur ses épaules tout en restant digne et peut-être même fière d'avoir cette responsabilité.

Elle semble fatiguée. Des cernes profonds et légèrement bleutés creusent les dessous de ses yeux qu'elle ne tente pourtant pas de dissimuler sous une épaisse couche de maquillage comme le ferait la majorité des femmes auxquelles j'aurais donné rendez-vous. Ça n'entache en rien sa beauté, je dirais même que ça ajoute un certain magnétisme à son regard.

– Quel idiot, rétorqué-je doucement. Ignorer tes yeux est une insulte.

Elle les lève au ciel en lâchant un soupir exaspéré. Je ricane tout en commandant une bière.

– Alors, dis-moi tout Romy, en quoi ta semaine est si merdique ? Tu n'as pas réussi à attraper le méchant loup qui fait régner la terreur à Riverside ?

– Tout dépend duquel tu parles. J'en ai un juste à côté de moi.
– Outch, c'est blessant. Moi qui nous pensais intimes… Je ne partage pas une bière avec n'importe qui, tu sais ?

*Si elle savait que je n'ai pas eu de rendez-vous galant depuis des lustres… Quoique jamais en réalité.*

– C'est maintenant que je fais mine d'être flattée ?
– Oh, tu peux. Généralement, je saute l'étape apéro, resto et tous les trucs en « o » pour prendre un aller simple en direction de ton pieu, ou du mien si tu préfères.

Elle se pince les lèvres en secouant la tête avant de porter la bière à sa bouche. Pourtant, je suis dans le vrai. Depuis plusieurs années, je ne me casse plus le cul à draguer, je choisis une brebis et la colle dans mon lit juste pour quelques heures. Elle est ravie de coucher avec le président des Red Python et parce que j'ai un don pour faire jouir ces demoiselles que ce soit avec ma langue, mes doigts ou ma queue. Donc, en effet, elle peut se sentir flattée que je prenne le temps de venir ici. Surtout que je n'ai aucune confiance en elle, encore moins en ses intentions, et que je n'ai pas la certitude qu'elle finira à l'horizontale dans quelques heures.

Mine de rien, Romy semble être une femme déterminée que rien n'arrête. Peut-être que Clark lui a promis une augmentation ou un poste plus avantageux dans une ville qui lui sied davantage si elle parvient à me coller derrière les barreaux.

– Tu ne t'arrêtes jamais ? demande-t-elle.

– Mes parents ont oublié d'ajouter le bouton « stop » lorsqu'ils ont passé commande.

– Tu es pénible.

– Tu es belle.

Je me délecte de sa réaction. Ses joues prennent une teinte rosée alors qu'elle détourne son regard du mien. Elle semble gênée par cette simple réplique. Elle se donne une contenance en observant les personnes présentes dans le pub et tournant légèrement son visage pour m'offrir son profil. Elle boit une longue gorgée de bière en rejetant sa tête en arrière, dévoilant son cou. Qu'importe. Mon compliment, sincère de surcroît, ne la laisse pas indifférente. J'aime bien la voir réagir ainsi, la sentir fébrile et apprécier le rose qui colore ses joues.

– Tu es qu'un beau parleur, Saul, dit-elle sans me regarder.

Je pose mes coudes sur le comptoir et me penche lentement en avant en attendant la suite. Elle pivote vers moi et enchaîne :

– Et dire que c'est ainsi que tu mets les filles dans ton lit d'ordinaire.

Son faible sourire me fait comprendre qu'elle s'amuse de nos échanges. Mais je crois que je préfère la voir moins sûre d'elle.

– Tu as vraiment envie que je te dise comment je colle une nana qui ne t'arrive pas à la cheville dans mon lit ? Non pas que ça me dérange, mais je crains que ce ne soit pas ce visage-là que tu veuilles voir.
– Tu as plusieurs visages, Saul ?
– Comme tout le monde, affirmé-je en haussant les épaules avant de porter ma bière à mes lèvres. Et pour répondre à ta question, généralement, je n'ai pas besoin de parler.

Un regard, un geste, ça suffit amplement. Surtout avec les brebis ! Même si j'ai aussi conscience que je suis beau, je remarque le regard gourmand des femmes que je croise. Depuis l'enfance, les filles me mangent dans la main. Je n'en voyais qu'une, certes, mais j'aurais pu passer mon adolescence à baiser toutes les femmes de la ville. Seulement, depuis cette nuit-là, je n'ai plus envie de me faire chier à séduire qui que ce soit, si ce n'est pour me divertir ou pour m'assurer que le club est en sécurité. Romy me fait cocher les deux cases.

– Rassure-moi, tu ne les forces pas, au moins ? s'inquiète-t-elle.

J'éclate de rire, peinant à retrouver un semblant de sérieux.

– Non, mais vraiment, Romy, tu m'as regardé ? Qui ne voudrait pas de moi ? Et puis, je respecte bien trop les femmes pour ça. Cette accusation est vexante, fais-je semblant de m'offusquer.

Je l'observe, elle n'a pas l'air disposée à me piquer de ses remarques acerbes.

– Je ne suis pas un vicelard avide de chatte, dis-je plus sérieusement.

Je n'ai jamais contraint une femme, que ce soit une brebis ou non.

– Désolée, souffle-t-elle et elle semble réellement l'être. Si je dois être franche, j'ai quelques a priori à ton sujet et une sacrée déformation professionnelle.

Je hoche doucement la tête.

– Dans ce cas, pourquoi sommes-nous ici, Romy ?

Tu n'as aucune confiance en moi et je n'ai aucune confiance en toi. Même si la confiance se gagne, tu ne sembles pas encline à me laisser une chance. Alors, à moins que ce soit pour tuer le temps, je ne comprends pas pourquoi tu as accepté ce verre.

Je plisse légèrement les yeux alors qu'elle plante son regard dans le mien. Elle a l'air de chercher ses mots, comme si elle réfléchissait intensément à ce que je venais de lui dire. Finalement, elle tourne la tête en soupirant.

– Tu penses que tous les policiers sont des pourris, Saul ? Ou il y a bien une exception à ta tirade de l'autre jour ?

Je hausse un sourcil, surpris. Je ne m'attendais pas à ce genre de réponse, mais soit, je déclare avec sincérité :

– Je pense qu'il y a autant de fils de putes chez les flics que chez les boulangers. En revanche, un keuf qui tabasse un homme à cause de sa couleur de peau, c'est bien plus grave qu'un enfoiré de boulanger qui met deux grammes de farine en trop, simplement pour faire chier son monde.

Elle hoche à son tour la tête.

– Clark est un connard, crache-t-elle. Et tu vois, je n'avais pas envie de prendre une bière avec mes collègues qui semblent tous aussi pourris que lui. Je voulais juste… me le sortir de la tête. Et en ce qui concerne la confiance, Saul, si je ne peux pas avoir confiance en un représentant de la loi, qu'en est-il de celui qui l'enfreint ouvertement ?

– À toi de voir si tu préfères offrir ta confiance à quelqu'un de franc et d'honnête qui ne cache pas son jeu ou… tout l'inverse.

– Qui me garantit que tu n'es pas cent fois pire ?

– Personne, mais je suis bien plus canon que lui, dis-je un sourire aux lèvres.

En réponse, elle me sourit. Un étirement de lèvres sincère, pas un simple rictus de façade.

– C'est pas faux. J'ai beaucoup de mal à imaginer Clark à ta place au sein du MC, et inversement.

– Il se ferait manger tout cru avec sa tête de con ! Et, moi, je me vois bien diriger le poulailler !

Nous passons l'heure suivante à discuter de banalités, en évitant les questions qui fâchent : les flics et le club en tête de liste. Je me rends compte qu'elle a de l'humour, beaucoup d'humour. On s'est tapé des barres de rire en sirotant quelques Bud[1] et en grignotant quelques cacahuètes. J'ai réalisé qu'elle devenait bavarde dès qu'un sujet l'intéressait, alors je n'ai abordé que ça, pour voir son visage s'animer et me faire kiffer. Puis nous avons fait un billard. Elle adore le billard ! Ça nous fait un point commun supplémentaire. Les nanas que je connais aiment se faire prendre sur le billard ou jouer avec les boules, mais pas y jouer. J'avoue que Romy sait manier le manche, sans jeu de mots : elle m'a éclaté !

– Je t'aurais bien proposé une revanche, mais j'ai peur de t'humilier davantage, annonce-t-elle en rangeant sa queue.

Elle s'étire pour la mettre sur le présentoir en hauteur, dévoilant sa chute de reins. Quelle courbe ! Je m'approche d'elle pour ranger mon matos, et quand elle retourne au bar, je range ma queue, la vraie, qui a grossi dans mon jean.

– Tu en veux une autre ? demande-t-elle en désignant nos bières.
– Pas pour moi, beauté, réponds-je en sortant mon téléphone qui vibre dans ma poche.

Mason.

Je lui ai dit de ne pas me déranger ce soir, hormis en cas d'extrême urgence, aussi, je jette un coup d'œil désolé à Romy.

– Je dois prendre cet appel.

– Pas de repos pour les malfrats, fait-elle enjouée.
– Malfrats, braves, quelle est la différence après tout ?

Je lui adresse un clin d'œil avant de décrocher et de mettre un peu de distance entre elle et moi. Mason ne me laisse pas le temps d'en placer une :

– Aria et Fallon ont été agressées. Ta sœur est à l'hôpital, rien de grave d'après Zoey.

Mon cœur rate un battement à chaque mot prononcé par mon Vice-Président. D'un pas rapide, je rejoins le tabouret sur lequel j'étais installé préalablement. Romy me jette un coup d'œil interrogateur, certainement dû à mon expression fermée. Face à elle, il ne s'agit plus de Saul Adams, mais bel et bien du président des Red Python dont la petite sœur et l'amie ont été agressées.

– Qui ? demandé-je fermement.

Je peine à reconnaître ma voix qui, à l'instar de mon for intérieur, est aussi froide que la glace d'un pôle.

– Les Tigers. Ils sont arrivés avec un fourgon et ont tenté de les enlever. Tu connais les deux furies… Elles se sont tellement débattues qu'ils ont fini par les rouer de coups avant d'être dérangés par des sirènes de police.

À croire qu'ils font leur travail de temps en temps ces enfoirés… Quoi qu'il en soit, ils ont flippé et se sont barrés. Fallon a reconnu leur cuir et Aria a entendu l'un d'eux appeler « Orlando ».

Je prends une longue inspiration, fouille dans ma poche pour en sortir un billet de cent dollars que je jette sur le comptoir, avant de souffler :

– Tu as carte blanche Mas'. Je te rejoins.

Je raccroche, puis me tourne vers Romy. Je sais que mes paroles vont avoir des répercussions énormes. Et…

– Ma place est auprès de ma famille, dis-je froidement. Ce n'est que partie remise, *lieutenant*.

C'est la guerre et les flics n'ont rien à faire dans une telle affaire. Pas même Romy.

---

1. La Bud, ou Budweiser, est une marque de bière américaine.

# 9

## Romy

Une semaine que je n'ai pas vu Saul, et mon boss me met toujours une pression de dingue pour obtenir des informations sur les Red Python, mais aussi sur les Tigers. J'ai réussi à l'envoyer sur la piste du gang et à attiser sa curiosité. L'objectif était clairement qu'il m'ouvre davantage mes accès au réseau informatique et aux dossiers confidentiels, mais il s'accroche à ces informations comme un camé en manque, ou comme un gosse qui ne veut pas prêter ses jouets.

Au-delà de cette mission d'infiltration qui est un véritable fiasco pour le moment, je cherche un maximum de données sur les Tigers.

Il s'agit d'un gang sans foi ni loi qui sévit sur Détroit depuis des décennies. Ça me paraît improbable qu'ils soient désormais ici, mais lorsque je me remémore la tête de tigre sur le cuir du type que je n'ai pas pu intercepter dans le bar il y a plusieurs semaines déjà, je me dis qu'il n'y a pas de doutes.

Lorsque j'exerçais sur Détroit, je menais une vie débordante d'énergie, toujours sur le qui-vive. Je mangeais police, je dormais police, et lorsqu'on m'a annoncé que ma mission principale serait exclusivement dédiée à faire tomber ce gang, j'étais la plus heureuse. Et Trevor l'était aussi. J'y ai consacré un an de mon existence.

Trevor était éducateur dans un centre d'accueil pour jeunes. Et ces gosses de tout âge étaient toute sa vie, autant que moi mon boulot. Il se rendait régulièrement en pleine nuit à la rescousse de l'un d'eux qui était dans de sales draps… Ça nous a valu quelques disputes : j'enrageais qu'il protège cette jeunesse qui se croyait invincible, à défier les forces de l'ordre à n'importe quelle occasion. Pour ses petits protégés, j'étais la flic blanche qui se tapait le grand noir qui était comme leur grand frère.

Petit à petit, Trevor a réussi à me faire voir le vrai visage de ces gamins, à me faire comprendre que ne pas les aider, ce serait toujours pire, jamais mieux. Quand je les arrêtais, qu'aucun outrage ou manque de respect n'était constaté, et que je savais qu'il fréquentait la « maison des jeunes » que dirigeait Trevor, je l'appelais pour qu'il vienne les récupérer et les ramener à leur domicile. Au début, j'avais l'impression de commettre l'impensable, de bafouer le règlement, mais j'ai vite compris une facette qui marque à jamais : ces adolescents étaient sans repère. Les parents, lorsqu'ils daignaient se déplacer, et c'était rare, étaient bizarres, quand certains n'étaient pas hystériques et violents. Leur indifférence m'a profondément marquée. Ils venaient récupérer leur enfant comme s'il était question d'aller ouvrir la porte d'entrée dans un moment crucial d'un film ! Il fallait que ce soit rapide et efficace pour qu'ils retournent à leurs occupations.

Un coup de sifflet à l'autre bout de la pièce attire mon attention. Je redresse brusquement la tête, prête à l'action. Mais ce n'est que mon boss, le shérif Clark, qui agite sa main dans ma direction en me faisant signe de le rejoindre.

Je me lève sous le regard de certains collègues et je m'approche du bureau de mon patron bedonnant.

Je frappe une fois devant sa porte entrouverte et attends qu'il daigne lever les yeux pour me dire de rentrer, ce qu'il fait quelques secondes après. Je m'exécute et reste debout, prête à recevoir ses consignes ; parce qu'il va forcément me donner des ordres, le chef ne discute pas avec la seule femme du commissariat, même si c'est l'agent le plus gradé après lui. Il ne s'encombre pas avec la hiérarchie…

– Alors Williams, comment avance votre mission ?

– Point mort, chef. J'attends l'occasion pour tenter une nouvelle approche.

– Vous attendez quoi pour la provoquer cette occasion ? s'agace-t-il.

– Le bon moment, chef. Si je l'appelle comme une groupie, il n'y croira pas une seconde.

Il ferme le dossier qu'il lisait avec force et hausse le ton.

– Trouvez une solution !

Je voudrais lui hurler que c'est peine perdue, que s'il connaissait vraiment Saul Adams, il saurait. Il saurait qu'il n'est pas que le président d'un MC. Il n'y a qu'à voir la soirée que nous avons passée ensemble. Ça faisait longtemps que je n'avais pas autant rigolé. Je l'ai même trouvé sympathique.

J'ai envie de cracher à mon chef que s'il n'est pas content, je n'y peux pas grand-chose. Je ne sais pas draguer, séduire n'est pas mon fort. J'ai connu Trevor tandis que j'étais une enfant, tout a été naturel entre nous. Je n'ai jamais eu à le charmer ou à en faire des caisses pour qu'il me remarque. Et depuis ce fameux soir où ma vie a basculé, j'ai fui les hommes comme la peste.

*Bonjour mauvaise humeur et abstinence !*

– Bien, chef. Je vais réfléchir à une autre approche.

– C'est pas bien compliqué de choper une date et une heure, bon sang !

– J'ai besoin d'appréhender chaque acteur du tissu local afin de ne pas commettre d'impair. Cette semaine m'aura servi à en apprendre plus sur les Legends, et je commence à lire le rapport sur les Tigers que vous m'avez fait transmettre ce matin.

Je ne mens qu'à moitié. Oui, il est essentiel que je m'imprègne des affaires des deux dernières années pour comprendre les affinités ou au contraire, les rivalités entre les divers groupes de criminels du comté, voire de l'État. Mais si je dois me rapprocher de Saul pour obtenir des informations sur une transaction avec le Mexicain, l'histoire des Legends ne me servira à rien. Les Tigers, eux, ils m'intéressent, mais pas dans le cadre de ma mission. Leur boss est mon ennemi juré, l'homme que je rêverais de voir périr dans d'atroces souffrances, l'homme qui m'a brisée, qui est la raison de ma mutation forcée dans ce bled où il fait toujours trop chaud, où les gens sont trop gentils pour être honnêtes et où mon chef est une raclure de la pire espèce.

– Eh bien, lisez ce foutu rapport et allez rechercher ces putains d'informations !

– Bien, chef.

– Je peux vous garantir que si vous me faites louper cette affaire, vous n'êtes pas près de retourner à Détroit, même pour un week-end.

*L'enfoiré.*

Il tape où ça fait mal et sait que cet argument est infaillible.

– C'est noté, chef.

Je conclus notre échange avec professionnalisme même si je dois me mordre l'intérieur de la joue pour ne pas lui dire le fond de ma pensée.

Je quitte son bureau, la boule au ventre. Le mythe de la police comme mon père me l'a enseigné s'effrite de jour en jour, de semaine en semaine, de mois en mois. Cette soif de justice, de vouloir participer au maintien de l'ordre dans mon pays, d'aider les autres et de servir le collectif, voilà ce qui m'animait. Et, selon mon père et mes instructeurs, j'avais toutes les qualités et compétences requises pour être un bon agent de police, avec en premier lieu, mon sens de l'honneur et du dévouement. Je mets tout mon cœur dans mon métier et je reste loyale. Je suis diplomate et autoritaire. Un peu trop parfois, mais j'ai été élevée par un commissaire de police, qui lui-même avait été élevé par un flic et une militaire.

*Il devait marcher droit, mon père !*

Puis, j'ai une condition physique irréprochable qui m'a permis de tenir tête à beaucoup d'hommes de l'école de police. Je suis endurante et futée. Et dernier point, j'ai l'esprit d'équipe. Bien que je sois contrainte de ne plus exercer depuis que je suis ici et presque mise au placard. Sans savoir pourquoi, je suis laissée de côté, mais depuis que mon père est retombé malade, je crois que ça me passe un peu au-dessus de la tête.

Je me rassois à mon bureau et parcours les dernières pages du rapport concernant les Tigers. Je cherche un seul prénom, un seul.

Je n'ai pas le temps de finir ma lecture qu'un parfum familier s'immisce dans mes narines et qu'une ombre m'empêche de voir correctement les caractères qui défilent sous mes yeux. Je me redresse et tombe nez à nez avec Fitz. Aussitôt, un sourire illumine mon visage.

– Coucou Rom' !

– Hey ! Que fais-tu ici ? demandé-je en regardant autour de moi.

– J'avais un rendez-vous avec Smith sur les programmes de prévention dans les lycées et universités du coin.

– Cool, réponds-je en refermant mon dossier.

– Et il m'a annoncé que j'allais devoir avoir un nouveau camarade de conférence.

Je lève les yeux, surprise.

– Tu dois te concentrer sur une affaire de la plus haute importance. C'est exactement les mots qu'il a employés.

Je suis flattée d'être enfin assimilée à autre chose que la paperasse ou l'archivage, mais je n'arrive pas à me réjouir à 200 % de cette fichue mission.

Je hoche la tête en m'appuyant sur le dossier de ma chaise.

– C'est Smith qui reprend la suite ?

– Ouais.

– C'est le seul qui semble être doté d'un cœur et d'un sens des relations humaines, rétorqué-je.

Smith est un des rares du commissariat à être agréable avec moi.

– Je t'emmène manger un bout ou boire une bière ? demande-t-il. Ou les deux si tu veux !

– Je crois que ça me ferait un bien fou. Je… Je suis éreintée à vrai dire. Je vais passer chez moi pour me changer. Tu me récupères dans une heure ?

Sans attendre sa réponse, je rassemble mes affaires et me redresse.

– Ouais. J'ai envie d'essayer le petit italien à Long Beach.

Je le regarde, étonnée.

– Tu m'emmènes à Los Angeles ?! Je n'en reviens pas ! me moqué-je.

D'habitude, quand on va manger un morceau ensemble, il est difficile de faire bouger Fitz ailleurs qu'à Riverside. Au-delà d'être casanier, il n'aime pas trop faire de longs trajets en voiture.

– Ouais… Me fais pas chier, sinon on finit chez Brady.

Son sourire en coin me donne envie de le bousculer, mais je préfère rester dans la légèreté, c'est ainsi que fonctionne notre amitié.

– Mais j'adore aller chez Brady ! m'offusqué-je. Ses cacahuètes sont succulentes, comme ses chips !

Il mime un haut-le-cœur et reprend sa route vers la sortie.

– T'as raison sur un truc depuis tout ce temps…
– Et quoi donc ? demandé-je.
– Je vais arrêter de te sortir, sinon je trouverai jamais la femme de ma vie !

J'éclate de rire. Que je sois avec lui ou non, il n'a pas le sourire facile, il ne risque pas de se faire draguer. Il a encore de sacrés progrès à faire s'il veut faire des rencontres.

– Tu devrais surtout arrêter de bouder comme un cochon, réponds-je un peu plus fort quand il me tourne le dos en poussant la porte.
– Sois à l'heure, Rom' !

***

Assis autour d'une table ronde dans une ambiance feutrée, je me tortille dans ma robe courte pour trouver une position confortable. J'ai l'impression que tout le monde peut voir que je fais des efforts surhumains pour paraître plus féminine.

– Arrête de gesticuler. Cette robe te va bien et on va se péter le bide ! Souris !

En rentrant chez moi, j'ai eu le malheur de regarder le site Internet du restaurant, et quand j'ai compris que mon meilleur pote m'emmenait dans un endroit guindé, je me suis sentie obligée d'abandonner mon jean et mes débardeurs ou chemises bleu gendarme. J'ai ressorti mes robes du placard et j'en ai sélectionné une noire, simple et courte. J'ai l'impression qu'elle aplatit ma poitrine déjà pas très volumineuse, mais c'est celle dans laquelle je me sens le mieux. J'ai revêtu des escarpins de la même couleur pour rester sobre. Pour compléter le look, j'ai mis un fard à paupières caramel sur mes yeux, du mascara noir qui allonge mes cils à l'infini, et j'ai lissé mes cheveux à la perfection.

– J'ai perdu l'habitude, dis-je sans honte. D'ailleurs, j'ai un service à te demander.

– Lequel ?
– J'ai besoin que tu m'apprennes à séduire des hommes.

Fitz avale de travers en entendant ma requête. Il s'étouffe presque avec son Chianti.

– Merde, j'ai vraiment dit une énormité ? demandé-je, inquiète.

La réaction de mon meilleur ami à ma sollicitation m'alarme. Suis-je une cause désespérée ? J'ai besoin de son aide parce que j'ai l'impression d'être gauche quoi que je fasse. Depuis Trevor, je n'ai eu aucune relation avec un homme, ni sexuelle ni charnelle. Je ne sais plus comment m'y prendre, comment engager la conversation, ni même séduire. Comment faire comprendre à un homme qu'on aime bien sa compagnie ? Qu'on le désire ? Qu'on a envie de plus ? Tout me paraît compliqué…

– Non, t'as raison, laisse tomber, dis-je.

Ce n'est pas la bonne solution. Séduire Saul Adams n'est vraiment pas l'idée du siècle.

*Mais c'est celle qui te permettra de retourner rapidement voir ton père.*

– Non, non ! s'écrit-il. J'ai juste été…

Il cherche ses mots, puis poursuit :

– Surpris par ta demande. Je ne t'ai jamais vu avec un mec depuis que je te connais, donc…
– Donc, quoi ?
– Bah… Je me suis souvent demandé si tu n'avais pas changé de bord, dit-il fier de sa connerie.

Je souris et lui réponds franchement :

– T'es bête !

Il lève les yeux au ciel.

– J'en déduis donc qu'un homme t'a tapé dans l'œil, reprend-il plein de malice.

Je sens mes joues chauffer. Je ne cherche pas à séduire pour attirer, mais pour arriver à mes fins. Et la fin justifie les moyens. Je ne peux pas faire autrement.

– Donc ? Tu serais d'accord pour essayer ?
– Je ne vois pas ce que je peux t'apprendre, reprend-il. Je ne sais pas comment faire non plus. Puis, je ne crois

pas spécialement en l'amour. Pour moi, quand tu aimes, tu souffres. Et c'est déjà trop.

Je l'observe et réfléchis. Effectivement, il n'y a pas d'amour sans risque, sans souffrance ou sans peur de l'inconnu.

Mais l'alternative c'est de se replier sur soi, de ne voir personne. On n'accepte rien, on n'évolue pas. C'est un peu ce que je vis depuis que je suis à Riverside. Je ne m'autorise pas à vivre. La vie, c'est trouver sa moitié, s'engager avec une autre personne, fonder un foyer, une famille, avoir des enfants, se diriger vers un nouveau travail… Toutes choses qui impliquent de prendre le risque de souffrir. Mais suis-je prête pour ça ?

– Pourquoi tu dis que c'est trop ? demandé-je. On est bien amis, non ? Ça veut dire que tu m'aimes quand même un peu ?

Aimer ne veut pas juste dire « être en couple ». On aime nos amis, nos enfants, notre famille… N'importe qui peut nous blesser. Et les liens d'amitié sont pour moi sacrés. Ce que je vis avec Fitz depuis plus d'un an est essentiel à mon équilibre. Je ne vois pas ma vie sans lui, sans aucune arrière-pensée ! Et je sais que c'est pareil de son côté. Nous sommes comme frère et sœur, à nous écouter nous lamenter lorsqu'on n'est pas dans notre assiette, avec des mots ou des silences, à s'enquiller des bières chez Brady après une journée pourrie et à se goinfrer de chips sans saveur ou simplement se regarder un film avec une pizza de l'italien du coin. Je ne compte plus le nombre de fois où j'ai dormi sur le canapé de Fitz après une cuite ou les déjeuners du dimanche midi chez ses parents.

C'est un ami fidèle et très pudique, une sorte de double. Je me retrouve en lui en bien des points.

– Arrête tes conneries, rétorque-t-il. Tu sais que t'es comme une sœur pour moi.

Il est soudain sérieux et a le visage fermé.

Je me sens heureuse et bien dans mes pompes. Savoir que je compte pour quelqu'un est un bonheur que je ne soupçonnais pas.

– Tu sais, ajouté-je, si l'on ne veut pas prendre le risque de souffrir, on ne peut pas aimer. Et sans amour, on ne peut pas continuer à avancer.
– Dit celle qui se referme comme une huître à la moindre occasion.
– Ne te moque pas, mais je viens d'en prendre conscience. T'es un ami en or et je mesure la chance que j'ai de pouvoir compter sur toi.

Fitz semble touché par mes mots et le repas se poursuit avec légèreté. Lorsqu'il tente de m'enseigner quelques techniques de drague, elles me paraissent tout de suite douteuses. Je comprends plus facilement pourquoi il n'a personne dans sa vie ! Quelques moments au cours du dîner sont plus sombres. J'évoque notamment mon père et le chantage de mon patron pour me motiver dans ma mission dont je passe les détails.

Peu avant minuit, la voiture de Fitz s'engage dans ma rue et se rapproche de mon immeuble. Je rêve de monter dans mon appartement, de quitter cet accoutrement et de filer sous une douche bienfaisante, puis sous mes draps.

– J'ai passé une super soirée, dis-je en cherchant mes clés dans mon petit sac à bandoulière.

– Ouais, c'était top. La bouffe était excellente ! Mon escalope milanaise était une tuerie, c'est dommage que tu n'aies pas voulu goûter.

L'amateur, il ne connaît pas la technique ?

– Si j'avais piqué un morceau dans ton plat, je n'aurais pas pu refuser lorsque tu aurais voulu goûter le mien. Et j'ai horreur qu'on touche à mon assiette ! Tu devrais le savoir depuis le temps !

– T'as un rapport avec la bouffe impressionnant ! Et on dirait que tu ne prends jamais un gramme !

– Ta mère t'a jamais appris qu'on ne parlait pas du poids des autres ! lui réponds-je avec un sourire taquin. Merci à ma morphologie, ça fait des semaines que j'ai ralenti mes sessions footing. Mais porter des cartons dans les archives et les déplacer dans le dédale de couloirs avec des escaliers m'entretient visiblement.

Il ne me retourne rien de plus qu'un rire en se garant le long du trottoir.

– Encore merci pour le restaurant Fitzy, t'es un amour.

– Tu sais que ça me fait plaisir, répond-il. Allez, vas-y que je guette si tu rentres bien en vie dans ton immeuble.

Je me détache et me penche sur l'accoudoir central pour lui embrasser la joue. En approchant de la porte vitrée du bâtiment, je croise deux billes vertes qui me clouent sur place. Saul se tient sur sa moto, les mâchoires serrées. Il n'a pas l'air de bonne humeur.

Je m'avance pour ne finir qu'à deux petits mètres de lui.

– Salut Saul, dis-je, un brin gênée.

Je suis étonnée de le voir ici, devant chez moi. Ce n'est pas le fait que je n'ai jamais mentionné mon adresse au cours de notre discussion chez Brady qui me surprend, mais bien le fait qu'il réapparaisse après une semaine de silence radio.

C'est lui qui s'exprime le premier :

– Encore une semaine de merde ? demande-t-il d'un ton amer.

J'en perds ma langue et plonge dans ses iris qui me parlent plus que ses paroles.

# 10

## Saul

J'ai passé une soirée merdique. Non, en réalité, j'ai passé une *semaine* merdique. Et visiblement, puis qu'avec Romy on se voit lorsqu'on passe une mauvaise journée, je me suis dit qu'il était temps de me pointer chez elle pour reprendre où on s'était arrêtés. J'avais besoin de m'éloigner un peu du club et de tout ce qui nous tombe dessus ces derniers temps.

Ma sœur et Fallon vont bien. La femme de Mason est remontée à bloc et menace de tous leur faire passer un sale quart d'heure. Quant à Aria, elle reste fidèle à elle-même : d'un calme olympien, bien qu'inquiétant. Ces fils de putains les ont coincées dans une ruelle sombre, à sept contre deux. Par chance, Fallon a fait de la boxe toute son enfance et a repris récemment l'entraînement.

D'après ma sœur, Fallon est parvenue à mettre trois types au tapis et Aria s'est démerdée comme elle a pu pour en dégager un.

Les trois restants, en revanche, n'ont pas hésité à décharger leur colère sur les filles. Aria s'en tire avec un nez et une côte cassée, et malgré ça, elle a plus de chance que Fallon qui, à première vue, avait l'air en bonne santé. Alors qu'elle rentrait de l'hôpital, le soir même de l'agression, assise derrière Mason, elle a ressenti une vive douleur du côté gauche de l'abdomen. Mon Vice-Président a été intraitable avec sa femme, passer par la case hosto était non négociable. Alors que les médecins ont cru qu'il ne s'agissait que d'un bleu, la rate de Fallon avait rompu. Elle a été opérée en urgence. Depuis, elle est hospitalisée contre son gré. Alitée, elle a voulu braver les conseils des soignants en essayant de se lever ou encore de retirer elle-même ses perfusions. Mauvaises idées… Puis elle a voulu passer outre les suppliques de Mason pour rentrer chez elle, « retrouver son confort » disait-elle, mais les risques infectieux étaient trop importants. C'est moi qui suis finalement intervenu, non pas en tant qu'ami, mais en ma qualité de président des Red Python.

Bien qu'elle ne fasse pas partie du club comme les autres gars, Fallon porte le cuir des Red. Aussi, si j'ordonne, elle exécute, fin de la discussion. Bien sûr, ça n'a pas ravi la demoiselle, mais c'est le dernier de mes soucis. Elle me remerciera plus tard.

Après plusieurs heures à fouler les rues de Riverside, nous n'avons trouvé aucun Tigers. Pas même au bar qu'ils ont acheté lors de leur arrivée, juste à la sortie de la ville. C'est la première information capitale que Kurtis a obtenue sur les manigances des Tigers. Et si nos soupçons se révèlent vrais, ils ont bien raison de se terrer. S'en prendre à des gars du club aurait déjà été une grossière erreur, mais Aria et Fallon ? Tout le monde les adore, elles font partie de la famille, et concernant ma sœur, elle est la fille du co-fondateur des Red, la sœur du président du MC. En s'en prenant à elle, ils ont signé leur arrêt de mort, tous autant qu'ils sont.

Quoi qu'il en soit, j'avais besoin de m'éloigner du club, juste un soir.

Tout le monde a les nerfs à vif, aucun ne tolère que l'agression des filles reste impunie. Et bien que je sois parfaitement d'accord sur ce point, je n'ai aucune solution à leur apporter à l'instant T, et je déteste ça. Je me sens… inutile. J'ai toujours cette désagréable impression de ne pas être à la hauteur, de ne pas être digne des responsabilités qui incombent à mon rang.

Je reviens sur terre lorsque Romy sort d'une bagnole, conduite par un homme dont je ne distingue pas le visage, plongé dans la pénombre. Elle a embrassé la joue du type avant de sortir de la voiture et de se diriger vers moi. Elle semble sur ses gardes. Je souffle du nez, me demandant ce que je fous ici. J'ai toujours imaginé le lieutenant célibataire, certainement parce que je ne l'ai jamais vue avec un mec depuis son arrivée en ville. Mais après tout, peut-être bien que j'ai fait fausse route.

En fait, je n'en ai rien à foutre de qui elle se tape. Ça complique seulement les choses. Moi qui étais déterminé à trouver ce qu'elle savait sur nous, je vais devoir utiliser d'autres méthodes, voilà tout.

*Mauvaise foi !*

– Salut Saul, dit-elle une fois à ma hauteur.

Mon regard glisse sur son corps et en particulier, sur sa tenue. Cette fois, pas de doute, elle rentre d'un rencard. Cette robe courte lui sied à ravir. Je me souviens du jean et du tee-shirt qu'elle portait lors de notre « rendez-vous ». Clairement, elle n'avait pas les mêmes aspirations. En même temps, ça ne m'étonne pas, Romy n'a jamais caché son aversion pour ce que je représente.

Même si je ne m'attendais à rien, je suis tout de même déçu. Tout ça à cause d'une fichue robe qu'elle n'a pas mise pour moi, mais pour un mec inconnu au bataillon. Je me mords l'intérieur de la joue pour me ramener à la réalité. Ma réaction n'a pas lieu d'être.

Romy a quelque chose d'exotique, d'inédit, qui fait d'elle une distraction plus qu'attrayante. Contrairement aux filles que j'ai pu rencontrer ces dernières années, elle ne s'efforce pas de me séduire quand on se croise, bien au contraire. Elle sait tenir une conversation, elle n'essaie pas de me croiser à chaque coin de rue en tentant de faire passer ça pour du pur hasard. Et chose qui change également : elle me fait rire. Cette meuf a un sens de l'humour insoupçonné. Je sais que je prends des risques vis-à-vis du club, mais j'ai envie de marcher sur la corde tendue.

– Encore une semaine de merde ? craché-je plus acerbe que je ne l'aurais voulu.

Elle me fixe avec étonnement en reculant d'un court pas. Mon regard se pose derrière son épaule en direction de l'homme qui l'accompagne. Il sort de la voiture, et lorsque nos yeux se croisent, il cesse tout mouvement. Pour ma part, je crois que j'arrête de respirer. Mes mains tremblent intensément alors que des flashs s'immiscent dans mon esprit. Je suis pris de vertige, si bien que je recule afin de m'appuyer contre le mur par peur que mes jambes me lâchent. Ma vision s'embrume alors que les battements de mon cœur se font de plus en plus lourds.

Comme un gamin pris sur le fait après une grosse bêtise, je ne rêve que d'une chose : fuir, le plus loin possible. Enfourcher ma bécane et disparaître tant et si bien que personne ne me retrouvera. La culpabilité qui m'habite depuis dix longues années se répand dans l'entièreté de mon corps, m'empêchant d'émettre le moindre son ou d'amorcer le moindre geste.

Mon regard plongé dans le sien, je me souviens de ce que nous avons été, de cette promesse faite alors que nous parlions à peine, celle de ne jamais être séparé, d'avancer ensemble quoi que la vie ait prévu pour nous. Mais j'ai tout foutu en l'air. J'ai foutu sa vie en l'air.

Depuis cette nuit-là, je n'ai plus été qu'à moitié vivant. Je mérite cette douleur qui me ronge comme un chien mort de faim attaquerait un os. Je mérite l'obscurité qui m'habite et qui me donne parfois envie de me flinguer pour ne plus penser. Alors, j'ai fait ce que je devais faire, j'ai fait mine d'être heureux, de n'avoir jamais changé, d'avoir repris ma vie en main après une année passée au fond du trou. Tout le monde n'y a vu que du feu. Après tout, je suis un Adams ! Les Adams sont forts, ils surmontent tout, ils avancent…

Ce n'est qu'un putain de mirage, un masque pour qu'on me laisse crever de l'intérieur.

Et aujourd'hui, il est face à moi, après dix ans sans le croiser, il se tient à quelques mètres. Je le reconnaîtrais même perdu au milieu d'une foule. Je le reconnaîtrais entre des milliards d'individus. Son portrait est gravé sous mes paupières. Son regard est la source de nombreux cauchemars qui hantent chacune de mes nuits. Un rappel constant de ce que j'ai fait, un rappel de ma capacité à détruire ce qui ne devrait pas l'être et à en sortir sans cicatrice.

Je ferme les yeux et, un instant, je me souviens de mon plus beau souvenir avec lui. Nous venions d'avoir 15 ans et nous avions l'impression que le monde nous appartenait.

***

Assis sur le bord du pont, les jambes dans le vide, je fixe la voie ferrée sous nos pieds. Ash fait mine de me pousser, tout en retenant fermement mon tee-shirt. Je l'insulte d'abruti, le cœur encore battant de terreur, alors qu'il sourit, fier de sa blague. Tandis qu'il enjambe le pont pour s'installer à mes côtés, je tente de reprendre un rythme cardiaque régulier. Pourtant, je devrais être habitué, il me fait le coup systématiquement. Nous venons ici à chaque fin de cours, loin de tout et de tout le monde. C'est devenu un rituel depuis qu'Ash fume des joints. Si son père, adjoint du shérif, le voyait faire... il dirait certainement que c'est de ma faute.

Il ne m'aime pas. Pour être plus précis, il n'aime pas mon père et le reste du club, donc, par extension, il ne m'aime pas. Selon lui, j'ai une mauvaise influence sur son fils et patati et patata. Mon cul, ouais !

Ash est une mauvaise influence pour Ash. Faut voir le bon côté des choses, il se suffit à lui-même...

Quoi qu'il en soit, il ne peut pas m'encadrer. Dommage pour lui, son fils est mon meilleur pote depuis qu'on a foulé le sol de l'école maternelle. Inséparables depuis que j'ai volé le goûter de Dimitri Thomas pour l'offrir à Ash. Cette enflure de Dimitri régnait en maître sur l'école. Un bad boy des bacs à sable en somme. Et déjà à son âge, il rackettait les plus petits que lui. Il a eu le malheur d'essayer avec moi, ce fut la dernière fois qu'il s'est approché d'un goûter.

Quant à Lara, la sœur d'Ash, je suis fou amoureux d'elle. Elle ne le sait pas encore, mais un jour viendra où elle sera à moi, totalement. Je sais qu'elle m'aime aussi, je le vois dans ses yeux quand elle dit qu'elle n'aimera jamais un mec, parce que c'est « tous des gros cons ». Chaque fois, elle me lance un regard plein de sous-entendus, l'air de dire : « Toi, tu es l'exception. ». Et j'adore ça. J'aime sa façon de me regarder comme si j'étais le seul type acceptable de cette fichue planète, alors que c'est certainement tout l'inverse. J'aime qu'elle me trouve différent et digne de son amour. J'aime la confiance qu'elle m'accorde, cette façon de croire en moi lorsque le reste du monde me pense trop idiot pour réussir quoi que ce soit. Et par-dessus tout, j'aime qu'elle brave tous les interdits pour m'aimer, même si c'est de façon platonique, même si nous n'en avons jamais parlé, même si les seuls contacts physiques qu'on s'autorise ne sont que trop courts, trop timides. Un frôlement de main lorsqu'on se croise, une accolade qui s'éternise pour nous dire au revoir, un baiser un peu trop proche des lèvres pour se souhaiter bonne chance... Tout est trop bref. Pourtant, chaque fois, je l'aime un peu plus.

Mais il y a Ash.

L'avis de son daron, je m'en branle comme de l'an quarante, mais Fitzgerald Ashton Parker – surnommé Fitz par le reste du monde, sauf moi qui préfère son second prénom – est comme un frère pour moi. Aimer sa sœur dans son dos, c'est comme si je me trahissais moi-même, mais lui avouer serait prendre le risque de le perdre. Et je ne peux pas, pas lui. Il est le seul rempart qui me sépare de ma destinée. J'aimerais faire de hautes études et pourquoi pas apporter quelque chose aux Red Python autrement que par l'illégalité. Et Ash me pousse dans cette direction, sans cesse. Non pas parce qu'il ne veut pas me voir suivre les traces de mon père, simplement parce qu'il sait que c'est ce que je veux. S'il venait à me lâcher au bord du chemin, bien sûr, j'abandonnerais mes rêves de grandeur pour suivre la route tracée depuis ma naissance, parce que personne, pas même Lara, ne croit en moi comme lui le fait.

– Un jour, je tomberai, dis-je d'une voix taquine en quittant mes songes.

– Alors je sauterai, rétorque-t-il avec le plus grand des sérieux.

Surpris, je tourne la tête vers lui. Ash roule son joint sans me regarder.

– Alors tu seras mort ducon, rétorqué-je.

– Ça me va. J'supporterais pas de vivre avec ça sur la conscience. Il y a des personnes qu'on ne peut pas perdre, tout simplement.

Bien que ces mots me touchent, je lâche un léger ricanement pour détendre l'atmosphère. Ash n'est pas ce genre de mec qui se confie ou qui balance ce genre de propos à la légère. Je sais qu'il pense chacune de ses paroles et bien souvent, il a beaucoup réfléchi avant de les prononcer. Mais j'ai bien trop de fierté pour lui avouer que la réciproque est vraie.

– J'vais finir par croire que tu m'kiffes, dis-je en sortant une clope de ma poche arrière.

Il ne répond pas, si bien qu'une nouvelle fois, je pars en quête de son regard, sans succès. Il lèche sa feuille avant de tasser son joint, puis l'allume, sans rien dire. Un étrange malaise pèse dans l'air et alors que je m'apprête à insister, il reprend enfin la parole.

– Prends pas la confiance non plus. Sans quoi, tu finiras en bas, sans moi.

J'éclate de rire, tout en gardant à l'esprit qu'il n'a pas nié.

***

Et il ne l'a jamais fait.

Lorsque j'ouvre de nouveau les yeux, Ash a disparu. Au loin, je vois sa voiture prendre à droite sur la rue principale.

– Saul… Ça va ? me questionne Romy.

Je hoche sèchement la tête, une unique fois avant de faire demi-tour pour remonter sur ma bécane. J'ai envie d'être seul. Non, plus exactement, je n'ai pas envie d'être avec Romy. J'ai envie de me bourrer la gueule, mais, je me connais, je connais mes démons et mes vices. J'ai mis plus d'un an pour me sevrer de l'alcool fort. Aujourd'hui, je m'autorise à boire, mais à petite dose et que de la bière.

Ce soir, en revanche, j'ai envie de me bourrer la gueule, salement. Jusqu'à ne plus pouvoir tenir debout, jusqu'à être incapable de penser, de réfléchir. Jusqu'à en avoir le cerveau troué et le corps au ralenti. Jusqu'à être anesthésié de toute douleur. Jusqu'à en crever s'il le faut. Si bien que j'envoie un message à Mason de mes doigts tremblants parce que je sais qu'il ne me laissera pas replonger dans ces vices qui me démontent de l'intérieur. Il était le témoin de ma descente aux enfers, il a vu le pire. S'il le faut, il n'hésitera pas à me casser la gueule pour m'empêcher de faire une connerie et ça me va.

Une fois envoyé, je démarre ma bécane sans un regard pour Romy qui appelle mon prénom.

***

Au Brady's Pub, Mason à mes côtés, je fixe mon verre de whisky sec, le troisième. River et Matthew, les deux prospects qui nous ont rejoints récemment, sont venus participer à la beuverie. Une idée de Mason. Il me connaît bien. L'enfoiré sait que je ne me mettrais jamais minable devant d'autres membres du club que lui. Encore moins des prospects.

Aucun d'eux n'a prononcé le moindre mot. On se contente de boire en silence, faisant certainement face à nos fantômes. Du moins, c'est ce que je fais et je sais que c'est également le cas de Mas' qui fixe le fond de son verre d'un air absent. On a tous nos merdes, j'en suis conscient. Celles de mon Vice-Président sont tout aussi amères que les miennes, impossibles à avaler, malgré l'aide de sa nana. Pour les prospects, je n'en sais rien, et tant qu'ils ne portent pas le cuir, je m'en bats les couilles. Ils ne font pas encore partie de la famille et je ne suis pas psy.

La cloche au-dessus de la porte tinte. Je jette un bref coup d'œil et j'aperçois immédiatement l'emblème des Tigers. D'un coup de coude discret, j'attire l'attention de Mason avant de lui montrer d'un geste de tête les trois membres du gang à la tête de tigre qui avancent sans nous remarquer.

Mason se lève d'un bond, faisant chuter son tabouret sur le sol. Il s'élance vers les trois hommes en menaçant de les buter. Je soupire avant d'avaler ma boisson cul sec. Je fais signe aux deux zigotos de prêter main-forte à Mas' tandis que j'engloutis le fond restant du verre de mon ami. Lorsque j'entends Matthew jurer dans mon dos, je décide de me mettre debout. Je fais craquer ma nuque tout en avançant vers un Tigers qui, visiblement, a un penchant pour les stéroïdes. Le Limier devrait faire attention, ce bouffon ne va pas tarder à rattraper la quantité de muscles phénoménale du sergent d'armes…

De nature, je ne suis pas violent, mais ce soir, j'ai besoin de me défouler. Aussi, les coups pleuvent rapidement dans tous les sens et je ne vais pas prétendre n'en prendre aucun plaisir. Je suis sûr que ce fils de pute m'a pété une côte, mais il n'est pas en meilleur état. J'entends les clients du bar s'enfuir alors que j'explose la tête de Monsieur Muscles sur le comptoir. À ma droite, c'est River qui reçoit un sale uppercut dans le menton et tombe en arrière. Je relâche ma prise sur Monsieur Bras-plus-épais-que-ma-cuisse pour repousser le prospect avant que sa nuque n'entre en collision avec le bar. Monsieur Bodybuildé en profite pour me balayer les jambes. Je me retrouve le cul par terre, une arme braquée dans ma direction. Il ne tirera pas, j'en suis convaincu, simplement parce qu'il n'en a pas reçu l'ordre et que son Président le tuerait *très lentement* s'il venait à abattre le président d'un autre club. Les répercussions seraient telles qu'aucun Tigers ne s'en sortirait vivant.

Toutefois, je n'ai pas le temps de vérifier ma théorie. La porte du bar s'ouvre de nouveau.

– Police, plus personne ne bouge.

Je reconnais dans la seconde la voix de mon lieutenant préféré qui… n'était pas censée être en service ce soir. D'ailleurs, bien que changée, elle porte encore des fringues de civile, un jean et un tee-shirt noir, mais la cavalerie derrière elle m'informe qu'elle ne joue pas les super héroïnes. Personne ne résiste lorsqu'ils nous passent les bracelets. Les flics exultent et se félicitent pour leur prise. Pour ma part, c'est Romy qui s'en charge et murmure en m'aidant à le relever :

– Si tu voulais si vite me revoir, Saul, il ne fallait pas partir.

# 11

**Romy**

– Williams ! gueule le shérif tandis que je suis derrière mon bureau à renseigner l'identité des individus que nous venons de placer en garde à vue.

Je tourne la tête en direction de mon boss et me lève quand il m'ordonne d'un signe de la main de le rejoindre. C'est dingue la façon qu'a cet homme de se faire obéir sans même parler… Un peu comme quand, plus tôt dans la soirée, il m'a appelée en hurlant dans son combiné que la majorité des patrouilles de police était au nord de la ville sur un accident de la route et que je devais me rendre immédiatement au Brady's Pub en raison d'une rixe. Enfin, la deuxième partie de phrase impliquait, je l'ai déduit à son ton, qu'il fallait que je me dépêche d'aller sur les lieux.

J'ai été prise de panique pendant quelques secondes quand mes yeux se sont posés sur le dessin au dos de la veste de l'assaillant qui, lui, pointait son Beretta sur la tête de Saul. Les deux situations m'ont broyé le ventre. J'ai eu l'impression de revenir des mois en arrière, de revoir la détresse de Trevor.

Je n'ai reconnu aucun Tigers, mais je compte bien mener leurs interrogatoires ou pouvoir les écouter afin de vérifier mes soupçons. Débarquent-ils de Détroit dans un but précis ? Est-ce que je suis dans l'équation ? Est-ce que leur leader est de la partie ?

– Allez interroger l'idiot dans la première salle, m'ordonne mon chef. On tire jamais rien de cet abruti.

Il finit sa phrase en ricanant. Cet homme a un manque évident d'égard envers ses semblables. Les femmes d'abord, et plus généralement ceux qui ne sont pas du même avis que lui. Pourtant, ce que nous avons vu dans ce bar, ce sont des mecs qui se battaient, mais les seuls qui avaient des armes pointées sur d'autres, c'était les Tigers.

– Il me faudra interroger Saul Adams ensuite, fais-je d'une voix pleine d'assurance. C'est l'occasion rêvée pour tenter un rapprochement.

Mon chef m'observe sans parler durant de longues secondes qui me paraissent interminables.

– Accordé. Mais je veux des résultats.

J'opine sans chercher à polémiquer et me rends dans la salle où Mason Reed attend. Il est avachi sur la chaise miteuse qui est au centre de la pièce, une table en inox devant lui. Je m'approche et m'installe sur le tabouret qui lui fait face.

– Monsieur Reed, prononcé-je en nouant mes mains sur la table. Pourriez-vous me détailler le déroulé de votre soirée ?

Pour simple réponse, un soupir. Sans surprise, cet homme est aussi bavard qu'un cadavre.

– Connaissiez-vous vos assaillants ?

Je me décide à aborder les questions en le plaçant en qualité de victime, histoire qu'il m'imagine en train de le défendre coûte que coûte.

– Non.

Je ne m'offusque pas de sa réplique laconique, je note une avancée dans mon approche de l'individu.

– Vous ne savez donc pas qui sont les Tigers ?

Il m'observe de son regard profond qui fait clairement flipper, mais je ne cille pas. Je veux qu'il comprenne que je n'ai pas peur de lui, de ce qu'il représente et de son club. Encore moins dans ces murs qui symbolisent l'autorité. Ce mot a de la valeur pour moi, mais certainement pas pour lui et les siens.

– Non.

– Pensez-vous qu'ils soient aussi responsables de l'agression de votre épouse ?

Nous avons eu des échos d'une rixe par un des riverains qui n'a pas voulu porter plainte. Après nous être renseignés auprès de l'hôpital le plus proche, nous avons identifié une des victimes : Fallon Reed. Sans surprise, elle n'a pas souhaité être reçue et encore moins qu'on enregistre son témoignage.

Mason Reed tape violemment du poing sur la table et gronde comme un chien enragé qui n'aurait pas mangé depuis des jours et des jours.

– Parce que ça vous intéresse ? rugit-il. Et laissez ma femme en dehors de ça !

Bingo ! J'ai découvert son talon d'Achille, et dans un sens, je trouve ça beau. Quelle femme ne rêverait pas que son homme défende son être, son honneur et sa vertu envers et contre tout ?

– Je ne dénigre pas votre épouse, monsieur Reed, j'essaie d'établir un lien entre des affaires dans lesquelles votre club semble être le dénominateur commun. Vous ne pouvez pas me reprocher de vouloir faire justice, à ma manière, pour votre femme qui a été sauvagement agressée.

Reed hurle et renverse la table d'un bras en la balançant au travers de la pièce. Je recule instinctivement pour finir debout, dos contre le mur. Je sais que je joue avec le feu en insistant sur son point faible, mais j'ai besoin, moi aussi, d'en savoir davantage sur les Tigers.

Il s'approche jusqu'à ce que nos corps se frôlent. Il me domine de sa stature, son visage juste au-dessus du mien. Sa mâchoire est crispée et j'ai comme l'impression qu'il va m'aplatir comme une crêpe. Il pointe son index sous mon cou et articule :

– Je. Vous. Interdis. De. Parler. De. Ma. Femme.

Je rassemble les fragments de courage qu'il me reste encore en stock pour soutenir son regard et rétorquer :

– Ce que vous n'avez pas compris, Reed, c'est que sur ce coup, je ne suis pas votre ennemie.

À peine ai-je fini ma phrase que deux collègues entrent en trombe dans la salle d'interrogatoire et se ruent sur l'homme qui maintient toujours mon regard pour le faire reculer. Un troisième vient en renfort tant il est puissant.

– C'est bon, les gars. M. Reed va se calmer.

Mes collègues acquiescent, puis le relâchent avant de quitter la pièce.

– Je vous laisse vous calmer, mais je reviendrai, annoncé-je en sortant de la pièce.

Dans le couloir, à l'abri des regards, j'expire tout l'air que j'ai dans les poumons. Mes mains tremblent sous l'effet de l'adrénaline. J'ai bien cru qu'il allait me coller une beigne, et vu la taille de ses mains, je ne suis pas sûre que j'en serai sortie indemne.

Smith quitte la pièce d'à côté et m'examine quelques secondes.

– Tu vas bien ? demande-t-il.
– Oui.

– Il s'en est pris à toi physiquement ?
– Pas du tout. On… discutait.

Il fait une moue qui ressemble plus à une grimace.

– J'ai plutôt l'impression qu'il allait te défoncer…
– Je t'assure que non. J'ai réussi à lui extirper deux phrases. Ça nous change des monosyllabes ! réponds-je sur le ton de la plaisanterie. Tu sais où est Adams ?
– Il est en cellule de dégrisement. La 6.

Je laisse mon collègue et descends au sous-sol où sont nos cellules de dégrisement. Pour celles-ci, pas de barreaux ni de caméra. Les prévenus sont dans des pièces fermées et isolées phonétiquement pour éviter que les mecs alcoolisés hurlent au point de nous empêcher de travailler. Quoique, je parle des hommes, mais les femmes qu'on a déjà placées en cellule se sont montrées bien plus gueulardes et mal polies. Je longe le couloir où se suivent des portes grises avec un hublot permettant de voir l'intérieur de la pièce dans laquelle l'équipement est plus que rudimentaire. Un banc faisant office de lit, chaise et repose-pied, une petite table ainsi qu'un W.-C. turc dans un coin opposé.

À travers le vitrage, je vois Saul, assis sur le banc, coudes sur les genoux, sa tête dans ses mains. Il doit sentir qu'il est observé puisqu'il redresse les épaules et gonfle ses poumons d'air. Soudain, il me fixe. Ma gorge se noue parce que l'espace d'une seconde, je l'ai senti fragile, vulnérable.

Je déverrouille la porte faisant signe à un stagiaire qui fait office de portier de fermer derrière moi. Saul n'a pas décroché ses yeux des miens depuis qu'il s'est redressé, et j'avoue que la puissance de ses iris me met mal à l'aise.

– Je ne pensais pas te voir de sitôt, dit-il, un brin d'arrogance dans la voix.

Je m'approche de lui et m'assois sur le banc, laissant un espace entre nos deux corps. Je prends le temps d'organiser mes pensées pour formuler une réponse cohérente.

– C'est plutôt à moi d'avoir ce genre de réplique. Tu te pointes devant chez moi avant de me planter en me lançant une pique cinglante.

Il rit sans que sa bonne humeur n'atteigne ses yeux. Ses pupilles sont légèrement dilatées, mais son regard d'un vert profond plonge dans le mien avec intensité.

– Tu m'expliques ? tenté-je.
– J'avais envie de te voir.

Mon cœur s'accélère à cette réplique, mais surtout lorsque j'aperçois une lueur brûlante derrière ses iris. Mon ventre se contracte, mais je me rappelle où nous sommes, et je décide de mettre un peu de distance entre nous.

– Ça ne s'est pas remarqué !
– Laisse tomber, ma douce.

Certainement pas. J'aimerais comprendre ce qu'il s'est passé.

– Pourquoi t'être tiré après m'avoir vue ?

Ses lèvres s'étirent à leur tour et la chaleur se répand dans tout mon être. J'ignore pourquoi c'est si agréable, alors que ça ne devrait pas.

– À quoi bon s'épancher sur le sujet ?
– Saul, grondé-je, tu réponds toujours à une question en en posant une autre ?
– Seulement quand je suis en forme.
– J'ai donc de la chance, répliqué-je en riant.

Il acquiesce, puis me présente à nouveau son profil. J'ai besoin de tenter ma chance avec lui aussi pour découvrir ce qu'il sait des Tigers et des raisons qui les ont menés à Riverside.

– Saul, débuté-je, j'ai quelques questions à te poser.
– Je t'écoute.
– Est-ce que tu connais les Tigers ?
– Connaître est un bien grand mot.
– Vous êtes ennemis ?
– Faut croire.
– Sais-tu combien ils étaient à leur arrivée ?
– Trois.

Merde, nous n'en avons arrêté que deux.

– Depuis quand sont-ils en ville ?
– Pas si longtemps.

J'ai l'impression d'avoir plus eu de discussion avec son adjoint quelques minutes auparavant tant ses réponses sont courtes et sans chichis.

Nous restons ainsi, sans nous parler, durant de longues minutes. Le silence n'est pas pour autant pesant, et étrangement, je me sens bien. Je suis dans un 8 m² avec le chef d'une organisation criminelle qu'il me faut coincer, mais je n'ai pas peur.

– Tu es gentille, dit-il.

C'est bien la première fois qu'on me fait ce compliment et qu'il déclenche en moi une myriade de sensations.

Je sens comme un poids sur mon torse et des papillons dans mon ventre.

– Et ? tenté-je de continuer.
– Et c'est assez rare pour être souligné.

J'éclate de rire. Le vrai, l'authentique. Celui qu'on ne peut pas masquer. Je sens qu'il m'observe, guette mes faits et gestes, comme s'il était à l'affût de la moindre de mes erreurs.

Je m'installe plus profondément sur le banc et pose mon dos contre le mur gelé en béton. Je remonte mes genoux sur mon torse, observant cette cellule que je n'avais jamais pris la peine d'examiner.

– Penses-tu que les Tigers sont responsables de l'agression de l'épouse de Reed et de ta sœur, Aria ? demandé-je.

Contrairement à la réaction démesurée de son bras droit, Saul répond d'un ton qui me paraît honnête :

– Oui. Mais ils étaient sept lorsqu'ils ont agressé les filles, alors qu'ils ne sont arrivés qu'à trois dans le bar. Il en manque déjà quatre au tableau.
– Tu penses que les filles pourraient les reconnaître ?

Pour seule réponse, il hausse les épaules.

– Tu sais très bien que sans ton aval, elles ne diront rien…

Je tente de l'amadouer, mais il est plus robuste en affaires que ce que j'imaginais. Il ne répond rien, et je comprends que le sujet est clos. Je me surprends à fermer les yeux et à raviver les souvenirs sous mes paupières de tous les Tigers qui ont croisé un jour ma route. Je repense à leur meneur, Orlando, qui est un homme assez grand, fin, la boule à zéro avec le tatouage de la tête de tigre sur le crâne. Je revois l'intégralité de ses dents supérieures dorées et son piercing en diamant sur le nez. Tous ses soldats de l'époque n'étaient qu'une vulgaire réplique de l'original, tant physiquement que dans l'attitude. C'est fou comme ces jeunes en mal d'identité ressentent ce besoin de s'identifier à quelqu'un en qui ils croient. À défaut de leurs parents, ils se tournaient vers Orlando qui a su bien mettre à profit le manque d'éducation dans les vieux quartiers de Détroit.

Le silence s'éternise quelques minutes de plus. Je me prends au jeu et ferme de nouveau les yeux. Je m'imagine à la place de Saul, dans cette cellule de dégrisement, alors que je n'ai rien fait d'autre que me défendre. Je me rends compte que ce n'est pas si étonnant qu'ils aient une vision faussée de la police et de ce qu'elle représente. Le sanitaire ne sent pas mauvais, mais je préférerais m'uriner dessus que de baisser ma culotte et montrer mon intimité à ce minipuits sans fond.

– Je connais Ash, finit-il pas dire.

Saul rompt le silence d'une manière incompréhensible.

– Je te demande pardon ?
– Ash, je le connais.

De qui me parle-t-il ?

L'observant, j'attends qu'il continue tout en percevant son agacement. Je tente de calmer le jeu en prenant les devants.

– Saul, je ne comprends pas de qui tu parles.
– Ton rencard de ce soir. Ashton. Je le connais.

Mon visage se fige.

– Je t'arrête tout de suite, tu fais erreur. J'ai dîné avec mon ami qui s'appelle Fitz, mais pas Ash ou Ashton.
– Je pense que c'est *toi* qui fais erreur, je parle bien de Fitzgerald Ashton Parker.

*Quoi ?*

Je ne comprends pas comment il est possible que Saul connaisse Fitzy, alors que j'ai déjà évoqué les Red Python devant mon meilleur ami et qu'il ne m'en a jamais rien dit.

J'ai comme l'impression qu'il me manque une donnée à l'équation, que j'ai été menée en bateau, et pas nécessairement par l'énergumène avec lequel je me suis enfermée dans un endroit clos de mon plein gré.

*Concentre-toi, Romy. Remets-toi les idées en place.*

– Et puis, Fitz n'est pas mon copain, mais mon ami. Et surtout, il ne m'a jamais parlé de toi.

Je le vois accuser le coup et revêtir le masque de l'homme qui ne craint rien ni personne. J'ai hâte de pouvoir contacter Fitzy pour lui demander des explications à ces révélations pour le moins surprenantes.

– Pas étonnant, répond-il d'une voix morne.
– Pourquoi tu dis ça ?

Il enfouit de nouveau son regard dans le mien, et durant plusieurs secondes, il ne dit rien. Ma respiration se coupe, ma bouche s'ouvre légèrement.

– Je ne sais même pas pourquoi on parle de lui, répond-il plus à lui-même qu'à moi.

Saul s'approche de moi jusqu'à ce que nos bottes se touchent. Je dois pencher la tête en arrière pour maintenir son regard. Ses iris d'un vert profond, hypnotisant, magnétique, plongent dans les miens. Leur intensité ne laisse aucun doute sur l'ampleur de son désir, il ne tente même pas de le cacher. Je devrais reculer, je vois dans ses yeux qu'il ne compte pas s'arrêter à cette simple proximité. Je le sais, pourtant, l'entièreté de mon corps refuse de répondre à cet ordre. Peut-être parce que je suis persuadée que ce baiser pourrait marquer le début de la mission. Saul est trop dangereux pour ma santé mentale, il met mes nerfs à rude épreuve en toutes circonstances. Je dois arrêter cette mascarade, et rapidement.

Et peut-être, dans une éventualité très subjective, une minuscule partie de mon cerveau rêve qu'il plaque violemment sa bouche sur la mienne, qu'il cesse de tergiverser, tourner autour du pot et qu'il me colle contre le mur pour m'embrasser sauvagement, jusqu'à en avoir le souffle coupé et le cœur au bord de l'infarctus. Peut-être même que mon bas-ventre fantasme qu'il dépasse la limite d'un simple baiser, que ses mains se perdent sur mon corps, déclenchant une excitation telle que je ne pourrais rien lui refuser, peu importe où nous nous trouvons. Peut-être que je voudrais qu'il me baise, ici même, pour retirer cette idée de ma tête, pour couper court à mon imagination. Pour me délester de ce désir qui me consume lorsque je suis si près de lui.

Je me mords la lèvre dans une tentative de concentrer les fourmillements que je ressens dans mon ventre à un endroit que je parviens à maîtriser.

La main de Saul se pose sur ma joue tandis que son pouce vient libérer ma lèvre inférieure. Il ricane, rapproche son visage et sans me quitter des yeux, il s'empare lentement de ma bouche. Ses douces lèvres charnues se posent sur les miennes, libérant un million de fourmis le long de ma colonne vertébrale. Ce baiser délicat se transforme rapidement en un acte plus passionné, ma bouche s'ouvrant naturellement pour y accueillir sa langue. Je sens une de ses mains sur mes reins, l'autre sur ma nuque me serrant avec possessivité. Je me sens vivre, ressentir, ce que je ne m'autorisais plus depuis longtemps. Face à cette déferlante de sensations que je ne parviens plus à canaliser, je pose mes mains sur son torse que je pousse en dégageant mon visage de son sillon.

Son expression est rayonnante. La mienne doit l'être aussi, mais je ne peux pas me permettre de m'affaiblir. J'ai une mission et un objectif clair. Je ne dois pas le perdre de vue.

– On ne doit pas… Quelqu'un pourrait nous voir, et…

Mes répliques sont partiellement justes : le garde pourrait venir vérifier que tout se passe bien, et je ne suis pas sûre que ma hiérarchie apprécie que j'embrasse un prévenu alors que je suis censée lui soutirer des informations.

*Quoique, mon boss m'a donné carte blanche…*

– On s'en fout du garde, réplique-t-il en fondant dans mon cou.

Il mordille la peau tendre sous mon oreille, laisse sa langue dessiner des volutes pendant que ma tête tombe en arrière sous ses assauts qui affaiblissent ma détermination. Puis sa bouche se relève légèrement, je sens son souffle sur mon épiderme humide.

– Fais-moi sortir de ce trou à rats et laisse-moi te faire découvrir tout ce que j'aimerais te faire…

Je fais mine de m'offusquer de sa réplique et réponds :

– Mettre ta langue dans ma bouche ne te fera pas sortir d'ici et ne te sortira pas d'affaire.

Je pousse son torse de mes mains qui y sont encore posées

et je m'approche de la sortie. Ma respiration est toujours aussi saccadée tandis que je l'entends soupirer. Je frappe à la porte pour faire savoir au stagiaire que je veux quitter la pièce, tout en ancrant mon regard dans celui de Saul.

– Je suis pas une fille facile, conclus-je.

Il se mord la lèvre inférieure en penchant légèrement la tête en avant. Son regard plissé est incandescent et les mains qu'il met dans ses poches attirent mon attention. Impossible de louper son érection à travers son pantalon. Cette fois, ma respiration se coupe. Je frappe à nouveau quelques coups rapides sur la porte. Il faut que je sorte, que je prenne l'air, que je réfrène mes ardeurs, cette envie que j'ai eue dès que ses lèvres ont frôlé les miennes.

– Ose me dire que tu n'as pas aimé ressentir ces quelques secondes de symbiose. Que tu n'as pas perçu ce petit truc entre nous. Que tu n'as pas éprouvé une envie de plus.

Je fronce les sourcils et enchaîne sans réfléchir lorsque j'entends la clé dans la serrure.

– J'ose te le dire. Il ne s'est rien passé d'exceptionnel.

Je choisis lâchement l'option du mensonge. Mais après tout, qu'est-ce que ça change ?

# 12

**Saul**

Vingt-six heures. Ça fait plus d'une journée que nous sommes dans nos cellules pitoyables en attendant d'être libérés. J'ai été déplacé dans celle avec Mason tandis que les deux prospects, River et Matthew, sont dans une geôle à l'opposé de la nôtre.

– D'habitude, t'es un beau parleur. Étonnant que tu n'aies pas réussi à nous faire sortir de ce taudis.

Je lève les yeux au ciel devant la remarque de mon bras droit et ami qui recrache la fumée de la cigarette qu'a bien voulu lui donner le maton.

– Fallon sortait de l'hôpital ce matin, putain. J'ai même pas pu récupérer ma femme, bordel de merde.

La mauvaise humeur constante de Mason est de notoriété publique. Je ne prends pas pour moi ces assauts verbaux, ils me passent au-dessus de la tête.

– Tu paries combien que c'est elle qui va venir nous chercher ? lancé-je d'un ton amusé.

Mas' se redresse, les yeux ronds.

– Putain, soupire-t-il, elle va me les briser.

Je ricane. Ce n'est pas peu dire. Il va en entendre parler pendant dix plombes. Fallon est comme ça, tel un pitbull enragé, elle ne lâche jamais l'affaire.

– Oh oui, mon pote. Elle va t'émasculer pour avoir fini en taule. Mais elle terminera empalée sur ta queue pour te remercier d'avoir défendu son honneur.

Je l'observe réfléchir à ce que je viens de dire, avant de reprendre :

– Quoi qu'il en soit, elle va te les briser, c'est certain…
– Fais chier…

C'est le cas de le dire. Je me repasse en boucle la scène tout en me demandant quand et comment le troisième Tigers a pu se barrer sans qu'on ne s'en aperçoive, et surtout avant que les flics débarquent. Un détail m'échappe, c'est évident. Pourtant, je suis plutôt bon en temps normal pour analyser mon environnement et repérer qui fait quoi, à quel endroit et avec qui.

*Peut-être pas avec l'esprit embrumé par l'alcool*, râle ma conscience.

Ce soir-là, je savais que l'unique bar de l'établissement était occupé par les Red. Nous étions quatre. Dans l'espace billard, trois étudiants disputaient une partie et n'avaient de cesse de se chamailler comme des gosses de 8 ans, certainement désinhibés par les bières qui jonchaient la table derrière eux. De l'autre côté de la salle, il y avait deux couples isolés et un groupe mixte de six personnes dont deux bossent à la supérette au coin de la rue.

– Au fait, elle t'a dit quoi la fliquette quand elle est venue te voir ?

Je tourne mon visage vers le sien, me demandant comment il a pu avoir cette information. Je fronce les sourcils, le regard sombre, quand il précise :

– J'étais dans l'avant-dernière salle d'interrogatoire. Quand elle s'est barrée, je l'ai vu passer devant la mienne.

J'ignore pourquoi je me suis senti en faute à l'idée qu'il découvre que Romy était venue dans ma cellule pendant un certain temps. Sans montre ni téléphone, on perd rapidement nos repères. Je sais juste que lorsque j'ai été conduit dans l'espace que je partage avec Mason, il faisait nuit et il faisait des pompes comme un forcené.

– Elle venait me poser des questions sur la soirée.

– Et ?

– Et quoi ?

– Elle n'a dit que ça ? s'amuse-t-il, un fin sourire aux lèvres.

– Tu penses qu'elle a fait quoi ? Qu'elle s'est mise à genoux pour gober ma queue ? Mas', sérieux, ricané-je. J'ai demandé qu'elle nous fasse sortir, mais elle a refusé.

Mon meilleur pote éclate de rire. Ce genre de rire assez rare venant de lui.

– Quoi ? grondé-je, agacé d'un tel manque d'égard.

– Tu lui as demandé de sortir de garde à vue ? Comme ça ? Du style : « Hey, Williams, tu me laisserais pas aller voir dehors si tu y es ? »

S'il savait… J'ai embrassé Romy et malgré son discours, je sais qu'elle a aimé ça. Je sais qu'elle serait allée plus loin si nous n'avions pas été dans un commissariat.

Sa façon de m'embrasser, sans la moindre hésitation, oubliant un instant tout ce qui nous oppose… *Humm*, c'était délicieux ! Meilleur encore ? L'espoir de frôler sa peau un jour, bien que la sentir frissonner sous mes doigts était déjà foutrement excitant. Je n'avais qu'une envie : lui retirer toutes ses fringues pour lui arracher son plaisir, avec l'intention de me libérer de ce fantasme qui me colle à la peau depuis que j'ai croisé ses yeux émeraude.

Je lui décoche un direct du droit dans l'épaule alors qu'il continue de rire à gorge déployée. L'enfoiré. Je m'apprête à le remballer quand le bruit d'ouverture d'une lourde porte en ferraille se fait entendre. Romy fait son entrée avec un mec d'à peu près son âge.

– Messieurs, vous pouvez sortir, lance Romy. Smith, ouvre les cellules.

Mason déploie toute sa stature tandis que je reste assis, attendant qu'elle en dise plus. On a été retenus dans ce taudis pendant plus d'une journée, j'estime quand même que le fils de pute qui lui sert de boss peut avoir les couilles de nous dire pour quels motifs il nous a gardés ici comme des chiens.

Toutefois, Romy n'ajoute rien. Elle évite mon regard tout en faisant passer Mason devant elle pour sortir du sous-sol. Elle n'attend pas que je me décide et suis mon VP me laissant avec son collègue. Quand je me lève enfin pour emprunter les escaliers, j'entends déjà la voix de Fallon.

– Non, mais tu es sérieux ? Tu crois que c'est normal que je sois obligée de venir te chercher au poste ?

Les dernières marches franchies, j'observe la scène de mes propres yeux. Fallon avec son strapping sur le nez, son chignon désordonné sur la tête, son survêtement oversize et ses Jordan aux pieds, sermonne son mec. Mason la surplombe d'au moins trente centimètres, mais n'en mène pas large. Il se masse la nuque d'une main l'air penaud.

– Baby, supplie-t-il. Ses bâtards ont débarqué l'air de rien, et je n'allais rien faire ? Peut-être que parmi ces trois enculés se trouvaient les mecs qui vous ont agressées. Oh, putain, rien que d'y penser, j'ai envie de casser des bouches.

Une veine aussi épaisse qu'un crayon de papier palpite dans son cou et sur son front. Ce mec est une boule de nerfs, toujours prêt pour une bonne baston.

– Mas', tu vas te calmer, et maintenant, ordonne Fallon. Où est son petit camarade de connerie ?

Romy qui est derrière la banque d'accueil avec des papiers lui rétorque aussitôt.

– Il va arriver, il était encore en bas lorsque nous sommes montés. Monsieur Reed, merci de bien vouloir signer ce document de sortie.

Elle pose une feuille sur le comptoir et tend un stylo à mon bras droit qui s'empresse de gribouiller son nom dans la case qu'elle lui indique de l'index.

Je m'avance vers eux en faisant claquer mes bottes sans lacets sur le sol. Tous les regards convergent vers moi. Celui de Fallon est orageux et je sens qu'elle va me donner du fil à retordre.

– Tu tombes bien toi, commence-t-elle d'un ton colérique. Qu'est-ce qui te prend de tolérer de tels débordements ? Tu te rends compte dans quel merdier vous vous mettez pour pas grand-chose ? Non, mais merde, je suis convalescente et je dois venir vous sortir de cet endroit pourri pour vous chaperonner ?

Je n'écoute plus les inepties qu'elle s'évertue à débiter à la vitesse de l'éclair dès lors que le rire étouffé de Romy parvient à se frayer un chemin en direction de mes oreilles.

Elle s'amuse de voir ce petit bout de femme de 20 piges nous reprendre de volée comme si nous étions ses gosses.

– Fallon, grondé-je.

Nous ne savons toujours rien de ce qui nous est reproché hormis nous être battu contre les Tigers, mais il faut croire que pour la police de Riverside, c'est suffisant.

– Vous n'avez pas encore signé le document de sortie, M^me^ Reed, nous coupe Romy qui masque toujours un sourire.
– Oui, deux secondes, OK ? On n'est quand même pas à la minute.

Elle se retourne vers moi, toujours autant en colère.

– Vous n'avez pas de cerveau ma parole. Et vous êtes des dirigeants ? Franchement, vous avez la palme des plus gros comiques du pays, bravo !
– Fallon, ça suffit, crié-je.

Mon ton a au moins le mérite de lui faire comprendre qu'elle doit fermer sa gueule. Du coin de l'œil, je surprends Romy qui exulte de voir à quel point Fallon nous met à l'amende. Ce qu'elle ignore, c'est que Fallon est mon amie et que c'est la seule que j'autorise à me parler comme ça.

Sa jeunesse lui fait prendre des libertés qu'elle ravale aussi sec quand je sors de mes gonds.

– Tu me parles sur un autre ton, dis-je d'une voix qui n'appelle aucune contestation.

Mon regard se fait dur, tout comme mon visage qui se ferme. Elle comprend qu'elle est allée trop loin et pince les lèvres pour retenir un énième dérapage verbal.

Elle hoche la tête, mais ne la baisse pas pour autant.

Puis, mes iris s'ancrent dans ceux de Romy qui ne m'ont pas quitté une seule seconde. J'ai senti le poids de son regard tout le long de mon échange avec Fallon, et le pire dans tout ça, c'est que je la devine captivée.

Elle est figée, sa respiration est hachée. Elle déglutit avec difficulté, et il me vient alors une idée. Je passe ma lèvre inférieure entre mes dents, comme je l'ai fait lorsque nous étions tous les deux dans la cellule. Il se glisse alors devant ses prunelles une lueur d'excitation, la même que celle que j'ai pu apercevoir précédemment. Je décide de pousser le bouchon un peu plus loin en libérant ma lèvre avant d'y passer le bout de ma langue, puis m'approche de toute ma stature de la banque d'accueil. Ses yeux s'agrandissent et ses joues rosissent. Je pose mes mains, les bras écartés sur le plan de bureau tout en la fixant. Elle cligne plusieurs fois ses paupières et finit par baisser la tête vers l'écran d'ordinateur. Ses poings se serrent comme si elle voulait concentrer sa hargne à un seul endroit tandis que mon sourire s'agrandit. Je viens de la rendre folle en moins de vingt secondes !

*Et tu t'es donné une trique d'enfer !*

Je n'en reviens pas, Romy est excitée. Elle aime la domination, et rien que de l'imaginer menottée aux barreaux de mon lit, ma bite est à l'étroit dans mon jean.

Je fais un clin d'œil à ma fliquette et me dirige vers mes amis. Je fais signe à Mason de sortir tandis que je lance à Fallon :

– On t'attend dehors.

Elle ne répond rien, mais tourne les talons vers le comptoir. Nous sortons, mais restons près de la fenêtre ouverte à proximité des filles. Quelques secondes après notre départ, j'entends la voix de ma fliquette.

– Vous faites comment pour vivre entourée de toute cette testostérone ? demande Romy en présentant des documents sur le comptoir.

On ne voit pas la scène, mais on entend parfaitement. Mason fume une énième tige tandis que j'attends avec impatience la réponse de Fallon. Si elle cherche à en savoir plus sur nous en s'adressant à Fallon, elle n'a pas misé sur le bon cheval.

– Pourquoi ? Vous êtes intéressée lieutenant ?

Sa réplique, prononcée d'un ton hautain, arrache un ricanement à mon VP. Visiblement, lui aussi tend l'oreille. Une part de moi est satisfaite qu'elle s'intéresse à nous, sans que je ne puisse me sortir de la tête qu'elle s'intéresse plus à moi qu'aux autres.

Une voiture de flic qui débarque avec la sirène hurlante me fait perdre le fil de la conversation. Je ne sais pas ce que Romy lui répond, et je me demande finalement si nous n'aurions pas dû rester dans le hall d'accueil pour garder à l'œil ces deux boules de nerfs. Quand le calme revient, on entend enfin la suite.

– Je sais pas à quoi vous jouer, reprend d'un coup Fallon, mais faites attention à ne pas prendre l'un des nôtres pour un con. Sinon, c'est à coups de parpaing que ça va se régler.

– C'est une menace, madame Reed ?

– Une promesse.

– Un outrage à agent peut vous coûter cher, madame Reed. À commencer par une garde à vue. Je vous invite à rester correcte, et vu que nous en avons fini, à quitter les lieux.

J'ai dû retenir Mason à la menace de la garde à vue. Mon bras droit est un tantinet protecteur dès qu'il s'agit de Fallon. Nous nous dirigeons vers l'entrée où les deux prospects patientent sagement adossés sur un tronc d'arbre. Ces deux chanceux ont pu être libérés avant nous.

– Ils sont bien dressés, balance Mason en les regardant.

Un éclat de rire cristallin résonne dans nos oreilles, signe que Fallon sort enfin du commissariat.

– On a des choses à régler à la maison, toi et moi, dit-elle à mon bras droit.

Mason passe son bras sur ses épaules et la colle contre son torse. Ils s'embrassent en me laissant porter la chandelle. Je dois me racler la gorge pour qu'il cesse leur ballet de langues.

– On se casse, ordonné-je.
– Saul, m'interpelle Fallon. Méfie-toi d'elle, je la sens pas.

– Qui ?

Je feins l'ignorance en espérant noyer le poisson. Dès que j'ai fini de monter l'escalier, dès que son visage m'est apparu, dès que ses yeux se sont arrimés aux miens, les images de notre baiser me sont revenues en mémoire. Et putain, j'ai envie de plus.

– À ton avis ?
– Abrège Fallon.
– Le lieutenant ! répond-elle rapidement, voyant qu'elle joue avec mes nerfs déjà tendus. Elle te mate comme si tu étais le dernier sac Vuitton à la mode.

Je hausse les sourcils, lui laissant entendre qu'elle fabule, et je me rends vers le 4x4 avec lequel elle est venue nous récupérer sans vérifier si la troupe me suit. Après tout, je suis leur Président, et par mon attitude, je leur fais savoir. À l'instant, je fais comprendre à Fallon que la discussion est close. J'ai entendu sa mise en garde, mais je ferai ce que je juge bon de faire, quoi qu'elle en pense.

# 13

## Romy

Le nez dans les rapports que j'ai sous les yeux, j'étudie les dépositions de chaque prévenu dans l'affaire Red Python vs Tigers qui nous préoccupe depuis une semaine. Je relis la chronologie des faits, contrôle les noms, l'environnement que chacun décrit, puis je passe au dossier suivant. Ce soir-là, nous avons arrêté deux Tigers contre quatre Red Python. Nous avons laissé filer sans le savoir un des gars du gang, et j'ai beau me répéter inlassablement la scène dans la tête, je ne vois aucun homme en fuite. Quelque chose m'échappe qui se trouve pourtant sous mon nez, j'en suis certaine. Si seulement mon boss me transmettait les vidéos de surveillance que le gérant du bar a dû lui adresser depuis une bonne semaine…

J'ai l'impression que toutes les personnes censées avoir un cerveau et travaillant sur cette affaire ne se rendent pas compte que les individus sur lesquelles nous enquêtons sont dangereux ! Il s'agit de criminels qui ne se cachent pas lorsqu'ils bravent les lois de notre pays. Ils sont juste suffisamment malins pour ne pas se faire griller. On peut au moins leur reconnaître qu'ils sont plus intelligents que ce qu'on laisse penser aux communs des mortels pour les rassurer.

Je soupire, lasse, attirant l'attention de Mackenzie. Un vieux de la vieille aussi bedonnant que Shrek… Il m'adresse un regard menaçant qui m'oblige en retour à lui envoyer un sourire qui manque cruellement de franchise. Je me demande encore comment je tiens dans cet endroit où la majorité de mes collègues me méprise. Je me réfugie toujours derrière la fierté de mon père de me voir porter l'uniforme, de l'engagement de ma famille envers la patrie. Militaire, policier, infirmière – métier de ma mère –, tous aidaient à leur manière leur prochain.

– Williams !

La voix de mon enfoiré de patron résonne entre les murs aseptisés du commissariat. Qu'il gueule mon nom alors qu'il est au téléphone avec mes collègues de sexe masculin m'agace. Quand j'arrive devant son bureau, je me passe nerveusement une main sur mes cheveux tirés en un chignon strict à l'arrière de ma tête.

– Voici les images du bar que vous attendiez, dit-il en me tendant une carte SD. Il n'y a rien à en tirer, mais si ça vous amuse de fouiner au lieu de vous concentrer sur votre mission…

Je ne sais que répondre de ces attaques permanentes, cette pression qu'il me met pour obtenir en quelques semaines une information qu'il tente de détenir depuis des mois. Aussi rapidement que mes jambes me le permettent, je rejoins mon bureau. Je soupire lourdement dès que mes fesses se posent sur mon fauteuil et insère la carte dans mon ordinateur.

Les images défilent. Je note les personnes que je vois dans le bar. Au départ, il n'y a qu'un groupe de quatre individus près du billard et deux autres à une table isolée. Un peu plus tard, je reconnais Saul Adams et Mason Reed qui entrent et s'installent au bar. Je pointe l'heure enregistrée par le dispositif : vingt-trois heures vingt, soit dix minutes après qu'il s'est enfui de chez moi…

Les verres s'enchaînent. J'ai l'impression que les mecs ne se parlent pas entre eux. Peut-être pratiquent-ils la télépathie ?

Une demi-heure plus tard, les deux autres Red Python arrêtés ce soir-là débarquent et se posent sans discuter à côté des deux leaders. Je n'ai pas le son de la bande, mais l'ambiance a l'air sereine. Il ne me semble pas que les Red soient là pour attendre des rivaux pour un règlement de compte ou simplement pour en découdre. Ils ne prêtent pas plus que ça attention aux alentours ni aux vitrines donnant sur l'extérieur. Ils tournent même le dos à la porte d'entrée. Ils ne montrent aucun signe d'une volonté de nuire à quiconque à ce stade.

Ils restent bien une heure sans qu'il ne se passe grand-chose, jusqu'à ce que leurs quatre têtes se tournent subitement vers l'entrée où se tiennent trois hommes plutôt jeunes. Je change de caméra pour avoir l'angle le plus avantageux. Chacun porte une veste noire avec une tête de tigre jaune au niveau du cœur. Eux non plus n'ont pas l'air en alerte, ils rient en se tapant dans le dos.

*Eux communiquent avec des mots et des gestes…*

Puis, d'un coup, on voit Mason Reed se mouvoir sur le champ de la caméra et sauter dans le tas. Je suis épatée de voir la force qui émane de cet homme. Je rembobine un peu l'enregistrement et me remets sur le premier angle pour observer Saul. Je zoome pour distinguer ses traits, même si la pixélisation de l'image les rend plus flous.

Il a l'air abattu, ses épaules sont tendues tout comme ses avant-bras que je vois se contracter et ses poings qu'il serre et relâche sans cesse. Tous les visages se tournent vers la porte d'entrée de l'établissement. Quand la rage de Reed transperce l'écran, qu'il se redresse faisant tomber le tabouret de bar, Saul retourne à sa boisson qu'il fait tourner dans son verre avant de gober le fond d'un seul coup. Les deux jeunes n'ont pas encore bougé, ils observent Reed comme s'ils apprenaient de l'attaque de leur mentor. Saul agite sa main dans leur direction, leur ordonnant, sans parler, d'aller au front, ce qu'ils font sans rechigner.

Je suis captivée par l'autorité qu'il dégage, le respect aussi. Ses hommes lui obéissent au doigt et à l'œil, sans qu'il n'ait à prononcer le moindre mot, à formuler ses motivations. Il n'a pas à convaincre l'assemblée des bienfaits de l'assaut, il l'ordonne. Je ne peux pas m'empêcher de repenser au mantra qui anime mes journées : « Nous sommes l'autorité, nous décidons, tu exécutes. »

J'ai la preuve que ce leitmotiv peut s'appliquer à bien d'autres situations. Saul est, dans un sens que j'estime relatif, l'autorité. Il décide, ses hommes exécutent.

J'ai tenté de réprimer le désir que nos joutes verbales entraînaient. Enfin, jusqu'à ce putain de baiser qui a annihilé toute pensée cohérente durant plusieurs heures.

Le bruit d'une agrafeuse émanant du bureau voisin me recentre sur la vidéo que j'avais mise en pause. Seul Saul demeure au milieu de l'image, dos à la rixe qui semble avoir débuté. Je rappuie sur *play*. Saul se redresse, boit cul sec le fond du verre de Reed et bouge sa tête dans tous les sens : en arrière, en avant, sur la gauche, puis sur la droite. Il donne l'impression de s'échauffer avant de monter sur un ring. Il se retourne et sort de l'écran, je clique sur la touche du clavier pour changer d'angle et suivre sa progression. Il s'approche d'un type immense.

Saul Adams est déjà très grand, et pas uniquement parce que je le perçois ainsi de mon mètre soixante. Non, il est gigantesque et impressionnant. Et il s'apprête à cogner un monstre vivant, plus grand et plus large que lui. Ma respiration se coupe en anticipant ce qui va suivre parce que j'ai bien vu le visage tuméfié de Saul lorsqu'il était dans sa cellule. L'infirmier du commissariat a nettoyé ce qui devait l'être et estimé qu'il n'y avait pas besoin de plus de soins. Aucun des Red Python n'a demandé à voir un médecin, et ça nous convenait puisque nous avions ainsi le champ libre pour les interrogatoires. Ils n'ont, par ailleurs, pas sollicité la présence d'un avocat pour répondre à nos questions… Enfin, répondre est un bien grand mot. Nous ne tirons jamais rien de cette bande de racailles.

Les secondes qui suivent me donnent mal au ventre.

Je contracte mes abdominaux à chaque coup que reçoit Saul, comme si je devais amortir les frappes du géant qui le matraque de ses poings. C'est dingue, je n'ai qu'une envie : rentrer dans l'écran et me mêler aux corps qui se percutent, qui se font mal. J'aimerais sortir Saul de cette mauvaise posture, mais comme par magie, enfin après un coup de bassin, il renverse son assaillant et se jette sur le côté pour amortir la chute d'un de ses alliés. Répit de courte durée puisque après une balayette, il se retrouve encore au sol, sur les fesses tandis que Monsieur Muscles dégaine son flingue en direction du front de Saul.

C'est précisément dans cette position que j'ai vu le tableau quand je suis rentrée dans le bar. D'ailleurs, quelques secondes après, on voit mon petit gabarit braquer son arme vers celui qui menace Saul, alors que ce dernier arrive encore à sourire de la situation. Ou de me voir face à lui ?

Je m'adosse quelques instants au dossier de mon fauteuil en expirant. Regarder ces images, vivre cette scène comme si j'avais été présente suscite en moi plusieurs émotions contradictoires.

Tout d'abord, la colère. Je ne comprends pas ce qui peut motiver des mecs à se battre, dans un lieu public, comme des boxers en manque de sensation. Le risque de blesser des clients est important, et le risque de faire un dommage collatéral me met hors de moi.

Ensuite, l'inquiétude. Je ne vais pas me mentir, avoir vu Saul être passé à tabac et être absent durant plusieurs secondes pendant les attaques de son rival m'a inquiétée. Pourquoi ne se défendait-il pas ? J'ai eu comme l'impression qu'il se nourrissait de la douleur que lui infligeait ce gars aux cheveux coupés en brosse.

Pour finir, le besoin de justice. Je ne peux pas tolérer ce genre de débordements. Et à première vue, Mason Reed est celui qui déclenche la bagarre. Dans l'hypothèse où les Tigers porteraient plainte, il pourrait être inquiété, mais comme souvent dans ce type d'affaires, aucun d'eux n'a voulu s'impliquer officiellement. Nos chères lois sont claires : il est interdit d'utiliser la force contre une personne sans son accord.

*Alléluia !*

Le problème est qu'ils ont tous activement participé à se bastonner dans le bar et qu'aucun n'a voulu coopérer lorsqu'il a fallu répondre à nos questions ou accuser le voisin. Conclusion : aucun délit n'a été commis.

Sarasota Rodriguez, le Tigers qui pointait son flingue sur la tête de Saul, ne m'évoque rien de familier. Cependant, il ne détient aucun permis de port d'armes pour son Magnum Desert Eagle. Là, on tient peut-être une piste. Le numéro de série a été rayé, impossible de savoir d'où il provient. Son collègue, qui se fait appeler Tampa, avait lui aussi des armes interdites sans autorisation. Quant au troisième Tigers, il est toujours introuvable. Ce que je ne m'explique pas.

Je décide de rembobiner la vidéo pour me concentrer sur les Tigers et non plus sur Saul Adams. Je me place sur la seconde caméra où on voit les trois hommes entrer. Je mets pause quand on peut distinguer les trois visages. Je zoome et observe chacun de leurs traits. Sarasota est tellement bodybuildé que je l'identifie tout de suite, il est à droite. Au centre, je reconnais Tampa avec sa crête rouge. J'agrandis un maximum sur le dernier du trio, et mon rythme cardiaque s'accélère avant même que mon cerveau ne réalise. Kissimmee alias Brando Jones. Le second de l'organisation du gang de Détroit.

Mon cœur se met à battre plus vite et je me revois, agenouillée devant le corps sans vie de Trevor il y a presque un an et demi.

***

– Bébé, viens ! On va prendre le métro !

Trevor est du genre à vouloir éviter de traîner dans Détroit à la nuit tombée. Il dit toujours qu'il n'y rôde que des voyous prêts à tuer rien que pour une clope ou parce que tu es sur le mauvais trottoir.

– T'as peur de tomber sur un de tes jeunes ? demandé-je en souriant.

Je le taquine, mais je ne mens pas sur ce point. Lorsque je suis de garde la nuit, les petits délinquants que nous arrêtons sont en majorité issus des quartiers défavorisés de la ville, ceux pour lesquels la mission de Trevor prend tout son sens.

Nous sommes pareils lui et moi, nous détestons l'injustice. Cependant, quand moi je revêts un uniforme afin de faire appliquer sur le terrain les lois écrites par des bureaucrates, Trevor, lui, dénonce le système que je défends, qui va à l'encontre des plus démunis. On est pour la justice, mais pas au même niveau.

– N'importe quoi, répond-il sans un brin d'énervement dans la voix. Bébé, tu traques tous ces jeunes chaque jour depuis plus d'un an, je ne voudrais pas que ça déraille. Pas après une soirée si parfaite.

Effectivement, nous venons de passer un moment mémorable avec Trevor. Lui porte un pantalon chino noir et une chemise blanche qui contraste avec sa peau ébène. Quant à moi, j'ai osé porter mes cuissardes plates qui dissimulent des collants noirs. Mon short évasé en cuir noir recouvre ma chemise en soie vert kaki. Mon chéri avait demandé que je sois apprêtée pour cette soirée, j'ai fait le maximum dans le délai qui me restait après ma journée de boulot. Nous avons été dîner dans un restaurant gastronomique à la carte spectaculaire : elle ne comptait que des mets français aux noms qui font saliver les papilles. Le repas s'est passé dans une ambiance douce et joyeuse. Je venais de coffrer un gros bonnet de Détroit dans l'après-midi : Lakeland, un des leaders du gang des Tigers. Son transfert dans la prison la plus proche était prévu dans la soirée. Comme quoi, écouter des conversations téléphoniques la majeure partie du temps a payé, j'ai enfin obtenu les informations que mon unité et moi attendions. La date et l'heure de la transaction du siècle : quatre cents kilos de coke pure, ce vendredi à quatorze heures, en pleine journée, sur les docks du port de Détroit.

Le clou du spectacle a été quand les flûtes de champagne nous ont été apportées pour le dessert. Je voulais fêter la première vraie réussite de ma carrière, celle qui ferait de moi un lieutenant respectable dans un monde masculin assez macho. Trevor a cogné le cristal avec une petite cuillère, s'est levé avant de poser son genou à terre. Dans le même temps, un membre du personnel de salle a placé devant moi une assiette surmontée d'une cloche qu'il a soulevée instantanément, dévoilant un écrin en velours rouge.

La bouche ouverte, les yeux ronds, j'ai compris ce qu'il se passait au ralenti, comme si mon esprit était embrumé, spectateur de cette scène aussi romantique que belle.

– Ma puce, bébé... Tu illumines ma vie depuis des décennies et je crois en avoir marre de t'appeler ma « petite amie », ma « copine » ou ma « nana ». J'ai envie de pouvoir dire au monde entier que tu es ma femme.

Il a récupéré l'écrin, l'a ouvert et me l'a présenté en posant la question qui, à elle seule, m'a fait craquer. Craquer de bonheur. D'amour aussi.

– Romy, veux-tu m'épouser ?

Mes mains se sont mises à trembler, mes joues étaient baignées de larmes. J'étais incapable de prononcer le moindre mot, alors j'ai hoché la tête et me suis rapproché pour l'embrasser et lui murmurer des « je t'aime » couplés avec des « merci ».

Un bras qui me tire me ramène à la réalité.

– Tu préfères que j'appelle un taxi ? demande Trevor, vraiment soucieux.

– Bébé, on peut quand même marcher moins de dix minutes pour rentrer à l'appart ! Allez, ramène-toi… Je vais te lister tout ce que j'ai envie que tu me fasses ce soir, dis-je l'air mutin.

Il sourit et m'attrape la main pour coopérer et rentrer à pied.

– Tu sais que je ne suis pas branché BDSM, domination et tout ça, réplique-t-il en souriant. Arrête d'insister pour que je t'attache ou je te claque les fesses.

Sa demande n'est pas incisive, mais, comme toutes les fois où je réclame un peu d'extravagance au lit, il m'envoie bouler. Il est vrai que j'aime le sexe, vraiment, et que j'ai envie d'assouvir tous mes fantasmes les plus fous, ceux qui challengeront mon corps et mon esprit. Je n'ai connu que Trevor. Premier baiser chaste, premier roulage de pelle en bonne et due forme, premiers attouchements timides, première pénétration, premier appartement, première crémaillère…

– Tu ne veux pas tenter la sodomie ce soir ? osé-je demander sur le ton de la rigolade.
– Même pas en rêve, future madame Brown.

J'aime Trevor, mais je dois admettre que je suis intriguée par les pratiques de Christian Grey. Je voudrais les tester avec mon homme, expérimenter ce sexe hybride, hors des sentiers battus.

Je fais mine d'être blessée par son refus, mais le sourire qui orne mon visage me trahit. Il sait très bien que je ne m'avoue pas vaincue. Je suis curieuse de voir ce que ça peut donner, je veux m'y essayer avec lui et je n'abandonnerai que lorsque je constaterai que ça ne nous convient pas, à tous les deux.

Nous avançons et je frémis quand Trevor décide d'emprunter le raccourci que je déteste prendre. Les espaces sont étrécis, lugubres et angoissants, alors que les artères principales sont pleines de vie, jonchées de magasins en tout genre dont les vitrines éclairées me donnent toujours envie de faire chauffer ma carte bancaire. Si je dois voir le bon côté des choses, on sera plus vite à l'appartement...

Je me blottis contre lui quand nous empruntons cette ruelle plus étroite, et plus sombre. Les containers sont des frigos à ciel ouvert pour les chats qui se chamaillent, non sans me faire sursauter. L'ambiance est glauque et délétère, comme toujours. Je suis le rythme de marche imposé par Trevor qui, lui, semble serein. Après plusieurs dizaines de mètres, un claquement de doigts se fait entendre près d'un lampadaire qui éclaire faiblement les environs. Nous nous en approchons puisqu'il est sur notre passage et en plissant mes yeux, je distingue quatre silhouettes. La main de Trevor serre la mienne comme pour me prévenir de ne pas broncher. Ou du danger qui rôde.

– Tiens, tiens. Ne serait-ce pas la fliquette du commissariat central ? demande un des gars qui sort de la pénombre.

Ma respiration s'accélère et l'inquiétude que je ressens dans le corps ainsi que les mains moites de Trevor ne me rassurent pas.

– Je crois bien que si, rétorque un autre.

Celui-ci, je le reconnais. Kissimmee. Il est numéro deux dans l'organisation des Tigers, gang qui pollue la ville de Détroit depuis des lustres. Son portrait orne les murs de mon bureau dans l'organigramme de leur institution criminelle. Deux autres types que je n'identifie pas arrivent de part et autre, et nous encerclent en quelques secondes. Le leader s'approche de nous en ancrant son regard dans le mien. D'instinct, Trevor se met devant moi pour me protéger, sans lâcher mon poignet.

– Kiss, gronde mon futur époux. Que veux-tu ?

Donc il le connaît. C'est le souci lorsqu'on a des visions différentes comme les nôtres. Trevor veut aider les criminels à devenir meilleurs, à sortir de la galère, quand de mon côté, je veux appliquer les lois et aider mon pays à écarter ces mêmes criminels du système puisqu'ils empoisonnent nos villes. Ils doivent d'abord être punis pour leurs actes répréhensibles afin de mériter la rédemption.

– Que justice soit faite, réplique-t-il du tac au tac.

J'essaie de retirer les longs doigts de Trevor qui encerclent fermement mon avant-bras quand il répond.

– De quelle justice parles-tu ?
– De celle de la rue, crache-t-il. Écarte-toi de ma cible.

Trevor me cache la vue, et la privation de ce sens essentiel me perturbe. Je loupe des informations capitales sur la gestuelle de nos agresseurs. D'autant plus que je suis une grande fille, capable de répondre de mes actes auprès de ces enfoirés de première.

– Tu veux que je te livre ma femme ? Tu n'es pas sérieux !

La voix de Trevor gronde, il est en colère. Or, il ne hausse que rarement le ton, il n'en a pas besoin. Je ferme les yeux, serre les poings, je sens que la situation nous échappe. Ils sont plus nombreux, agressifs et pas bien intentionnés.

– Ta femme ? demande notre agresseur.
– Oui, Kiss. Ma femme.

Malgré tout, je suis éprise de fierté lorsque j'entends son ton vindicatif. Ses doigts autour de mon bras sont toujours serrés, comme s'il avait besoin de s'assurer que je reste dans son dos, et surtout près de lui.

Quelques secondes s'égrènent avant que la voix rauque du gangster claque.

– À cause d'elle et de ses enculés de collègues, mon frère va être transféré au centre pénitentiaire de Chicago. Tu sais ce qu'on dit de cette prison ?

Je sens Trevor se raidir. Je laisse tomber mon front sur son dos, consciente de tout ce qu'on peut entendre sur la prison de Chicago. Mes jambes flageolent en raison de la peur que je ressens à cet instant, et je m'agrippe à la veste de mon homme avec l'assurance qu'il m'aidera à rester debout.

– Non, mais tu vas me le dire…

Sa voix vibre dans mon front, son dos se tend perceptiblement. J'aimerais pouvoir revenir en arrière et faire la capricieuse pour rester sur l'artère principale. Je me maudis d'avoir emprunté ce raccourci qui n'en porte que le nom.

J'ignore ce que je ressens, tant les émotions se bousculent. Trevor essaie de l'amadouer en adoucissant sa voix, en changeant de sujet, en le caressant dans le sens du poil. Il a toujours eu cette patience et cette diplomatie que je n'ai pas. Chez moi, c'est plutôt action-réaction. C'est bon ou mauvais, et si c'est mauvais, je dois te coffrer. C'est assez clair.

– Qu'ils sont régentés par les nègres. Et tu sais ce que les blacks comme toi font aux blancs comme moi dans ces endroits-là ?

– Arrête, réplique Trevor. Tu dis n'importe quoi. Qu'est-ce que la couleur de peau a à voir là-dedans ?

Là, mon homme se trompe. La première cause de heurts en milieu pénitentiaire résulte des différences ethniques. Si on ajoute à ça le surpeuplement de nos prisons, on a d'autres dissensions primaires qui se créent : l'orientation sexuelle, l'appartenance religieuse…

– Robert, crie désormais Kissimmee. Sors de ta cachette, sale putain !

Sa voix haineuse me fait hérisser les poils. J'ai alors la conviction que rien ne l'arrêtera, qu'il n'aura aucune limite. Je n'ai pas le temps de me décaler d'un pas qu'une main m'agrippe violemment les cheveux et me tire en arrière. Je pousse un cri de douleur et de surprise, ce qui fait que Trevor lâche sa prise. J'ai l'impression que mes cheveux vont s'extraire de mon crâne, que des lames de rasoir me tailladent l'épiderme. Le regard de Trevor qui est retenu par deux types en dit long sur son état d'esprit. Il est terrorisé, parce qu'il n'ignore pas ce que les gangs de la ville sont capables de faire. Il le voit tous les jours avec les jeunes qu'il est censé encadrer, ne pas les laisser se faire embrigader par les Tigers est un combat quotidien. Et quand on intègre à l'équation d'une agression par les Tigers une femme, c'est rarement du propre.

Kissimmee se rapproche de moi tandis que j'essaie de maintenir la main de mon agresseur pour limiter la douleur qui me paralyse. Lorsqu'il est si près que je peux sentir son haleine alcoolisée sur mon visage, je regrette d'avoir enfilé cette tenue trop... Pas assez... Je regrette de ne pas avoir enfilé une tenue qui me permette d'avoir mon flingue à proximité. Quitte à crever, autant en buter un ou deux au passage.

– Tu sais ce que ça fait de voir un être cher se faire défoncer ?

Je ne réponds pas. Je ne veux pas répondre, craignant les gestes qui vont suivre. Je connais les gangs, leurs rites d'initiation sont d'une violence inouïe et leurs règlements de compte sont sanglants. Certaines de leurs victimes sont méconnaissables. S'il veut reproduire cette violence, je ne veux pas en être témoin.

Il ne peut pas faire ça, il ne peut pas s'en prendre à Trevor. Il se retourne et plante son poing avec hargne dans le ventre de mon petit ami qui se plie de douleur. C'est le point de départ de ma descente aux enfers. Les coups arrivent de tous les côtés, j'ai beau hurler, me débattre, je suis fermement retenue. Je pleure à chaudes larmes, je continue de crier le nom de Trevor quand Kissimmee recule, intimant à l'autre de remettre leur victime sur pied.

Mon corps est secoué de sanglots. Pitié, pourvu que ce cauchemar s'arrête rapidement, que les Tigers nous foutent la paix. Que je puisse panser les plaies de mon homme qui ne mérite pas tout ce qui lui arrive.

Kissimmee s'approche de moi, essoufflé d'avoir tant frappé Trevor. Le sourire qui orne son visage est malsain et il semble jouir de voir souffrir mon fiancé tout comme ma détresse a l'air de l'exciter. Je distingue une lueur passer à travers ses iris.

– Alors, tu sais ce que ça fait ?
– Arrêtez, je vous en prie, le supplié-je.

Il ricane en se reculant.

– Supplie-moi encore.
– Pitié. Il n'y est pour rien. Laissez-le tranquille.

Ses yeux toujours plantés dans les miens, il sort une lame à cran de son dos et réplique :

– Tu peux toujours rêver, connasse. Tu vas te souvenir de moi. Et te souvenir qu'on ne s'attaque pas aux Tigers en toute impunité.

À la fin de ses paroles, il se retourne et plante le

couteau dans l'abdomen de Trevor. Je hurle de toutes mes forces, donnant des coups de pied et des coups de coude à foison. Des sirènes se font entendre au loin et tout se passe à mille à l'heure. Je me sens libre de mes mouvements et vois Trevor sombrer sur le sol, agonisant. Je ne sais même pas dans quelle direction partent nos agresseurs.

Je me précipite vers lui et cherche où sont ses plaies pour faire une compression dessus en attendant les secours. Mes mains se colorent du sang de Trevor, et il y en a beaucoup. Beaucoup trop.

– Trevor, bébé...

Je pleure comme une enfant tandis qu'il tousse en fermant les yeux.

– Reste réveillé bébé, je t'en prie. Ne me laisse pas. Réveille-toi, crié-je.

Trevor ouvre les yeux et sourit.

– Je t'aime, ma puce, articule-t-il en difficulté. Je crois que je ne vais pas pouvoir assister à notre mariage.

Il a un petit sourire résigné.

– Non, crié-je. Je t'interdis de m'abandonner !

Il faut qu'il se batte, qu'il s'accroche à la vie. Je ne veux pas le perdre. Je ne peux pas le perdre. Il bouge difficilement ses lèvres, je sens qu'il veut me dire quelque chose, mais n'y arrive pas. Je sens son dernier souffle sur ma joue. Je crie à m'en décrocher les poumons, le visage vers le ciel brumeux, les mains toujours pressées contre son flanc, tandis que les lumières rouges et bleues des gyrophares de police semblent si proches. Je ne vois plus rien, je n'entends plus rien. Un seul mot résonne dans ma tête : vengeance.

# 14

**Romy**

Après cette journée éreintante, je suis de retour chez moi, dans la sécurité de mon appartement. À peine arrivée, je file directement dans la salle de bains. J'active le jet d'eau pour qu'il chauffe le temps que je me déshabille et je rentre me prélasser sous le flot brûlant.

Revoir ce visage m'a plus ébranlée que ce que j'imaginais, les souvenirs de cette soirée affluent dans mon esprit et me compriment l'estomac. Mon ventre se tord, mes membres tremblent et mes larmes s'agglutinent aux coins de mes yeux. Je n'en peux plus de revivre ce moment en pleine journée. D'habitude, c'est lorsque je dors que ces souvenirs me hantent…

En temps normal, la douche est un moyen efficace de retrouver ma sérénité. Mais pas aujourd'hui. J'ai beau tenter de noyer mes pensées sous les litres d'eau qui cascadent sur mon visage, rien n'y fait. Je hoquette à cause des sanglots que je retiens et que je refuse de faire jaillir, parce qu'au-delà de la tristesse que je ressens à penser à Trevor, c'est la peur qui m'étouffe.

Je me savonne énergiquement, puis quitte la douche. Je m'enroule dans mon peignoir et fais face au lavabo. Après avoir frotté le miroir, j'ose enfin observer mon reflet. Je ne reconnais plus celle que j'étais avant.

– Tu vas devoir te prendre en main ma vieille, me dis-je à moi-même. Sinon tu vas finir à l'asile.

Je m'occupe pour éviter de trop penser. Je m'habille, me sèche les cheveux, lance une machine… Pourtant, rien n'y fait. Rien ne me libère l'esprit. Je me rappelle alors la crique de la rivière Santa Ana où m'a emmené une fois Fitz.

« La vue est si impressionnante qu'on ne pense à rien d'autre. »

Voilà ce que m'avait annoncé mon meilleur pote lorsqu'il m'y a conduite la première fois.

Une fois prête, je prépare un sac avec un paquet de chips et une bouteille d'eau, puis je récupère ma vieille carcasse. La première étape qui me remonte le moral est de sentir cette odeur de cuir usé, de vétusté qui me rappelle mon enfance. Puis, je roule près de vingt minutes. Lorsque j'arrive à proximité de mon point de chute, je laisse derrière moi le petit parking et emprunte un chemin de terre sur plusieurs centaines de mètres. Ma voiture garée, je n'ai qu'à regarder tout autour de moi, observer les feuilles des arbres pour être apaisée.

*Ici, rien ne peut t'arriver.*

Je respire un grand coup et sors de l'habitacle.

Les bruits de la forêt, l'odeur des arbres, la lumière du soleil dansant entre les feuilles et l'air frais me procurent une sensation de bien-être et confèrent une atmosphère de quiétude dont je ne me lasse pas. J'emprunte un petit sentier en terre qui serpente à travers les arbres et marche quelques minutes faisant craquer quelques branches sous mes pieds lors de mon passage. Je me délecte du parfum de la sève qui coule sur les troncs, la pénombre et l'humidité enveloppante, le chant des oiseaux… avant de me retrouver sur cette crique isolée qui me fait tant rêver. Mes pieds s'enfoncent dans le sable épais qui disparaît ensuite au profit de galets blancs, et je m'extasie du spectacle :

de l'eau claire, de gros rochers recouverts de mousse verdâtre et une belle cascade de quelques mètres.

J'étale ma grande serviette de plage ronde à l'ombre d'un arbre et quitte mes chaussures pour aller tremper mes pieds. L'eau est fraîche, mais je rentre jusqu'à ce que mes genoux soient immergés en faisant attention à ne pas glisser sur les galets plus gros, au fond de l'eau, qui sont recouverts d'une sorte d'algue. Je bouge mes orteils et souris. Je ressors pour aller m'étendre sur ma serviette.

Une dizaine de minutes plus tard, des bruits me parviennent de la forêt. Des pas. Je retiens ma respiration et patiente, hagarde. Mes yeux sondent les environs et mes oreilles captent le moindre bruit aux alentours. Puis plus rien. Plus aucun son. Se peut-il qu'un animal sauvage soit dans les parages ?

– Bouh ! crie une silhouette imposante que je reconnais immédiatement.

Je sursaute, pose ma main sur ma poitrine qui bat la chamade et me fige.

– Punaise, Adams, tu m'as foutu la trouille !

Il se marre et débarque sur *ma* crique paisible. Il marche sur les galets jusqu'à se retrouver à un petit mètre de moi.

– Moi qui pensais que t'avais peur de rien.

À sa réplique, je lève les yeux au ciel. Il fait quelques pas, ses solaires toujours sur son nez, prend de grandes inspirations et penche la tête en arrière pour s'abreuver des derniers rayons de soleil.

– Je viens ici depuis que je suis gamin, dit-il en rompant le silence de la nature. Cet endroit n'est connu que des gens du coin, et encore, nous sommes une poignée.

– En même temps, c'est intimiste et paradisiaque. Enfin, je trouve.

– Tu as connu ce coin comment ? demande-t-il en tournant son visage vers moi.

Les lèvres pincées, je mime une fermeture éclair qu'on zippe.

– Secret défense. Je ne parlerai pas, même sous la contrainte.

Il rit, et je suis surprise de trouver le son plutôt agréable. Il est authentique, non exagéré.

Saul s'assoit à quelques mètres sur un rocher. Il retire sa veste, puis défait ses lacets pour enlever ses chaussures. D'un geste sensuel, il met une main dans son dos et tire sur son tee-shirt pour le passer au-dessus de sa tête. Mes yeux tombent sur son torse à la musculature saillante et au bronzage hâlé. Je m'extasie. Saul dégage une force et une prestance animale. Je déglutis avant de me lécher les lèvres en faisant glisser mon regard jusqu'à son visage, où ses iris sont fixés sur moi. Je rougis aussitôt d'avoir été prise en faute.

– Tu aimes ce que tu vois ?

Je hausse les épaules en regardant la cascade face à moi. Je l'entends ricaner tandis qu'une vibration se met à monter en moi, plaçant toutes mes molécules en état d'alerte. J'étends mes jambes que j'avais pliées et me positionne en arrière, sur mes coudes. Je perçois le bruit d'une boucle en métal qui claque et d'un coup d'œil furtif, je le vois retirer sa ceinture, puis son pantalon.

Je ferme les yeux pour calmer les battements de mon cœur et éteindre les braises qui commencent à me chauffer le bas-ventre.

– Tu viens te tremper ?

Je relève mes paupières et découvre Saul, les pieds dans l'eau, prêt à se baigner. J'écarquille les yeux parce que la température ne doit pas dépasser les dix-huit degrés.

J'agite la tête en signe de négation. Je ne me baigne dans aucun bassin qui n'avoisine pas les vingt-huit degrés minimums ! Lui ne s'en offusque pas. Il plonge tête la première comme si aucune parcelle de son corps n'avait été percutée par la fraîcheur. Il émerge un peu plus loin en lâchant un petit râle, puis revient à la nage vers moi.

Quand il sort de l'eau, j'ai l'impression de voir une publicité pour maillot de bain. Il secoue sa tête pour égoutter grossièrement ses cheveux. D'où je suis, la vue est absolument exceptionnelle, magnifique. J'admire avec avidité sa carrure taillée en V, ses larges épaules, ses pectoraux délicieusement dessinés, sa tablette de chocolat bombée. Son boxer noir lui colle à la peau et me donne faim. Pas de nourriture, mais de lui. Toute mon anatomie approuve. Ma peau frissonne, mes seins se dressent et mon clitoris palpite.

J'ignore s'il prend conscience de ce qu'il provoque chez moi, mais il s'avance jusqu'à me contempler de toute sa hauteur, au pied de ma serviette.

– Tu me caches du soleil, croassé-je pour la forme.

Il sourit fièrement.

– Le soleil est en train de se coucher.

– Raison de plus pour t'écarter !

Il rit plus franchement et retourne où sont rangées ses affaires. Il récupère son téléphone et son paquet de cigarettes. Il en sort une avec ses dents avant de revenir vers moi.

– Je peux ? demande-t-il en pointant du doigt ma serviette.

Comprenant qu'il veut s'asseoir à côté de moi, j'acquiesce non sans m'écarter un maximum. Je le sais d'avance, cette proximité va être difficile tant la tentation est à son comble.

Il se penche en avant et se laisse tomber sur la serviette. Il allume sa cigarette avant de se tourner sur le ventre et d'en recracher la fumée. Je grimace lorsque les effluves de tabac atteignent mes narines.

– Aïe, j'ai l'impression que je marque pas de points en fumant à côté de toi.
– Ton impression est bonne, réponds-je en souriant. Fumer tue, ce n'est plus un secret pour personne, c'est marqué en gros sur ton paquet.

Il ouvre sa main et observe l'emballage, qu'il finit par retourner et lire à haute voix :

– Fumer peut nuire aux spermatozoïdes et réduire la fertilité. Putain, je n'avais jamais lu ces messages à la con !

J'éclate de rire tandis qu'il écrase sa cigarette dans les petits galets plats devant nous.

– La liste de messages qu'il tente de faire passer est pourtant claire, mais aucun n'est assez percutant pour faire baisser les ventes de tabac, ajouté-je.
– Tu sais, un fumeur est un fumeur, peu importe le prix du paquet de clopes. C'est une drogue.

Je hausse un sourcil, enjouée.

– Tu es en train de me dire que tu te drogues ?
– Arrête de faire des raccourcis qui n'ont pas de sens. Ne fais pas comme les autres.

Il n'a vraiment aucune foi en la police, mais je n'en suis pas étonnée. Et à vrai dire, je m'en moque parce que nous sommes Romy et Saul, seuls dans une crique calme, et non le lieutenant Williams avec le président des Red Python.

– La Mustang garée plus haut est donc à toi ?
– Exactement. Héritage familial.

– Le MC a un garage et ceux qui y bossent sont des férues de belles montures comme la tienne. Si un jour t'as besoin de faire une réparation, n'hésite pas à l'amener.

Aucune réponse ne suit. Et le silence s'installe.

– J'en conclus que tu avais besoin de t'évader ce soir, poupée.

– Oui, finis-je par avouer. La quiétude de la nature m'a toujours apaisée. Le calme est ressourçant. Et toi ? Tu n'es pas comme tous les bikers à te détendre en roulant sur ta bécane ?

Un sourire étire ses lèvres.

– Figure-toi que c'est le meilleur calmant du monde. Donc au risque de te conforter dans l'idée que tu te fais du biker, ouais, je foule le macadam pour apaiser les tensions. Mais je ne fais pas que ça.

Il y a quelque chose de sexuel dans le regard qu'il me lance, mais je ne relève pas parce que je suis déjà en train de me consumer.

– Et tu fais quoi d'autre ? osé-je demander pour détourner mes pensées.

*Ou pas !*

– Je viens ici.

Je contemple la vue que nous avons autour de nous avant de répondre :

– Comme je te comprends.

Nous passons l'heure suivante à parler de tout de rien, surtout pas du MC ni de mon boulot. On évoque nos souvenirs d'enfance, nos études, nos goûts en matière de pâtisserie et même de voiture. L'ambiance est légère, comme si nous nous connaissions depuis des années. Tout me paraît simple. J'en oublie tout le reste.

– Tu sais, j'aime beaucoup Romy, poupée. Celle que tu essaies de cacher derrière ton costume de lieutenant Williams, celle qui n'est pas un déguisement.

C'est plaisant d'être allongés, même si une petite part de moi se demande si c'est une bonne idée de passer plus de temps avec lui. De rigoler autant avec lui. De partager des moments de ma vie avec lui.

Comme s'il avait senti le poids de mon regard sur lui, il tourne sa tête dans ma direction, puis un sourire franc apparaît sur ses belles lèvres charnues. Il semble serein. Nos regards s'accrochent durant plusieurs longues secondes.

Un frisson se forme alors dans le bas de ma nuque pour descendre le long de ma colonne vertébrale et s'épanouir dans mes reins. Je le désire, au-delà de ma mission. Je suis dans une merde noire. D'autant que je me sens bien. Plus que bien même. Le voir me remonte le moral, peut-être autant, voire plus, que de me retrouver seule au milieu de nulle part, comme je le fais depuis toujours.

– Romy…

Ma respiration se coupe devant le ton qu'il a employé. Lentement. Comme s'il en savourait chaque syllabe. Ces quatre petites lettres roulent sur sa langue comme une promesse sensuelle qui enflamme mon corps, mes veines et mon entrejambe.

Il réduit la distance entre nous, s'approche tel un félin jusqu'à ce que son corps soit contre le mien et que son haleine s'abatte sur ma bouche. La conscience aiguë de sa peau contre la mienne me fait suffoquer et instantanément, quelque chose se met à flamber en moi. La tension monte d'un cran, s'intensifie et vibre au creux de mon ventre.

– À ton avis, est-ce normal de penser à ta bouche sur la mienne ? Me remémorer ta langue qui cherchait la mienne ?

Son timbre rauque me fait l'effet d'une caresse ardente sur la peau, et au fur et à mesure qu'ils débitent ses paroles, mon épiderme se parsème de chair de poule. Sa respiration est lente et profonde tandis que la mienne est rapide et nerveuse.

– J'ai envie de toi, poupée.

Le peu d'air qu'il me reste dans les poumons s'évanouit d'un seul coup me plongeant dans une sorte d'état second, de transe où je serais à sa merci sans qu'il ne me contraigne.

Je déglutis, mes yeux étant irrémédiablement attirés par sa bouche.

*Trois.*

Je rêve de sentir ses doigts autoritaires s'enrouler autour de ma nuque.

*Deux.*

Cette fois, c'est lui qui peine à déglutir en observant le bout de ma langue mouiller ma lèvre.

*Un.*

Il n'est qu'à un petit centimètre de ma bouche.

*Brrrr. Brrrr. Brrrr.*

Le vibreur de son téléphone fait exploser la bulle dans laquelle nous nous étions réfugiés, dans laquelle nous allions pécher. Et quand il observe son écran, la magie du moment se fane.

– Je dois rentrer.

J'acquiesce d'un mouvement de tête, les lèvres pincées. Sa froideur soudaine est douloureuse, lui qui vient de passer une bonne heure à sourire et faire blague sur blague.

Le président du MC est de retour.

# 15

## Saul

Je fixe mon père d'un œil absent. Il n'a pas prononcé le moindre mot depuis que je l'ai rejoint pour déjeuner. D'habitude, il sait meubler le silence, parler pour me convaincre de telle ou telle action. Le mutisme, en ce qui le concerne, est effrayant. Cole Adams est ce genre d'homme qui calme tout le monde en un regard, sans avoir besoin d'ouvrir la bouche. Il a une prestance naturelle ; lorsqu'il rentre dans une pièce, on voit qu'il est là. Voilà pourquoi il est difficile de prendre sa place…

Mes relations avec mon paternel ont toujours été compliquées. Je sais qu'il m'aime, mais il a souvent eu du mal à faire la distinction entre son rôle de père et celui de président des Red Python. À l'adolescence déjà, nos rapports tenaient plus du professionnel que du familial.

À cette époque, je le respectais plus comme Président que père.

Avec les années, cette relation particulière n'a pas réellement évolué, et ce même s'il n'est plus président du club. J'ai toujours voulu le rendre fier, de moi, de mes actions, de mes décisions, sans pour autant chercher son approbation. Désormais, le club est sous mon commandement, il n'a plus son mot à dire – même s'il ne se gêne pas pour le faire –, mais ça n'empêche pas que j'attends de voir briller une lueur de fierté dans son regard.

Lui succéder était la suite logique, à l'instar d'une royauté. Comme tout le monde, il a des faiblesses – Aria, ma mère et moi entre autres. Je n'aspire pas à lui ressembler, simplement à le rendre fier tout en restant moi-même.

*C'est peut-être le plus dur…*

Après cette fameuse nuit, il y a plus d'une décennie, j'ai sombré dans l'alcool. J'étais défoncé du réveil au coucher, j'étais incapable de faire mon job comme je l'aurais dû et il ne s'est pas gêné pour me dégager du club pour une durée indéterminée. Officiellement, j'étais en mission pour le MC aux quatre coins des États-Unis en mode « nomade ». Officieusement, je devais me reprendre en main sous peine de me voir retirer mon cuir.

Sur le coup, je lui en ai voulu. Je crois que j'aurais aimé qu'il se comporte comme un père pour une fois, qu'il me soutienne dans l'épreuve que je traversais, qu'il me console quand j'avais l'impression que tout et tous étaient contre moi. Avec du recul, et de nombreuses années, je comprends que c'était sa façon bien à lui de m'aider : m'imposer de prendre de la distance, de partir provisoirement de cette ville qui n'avait de cesse de me rappeler Lara, Ash, l'accident. Sans ça, je serais probablement au même point qu'il y a dix ans.

Aujourd'hui, ça n'a plus d'importance. Je suis président du MC, je gère mon business sans avoir besoin de lui, je surveille les arrières de mes hommes. Seule ombre au tableau, les problèmes de fric du club. Faire la guerre à nos ennemis, monter des affaires et redorer notre blason coûte du pognon, un max de pognon. Mais avec un peu de chance, j'arriverai à remplir de nouveau le compte en banque du club.

Un raclement de gorge me sort de mes songes. Je lève les yeux vers mon père et lui souris.

– Désolé, j'étais ailleurs, mens-je.

Ouais, j'étais ailleurs, mais je ne suis pas désolé de ne pas engager la conversation. Je ne sais pas pourquoi, mais je sens que ça ne va pas me plaire.

– Alors, comment vont les affaires ? demande-t-il.

– Très bien, réponds-je en trempant une frite dans le ketchup au bord de mon assiette.

– Tu es sûr ?

Ça y est, ce repas m'agace. Je me redresse en ancrant mon regard dans le sien.

– Que veux-tu dire par là ?

– Ne sois pas sur la défensive, fils. Je sais que les caisses sont à sec.

– Le club de strip, le resto et le bar vont bientôt ouvrir, et nous allons engranger un max de thunes.

Il avale sa bouchée et continue :

– J'ai toujours des indics chez les flics.

Qu'est-ce que je disais ? Je savais que cette discussion allait prendre un virage qui ne me plairait pas. Peut-être aussi que les joints qu'on a fumés hier avec les gars et le coucher à cinq heures du matin n'aident pas à me sentir en pleine forme. Ma patience a des limites et la migraine qui a élu domicile dans mon crâne ne veut pas me quitter.

– Et ? l'invité-je à continuer.

– Et j'ai ouï dire que tu fricotais un peu avec une agent.

Je souris à l'évocation de Romy.

– Elle est lieutenant.

– Si tu veux, s'agace-t-il. Je veux juste te mettre en garde Saul. Ne fais pas rentrer une cocotte dans le poulailler, tu risquerais de le regretter.

J'éclate de rire en me tenant les abdos.

– Papa, tu insinues quoi au juste ? Que je me tape une fliquette et que je vais lui ouvrir les portes de *mon* MC juste pour qu'elle y injecte son venin pour me paralyser et me faire couler ? Tu me crois aussi con que ça ?

Mon père grimace devant mon retour incisif. Bien qu'il ait passé plus de temps à être mon Président que mon père, je pensais qu'il me faisait confiance avec le MC, que s'il me transmettait le flambeau c'est qu'il m'en savait capable… Mais peut-être qu'il a juste des difficultés à trouver sa place aujourd'hui. Ce type de remarque est digne du Prés', du membre actif du noyau qui mettrait en garde un frère, mais pas d'un père.

Mon état brumeux n'aide pas mon esprit à réfléchir comme il devrait le faire. J'ai la sensation de voir le mal partout et tout le temps. Et à cet instant, mon père est un parasite qui veut me donner un cours sur la gouvernance du club qu'il a créé. Il remet en question ma capacité à diriger celui-ci ou encore à choisir mes nanas, et ça me gonfle au plus haut point.

Je soupire d'agacement en me passant une main sur le visage.

– Je te demande juste d'être vigilant, fils. Je sais que tu l'as vue. J'ignore si tu la vois toujours, mais…

– Et tu ne t'es pas dit que *moi*, j'avais sûrement un plan ? Que peut-être que c'est moi qui tente d'avoir un pied dans le poulailler ?

Il ricane.

– Tous les flics sont des pourritures, ne l'oublie pas, c'est tout. Elle n'échappe pas à la règle.

– Comment tu peux le savoir ?

– Parce que je le sens.

Un silence s'installe entre nous. Nous nous observons sans rien dire durant de longues, très longues, secondes. Je devrais être content de savoir que mon père me donne son avis concernant Romy, mais je n'y arrive pas. La seule chose que je retiens, c'est qu'il ne me fait pas confiance. Peut-être aussi que je suis jaloux. Jaloux que mon paternel sache potentiellement plus de choses sur *elle* que moi.

Jaloux qu'il puisse se faire une idée de qui elle est, et pas moi.

– Je t'écoute, finis-je par répliquer. Dis ce que tu as à me dire.

Je prends sur moi pour ne pas agir comme le Saul d'il y a plusieurs années, je ne veux pas donner du grain à moudre à mon père.

– T'as l'air énervé d'un coup. C'est de parler de cette gonzesse qui te perturbe ?
– Arrête tes conneries, mens-je. Je m'en bats les couilles. Je vais te laisser me dire ce que tu penses utile que je sache. Maintenant, si tu veux toujours diriger le club, fallait pas raccrocher, mais garder ton cuir. Je prends mes propres décisions pour le club, j'ai donc mes propres raisons à ce que tu me reproches sous couvert d'un indic. Et puis merde ! Je suis le Prés' ! Je n'ai pas de compte à te rendre !

Il m'observe avec insistance comme pour me jauger. Cependant, si j'ai hérité des yeux vert clair de mon père, j'ai aussi récolté sa facilité déconcertante à dissimuler ses sentiments. Quand mon meilleur pote, Mason, est incapable de cacher son agacement, son énervement et sa soif de violence, moi, je peux rester impassible pendant des heures, hermétique à tout ce qui m'entoure… pour mieux te crever. On prend souvent mon inactivité pour une faiblesse, mais j'observe, calcule tous les cas de figure avant de me lancer tête baissée dans le tas. C'est méticuleux, précis, sans accroc. Alors que certains sont des bouchers, je bosse toujours proprement, même si je suis un biker.

– Je te donne qu'un putain de ressenti, fais-en ce que tu en veux. Je ne graisse plus la patte à quiconque, je n'ai pas accès aux informations la concernant. Le seul truc que j'ai entendu dire c'est qu'elle était raide. Elle en a que pour les règles et la justice qu'elle balance à la tête de qui s'en offusque.

Ce qu'il dit n'est pas une grande surprise. Romy est éprise de justice, psychorigide dès qu'il s'agit des règles qu'il ne faut pas transgresser. Ça doit être ce genre de nanas à compter le nombre de verres qu'elle boit avant de prendre le volant ou encore, à ne pas traverser la route s'il n'y a pas de passage piéton. Romy ne doit pas souvent sortir des rangs. Et mon petit doigt me dit qu'elle ne peut le faire qu'au pieu. Je ne saurais pas l'expliquer. Je me revois au commissariat, lorsque Fallon est venue nous chercher. Dès que j'ai levé la voix et que j'ai fait preuve d'autorité, elle était au bord de l'extase. Elle sentait le cul. Elle voulait du cul. J'en mets ma main à couper.

Quant au fait qu'elle doive se barrer dans un an, je ne sais pas quoi penser de cette information. Je ne sais pas ce que je vais faire la semaine prochaine alors dans un an… Quand bien même je l'aurais baisée jusqu'à épuisement…

– Et ? le provoqué-je. Moi, j'ai besoin de savoir qui sont vraiment les Tigers. Ces fils de putes s'en sont pris à Aria et Fallon. Je ne veux pas taper dans le tas, à l'aveugle, en me disant que je vais les effrayer parce que je n'ai pas les moyens de déclencher une guerre si ça dégénère. Ça nous coûterait trop cher en pognon et en hommes, et je n'ai ni l'un ni l'autre.

Je suis essoufflé et en colère. Le plus dur dans la gestion du club, des finances et du business dans son ensemble, ce n'est pas de renoncer à telle ou telle chose, non. Ce qui est difficile, c'est de prendre la décision et d'en assumer les conséquences.

– Je veux avoir le temps de réfléchir aux options qui s'offrent à moi, avoir des éléments sans dépenser une fortune auprès d'indics qui puent le mytho à dix kilomètres à la ronde, pour agir en ayant toutes les cartes en main.
– Et tu crois que c'est cette fliquette qui va te les donner ?

Nouvelle bataille de regards. Je ne cille pas, je veux qu'il m'accorde sa confiance en tant qu'ancien président du club, mais aussi en tant que père. Je ne devrais pas avoir à le supplier de le faire ou le convaincre pendant des heures.

– Tu penses pouvoir la faire parler ? demande-t-il soudain sérieux.

Je prends quelques secondes de réflexion. Si je dois être honnête, je n'en sais absolument rien. Ce que je sais, c'est que j'arriverai à la mettre dans mon lit. Je m'en fais la promesse. D'ailleurs, ne dit-on pas que les confidences sur l'oreiller sont faciles à prononcer ?

– Oui. Et puis, qui ne tente rien n'a rien.

Mon père hoche la tête et se désintéresse de moi pour lire la carte des boissons devant lui. La trique qui enflait dans mon pantalon à l'idée de tout ce que je pourrais faire à Romy dans un lit s'estompe quand je constate amèrement que mon père ne me fait pas confiance. J'en viens à réellement me demander pourquoi il m'a cédé le club. Je pensais que nous étions sur la même longueur d'onde.

– Même si je n'aime pas l'idée, je vais m'en tenir à ton flair. Mais je maintiens ce que je te disais avant que tu t'énerves. Sois vigilant.

J'opine du chef en attrapant le burger qui trône fièrement dans mon assiette et en croquant dedans. C'est un délice. Les saveurs qui se diffusent sur mes papilles sont exquises.

*Romy, je vais te faire la même chose.*

Rien que de penser à ce que j'aimerais faire à Romy, ma queue se tend une nouvelle fois dans mon falzar.

– Je sais que ça ne me regarde plus, mais as-tu verrouillé le deal avec le Mexicain ?
– Ouais, on a bloqué une date dans deux mois. La commande a plus que triplé depuis la demande initiale. Ça va nous rapporter un max de pognon.

Il hoche la tête en signe d'approbation. Il a enfin la décence de s'adresser à moi comme au président du MC, ce qui me pousse à continuer.

– Nous attendons pour confirmer le lieu de la livraison, pour éviter les fuites autant chez eux que chez nous. Depuis l'épisode avec le prospect, on ne prend plus de risques.

Il y a quelques mois, le club a été trahi par un prospect. Il l'a payé de sa vie, mais il n'en reste pas moins que Fallon avait été enlevée et que Mason était ingérable.

Un traître dans nos rangs est inimaginable. T'es un Red ou tu ne l'es pas. Être un biker, c'est un état d'esprit. Une famille. Avec des règles, des droits et des devoirs. Beaucoup nous décrivent comme d'irresponsables scélérats, et bien qu'on ne se soit pas tout blanc, on n'est pas forcément tout noir. On a une certaine morale, des valeurs.

– Tu fais bien.

– Je ferai la transaction moi-même. Pour montrer à notre partenaire que malgré le volume commandé, nous avons su faire face.

Il approuve aussi, mais ne commente pas davantage.

– Et l'approvisionnement ?

– Je suis sur l'Europe de l'Est. Les négos avancent bien, et dans le sens que je veux. Ça va le faire.

– Attention aux Canadiens. Ce sont nos alliés depuis le début.

Je lève les yeux au ciel. Bien entendu, je sais qu'ils sont de notre côté depuis des lustres, mais je ne suis pas responsable de leur incapacité à honorer notre marché.

– Je sais… mais ils ne sont pas capables de suivre la cadence.

– Même si on les accompagne ?

– Financièrement tu veux dire ?

Il marque le « oui » de la tête.

– Le club n'a plus de thunes en ce moment. D'ici un mois, on va ouvrir le Red Secret. On a déjà fait les recrutements. Le blé va couler à flots, mais ce sera trop tard. La marchandise arrive en pièces détachées, nous devons les monter et les tester. En un mois, vu la quantité, c'est foutu.
– Faut être vigilant à ne pas être taxé de proxénétisme avec ce club, fiston. Et avec l'alcool, j'espère que tu…

Je grogne.

– Papa, depuis plusieurs mois maintenant, tu m'as filé ce fanion.

Je montre avec le poing l'étiquette « Président » qui orne mon cœur, sous le python qui est notre emblème avant de reprendre :

– *Tu* as décidé de prendre ta retraite, je ne t'ai forcé à rien. *Je* suis désormais le président des Red. J'apprécie tes conseils, mais si tu me proposes un déjeuner pour me dire comment je dois gérer le club en plus de ma vie, ne te donne plus cette peine. Aide plutôt Aria à trouver un local, elle me gave suffisamment avec son envie d'ouvrir un pub.

Je vois du coin de l'œil qu'il accuse le coup, mais je reste convaincu qu'il comprend le discours du Président. Mon mal de tête ne passe pas, je me redresse et prétexte un rendez-vous pour quitter les lieux.

Mon père ne se formalise pas de ma fuite, et je m'arrache. J'enjambe ma Harley, attentif à toutes les sensations que me procure ma bécane, et je ne parle pas que de vitesse. À chaque fois que je prends la route et que je m'éloigne un peu, j'en prends toujours plein les yeux. J'ai l'impression de redécouvrir l'Amérique dans ce qu'elle a de plus beau : sa nature sauvage, ses paysages mythiques, ses routes interminables, ses grands espaces à perte de vue… Si je m'écoutais, je prendrais *The Mother Road*[1] et j'irais faire un petit tour à Chicago. Le soleil est toujours haut dans le ciel parsemé de quelques nuages, et les montagnes qui me font face me paraissent immenses. Le sol sableux est piqué de quelques cactus et rochers de toutes tailles.

*Je ne pourrais jamais me passer de ces paysages.*

Quand je roule, tous mes problèmes deviennent secondaires, je ressens le vent sur mon visage, je sens les odeurs de la ville titiller mes narines. Je fais le vide et je savoure mon bien-être. Libre. Rien de tel pour faire s'envoler tous les maux.

Sans que je ne m'en rende compte, le soleil en déclin,

j'arrive devant l'immeuble où Romy habite. Je me gare sur le trottoir, comme l'autre soir.

*Putain, son meilleur pote est Ash.*

Je peine à réaliser que la nana qui hante mes nuits depuis quelques semaines est l'amie d'Ash, ou la personnification de mon enfer sur terre. Putain, quelles étaient les probabilités pour que ce cas de figure se présente ?

À peine le contact de ma bécane éteint, le bruit de la gâche de la porte vitrée du hall se déclenche. Je lève les yeux après avoir fini d'enlever mon casque, et je le vois. Ash.

Je serre les poings, les muscles de mes épaules se contractent. Une rage sourde entièrement dirigée contre moi commence à me monter à la tête. Je la sens frémir sous ma peau, prête à surgir, prête à faire mal, à me faire mal. Il ne me voit pas tout de suite, mais quand il entend le bruit de mes bottes, il se tourne vers moi.

– Tiens, tiens… commence-t-il. Qu'est-ce que tu fais ici ?

Je serre tellement la mâchoire que pour un peu, mes dents pourraient se briser.

Il hausse un sourcil, sûr de lui.

– Qu'est-ce que tu veux, Ash ?
– Fous la paix à Romy.
– Sinon ?
– Ça ne t'a pas suffi d'en avoir tué une ?

Un frisson glacé me parcourt l'échine. Comment peut-il oser me reprocher la mort de Lara ?

– Ta gueule, grogné-je.
– Quoi ? Il faut appeler un chat un chat, non ?

La rage s'amplifie dans mon corps, et pour éviter de lui arracher la tête, je serre mon poing et frappe contre le mur. Je ne ressens pas la douleur, du moins pas autant que ce qu'elle devrait être. L'air que je respire me brûle les poumons. Je donne un second coup en criant ma haine quand j'entends un ricanement. Je me tourne vers Ash, l'air mauvais. Je sens mon visage contracté, je sens mes muscles bandés. Je sens que je suis à un cheveu de perdre les pédales.

– Je cogne ce putain de mur pour ne pas t'éclater la tronche, sombre connard. Je n'ai jamais voulu cet accident, je n'ai jamais voulu qu'elle y laisse sa vie ! hurlé-je.
– C'est toi qui aurais dû crever ce jour-là.

Là, c'en est trop. C'est sa gueule que je frappe. Encore et encore. Mais il se défend l'enfoiré. Je mange autant de coups que ce que j'en donne, et c'est presque libérateur. Je réussis à le faire tomber sur le sol et je prends le dessus en me mettant à califourchon sur ses hanches. Je le bombarde de mes poings, malgré la douleur dans mes phalanges meurtries. Il arrive à inverser la tendance et je me retrouve sous lui. Après quelques coups, ses doigts s'enroulent autour de ma gorge et me serrent. Fort. Trop fort. Je tire sur son poignet pour faire entrer l'air dans mes poumons, mais il m'en empêche, le visage déformé par l'agressivité.

– Ça suffit ! crie une voix que nous reconnaissons tous les deux.

Ash relâche la pression tandis que je prends une grande lampée d'oxygène avant de tousser. Je crache le sang accumulé dans ma bouche. Ash qui s'est levé s'approche lentement de Romy.

– Mais t'es malade ? Sans déconner, mais qu'est-ce que tu fais ?
– Tu le défends ? demande-t-il, outré.

Elle s'avance vers moi, s'accroupit et regarde les blessures de mon visage.

– Alors c'est ça ? Tu le défends alors que tu le connais depuis trois jours ?

– Tu dis n'importe quoi, gronde-t-elle en palpant mon torse.

Elle a l'air de rechercher une plaie ou un truc dans le genre, mais Ash n'aurait pas eu les couilles de me planter, ce n'est pas un méchant.

Elle se redresse et se tourne vers lui.

– Tu avais besoin de t'en prendre à lui ? C'est quoi ton problème ?

– Le problème c'est lui, crie-t-il en me pointant du doigt.

Je me soulève péniblement et me remets debout.

– Qu'est-ce que tu racontes ? répond-elle en secouant la tête.

– Je te raconte que c'est un assassin, putain ! Qu'il est mauvais, lui et son club de racailles. Je ne veux pas que tu le voies.

Elle a un mouvement de recul et rétorque :

– Depuis quand tu décides pour moi ?

– Depuis que tu fais de la merde.
– Tu sais quoi ? Tu es devenu fou ces derniers temps ! Je ne comprends pas tes attitudes d'hommes des cavernes.

J'observe toujours les joutes verbales, et même si je ne saisis pas tout de cette petite mise en scène, j'ai l'impression de vivre un cauchemar. Je n'aurais jamais cru qu'Ash et moi en arriverions aux mains un jour. Et encore moins en évoquant Lara que nous aimions tous les deux. Je ne m'enlève pas de la tête qu'il y a un peu de Romy aussi.

– Tu sais quoi ? Je me casse.

Ash contourne le 4x4 garé à proximité, entre dans l'habitacle et s'insère dans la circulation assez calme dans un crissement de pneus.

Romy l'observe s'éloigner et semble perdue durant quelques secondes. Lorsqu'on ne distingue plus la voiture au loin, elle se retourne et s'approche de moi, de l'inquiétude sur le visage.

– Tu vas bien ? demande-t-elle.
– J'ai connu mieux, avoué-je.

Ses yeux verts me scrutent et sa bouche pulpeuse m'appelle sans pudeur.

– Tu montes ?

– Est-ce que le lieutenant Williams me ferait une proposition indécente ?

Je joue avec mes sourcils et la taquine pour voir sa réaction. Et lorsque j'aperçois ses joues rosir légèrement, je me dis que je ne suis pas trop loin de la réalité. Cette femme me désire, j'ignore si elle s'en rend compte ou si elle occulte cette évidence, mais je la ferai mienne. Non, je dois la faire mienne.

– Je vais te soigner Saul. Je ne voudrais pas être taxée de « non-assistance à personne en danger ».

Elle ne se démonte pas la garce, et comme un con heureux, je la suis jusque chez elle.

---

1. Les Américains surnomment la Route 66 *The Mother Road.*

# 16

## Romy

Je suis furieuse. Furieuse contre mon meilleur ami dont je ne comprends pas le comportement, et contre Saul dont l'attitude me laisse perplexe. C'est d'un pas déterminé que je monte les escaliers menant à mon appartement, Saul sur mes talons. Je compte bien obtenir des explications auprès du biker, du moins tenter de le faire parler un peu. Si Fitz n'a jamais évoqué Saul, c'est qu'il a une bonne raison. Je ne vois pas pourquoi je douterais de sa loyauté et de son amitié.

Une fois sur le pas de la porte, je cherche mes clés dans ma poche et entre enfin. La main sur la poignée, je me tourne et observe cet homme qui reste une énigme. Il m'attire irrémédiablement. C'est la cerise sur le gâteau, il me fait fondre. Putain, c'est même à lui que je pense quand je soulage la tension qui broie mon bas-ventre. Tous les détails de son visage sont ancrés dans une partie de mon cerveau, même en fermant les yeux, je ne parviens pas à occulter ce regard. Je crois d'ailleurs que c'est pire lorsque je les ferme…

Une sonnerie annonçant la réception d'un message sur mon téléphone retentit lorsque Saul entre dans le hall de mon chez-moi. Je l'invite à avancer d'un signe de la main.

– Installe-toi dans le salon, je reviens.

Je me dirige dans la salle de bains pour récupérer ma trousse de premiers secours lorsqu'un message arrive.

[Ne te laisse pas endormir par ce fumier, Rom',
stp, fais-moi confiance. Ne crois pas ses mythos.
Et ne fais rien que tu pourrais regretter…]

Au lieu de s'excuser de son comportement d'homme préhistorique, Fitz continue sa mise en garde que je n'arrive pas à expliquer. Une masse se loge dans mon ventre à l'idée que mon amitié avec Fitz puisse être altérée à cause de ce qu'il se passe avec Saul. Enfin, il ne se passe pas grand-chose, mais je ne comprends pas plus. J'ai besoin de rationalité, que les choses soient dans des cases, aient des étiquettes. C'est quelquefois réducteur, mais blanc c'est blanc, noir c'est noir, je n'y vois jamais aucune nuance.

Je ne connais pas le passif des deux hommes et je me dis que si ça avait de l'importance, Fitz m'en aurait parlé, du moins, c'est ce que je pense… Mon meilleur ami ignore tout de ma mission, de mes motivations, et ça doit continuer ainsi. Je dois obtenir ces fichues informations sur la transaction prévue par les Red Python et un Mexicain sans avoir à gérer leurs enfantillages.

*Il l'a traité d'assassin.*

Et je ne comprends pas cette accusation. J'ai déjà consulté les casiers de tous les membres des Red Python, et le dernier que je regardais avant de me lancer dans cette mission est celui de Saul. Aucune charge pour meurtre n'a été retenue contre lui. Alors, de quoi parle-t-il ? Oh, je ne suis pas stupide, je me doute qu'il a déjà… Enfin, sans savoir comment, il a déjà dû… Je grogne intérieurement parce que je n'arrive pas à imaginer certains de ses gestes alors que je ne me voile pas la face, ce n'est pas un enfant de chœur.

Je récupère la trousse à pharmacie et retourne dans le salon où le biker regarde les photos accrochées au mur. Mon père, mon grand-père, Trevor… Je me racle la gorge pour lui faire savoir que je suis là.

– Excuse-moi, je ne voulais pas être indiscret.

– Pas de problème, réponds-je.
– Ton père était flic aussi ?

*Tu viens de le voir en uniforme sur un cliché !*

– Non, il était pâtissier, plaisanté-je.

Se réfugier derrière l'humour est toujours plus facile pour éviter de trop se dévoiler. Et surtout pour m'empêcher de trop m'épancher sur la situation de mon père si je ne veux pas fondre en larmes et mettre en lumière mon unique faiblesse. Je me reprends pour lui offrir une réponse honnête.

– Oui, il l'était. Il a fini responsable de la police de Détroit.

Pourquoi mentir ? Je suis fière de ce qu'a accompli mon père, et le sien également.

– Belle carrière. C'est ton grand-père, ici ? demande-t-il.
– Oui. Lui aussi était flic.
– C'est donc une histoire de famille, s'amuse-t-il.

J'opine, et avant qu'il ne tente de me poser des questions sur Trevor, je reprends en agitant la trousse rouge avec une croix blanche :

– Tu viens t’asseoir ?

Saul s’approche et pose ses fesses sur le canapé. Son visage montre déjà des signes d’hématomes, mais le pire reste ses phalanges qui sont en sang. J’ai du mal à me dire qu’il s’est infligé de telles blessures en frappant le visage de Fitz.

– Chez moi aussi, c’est une histoire de famille, reprend-il sur un ton de confidence.

Je l’observe et je vois bien la perche qu’il me tend. Je feins l’ignorance et rétorque :

– Leader des Red Python ?
– Ouaip. Mon père a créé le club, je l’ai repris à sa retraite.
– Vous fonctionnez sur un modèle patriarcal, c’est rare de nos jours. Le pouvoir s’obtient en général par la force.

Il n’y a qu’à voir les guerres qui éclatent aux quatre coins du monde. Tout n’est qu’une histoire de pouvoir. Et le pouvoir est dangereux. Il fait faire beaucoup de conneries. Par exemple, les membres d’une famille dominée par un père tout-puissant ont d’immenses difficultés à grandir et à se prendre réellement en charge. Cette dépendance affecte aussi les modes de pensée… ce qui fait que les suiveurs sont si nombreux…

L'homme croit quelquefois qu'il a été créé pour dominer, pour diriger. Mais il se trompe. Il fait seulement partie d'un tout. L'homme n'a ni pouvoirs ni privilèges, uniquement des responsabilités.

– Pas de rapports de force chez nous, rétorque-t-il. Enfin pas à ce sujet, en tout cas.

J'opine.

Dans l'organisation des Red Python, Saul dispose du pouvoir suprême. Il décide de tout. Ça, je l'ai bien compris.

– Vous avez des affaires réglo ? osé-je demander.

Il éclate de rire. Un rire sonore qui se répercute tout autour de nous. Je calque ces quelques secondes d'insouciance dans mon esprit, comme si ces instants étaient rares. Comme si je n'allais pas revoir ce sourire carnassier.

– Tu crois vraiment que je vais t'avouer que toutes nos affaires sont illégales ?!

J'ignore s'il est sérieux, mais je décide d'y répondre.

– Excuse-moi d'essayer de te connaître… dis-je, faussement vexée. Je ne suis pas du même côté de la justice que toi, mais je n'imaginais pas que tu étais aussi sectaire.

Et je pense chacun de mes mots. Pour autant, il ne répond rien.

Après un moment de silence, Saul reprend :

– Je suis désolé que tu aies assisté à ça.

Sa réplique coupe court à mes pensées qui me rappelaient sans cesse ma mission et surtout comment l'atteindre.

– L'es-tu vraiment ?

Il me regarde droit dans les yeux avant de relever un coin de sa bouche en un sourire de séducteur. J'ouvre la pochette et en sors du désinfectant avec des compresses stériles pour me donner une contenance.

– Tu n'avais pas à être témoin de nos querelles, mais je ne suis pas désolé.

Cette fois, c'est moi qui étire mes lèvres.

– J'avoue que je ne comprends pas ce qui vous oppose…

– Mais tu aimerais.

Ce n'était pas une question.

Je suspends mon geste et hoche la tête. J'attends qu'il veuille bien me répondre.

– Je connais Ash depuis le temps des bacs à sable. C'était comme un frère.

J'imbibe les compresses tout en écoutant d'une oreille attentive le récit de Saul.

– Puis on a vécu un drame. Et nous n'avons pas réussi à le surmonter…

Son ton est dédaigneux, il en veut à Fitz, je le sens. Mais je ne souhaite pas poser de questions et courir le risque qu'il se referme comme une huître.

Je prends sa main droite dans les miennes. À son contact, j'ai des frissons qui se répandent sur mon corps. Sa paume est râpeuse et immense comparé à mes petites mains aux doigts fins. Quand je la retourne pour nettoyer ses plaies, je sens sa respiration s'arrêter. J'ignore si son trouble me concerne ou si c'est juste l'appréhension du tissu qui s'approche des zones les plus amochées pour les désinfecter.

Je me concentre sur ma tâche pour masquer ma gêne en raison de cette proximité. Prendre un verre avec un homme, rigoler de sujets assez banals et tenir sa main chaude dans la sienne, ce n'est pas la même chose. Enfin, moi et ma pudeur avons l'impression que c'est un acte intime. Puis, je suis lucide : je désire cet homme qui représente tout ce que je ne dois pas avoir.

Je suis du côté des gentils quand lui est du côté des méchants. Je fais appliquer les lois de ce pays quand lui les bafoue. Je représente l'autorité, lui la défie sans cesse…

Mais j'ai envie de lui comme je n'ai jamais eu envie de personne. Pas même Trevor que j'aimais profondément. D'ailleurs, je n'ai pas eu de partenaires sexuels depuis presque un an et demi, pas depuis que Trevor est mort dans mes bras. À cause de moi. Parce que je représente l'autorité qu'une minorité exècre.

– Putain que ça fait mal…

– Mais c'est que tu es douillé, plaisanté-je en levant les yeux.

– Disons que ton mur ne m'a pas fait de cadeaux. Et il est vraiment dur !

J'ouvre les yeux comme des soucoupes et pose une question bête :

– Tu as tapé dans le mur ? La façade de mon immeuble ?

Il se met à rire en constatant ma surprise.

– C'était le mur ou le crâne d'Ash.

Je secoue la tête en souriant. Les hommes sont quelquefois barbares, toujours à vouloir montrer leurs muscles, vérifier qui est le plus fort ou qui a la plus longue… Je n'ai pas l'impression que les filles font ça, Dieu merci. Quoi que, je n'ai jamais eu de copines. J'étais un garçon manqué, élevée dans un monde masculin par des hommes aux idées un peu trop arrêtées, sauf en ce qui me concerne. Ma voie était toute tracée, et les filles me trouvaient trop différente d'elles pour tenter de m'inclure. Je n'ai jamais compris l'intérêt que les lycéens accordaient à un bal de promo qui se passe dans un gymnase… Je n'y suis d'ailleurs même pas allée !

Nous n'avions pas le sens des réalités.

– Je t'assure qu'il m'a cherché.

Sa main nettoyée, je récupère une compresse et me relève pour désinfecter le coin de sa bouche et son arcade. Je me penche au-dessus de lui et lui pose la gaze sur la pommette. Je devrais me reculer, ne pas apprécier le souffle chaud de son haleine mentholée contre mon cou et mon visage, mais je n'y arrive pas. Je n'ai qu'une seule envie, fondre sur ses lèvres blessées.

Je le sens se redresser et rapprocher son visage du mien. Son regard passe de mes yeux à ma bouche et me fait frémir.

*Trois.*

Il humidifie ses lèvres du bout de sa langue.

*Deux.*

Il penche légèrement la tête sur le côté.

*Un.*

Il n'est qu'à un petit centimètre de ma bouche.

*Brrrr. Brrrr. Brrrr.*

Le vibreur de son téléphone vient de faire exploser la bulle dans laquelle nous nous étions réfugiés, et ça a un goût de déjà-vu.

Je me recule brusquement, comme prise en faute. Mon cœur bat la chamade. Je rassemble les cotons et le désinfectant pendant que Saul sort son téléphone de la poche intérieure de son cuir.

– Mas' ?

Je vais jeter tout mon attirail à la poubelle pour m'occuper les mains et surtout me soustraire à son regard perçant. Lorsque je retourne sur la table basse ranger la trousse, mes yeux fixent la pochette bleue que Clark m'a remise pour en apprendre davantage sur les Red Python. « RP » est écrit en gros sur le dossier aussi épais que deux tomes d'une encyclopédie sur la faune et la flore.

Je jette un œil à Saul qui est dos à moi, devant la fenêtre. Il semble écouter son interlocuteur avec attention et ne répond qu'à coups de monosyllabes.

Je prends la trousse et le dossier, puis retourne dans la salle de bains déposer le tout sous le lavabo.

Quelle idée ai-je eu de le faire monter chez moi en sachant que cette fichue pochette trônait tel un trophée au milieu de mon salon ?

Je me passe de l'eau fraîche sur le visage pour me remettre les idées en place avant de retourner dans la pièce principale. Saul est revenu sur le canapé, le téléphone toujours collé à l'oreille.

– Tu veux boire quelque chose ? chuchoté-je.

Ses yeux d'un vert si unique me scrutent, me renversent. Ils m'empêchent de réfléchir de manière cohérente. Ils sont brillants et voilés de désir. Je ne peux pas nier l'évidence. Saul a envie de moi, au moins autant que moi j'ai envie de lui.

Je repense aux propos de mon boss qui ne voyait pas d'inconvénients à ce que j'écarte les jambes pour de précieuses informations. Est-ce mal d'avoir envie d'écarter les jambes uniquement pour soulager cette pression qui s'accumule bien plus bas que mon estomac ? Un estomac qui se noue d'ailleurs en sa présence.

– Un truc sans alcool si tu as.
– Soda ?
– Parfait, rétorque-t-il. Non, je parlais pas à toi, ducon. Continue.

Je prends tous les prétextes pour éviter ses billes vertes. Je m'affaire en cuisine avec un sourire béat pour préparer deux grands verres de sodas avec plein de cubes de glace.

Lorsque je reviens sur mes pas, Saul est debout. J'ai la sensation qu'il absorbe tout l'oxygène de la pièce. Sa stature est impressionnante, il est grand et costaud, tout en muscles. J'ai déjà vu ce genre de gabarit, mais d'habitude, ils sont moins beaux. Beaucoup moins charmants. Beaucoup moins… tout.

J'ai subitement chaud. Beaucoup trop chaud. Mes mois d'abstinence sont en train de me jouer des tours. Ou alors, je manque de sucre. À chaque crise d'hypoglycémie, je fabule, je perds tout discernement, je n'ai plus la notion de ce qui m'entoure. Je me concentre sur mon verre de cola qui contient l'équivalent de sept morceaux de sucre selon un article que j'ai lu dans un magazine féminin. Ça devrait me permettre de me remettre les idées en place. Enfin ça, c'est si ma déficience est en lien avec mon taux de glycémie…

Je porte le verre à ma bouche et je sens les glaçons glisser jusqu'à mes lèvres. Comme des petits fragments d'hiver, ils me rafraîchissent le palais avant que les bulles s'explosent en masse dans ma gorge. Je suis en train de m'extasier en buvant un soda bien frais pour réfréner mes ardeurs. La chaleur que répand Saul en moi est digne des plus grandes flammes d'un feu du 4 juillet. Un feu d'artifice dont les pétards retournent mon estomac.

– Je crois que j'aimerais être à la place de ce glaçon, dit-il soudain d'une voix rauque.

Je soulève mes paupières. Je ne m'étais même pas rendu compte qu'elles étaient baissées… J'observe une énième fois son visage comme une scientifique, l'œil collé au microscope. Je le passe en revue, encore et encore.

*Tu ne peux pas désirer si fort ce mec !*

Et pourtant… J'ai envie qu'il me domine, qu'il soit brutal et doux à la fois. Qu'il soit bestial tout en étant tendre. Qu'il fasse de moi une femme comblée au lit, qu'il réalise mes fantasmes les plus fous.

Pour autant, j'ignore cette remarque qui embrase ma petite culotte.

– Tu fais d'autres choses, hormis gérer les Red Python ? demandé-je pour changer de sujet.

C'est une façon détournée de me renseigner sur ses activités, et celles de son club.

Je suis lieutenant de police, les interrogatoires sont censés être mon dada, mais en roues libres comme aujourd'hui, ça ne m'était jamais arrivé. Et clairement, je n'aime pas ça. J'aime quand je suis dans un cadre, dans les normes du travail. Pas quand je suis en mission clandestine dans l'unique but de pouvoir aider mon ripou de patron et de disposer de quelques jours de congé pour voir mon père mourant.

– J'ai quelques passe-temps, élude-t-il.
– Comme quoi ?
– La musique, le sport, la moto…

Je ris devant ces réponses auxquelles je ne m'attendais pas. J'aimerais qu'il évoque le club, ses membres, son business… Je m'assois sur le canapé et continue :

– Dans ce cas, nous avons des points communs.

Je serre les doigts autour de mon verre quand Saul s'assoit à son tour, tournant son buste vers moi. Je me sens hypnotisée, perdue. J'essaie de garder de la distance entre nous, mais il m'attire comme un aimant.

– Le sport, j'avais deviné.
– Et comment ?

Il fait couler ses yeux sur mon corps quand je reprends :

– Ça me paraît évident.

Il me scrute une nouvelle fois. Je me sens mise à nu. Puis il continue :

– Et tu écoutes quoi comme son ?
– À vrai dire, de tout.
– Même du rock ? demande-t-il plein d'espoir.

On dirait un enfant qui me fait les yeux doux. Je souris en répondant :

– Même du rock. ACDC et Metallica pour les plus connus. No Doubt. Ou encore Lenny Kravitz avec « Are You Gonna Go My Way » qui est certainement le titre le plus emblématique des années 1990. Une furie guitaristiquement qu'on aurait volontiers attribuée à Jimi Hendrix s'il n'y avait ce riff improbable qui donne davantage l'envie de danser que celle d'explorer les effets psychédéliques de drogues en tout genre. Lenny Kravitz est définitivement un artiste hors du commun.

Je ne m'étais pas rendu compte que je m'étais emportée, comme chaque fois que je parle d'un sujet qui me passionne. Je n'ai pas menti quand j'ai dit que j'aimais la musique, et je pense qu'il l'aura compris.

Il tend sa main vers les miennes, me faisant retenir mon souffle. Je le laisse me prendre mon verre vide et le poser sur la table basse, à côté du sien, plein. Je suis suspendue à ses faits et gestes, ma respiration se fait erratique, désordonnée. Lorsqu'il se redresse, il s'approche de moi avec lenteur. Ses yeux ne quittent pas les miens. Il s'avance sans même me toucher, me permettant de savourer la chaleur de son souffle qui caresse mes lèvres. Il place un de ses genoux sur le canapé et me surplombe. Je déglutis avec difficulté et ouvre ma bouche pour m'aider à respirer. Sous le poids de son aura, je m'incline en arrière jusqu'à ce que je sois couchée sur le dos. Son visage n'est qu'à quelques centimètres du mien. J'ai envie de fondre sur lui, sur ses lèvres, mais je ne sais pas comment m'y prendre, et surtout, j'ai peur d'être maladroite. Ce serait le comble qu'il me prenne pour une amatrice et qu'il me fuie…

– Vas-y, poupée.

Des frissons parcourent mon corps, mes seins deviennent douloureux comme les pulsions entre mes jambes qui me contractent les cuisses.

– Tu en crèves d'envie…

Oui, j'en crève d'envie, mais faut croire que je ne suis pas assez courageuse pour franchir le cap toute seule.

Sa main frôle mon épiderme et remonte de mon poignet jusqu'à mon épaule en me faisant vibrer lorsqu'il passe à l'intérieur de mon coude. Quand il arrive sur ma clavicule, je bascule légèrement ma tête en arrière en une invitation implicite.

– Dis-moi que c'est ce que tu veux.

Je respire vite en abaissant mes paupières. J'essaie de fuir son regard puissant qui me fait perdre toute contenance.

– Ouvre les yeux, Romy ! Et dis-le-moi. Dis-moi ce que tu veux.

Ses doigts frôlent mon cou, je me cambre malgré moi et un léger gémissement remonte dans ma gorge.

– Poupée…

J'ouvre les yeux et articule :

– Embrasse-moi.

Il ne lui en fallait pas plus. Sa main glisse sous ma nuque qu'il agrippe violemment pour mieux écraser sa bouche sur la mienne. Rapidement, sa langue titille mes lèvres qui s'ouvrent naturellement pour l'accueillir. Sa main libre trouve mes reins pour me redresser et m'attirer à califourchon sur ses genoux sans jamais décoller nos bouches.

Pendant ce baiser, rien d'autre au monde n'est important et rien d'autre n'existe à mes yeux. Je devrais le repousser, mais c'est impossible. Je suis prise dans un tourbillon de sensations inédites que je ne veux pas manquer. J'ai soif de lui, comme un pèlerin qui trouverait un point d'eau après avoir été coincé dans le désert pendant des semaines. Je n'ai jamais autant voulu un homme. M'en rendre compte me pince le cœur. Trevor était un gars bon, mais j'étais toujours en mode croisière aux Bahamas, quand, d'un simple baiser, Saul m'emmène nager en eaux troubles.

Il mord mes lèvres, je grogne de douleur tout en ressentant un plaisir indescriptible. Ses mains glissent le long de mes courbes pour se saisir de mes fesses qu'il avance contre son érection que je ne peux pas ignorer.

Je me frotte contre lui sans vergogne comme une affamée, mais je me sens un peu gauche depuis tant de mois d'inaction.

Son baiser langoureux est passionné, avide. Je suffoque, mais ne détache pas ma bouche pour autant. Dans un geste d'urgence, il défait les boutons de mon jean qu'il essaie de me retirer avec dextérité. Je dois cependant me séparer de lui pour enlever ce qui peut s'assimiler à une seconde peau tandis qu'il sort un préservatif d'un porte-cartes. J'ôte à la hâte mon tee-shirt quand je vois qu'il fait la même chose. Je sens ses mains exercer une pression à l'arrière de mes cuisses pour m'inciter à me remettre dans la même position qu'auparavant. Nos regards se croisent, je plonge dans l'immensité de ses iris verts et je m'empare de ses lèvres. Ses mains sont partout tandis que les miennes tâtent ses épaules, son torse puis descendent vers l'ouverture de son jean.

De ma bouche, il m'embrasse ardemment la mâchoire, puis le cou qu'il maltraite sous l'oreille, et je m'entends gémir tout en remuant mon bassin. Je ne contrôle plus mes gestes, tout se fait dans l'euphorie du moment. Je n'ai pas le temps de me poser plus de questions que ses mains impatientes me touchent la poitrine. Il dessine mon galbe avec ses pouces avant de jouer avec mes mamelons alors que sa bouche est sur une de mes épaules. Continuant à onduler, je suis à deux doigts de jouir quand il me soulève comme le géant qu'il est et m'allonge sur le canapé.

Je geins de plus en plus fort en balançant ma tête en arrière lorsqu'il libère mes seins de leur prison en dentelle, et qu'il se met à laper et aspirer mon téton. Mes mains dans ses cheveux bruns, je sens la tension dans mon sexe pulser. Je tente de serrer les cuisses pour apaiser les élans d'excitation qui me rendent folle, mais il ne me laisse le temps de rien puisqu'il revient à ma bouche pour m'embrasser plus intensément. Il arrache mon string qui visiblement le gêne et le jette au sol sans même regarder où vont ses mains. À croire qu'il a un GPS au bout des doigts vu la façon dont il parcourt mon corps comme s'il l'avait toujours pratiqué.

Sous ses caresses, je perds toute notion du temps. Je sors de ma transe quand, d'un coup de bassin, il me pénètre. Ses allers-retours m'emportent toujours plus loin, toujours plus fort. Tout comme le cri de plaisir que j'ai lâché malgré moi.

Je peste intérieurement, car je n'ai pas pu voir l'objet de ma convoitise, ce fameux *monstre*, mais je peux deviner à quel point son membre est imposant, long et large. Je me sens étirée comme jamais.

– Putain, ce que t'es serrée… Me dis pas que t'es vierge ? plaisante-t-il.

Si je n'étais pas aussi excitée, je lui répondrais qu'il est un peu tard pour poser la question, surtout quand son coup de reins aurait pu percer n'importe quels matériaux…

Je presse mes talons contre ses fesses pour l'inciter à commencer ses va-et-vient et cesser toutes ses interrogations à la con. Il semble percevoir le message et commence ses à-coups bestiaux.

Je devrais m'offusquer de la brutalité de ses mouvements, mais je m'en délecte. Il me baise comme jamais je ne l'ai été, il me touche comme aucun homme avant ne m'avait touchée.

Ma respiration s'accélère. Je ne peux pas contenir mon excitation, je m'emballe. Je la sens, cette vague de plaisir qui se forme au creux de mon ventre et qui, comme un tsunami, va tout entraîner sur son passage.

Je le vois transpirant, haletant, scrutant chaque mimique sur mon visage, sur mon corps, et lorsque je me crispe, il se retire.

– Pas maintenant, ordonne-t-il.

Je peine à reprendre ma respiration et proteste :

– Tu peux pas me refuser l'orgasme !
– Tu jouiras quand je te le dirai.

Il passe sa main valide sous mon dos et me bascule sur le ventre avant d'attirer mon fessier vers lui.

Le frottement du tissu du canapé contre mes tétons sensibles accroît mon plaisir et me fait oublier que mon derrière est à vue. Puis, je n'ai pas le temps de réfléchir à quoi que ce soit qu'il appuie sur mes reins pour me cambrer et s'enfonce en moi. Fort. Très fort. Suffisamment fort pour me tirer un cri de douleur qu'il stoppe en posant une de ses mains sur ma bouche. Cette douleur est vite mise de côté au profit du plaisir.

Je n'ai pas le temps de comprendre quelles sont ses intentions qu'il me pilonne, ses mains sur mes hanches. Fort. Très fort. Comme mes cris qui doivent s'entendre depuis Los Angeles. Il passe sa main dans mes cheveux qu'il tire pour que je me redresse. Mes jambes tremblent, il me maintient stable en collant mon dos à son torse musclé. Il s'attaque à mon cou avec ses dents tandis que mes doigts se glissent dans sa chevelure que je tire à mon tour. Je sens ce fameux tsunami arriver. Si je pensais qu'il était puissant un peu plus tôt, ce n'est rien par rapport à celui qui se prépare.

Ses doigts blessés descendent sur mon clitoris qu'il stimule en les bougeant habilement. Je les sens, ces contractions divines annonciatrices de la décharge électrique qui part de mon vagin et se répand dans tout mon corps.

– C'est maintenant que tu jouis !

Lorsqu'il prononce ce dernier mot, il me pince mon bouton sensible et je hurle littéralement de plaisir, cambrée, la tête en arrière.

Je peine à reprendre ma respiration et observe la main de Saul remonter devant mon visage, je la suis des yeux. Je vois mon jus sur ses doigts qu'il porte désormais à sa bouche, qu'il suce.

– Dès que je t'ai vue, j'ai su que tu aurais bon goût.

Ce qui, de prime abord, pourrait paraître dégoûtant se révèle être excitant.

– Ah bon ? arrivé-je à articuler.
– Et je peux déjà te dire qu'on n'en a pas fini…

Il se retire, laissant un vide immense en moi. J'entends le bruit de vêtements qui se froissent et je regarde au-dessus de mon épaule. Tandis que Saul retire totalement son pantalon, et que je pense enfin voir le *monstre* qui m'a procuré autant de plaisir, il s'approche comme un félin et reprend ses baisers endiablés.

Il m'attrape sous les fesses et me soulève pour me conduire à ma chambre où je ne rêve que d'une chose, qu'il me domine encore et encore. Qu'il me brutalise, encore et encore.

Parfois, il suffit d'une rencontre, un regard, une personne, pour rallumer notre flamme éteinte par les épreuves de la vie. Et c'est un grand feu qui crépite en moi.

# 17

## Saul

Je me sens trahi.

Je ne devrais pas, mais c'est le cas.

Quelque part, au fond de moi, j'ai nourri l'espoir qu'elle ne me fréquentait pas seulement pour son travail, qu'elle s'intéressait à moi, juste moi, pas le président des Red Python. C'est l'impression qu'elle m'a donnée les quelques fois où nous avons passé du temps ensemble, que ce soit au pub ou chez elle… Même quand j'étais en cellule, j'ai trouvé le temps agréable en sa compagnie. Nous sommes complices, aimons les mêmes choses… Putain, comment peut-on se sentir aussi proche de quelqu'un tout en étant diamétralement opposé ?

Cette… La… Putain, elle est allée jusqu'à écarter les cuisses pour moi. Chez nous, c'est le job des brebis de donner leur corps, sans limites et sans ouvrir leur gueule… Pensait-elle que j'allais me confier sur l'oreiller, lui souffler chacun de mes secrets ? Me croit-elle réellement aussi débile ?

Mes mains tremblent sous la colère. J'ai pourtant fait ce que je devais faire, enfin, ce qui était le plus sage. Je me suis cassé avant de péter un plomb.

Lorsqu'elle s'est endormie, j'ai eu une furieuse envie de vider ma vessie. Je sens encore mon sourire rassasié et comblé faner sur mes lèvres quand, dans la salle de bains, j'ai cherché sa trousse à pharmacie pour désinfecter mon arcade qui s'était ouverte à nouveau et que mon regard est tombé sur ce dossier. À peine dissimulées, les initiales du club sur une étiquette blanche tapées à l'ordinateur. Je crois que j'ai ricané avant même d'ouvrir la pochette.

Je suis déçu. Mais il est hors de questions que je me laisse abattre par ce coup à l'ego.

J'ai lu chacun des mots qui noircissaient les pages de l'épais dossier, j'ai observé tous les clichés des membres, de nos affaires, de nos bécanes, de nos alliés et même des Legends, nos anciens ennemis. J'ai photographié chaque information qu'elle détient sur nous, non, chaque information compromettante que les flics de Riverside ont sur les Red Python. Plus je lisais, plus j'étais tiraillé entre déception et amusement. J'étais déçu de ne pas avoir tenu compte des mises en garde de mon père et de mon meilleur ami. Je n'ai rien vu venir. Pourtant, tout était là, juste sous mes yeux. Puis, j'ai souri, amèrement, mais mes lèvres se sont étirées. Romy m'avait bel et bien baisé la gueule. J'ai été con, tout simplement. Je me suis fait avoir comme un débutant.

Que croyait-elle ? Se servir de ce truc entre nous, cette attraction constante, pour obtenir des informations ? Bah oui, mais non ! Même si je fais pareil, c'est différent. Parce que, maintenant, je prends conscience que ma « mission de surveillance » était un prétexte pour la voir, apprendre à la connaître, *elle*, pas le lieutenant, mais Romy. *Elle* fait exactement l'inverse. Elle prétend vouloir passer du temps avec moi pour me foutre un couteau dans le dos, me poignarder profondément entre les omoplates. Il n'y a que les lâches qui attaquent par-derrière.

Aurait-elle été jusqu'au bout ? Si j'avais parlé, m'aurait-elle mis les menottes au nom de sa soi-disant justice ?

Elle est là, avec ses grandes leçons de morale sur la justice, les lois, l'autorité policière, mais elle fait la pute pour quelques infos. C'est typiquement le comportement que mes rivaux et moi, ces personnes qu'elle juge être des criminels, avons. Comment ose-t-elle se prétendre meilleure ? Comment peut-elle se considérer comme étant du bon côté et moi du mauvais, alors qu'elle s'abaisse aux mêmes stratagèmes ?

Combien de brebis m'ont rapporté des infos sur les Legends à l'époque où ils étaient encore un problème ? Combien de ces nanas ont donné leur cul en échange d'une information croustillante pour nous les rapporter et monter dans notre estime ? Toutes. Elles l'ont *toutes* fait, sans exception, sans qu'on leur demande quoi que ce soit.

Romy est la brebis du commissariat de Riverside et elle ose me faire la leçon ?

Derrière son regard de femme blessée, son comportement autoritaire pour mieux se soumettre dans le privé, j'ai cru déceler une femme différente des autres. Finalement, elle cache son jeu à la perfection, elle est presque parvenue à me berner. Romy n'est qu'une menteuse, une manipulatrice, une traîtresse. Je la hais. Je suis en colère contre tous, mais surtout contre moi.

Je dois bien reconnaître son culot. La seule chose qui me différencie d'elle c'est que je n'ai jamais prétendu être un mec bien. Je n'ai jamais fait mine d'être celui que je ne suis pas. Je n'ai jamais joué un rôle, ni pour plaire ni pour être craint. J'ai su rester moi-même, bien que je cache ma détresse derrière des sourires peu sincères.

Camoufler mes faiblesses ne fait pas de moi un tricheur, simplement un homme intelligent.

Ma seule fierté dans cette histoire est d'avoir protégé le club de la vaine tentative de Romy pour nous détruire. Certes, les flics en savent beaucoup plus que je ne l'imaginais, mais rien n'est sorti de ma bouche pour une chatte. J'ai baisé cette pétasse sans qu'elle ne me baise en retour, j'ai hâte qu'elle s'en rende compte. Peut-être que sa fierté sera aussi abîmée que la mienne après ça.

J'ai cette sale impression d'avoir été utilisé, mal certes, mais le geste est là. Une tentative, même échouée, en reste une. En effet, le mal est fait. Je pourrais presque dire que je me sens minable d'avoir cru à ses regards, son audace et ses baisers sulfureux. Presque. Parce que finalement, j'ai obtenu ce que je voulais d'elle : des infos et son cul.

J'arrive au QG du club alors que le soleil est à peine levé. Le bar est vide, personne n'est encore réveillé. C'est dans ces instants de parfaite solitude, que l'absence de Lara se fait le plus pesante. C'est peut-être pour cette raison que la trahison de Romy est plus dure à digérer.

Quand je suis avec elle, le fantôme de Lara disparaît un temps et le poids des regrets s'envole. Ça fait du bien, autant que ça fait mal. Je ne supporte pas l'idée qu'une pure inconnue parvienne à faire voler en éclat le délicieux visage de celle qui restera l'unique amour de ma vie. Et pourtant, c'est assez reposant. Lorsque je passe un peu de temps avec Romy, j'arrive à vivre dans l'instant, à quitter ce passé omniprésent.

*Un repos que je ne pense pas mériter, mais que j'accepte volontiers.*

Une seconde, une minute, peut-être une heure, où mon cœur ne crie plus sa léthargie. Un souffle qui atteint enfin mes poumons, un battement de mon palpitant qui me fait enfin sentir vivant. Comme une attache à la réalité, une manière de me réanimer. Et pourtant, tout est parti en fumée dès que j'ai vu ce fichu dossier. Lara revient désormais hanter mes pensées.

Comme un goût de déjà-vu, sa voix enchanteresse s'amuse de ma bêtise comme lorsque j'ai trop bu. Mais aujourd'hui, je suis sobre. Peut-être même un peu trop pour supporter la masse de souvenirs qui s'immisce dans mon esprit. Comme un esclave de ma propre addiction, j'observe ces bouteilles qui n'attendent que moi pour me complaire dans ma mélancolie. J'en ai envie. Terriblement envie.

Mes démons dansent sur mon épaule, me susurrant que c'est la solution. L'échappatoire dont j'ai besoin pour me remettre de cette trahison. Une façon de purifier mon esprit, d'oublier l'abandon. Mes responsabilités, quant à elle, sont devenues la voix de la raison. Elles me supplient de ne pas céder à la tentation. J'abandonne donc ma psychose et me dirige vers ma maison.

Je claque la porte et me débarrasse de mes bottes pour aller immédiatement vers la salle de bains. J'ai besoin de laver ma peau, celle qui a été en contact avec la sienne. Je sens le sexe à dix kilomètres et j'ai encore la bite rouge d'avoir trop pilonné Romy.

L'eau de la douche brûle ma peau, essayant de me ramener à la réalité. La voix de Lara chante dans mon esprit. Inconsciemment, elle me rappelle à quel point je souffre de son absence. Ça ne lui ressemble pas, évidemment. La Lara que je connais me mettrait un coup de pied au cul, m'implorant de reprendre ma vie en main. Pourtant, la vérité est là. Malgré les années, elle ne cesse de revenir dans mes pensées dès lors que je me sens offensé. Parce qu'elle était la seule personne capable de me canaliser. De me faire oublier le poids du monde sur mes épaules avant même que je ne connaisse la souffrance qu'imposent les responsabilités.

Je me souviens de ce jour. Elle m'avait demandé de ne jamais cesser d'aimer, même si ce n'était pas elle. J'avais ri à en pleurer, parce qu'il n'y a toujours eu qu'elle, dans chacun de mes gestes. Et elle avait rétorqué ses paroles qui dansent encore dans mon esprit.

« Il n'y a rien de réellement éternel, Saul, encore moins l'amour. Un jour, on se déchirera pour une quelconque raison. Et on avancera, encore une fois, sur un autre chemin, vers un prochain toi, une prochaine moi. »

C'était beau. C'était faux. J'ai perdu mon chemin quand elle a perdu son souffle. Qu'on ne me parle pas d'une autre fille, elles sont toutes pourries. La preuve avec Romy.

Lorsque je sors de la douche, je tremble encore sous la colère, ma peau rougit par la chaleur. J'attrape une serviette que j'enroule autour de ma taille. Le crâne en vrac, je me saisis de mon téléphone. Je tape un message rapide et des plus clairs aux membres du noyau, n'incluant pas les prospects pour éviter que la panique ne gagne l'entièreté de nos rangs.

[Chapelle. Dans dix minutes.]

Je jette un coup d'œil à ma montre, il est à peine sept heures du matin. Je m'attendais à ce qu'il soit plus tôt, j'ai quitté le domicile de Romy à quatre heures et demie. J'ai roulé un temps pour faire le vide, ne plus penser à rien.

Après m'être vêtu d'un jean et d'un tee-shirt sombre, sans oublier mon cuir, je sors de ma petite maison pour rejoindre la chapelle. J'enfile mon masque de Président pour me concentrer sur ce qui compte vraiment : les Red Python.

Lorsque je pousse la porte de notre lieu de réunion, la tête haute et le regard déterminé, tous les membres du noyau sont déjà attablés. Je n'ai pas l'habitude de les réunir aussi tôt. Généralement, je pionce encore pour les trois prochaines heures. Toutefois, je me devais de les mettre au courant, qu'importe l'heure, que nous sommes dans la merde.

Ils ont tous une gueule éclatée, comme si aucun n'avait fermé l'œil de la nuit. Le Limier est à moitié allongé sur la table, la tête entre ses bras, Tyron fixe un point invisible face à lui, Dwayne se shoote au café tandis que Kurtis allume une clope avec le foyer de la précédente. Mason n'a même pas pris la peine de mettre un tee-shirt, Dieu merci, il a mis un jogging et quant à Kyle, il est le seul à peu près présentable, bien qu'il soit avachi sur sa chaise. Une belle bande de flemmards ! Malheureusement pour eux, j'ai de quoi les réveiller. Aussi, j'attaque fort :

– Les flics sont au courant pour le deal avec le Mexicain, ils cherchent à savoir quand et où aura lieu la transaction. Ils nous collent aux basques, on est suivis depuis des semaines.

Des semaines, si ce n'est des mois. Ces fils de putes connaissent absolument tous nos déplacements dans les moindres détails, comme si l'un d'eux s'accrochait à nous comme une moule à son putain de rocher. Je suis même surpris qu'ils ne nous aient pas arrêtés pour un truc stupide. Quoique, c'est plutôt logique en réalité… Ils attendent de pouvoir tous nous faire tomber. Trafic d'armes avec preuves tangibles, avec de la chance, on prend quoi ? Cinq, six, huit ans dans le pire des cas ? Si on ajoute à ça le dossier plus épais que mon avenir qu'ils détiennent sur chacun des membres du noyau. Disons que si on prend quinze ans, on pourra s'estimer chanceux.

– Je ne sais pas pour vous, reprends-je, mais je suis bien trop mignon pour finir en taule.

– Tu ferais une très belle nana, commente Mason, un sourire aux lèvres, mais le regard grave.

Je lève mon majeur à son attention. Il a vu ce genre de truc en prison. Sa peine a même été rallongée de trois mois pour avoir volé la matraque d'un maton et tabasser un mec sous la douche avec. Ce con avait eu les couilles de toucher le cul de Mason avec sa queue. Mauvaise idée.

– Comment tu le sais ? me demande finalement le Limier qui s'est redressé.

Un instant, j'hésite à donner la vraie version, à savoir : j'ai baisé Romy jusqu'à l'épuisement, elle a hurlé mon nom une bonne partie de la nuit, si bien que les voisins ont fini par cogner le mur pour qu'elle la ferme. Je l'ai baisé à en avoir mal à la queue, étanchant ma soif d'elle. Je l'ai soumise à mon plaisir, fait exploser le sien. Je l'ai fait jouir un nombre incalculable de fois. Et puis, j'ai appris qu'elle m'avait peut-être baisé plus fort que je ne l'avais fait. J'ai trouvé ce fichu dossier, je me suis fustigé d'avoir fait taire la petite voix dans ma tête qui me disait de faire attention, et j'ai perdu mon remède miracle à la dépression dans laquelle je suis plongée depuis des années.

Mais je ne peux pas leur dire ça.

En fait, si, je pourrais leur dire que je l'ai baisé pour avoir des infos, mais quelque part, malgré sa trahison, je veux garder ça pour moi. Chérir dans ma mémoire ses beaux yeux remplis de plaisir. Jouir du souvenir de son corps nu sous le mien. Garder secrètes sa soumission et sa dévotion. Je ne veux pas leur partager ça, je trouve ça trop… intime. Et ça m'énerve encore plus.

Ça m'énerve de trouver ça trop intime pour être dévoilé alors qu'ils ont tous déjà vu ma queue quand je baisais Peggy, une brebis, sur la table de billard dans un bar bondé ou même sur la banquette de la salle commune. Il ne devrait pas y avoir de différence, après tout. Romy s'est conduite exactement comme l'aurait fait n'importe quelle pute à biker. Vendre sa chatte pour des infos. Une chatte magnifique, délicieuse, certes, mais une chatte de traînée.

Pourtant, à mon tour, je mens :

– J'ai fouillé l'appartement de la fliquette et je suis tombée sur un dossier nous concernant aussi épais que les bras du Limier.

J'ai pris le temps de photographier chacune des pages, certaines sont floues tant je l'ai fait dans la précipitation, mais je m'en fiche. Tout est gravé dans ma mémoire, comme pour me rappeler pourquoi je ne peux pas me fier à mon instinct constamment. Lui aussi, à l'instar de mon palpitant, a ses failles plus ou moins épaisses en fonction de la personne en face de moi. Je me suis fait avoir par une silhouette et un sourire, un regard et un esprit frigide.

– Elle est au courant ? me demande Tyron.

Je lève les yeux en soupirant. Visiblement, la fatigue le rend débile.

– Bien sûr, je lui ai même montré une commission rogatoire, réponds-je avec sarcasme.

Il se renfrogne, croisant ses bras contre son torse tout en s'enfonçant dans son siège.

– On fait quoi alors ?

Je me tourne vers Mason et hausse les épaules. J'ai beau chercher, je ne vois pas quoi faire. On ne peut pas se permettre d'annuler le deal avec le Mexicain, ils vont finir par se servir ailleurs et on a besoin de cet argent. Terriblement. Toutefois, si on se fait choper, on finit tous en taule, et ça non plus, ce n'est pas envisageable. Je suis à court de solution, l'esprit embué par la colère et la fatigue.

*Regarde la merde que tu fous dans ma tête, Romy. Tu en es fière ?*

Kyle se redresse prudemment, ouvre puis ferme la bouche sans pour autant prononcer le moindre mot. Il ne fait pas partie du noyau depuis très longtemps, alors de temps à autre, il hésite avant de prendre la parole durant les réunions. D'un geste de tête, je l'invite à parler.

– Et si on leur tendait un piège ?

Je hausse les sourcils pour l'inviter à poursuivre.

– Imaginons, tu donnes un lieu et une heure au lieutenant, enfin pas directement, mais tu fais en sorte qu'elle l'entende. De préférence le même jour et la même heure que le vrai deal, mais à l'opposé de la ville. Tous les flics de Riverside seront occupés là-bas, ce qui nous laisse la voie libre pour faire l'échange sans craindre l'arrivée des poulets.

– Tu es devenu intelligent pendant la nuit ? le taquine Mason.

Kyle ne répond pas, il ne jette même pas un coup d'œil au Vice-Président, gardant son attention uniquement sur moi. Son plan est bon, du moins, il le serait si je n'étais pas partie comme un voleur, sans prendre la peine de dire au revoir à Romy. Il le serait si je pouvais la regarder dans les yeux sans avoir envie de la punir pour ce merdier qu'elle impose dans ma tête, mais aussi dans mon business. Je suis bon comédien lorsqu'il s'agit du club. Je sais faire taire ma rancune et ma haine dans l'intérêt de mes frères, mais ma fierté est mise à mal. Je ne me sens pas capable de quémander son pardon alors qu'elle devrait être à genoux, me suppliant de ne pas l'abattre. J'ai l'esprit vengeur, dur de réduire au silence ma rancœur, restée bloquée entre ma gorge et mon cœur.

Pourtant, je le sais, je n'ai pas le choix.

Je dois protéger les miens.

Aussi, je vais devoir trouver une bonne excuse pour expliquer mon absence au petit matin. Je vais devoir jouer selon ses règles et mentir plus fort qu'elle, manipuler avec plus de hargne, quitte à la mettre à genoux.

Je ferme les yeux et je prends une longue inspiration. Il est temps de changer de masque pour enfiler sciemment celui du connard qui brisera le cœur du lieutenant Romy Williams simplement pour la victoire. J'espère qu'au passage, je ne perdrais aucune plume parce qu'à l'inverse, ça achèverait mon palpitant déjà bien abîmé.

Es-tu prête à jouer, poupée ? Es-tu prête à perdre la face, connasse sans cœur ? Je vais briser tes ailes entre mes doigts vengeurs, souiller ton âme avec la mienne et posséder chaque parcelle de ton corps jusqu'à ce que tu cries « encore ». Alors, à cet instant, je te montrerai qu'on ne trahit pas Saul Adams.

Tout à un prix.

– Que la partie commence, dis-je en clôturant la séance.

# 18

**Romy**

J'expire un bon coup et lève la tête pour regarder mon reflet dans le miroir. J'ai des poches sombres sous les yeux qui, eux, sont rougis par toutes les larmes que je viens de laisser couler.

Quand mon père m'a appelée à six heures ce matin, bien que ce soit tôt, je ne me suis pas inquiétée. Il a toujours du mal à calculer le décalage horaire entre Détroit et Riverside. Et notre discussion a vite… dérapé.

***

– Coucou papa, le salué-je en faisant couler mon café.

– Romy, ma chérie ! Au bruit de la machine à café, j'en conclus que j'appelle encore trop tôt ? demande-t-il un brin de malice dans la voix.

Je souris malgré la fatigue de mon réveil quelques minutes plus tôt.

– T'inquiète, papa, je suis au taquet. Et toi, ça va ?

De longues secondes s'écoulent. Je crois d'abord à une coupure, je retire le téléphone de mon oreille, mais « Papa » figure toujours sur l'écran et le décompte des secondes qui passent continue. Lorsque je l'entends se racler la gorge à l'autre bout du fil, je perds la contenance qu'il me restait et je m'assois sur le tabouret de bar. Ma tête se met à tourner. Je m'accroche fermement au plan de travail en redoutant les mots qu'il va prononcer.

Je le sais malade, mais entre le savoir et l'entendre, le fossé est énorme.

– Pap... Papa ? bafouillé-je. Tu es en ligne ?

J'active le haut-parleur de mon téléphone et le pose sur le plan de travail. Mes bras sur le comptoir, j'appuie mon front sur la surface froide pour tenter de faire baisser ma température corporelle. L'inquiétude me donne des bouffées de chaleur incommensurables.

– Oui, je suis là, ma chérie. Écoute... Je... J'ai dû appeler une ambulance hier soir, je ne me suis pas senti bien.

Mes mains se mettent à trembler tandis que mon cœur se serre, m'empêchant de respirer convenablement.

– Ils ont dû me faire une batterie d'examens complémentaires.

Comme s'il n'en faisait pas assez...

Le temps s'arrête, la Terre arrête de tourner, tout ce qui m'entoure devient flou.

– Ils ont trouvé de nouvelles métastases. Sur les poumons, la rate, le foie...

Je suis incapable de prononcer le moindre mot. Une violente nausée me broie les tripes. Si j'avais quelque chose dans l'estomac, je serais actuellement au-dessus des W.-C. pour me vider.

– Ma chérie, tu sais bien que je suis malade. J'ai juste peur que cette foutue maladie gagne du terrain plus vite que prévu.

La crainte de perdre le seul être cher qu'il me reste, l'homme qui m'a élevée, m'a appris à faire du vélo, m'a expliqué comment fonctionnaient les menstruations ou comment mettre un préservatif en mimant les gestes sur une banane, prend le dessus sur toutes les autres sensations que je ressentais.

– Mais... je ne veux pas que tu meures, papa, finis-je par articuler de façon douloureuse.

De nouvelles longues secondes s'écoulent avant que sa voix submergée par l'émotion ne me réponde :

– Moi non plus, Romy. Je suis cependant lucide : je ne gagnerai pas cette bataille. Tu le sais toi aussi.

Encore une fois, entre savoir quelque chose et l'entendre à voix haute... Ma vision se brouille et les larmes s'accumulent dans mes yeux pour s'échouer sur mes joues de manière incontrôlable. J'étouffe un sanglot pour ne pas l'inquiéter. Mon père va mourir et il serait capable de mettre sa condition en second plan pour me réconforter.

– J'ai peur de ce qui va suivre, papa. Je ne suis pas prête à revivre ça. Je ne veux pas te perdre.

– Ma chérie, je serais toujours quelque part autour de toi. Toujours dans le ciel pour veiller sur toi. Tu le sais.

– Arrête de parler de toi comme si tu n'étais déjà plus là, m'écrié-je, en colère. Je… Je vais aller voir Clark et demander quelques jours de repos. Je vais venir te voir.

Je suis déterminée. Je me redresse comme si je devais aller mener une bataille.

– Et tu sais aussi bien que moi que Clark refusera. Je…

Mon père est pris d'une quinte de toux, mais il finit par reprendre :

– J'ai entendu des rumeurs à son sujet depuis ton départ, et c'est pas glorieux.

– Je l'ai vite remarqué, réponds-je promptement.

– Fais très attention à lui, ma chérie.

Une nouvelle quinte de toux l'interrompt. Mon ventre se noue d'être si loin et si impuissante. Ma poitrine se soulève à toute vitesse, mais j'inspire pour m'apaiser.

– Tu es un bon flic, Romy, reprend-il. Tu avais juste besoin de plus de réalisme. Te rendre compte des nuances que peut avoir notre métier. Tout n'est pas bon ou mauvais. Blanc ou noir.

– Oh, ça, je le sais désormais. En demi-teinte, ça n'a pas la même saveur, répliqué-je.

Le pire, c'est qu'il m'a toujours inculqué le contraire. Lui, mon grand-père… Nous faisons appliquer les règles pour le bien de tous.

Ce dernier a été assassiné par la mafia locale, pas par le boulanger du coin…

– Il faut savoir courber l'échine de temps à autre, laisser filer quelques petites crapules pour attraper de plus gros poissons. Un bon enquêteur est toujours sur le fil du rasoir, il joue avec toutes les parties prenantes. Du moment qu'il reste loyal à la police, que nous avions du résultat, on fermait les yeux sur tout le reste.

Je ne sais pas quoi répondre après de telles révélations.

Ça en fait peut-être trop pour aujourd'hui.

Mon père va mourir, et il m'annonce que son image du flic parfait est loin d'être le portrait qu'il m'a dépeint depuis mon enfance. Il ne manquerait plus qu'il m'explique qu'il est corrompu, qu'il trempe avec les business des gangs locaux et il serait ainsi dans le même panier que Clark.

- Et tu étais un de ces équilibristes ?

Une minute s'écoule avant que sa voix altérée ne me réponde :

- Oui. Et je suis fier du parcours que j'ai accompli.

Je renifle bruyamment en étant sonnée. J'ai trop d'informations d'un coup. J'ai besoin de solitude, de silence, d'assimiler toutes ces informations.

- Je vais te laisser, papa. On se rappelle plus tard.
- D'accord. Je t'embrasse Romy. Et n'oublie pas que je t'aime jusqu'aux étoiles.
- Moi aussi, papa. Je t'aime.

***

Rien ne va en ce moment.

Entre mon meilleur ami qui me boude depuis une semaine, Saul qui, après m'avoir fait découvrir des sensations inédites toute la nuit, s'est barré au petit matin comme un voleur, et maintenant, mon père qui tire la sonnette d'alarme sur son état de santé, mais aussi sur la profession que j'idéalisais tant… Ça fait beaucoup pour mon petit cœur de femme esseulée.

Ma priorité est désormais d'obtenir des jours de repos et de profiter de mon père.

Je finis de me préparer. Je me maquille légèrement, plus qu'à mon habitude, pour camoufler mes traits tirés. Je me sens vidée, mais je dois aller bosser.

Une fois dans mon garage, je me dirige vers ma voiture et monte à l'intérieur. Cette vieille Mustang, mon père me l'a offerte pour qu'il soit toujours un peu avec moi, même à l'autre bout du pays. Elle a beau être magnifique, elle mériterait quelques réparations aussi bien sur le moteur que sur la carrosserie, mais je n'aime pas la savoir loin de moi.

Stupide ? Peut-être…

Je m'insère dans la circulation et roule sans vraiment être consciente de ce qui m'entoure. Le son du moteur ancien et les vibrations sur le volant me bercent. Les kilomètres s'accumulent quand un bruit de moto surgit sur ma gauche. Je sursaute et cherche d'où ça peut bien venir. Mes mains deviennent moites. Je crois que j'espère voir un certain motard plutôt qu'une bécane…

Une nuit. Il lui aura fallu une nuit pour me griller tous les neurones. Et pourtant, penser à lui me fait du bien. Penser à ses mains sur mon corps me fait du bien.

Si j'avais envie qu'il soit différent, qu'il soit unique, j'ai tapé dans le mille.

*On a tous besoin d'une personne qui nous rappelle à quel point la vie est belle.*

Et durant quelques heures, il a été cette personne… avant de se barrer comme un malpropre. Il m'a baisée dans bien des positions, avec passion et ardeur. Plusieurs fois. Je n'avais jamais vécu cette connexion auparavant. Tout était fluide et naturel… et je me suis lâchée. Je n'ai pas prétendu être quelqu'un d'autre. Je n'ai pas prétendu être satisfaite, je l'étais.

Un coup de klaxon me sort de mes pensées, juste le temps pour moi de piler pour éviter le véhicule devant moi. Mon pare-chocs a dû s'arrêter à quelques malheureux millimètres du coffre de la camionnette rouge qui me fait face. Mon cœur bat la chamade et mes membres tremblent.

Je viens de me faire une frayeur d'un autre monde !

Un homme descend du véhicule devant moi, et je manque de tressaillir lorsque j'identifie le serpent rouge au dos du cuir qu'il porte. J'ôte rapidement ma ceinture pour vérifier ce qu'il se passe au-devant.

– Espèce d'enfoiré, tu pouvais pas te garer au lieu de rouler avec un pneu éclaté ?

La voix du biker ne m'est pas inconnue, mais je ne reconnais pas pour autant celui qui prononce ces quelques mots, une casquette recouverte de la capuche de son sweat m'empêchant de voir son visage.

– Oh, ça va, grogne le fauteur de troubles. C'est quoi ton problème ?

Lui aussi, je le reconnais à son écusson. Un Tigers. Putain, je vais me retrouver au milieu d'une rixe entre gangs, avec mon flingue et huit balles.

*Je suis dans la merde.*

– Va te faire mettre, gronde le Red.
– Je vais plutôt la mettre dans le cul de ta femme, Reed.

À seulement deux mètres de Mason Reed, je vois ce dernier armer son poing qui atteint le Tigers en plein visage. Tout s'est déroulé très vite. S'en suit une multitude de coups échangés, et j'ai beau me précipiter vers eux, leur crier de bien vouloir cesser de se battre, c'est une voix grave émanant d'un gros monsieur avec une tête de tigre tatoué sur une partie de la tête qui fait suspendre tous les gestes. Quand nos visages se tournent vers lui, je ne vois que le canon qu'il pointe vers Reed. Et ce regard. Putain, je reconnais ce regard.

« Tu sais ce que ça fait de voir un être cher se faire défoncer ? »

Ce n'est pas la même personne. Mais c'est le même regard. J'en suis sûre.

De vieux souvenirs affluent, des sensations qui remontent à la surface. Mon ventre se noue, mes gestes sont tendus, mais je ne veux pas revivre cette scène.

Je dégaine mon arme et mets en joue l'armoire à glace face à moi.

– Police, posez doucement votre arme au sol et levez les mains en l'air.

Cette phrase, je l'ai répétée à de nombreuses reprises. Mais pour la première fois, j'ai peur. Ces prunelles sombres m'effraient plus que ce que je ne le devrais.

L'enfoiré sourit et ne baisse pas son arme. Je m'avance lentement, passe devant Mason Reed et lui tends mes menottes.

– Couchez-le sur le ventre et passez-les-lui dans le dos, ordonné-je.
– Dans tes rêves, connasse, bougonne le mec qu'a amoché le Red.

Il pousse Mason quand le costaud lui hurle de monter dans la voiture. Tout se passe très vite, Reed heurte le capot de la camionnette, tandis que les Tigers prennent la fuite. Des pneus crissent sur le sol, puis j'entends le premier bruit ressemblant à une détonation.

Reed sort une arme de son dos et appuie sur la gâchette tandis que des tirs retentissent en retour. Je l'imite et vide mon chargeur tout en me reculant pour être protégé par le véhicule du Red Python. Le bras droit de Saul fait la même chose. L'adrénaline fait son job et occulte l'inquiétude d'être blessée, ou pire.

Mes balles épuisées, je rage et cours jusqu'à ma voiture pour récupérer des munitions dans la portière.

Je fais tomber le chargeur vide et emboîte dans la foulée le plein avant de tirer plusieurs fois sur le véhicule qui s'éloigne encore en mettant les gaz. Nos canons visant la même cible, nous cessons de faire feu lorsque nous ne voyons plus rien et lorsque les sirènes des voitures de police se font entendre.

Sur l'instant, je ne réfléchis pas et arrache des mains le flingue du Red Python.

– Tu t'es fait agresser à cause de ton cuir. Tu n'avais pas d'armes et tu n'as pas tiré. C'est clair ?

Je range les pistolets à ma ceinture et lève les yeux vers cet homme énigmatique. Devant son silence, je reprends :

– Putain, réponds ! Est-ce que c'est clair ?

Il finit par hocher la tête sans prendre la peine d'ouvrir la bouche. Les équipes de police débarquent, et lorsque deux de mes collègues attrapent violemment Mason pour le coller à la camionnette et le fouiller, je m'interpose.

– Stop, crié-je. Ce type m'a défendue et n'a rien fait de répréhensible.

Qu'est-ce que je fais ? Pourquoi je le protège ?

*Parce qu'il n'a rien provoqué, tu l'as vu de tes yeux*, me crie ma conscience.

Le Red étire un sourire arrogant sans bouger. Mes coéquipiers, eux, n'en reviennent pas.

– Lui ? demande Smith.

– Oui, lui. Une voiture était au centre de la route, obstruant le passage. Nous avons été contraints de ralentir et de freiner. En sortant du véhicule, ils s'en sont pris à M. Reed.

– Et le sang à la lèvre ? continue mon collègue.

Smith ne mentionne pas les bleus qui commencent à brunir sur sa mâchoire.

– Je viens de te dire qu'ils s'en sont pris à lui. Le plus mince d'entre eux est venu provoquer M. Reed en menaçant de s'en prendre à l'intégrité physique de son épouse avant de porter le premier coup.

Smith jette un œil à Jones qui, lui, me fait signe de m'approcher. Je m'exécute en m'attendant à d'autres questions.

– J'ai reconnu ta caisse, s'amuse Jones. Elle est assez peu commune dans les environs. Tu vas bien ? demande-t-il.

– Oui, plus de peur que de mal, réponds-je.
– Donc, il s'est fait mettre une correction ?

J'opine du chef et enchaîne :

– Je suis sortie immédiatement de ma voiture en prenant mon flingue perso. Tu risques de trouver des douilles d'ailleurs. Reed s'est fait physiquement agresser par un individu non identifié, répété-je.
– Reed, l'interpelle Jones, vous confirmez ?

Smith attend la réponse du vice-président des Red Python pour le relâcher.

– Ouais.
– Et ils vous ont canardés sans raison ? reprend mon collègue.
– Je crois avoir aperçu un tigre sur un des blousons, mais je n'en suis pas sûre. Rivalité ? En attendant, on s'est fait tirer comme des canards.
– Et ma camionnette est morte, gronde Mason. Les bâtards ont crevé les pneus.

Je lui jette un regard qui veut dire : « On s'en bat les cacahuètes de ta caisse ! » Ce à quoi il répond par un sourire narquois. Putain, ce Mason Reed est détestable !

– Quoi qu'il en soit, reprend Jones, passage au commissariat obligatoire, Reed. Il nous faut votre déposition.

Effectivement, c'est la procédure. Mais je ne m'inquiète pas plus que ça, Mason est bavard comme moi je suis none.

– Allez, c'est parti, lance un de mes collègues. La dépanneuse va arriver pour la camionnette rouge. Elle sera immobilisée sur le parking arrière du commissariat pour le moment.

Je retourne à ma caisse quand j'entends siffler.

– Putain ! Elle déchire !

Mason semble s'extasier devant ma voiture. Pourquoi il est finalement plus facile de découvrir ce qu'aime le Vice-Président quand je voudrais en savoir davantage sur le Président tout court ?

– Je t'embarque ? demandé-je pour l'amadouer.
– À choisir entre une voiture de collection et une boîte à nuggets…

Il contourne ma caisse pendant que je demande :

– Boîte à nuggets ? Vraiment ?

– Bah les nuggets, c'est du poulet ? Une bagnole, c'est comme une boîte ? Donc boîte à nuggets…

J'éclate franchement de rire. Ce rire qui libère toutes les tensions malsaines dans un corps meurtri.

– T'as pas vu ce côté de ta caisse…
– Quoi ? m'exclamé-je devant son visage devenu grave.

Je contourne ma voiture pendant qu'il rage.

– Putain, mais rien que pour ça, ils méritent de se prendre une bastos en pleine poire.

Oh. Mon. Dieu.

Quelques impacts de balles ont touché la carrosserie de ma bagnole à la peinture d'origine. Je peste et je me range derrière l'idée de Mason : vengeance. Je sais que ce n'est pas une bonne chose. La dernière fois que j'ai voulu de tout mon cœur me venger, j'en ai payé le prix fort et j'ai commis une faute impardonnable qui me hante encore aujourd'hui.

Je finis par monter dans l'habitacle, donne un coup dans le volant en insultant les Tigers, leurs mères, leurs pères, leurs sœurs… Je ne suis que rage. Dans des moments comme celui-ci, ma culpabilité cesse de danser devant les yeux pour se tarir dans l'ombre.

– T'inquiète, je vais regarder ton bébé, finit par lâcher Mason.

– Comment ?

J'ai posé la question avec un air hautain, celui derrière lequel j'ai l'habitude de me retrancher pour faire fuir les autres, pour ne pas les laisser m'approcher. Je regrette mon ton dès que ma bouche se referme, mais je ne dis rien.

– Avec mes yeux, puis avec mes mains et quelques outils.

Il n'a pas l'air offusqué de la manière avec laquelle j'ai parlé, et sa réponse est naturelle.

– Tu sais faire ça ? demandé-je.

– Tu crois vraiment qu'on est des ramassis de merde incapables de réfléchir ou de faire des choses de nos dix doigts ? Ou tu penses juste être d'une race supérieure ?

Je ne peux pas lui reprocher ses mots. Et si je dois être parfaitement honnête, c'est le premier truc auquel j'ai pensé quand on m'a décrit l'organisation des Red Python.

Ce n'était pour moi que des analphabètes qui aimaient fouler l'asphalte en deux roues et faire couler du sang. Lors des rares auditions que mon patron m'a laissées mener, ils n'ont jamais été très bavards, ce qui ne les rendait pas forcément sympathiques. Et je n'ai jamais cherché plus loin. Je n'en avais pas le droit, et ça m'importait peu. Depuis que je suis arrivée ici, je ne rêve que d'une chose, retourner à Détroit.

– Excuse-moi, murmuré-je. Je ne voulais pas sous-entendre que… Tu vois…

– Non, je vois pas.

– Je ne pense pas que vous êtes débiles ni inférieurs.

Il ne répond pas, et je me sens mal de les avoir catalogués comme des moins que rien. Après quelques minutes durant lesquelles j'ai roulé dans un silence de mort, sans même oser activer la radio, il reprend :

– Je me démerde en carrosserie et en mécanique. Fallon est une déesse de la méca. C'est pas pour rien que c'est ma femme. À nous deux, on peut remettre ton bijou à neuf.

Je me gare devant le commissariat et sors de la voiture. Avant de traverser le trottoir, je saisis la perche tendue par Mason et accepte sa proposition. Il m'invite à passer dans la semaine au garage sur Walter Street.

Une fois au poste, mon boss attend déjà à l'accueil et m'observe d'un œil mauvais. Je ne saurais dire si cette attitude est pour moi et ma mission ou moi et mon arrivée avec Mason Reed, un de ses ennemis jurés.

Je demande à Mason de patienter dans le hall et je m'approche de Clark.

– Vous m'expliquez pourquoi il n'arrive pas menotté ?

Devant la rudesse de ses propos, je rétorque du tac au tac :

– Parce que c'est une victime. Pas un agresseur.

Je ne sais pas pour quelles raisons il s'acharne autant sur les Red Python, et s'il n'y avait pas mon père dans l'équation, qui a de grandes attentes sur mon avenir, sur cette passion pour ce métier, je pense que je lui collerais ma lettre de démission sur son bureau.

– Une victime ? Laissez-moi rire.
– Je suis sérieuse, chef. Les Tigers l'ont agressé en pleine rue.
– Et vous étiez là ?
– J'étais effectivement en route pour le commissariat et derrière le véhicule de M. Reed.

Il m'attrape par le bras qu'il serre plus que de raison et me tire au détour du couloir pour que nous soyons à l'abri des regards.

– Gardez à l'esprit votre mission Williams, crache-t-il, le visage déformé par la colère.
– Je l'ai en tête, n'ayez crainte. D'ailleurs, pour continuer à tisser des liens, j'aimerais faire l'audition de M. Reed.
– Ne me prenez pas pour un con.

*Pourtant, vous en êtes un. Un gros même.*

– Je ne me permettrais pas, chef.
– Je veux une date et une heure.
– C'est noté, chef. De mon côté, j'ai besoin de quelques jours.
– Négatif, rétorque-t-il un fin sourire aux lèvres. La mission est prioritaire.
– C'est impossible, chef. Je me dois de…
– C'est non, et je vous rappelle que vous n'êtes pas en droit d'exiger quoi que ce soit. Faites ce que je vous dis, bougez-vous le cul et en vitesse.

Je grimace de la douleur qu'il provoque au niveau de mon bras, mais je tiens son regard. J'ai envie de lui flanquer mon poing dans sa mâchoire fripée. Nous nous affrontons du regard. J'aurais aimé me nourrir de son expérience, de sa sagesse, puiser dans sa connaissance du terrain et de la stratégie d'enquête pour forger mon armure de lieutenant de police. Mais hormis me dégoûter du métier, il n'aura rien fait d'autre.

Il se rapproche de mon oreille et ajoute à voix basse :

– Et si vous devez vous faire baiser jusqu'à épuisement par chaque membre de ce club de bikers pour obtenir ces foutues informations, faites-le. Sinon, vous pouvez dire adieu à Détroit. Suis-je assez clair ?

Je serre les dents pour éviter d'écraser mon front sur son nez et je joins mes pieds pour ne pas que mon genou vienne pulvériser son entrejambe.

Je reste immobile, le cœur lourd et la respiration erratique. Il se redresse, fier de son petit effet, puis tourne les talons. Je me laisse quelques secondes, seule, pour souffler, reprendre une contenance et masser mon bras endolori, puis je retourne à l'accueil.

Je fais signe à Mason Reed de me suivre jusqu'au bureau d'enregistrement des plaintes. J'oriente mes questions, et comme à son habitude, il répond par monosyllabes. Lorsqu'un de mes collègues vient le prendre à partie sous couvert de l'humour, je m'insurge. Reed n'a fait que se défendre dans cette affaire. Il a été provoqué, puis ce n'est pas le premier qui a sorti son arme pour tirer sur l'autre, en pleine rue. Je m'interpose en invoquant les faits et en faisant référence aux différents textes de loi. C'est ce que je fais de mieux : ressasser les règles.

*Je ne sais décidément plus où j'en suis...*

***

Reed a été relâché peu avant midi et, seule à mon bureau, un visage s'impose dans mon esprit. Saul. J'ai envie de le voir et de passer du bon temps... C'est très égoïste puisqu'il a filé au petit matin sans même dire « au revoir ». Ses intentions semblent claires : il m'a baisée et a décampé. Point. Fin de l'histoire.

Pourtant, je crois que j'avais envie d'autre chose. Je me fustige intérieurement à cette idée qui viendrait compromettre ma mission. Je vais devoir tout mettre en œuvre pour faire en sorte qu'on se voit... Ouais, je n'oublie pas cette fichue mission qui me laisse de plus en plus perplexe. Mais je me dis que si j'obtiens rapidement les informations, je serai libre de mes mouvements. Je réfléchis à la manière dont je peux l'approcher après une nuit de sexe débridé sans passer pour une groupie. Ça ne va pas être simple, je le sais déjà. Mais en même temps, qu'est-ce qui est simple ces derniers temps dans ma vie ?

Je me repositionne face à mon ordinateur et ouvre ma boîte mail. On a beau être tous dans le même grand *open space*, à l'ère où tous nos échanges doivent être tracés, nous nous envoyons des mails plutôt que de nous parler… J'en ai reçu un ce matin avec l'horoscope du jour, une des lubies de Fitz depuis notre dernier repas ensemble. Selon lui, dès que mes astres préconisent des rencontres, il me faut sortir pour provoquer le destin. J'ai eu envie de lui rire au nez. Pour autant, je lis chaque ligne qui concerne mon signe astrologique depuis. Je lis…

« Niveau humeur, journée sympathique. »

Moins d'une heure après mon réveil, je me suis fait tirer dessus…

« En amour, l'amour vous donnera des ailes et vous surprendrez même l'être aimé par votre joie de vivre et votre dynamisme. Si vous êtes à la recherche de l'âme sœur, votre bonne humeur attirera les regards et vous pourrez séduire sans effort. »

Si c'était aussi simple que ça… Les seuls regards que j'ai attirés ce matin étaient ceux des Tigers qui me faisaient face, puis ceux de mes collègues lorsque je suis rentrée avec Reed sans menottes aux poignets.

« Concernant l'argent et le travail, vérifiez l'état de vos comptes avant de vous lancer dans des dépenses. »

La folie que j'entrevois est de prendre un billet d'avion hors de prix pour Détroit. Ou bien est-ce les réparations de ma caisse ? Vu le modèle et sa rareté, je sens que je vais en avoir pour un paquet de pognon. Mais cette dépense me paraît indispensable pour conserver cet héritage.

« Côté travail, vous aurez l'énergie nécessaire pour faire face à la journée chargée qui vous attend, mais vous devriez optimiser votre organisation. »

Journée chargée, oui… Journée trop longue aussi.

« Côté santé, le tonus ne vous fera pas défaut et vous ne devriez pas avoir de problème de santé. »

Évidemment, comparé à mon père, mon état de santé est bien meilleur.

« Toutefois, vous aurez besoin de décompresser après votre journée de travail. »

Il y a deux façons de décompresser… En prenant du bon temps au lit avec un amant hors pair ou voir son meilleur ami, au pub du coin.

Cette dernière réflexion me rappelle Fitz. J'ai toujours pensé que c'était un homme solide sur qui on pouvait compter. Depuis que je suis arrivée ici, il m'a souvent démontré que sa force mentale était au-dessus de la moyenne. Il a toujours su se montrer patient et doux avec les jeunes que nous voyions en conférence, mais il était également capable d'être ferme et décisif pour leur faire comprendre les dangers de la route, des stupéfiants et autres alcools. J'ai toujours pris appui sur lui et son silence me pèse.

Je sors mon téléphone de ma poche pour chercher son nom dans mes contacts. Je ne sais même pas s'il va me répondre. J'attends que les tonalités s'enchaînent et quand je crois que je vais devoir laisser un énième message, il décroche.

– Salut Rom'.

Sa voix est endormie, preuve qu'il s'est couché tard.

– Bonjour mon bon Fitzy. Il est midi passé. Il est temps de te réveiller.

Je devine son sourire à travers le téléphone et les petits sons étouffés qu'il laisse échapper.

– Tu vas bien ? enchaîné-je.
– Ouais.

On en revient à ses longs discours.

– Et toi ?
– Mouais.

Ma voix est chevrotante. En même temps, en une journée, j'ai l'impression d'en avoir vécu une dizaine.

– Tout va bien ? demande-t-il sans attendre.

Je le sens sur le qui-vive, prêt à débarquer où je lui donnerai rendez-vous.

– Je ne sais pas, articulé-je.
– Tu finis à quelle heure ? continue-t-il.
– Seize heures.

Je réponds machinalement.

– Je te récupère. Et si tu as besoin entre-temps, appelle-moi.

– D'accord.

Alors que je m'apprête à raccrocher, il m'appelle au bout du fil.

– Rom' ! Excuse-moi pour la dernière fois.

Je ne sens pas ses excuses sincères à 100 %, mais je sais qu'il les prononce pour que je me sente mieux. Saul, lui, n'a pas tenté de me rassurer au sujet de leur altercation.

Nous raccrochons. J'expire tout l'air que j'avais dans mes poumons et pose mon regard sur la photo qui orne mon bureau. Mon père et moi, tous les deux en uniforme. Un poids se pose sur ma poitrine et des frissons me parcourent. Je me concentre sur cette fichue mission et tape un nom dans l'application de messagerie.

[Salut Saul… J'espère que tu vas bien ?
Ça te dit d'aller prendre un verre ?]

Je vois que le message est lu. La bulle avec les points de suspension s'agite, puis disparaît. Je me lève comme si tendre mes jambes et marcher allait m'aider à être moins anxieuse. Après avoir tourné en rond dans un commissariat relativement vide à cette heure de déjeuner, je commence à m'inquiéter. Pourquoi ne répond-il pas ? Il me court après depuis des semaines et des semaines, et maintenant qu'il a eu ce qu'il voulait, il ne peut pas au moins être poli ? Je m'agace comme une jeune pucelle à qui on aurait volé sa virginité.

Cet homme me rend insensée. Il pervertit mon âme et biaise mes sens. Je n'explique pas pourquoi je pense si souvent à lui, pourquoi je peine à laver mes draps en considérant qu'ils sentent encore son odeur. Je me raccroche à des détails futiles pour… Pour quoi exactement ? J'ai une putain de mission à remplir si je veux revoir mon père mourant tout en conservant mon boulot. Mais… Il y a un « mais ». Et je n'arrive pas à mettre le doigt dessus.

Une sonnerie agite mes sens. Mon cœur bat la chamade comme lorsque j'étais devant les panneaux annonçant les diplômés de l'école de police, des papillons dans le ventre en plus.

[Tu veux boire un verre ou reprendre<br>une fessée ?]

Je rougis en lisant son message et regarde malgré moi les alentours, comme pour éviter d'être prise en faute.

Que répondre à ça ?

Parce que soyons clair, quitte à me brûler les ailes, autant y prendre du plaisir !

Après de longues secondes d'hésitation, je réponds :

[Les deux.]

Je pose mon téléphone, fière de moi, comme si j'avais trouvé le secret de la recette du coca-cola…

# 19

**Saul**

– Elle a fait quoi ?

Je regarde Mason comme s'il était un extraterrestre. J'ai du mal à croire que Romy, *ma* Romy, celle qui est à cheval sur les lois, la psychorigide des règles, ait pu couvrir Mason et lui éviter des emmerdes. Parce qu'on les connaît les flics du coin, à la moindre occasion, ils nous coffrent, juste pour le plaisir de nous faire chier.

– J'te jure. Ça m'arrache la gueule de le dire, mais elle a assuré. Puis t'aurais dû voir la tronche de l'autre enculé de Clark, pouffe-t-il.

Je n'arrive pas à m'en remettre. Si ce n'était pas Mason et son sens sous-développé de l'humour qui était devant moi, je n'en croirais pas un traître mot.

– Mec, cette meuf a une caisse d'enfer... Elle s'est fait percer le cul d'ailleurs. La bagnole, pas la fliquette, hein ? me taquine-t-il.

*S'il savait que moi aussi j'avais envie de percer son petit cul...*

– Bref, je lui ai dit de passer au garage pour que je voie comment la réparer. Je lui dois bien ça. À ce propos, continue-t-il en se levant pour partir, j'ai dit à Fallon que c'était ton idée. Assure, tiens ta langue.

J'opine. Ça aussi, je n'en reviens toujours pas. Mason ne sourit jamais, parle peu, aime la violence comme aucun de mes frères, mais s'aplatit comme une crêpe dès qu'il s'agit de sa femme.

Mon meilleur ami quitte la chapelle, me laissant seul. Je m'adosse au dossier de mon fauteuil et fixe un point au loin pensant irrémédiablement à Romy.

Quand bien même je nourrirais le fantasme impossible d'être avec elle, comme si j'étais un homme ordinaire, dans un monde ordinaire, avec des amis ordinaires, je sais qu'il n'y a rien d'ordinaire dans notre connexion. Ce genre d'alchimie brûlante, intense et dévorante est rare. C'est plus fort que tout ce que j'ai ressenti jusque-là.

Ça me vrille la tête. Et le bide.

Je me sens coupable, alors que c'est elle qui m'a trahi.

Elle est un poison pour moi, comme j'en suis un pour elle. Pourtant, j'ignore combien de temps je serai capable de contenir mes pulsions affamées et perverses. Je rêve de la dominer, de la faire rentrer dans mon monde de violence. Pas celui du club, non, celui de mon lit.

Mon téléphone sur la table, je repense au message de provocation qu'elle m'a envoyé. Elle a envie d'un verre et d'une fessée. Depuis notre dernière nuit ensemble, combien de fois avais-je imaginé son cul rebondi s'agiter sous ma main lorsque je la fessais ? Trop de fois. Ces pensées me rendent dingue.

J'aime être sauvage, brutal. Je baise, mais à ma manière. Je domine. Je suis celui qui mène la danse, celui qui décide. Beaucoup de mes frères n'ont pas connaissance de cette facette de moi. J'ai toujours été le petit Prince, le beau parleur destiné à prendre la suite du co-fondateur des Red Python.

Penser à tout ce que je pourrais faire à Romy fait naître en moi du désir. Ce putain de désir incandescent qui m'enflamme et pulse en moi avec une intensité viscérale que je n'ai encore jamais ressentie.

*Putain de bonne femme de merde !*

Je repense à l'idée de Kyle, à savoir lui tendre un piège. Lui donner les informations qu'elle semble attendre comme le messie. Je dois la jouer fine, Romy est loin d'être conne et je ne veux pas me faire griller comme un bleu.

Je pianote rapidement un message pour lui donner rendez-vous dans un bar, non loin de ma piaule. Si mon plan fonctionne, j'aurai envie de la baiser, et j'ai tout ce qu'il faut chez moi pour le faire. Et selon mes propres règles.

[19 h. Au Lucky Buck.]

Cependant, je ne dirai rien aux gars. J'ai besoin de m'affirmer, d'asseoir mon autorité au niveau du club et de mes frères, de leur prouver que mes décisions sont réfléchies et mesurées.

Toutes mes alarmes sont au rouge en ce qui concerne Romy. Toutes.

Je n'oublie pas qu'elle a un dossier épais comme le pneu de ma bécane sur le club et sur chacun de ses membres. J'ai beau tourner la situation encore et encore dans ma tête, je ne comprends pas ce qu'elle branle dans ce commissariat miteux qui est loin de ce qu'elle dit être : un flic épris de justice.

Depuis que Clark est à la tête du commissariat, les relations que nous avons avec la police sont tendues. Mon père avait tissé des liens avec son prédécesseur. Chacun à leur manière, ils voulaient que notre ville soit tranquille, sans embrouille. Puis le shérif est tombé malade et Clark a débarqué comme un cheveu sur la soupe. Nos échanges cordiaux ont été mis à mal, ce trou de balle pensant être supérieur à nous. Il ne nous a pas fallu chercher longtemps pour savoir pourquoi ce type, si épris de pouvoir, se retrouvait à Riverside et non à Los Angeles : une bavure en bonne et due forme que Clark a tenté de dissimuler aux yeux de tous. Il a vu une menace où l'opinion publique aurait vu un pauvre homme habillé en noir, un peu moins couché que les autres. Sauf qu'on voit bien sur les images de vidéosurveillance que le fameux Rudy était inoffensif. Rudy était un otage. Un malheureux otage faisant face à quatre individus armés ayant fait irruption dans sa banque. Clark l'a abattu.

Sa punition est d'avoir été transféré de Santa Monica, les pieds dans le sable, à Riverside. Il a cependant gardé la tête haute. L'enfoiré a fait disparaître la vidéosurveillance de la banque… que Kurtis a retrouvée. On y voit bien l'erreur de jugement, personne ne peut ignorer que le jeune Rudy n'a fait aucun geste brusque. Rien ne laissait présager qu'il pouvait être un braqueur. Mais Clark a tiré. Une balle.

Je me souviens encore de notre première confrontation avec lui. Mon père lui tenait tête, essayant d'être diplomate, de négocier une petite enveloppe comme nous le faisons souvent. Clark a réclamé le triple, mon père a poliment refusé. Depuis, nous l'avons sur le dos. Il ne laisse rien passer et il a profité de l'effet de surprise pour coffrer Mason. C'est cet enfoiré qui l'a mis en cabane, qui a monté le dossier contre lui.

Clark nous file de l'urticaire et inversement. On le gêne parce qu'on sait trop de choses. Parce qu'il sait que depuis qu'il nous emmerde, notre dossier le concernant ne fait que s'épaissir. Mon père ne lui a jamais caché qu'il fallait qu'il cesse de nous casser les burnes pour éviter que nous balancions ce que nous savions. Le calme est généralement de courte durée.

Pas un flic de ce commissariat ne peut nous blairer.

Pour autant, un nœud étrange me noue les entrailles dès qu'il s'agit de Romy. Je ne l'explique pas, et ça me fait chier. Parce que j'ai bien conscience qu'elle peut me baiser la gueule à tout moment, et je sais que je représente tout ce qu'elle cherche à abolir dans ce bas monde. Elle ne se privera pas de me coffrer au moindre faux pas.

*Alors pourquoi elle n'a pas coffré Mason ?*

Je rage, parce que je n'ai pas de réponse à cette question. Romy sait que nous ne sommes pas des enfants de chœur, alors pourquoi a-t-elle défendu mon VP face aux Tigers ? Pourquoi lui avoir pris son flingue pour qu'il ait l'air blanc comme neige ? Pourquoi avoir orienté sa déposition ?

Et comme si une emmerde en attirait une autre, en plus de devoir gérer ces fils de pute de Tigers, un flic qui me colle un peu trop au train, un business à peaufiner, j'ai cette putain d'opération à programmer avec le Mexicain. Cette commande est énorme et il est impensable qu'on la foire. D'une part, j'ai besoin de cette alliance pour avoir un pied en Amérique du Sud. D'autre part, j'ai besoin de thunes. Le club ouvre dans un mois, j'ai besoin de ce cash pour être serein. Je sais que cette affaire légale va nous faire engranger de l'argent, mais certains équipements souhaités par Ty' coûtent une petite fortune, et nous les avons achetés à crédit…

J'imagine déjà la tête de mon paternel s'il savait ça !

Il me soufflerait dans les bronches. C'est sûr que nos gestions du club et du risque sont à l'opposé, tout comme nos mentalités. Personne n'a jamais pu imaginer ce que c'était de vivre avec la pression énorme d'être le fils de Cole Adams, de respirer dans un espace où son charisme prenait toute la place. Et je me bats comme un chien depuis des années pour exister, moi, Saul Adams.

Je secoue ma tête, puis je vais dans ma piaule pour me doucher et me préparer pour mon rendez-vous. Je suis à deux doigts d'appeler une brebis pour me vider les couilles, mais je crois que je préfère garder toute la tension qui m'anime pour ce soir. Parce que je compte bien foutre Romy dans mon pieu.

Quelques heures plus tard, j'observe à la dérobée la demoiselle qui m'attend sagement, accoudée sur une table haute. Elle a revêtu un jean slim noir et une chemise en soie rouge foncé. Les doigts sur la base de son verre, elle fait tournoyer son *Blue Lagoon*[1] en y trempant ses lèvres de temps à autre. Je décide de m'avancer jusqu'à elle dans ce coin reculé du pub et je pose mes mains sur ses hanches en lui murmurant :

– Salut lieutenant !

Elle sursaute légèrement et se tourne pour me voir m'installer à ses côtés.

– Pitié, pas de lieutenant ce soir, rit-elle. Tu vas bien ?
– Ouais, et toi ?
– Mouais, souffle-t-elle en détournant le regard. Tu veux boire un truc ?

Elle esquive la conversation qui aurait dû découler de sa réponse en me posant une autre question, mais je ne vais pas insister. J'ai un plan. Attendre qu'elle tombe quelques verres pour l'amadouer et ensuite, lui lâcher quelques informations l'air de rien.

– Une bière.

Je me déplace pour aller au bar quand elle pose une main sur mon torse.

– Laisse, j'y vais.

Sur ce, elle gobe cul sec sa boisson bleutée, grimace quand l'alcool brûle son œsophage et tourne les talons en direction du bar où elle interpelle Diaz, un vieil ami que je salue d'un signe de tête. Romy lui dicte sa commande et il s'exécute en remplissant son verre en inox qu'il couvre avant de l'agiter théâtralement. J'observe leur interaction. Romy semble déjà légèrement ivre : elle sourit avec légèreté sans avoir l'air de se soucier du regard des autres.

Une fois qu'elle se retourne avec nos boissons dans les mains, je peux scruter son visage éclairé par les néons du bar au-dessus du comptoir. Ses cheveux noirs légèrement ondulés encadrent son visage et frôlent ses épaules. Ses yeux vert persan plongent dans les miens, et le voile de désir, mais aussi de tristesse, que je détecte est frappant.

*Romy, qu'est-ce que tu me caches ?*

– Et voici une Bud pour Saul Adams, s'exclame-t-elle en faisant claquer le cul de ma bière sur le comptoir.

Son expression s'illumine d'un fin sourire tandis que je porte la bouteille à ma bouche pour faire couler le liquide fermenté le long de ma gorge. De son côté, Romy trempe ses lèvres dans le liquide rose.

– Tu bois quoi ? demandé-je.
– Pastèque-vodka. C'est succulent, tu veux goûter ?
– Non, merci.

J'ai banni les alcools forts pour éviter de sombrer dans cette putain de dépendance silencieuse qui a fait de moi un esclave durant trop d'années.

– T'as pas l'air dans ton assiette, dis-je pour l'inciter à me parler.

Elle sourit, mais la joie que dégage sa bouche n'atteint pas ses yeux.

– Parce que je ne le suis pas, rétorque-t-elle sans se départir de son rictus.
– Et tu t'es dit que boire allait te faire aller mieux ?

Elle expire avec dédain et reprend :

– Je ne pourrai pas aller mieux, Saul. Ma vie est d'un pathétique…

Elle boit une nouvelle gorgée de son cocktail, tape la paume de sa main sur la table et me regarde. Elle pose ses yeux sur moi comme si j'étais la huitième merveille du monde, comme si je comptais pour elle, alors qu'on sait tous les deux qu'on cherche chacun à apprivoiser l'autre depuis des semaines en profitant depuis peu des joies du sexe débridé entre un homme et une femme.

– Tu veux m'en parler ?
– Pourquoi voudrais-tu t'encombrer avec mes problèmes ?

Question à mille dollars. Je pourrais lui rétorquer que je suis son ami, mais je risquerais d'éclater de rire devant cette aberration avant qu'elle n'en fasse de même. Nous ne sommes rien. Rien qui n'amène à des confidences sur l'oreiller… À moins que…

– Romy, tu peux me parler.

– Pour que ce que je te dise se retourne contre moi ?

– Tu comptes m'avouer que tu as braqué une banque ?

Elle secoue la tête.

– Voler une grand-mère sans défense ?

Elle continue à faire le signe de la négation.

– Tuer un enfant innocent ?

– Non, s'écrit-elle. Rien de tout ça !

– Voilà ! On peut simplement laisser la flic et le biker à la porte et considérer que tout ce qui se dit ici reste ici ? Un peu comme pour Vegas, tu vois ?

Elle réfléchit quelques secondes, grimpe sur le tabouret de bar à côté d'elle et pose son menton sur la paume de sa main.

– Je n'ai pas pour habitude de… parler. Me livrer. Je ne sais pas si j'en serai capable, même si je le voulais.

Bien des gens ont des secrets, des choses qu'ils ne veulent pas que les autres découvrent. Amener quelqu'un à se confier est difficile. Pas la peine d'avoir fait des études supérieures pour savoir que pour qu'une personne s'ouvre à vous, il faut d'abord lui montrer qu'on a confiance en elle. Lui donner un peu de soi, pour qu'elle vous retourne la faveur.

Et je reste convaincu que le meilleur moyen pour y arriver est d'avoir des conversations sincères. Je n'ai pas à lui parler des membres du club ou de mes business, non. Je peux lui parler de moi, de ce qui n'engage que moi.

– Romy… On va jouer franc-jeu. OK ?

J'attends qu'elle acquiesce pour continuer.

– La première fois que je t'ai vue, tu m'as obnubilé. Poupée, t'es canon. Tes courbes m'ont torturé sans que tu ne le saches pendant des semaines et des semaines. On ne vient pas du même monde, tu penses que je suis un voyou sur une bécane et moi, je pense que tu es psychorigide dès qu'il s'agit des règles.

Elle lève les yeux au ciel, ce qui me fait sourire.

– Écoute-moi jusqu'au bout !
– Ne commence pas à m'embobiner.
– Romy, je ne te pigeonne pas. Laisse-moi te dire ce que j'ai sur le cœur.

Elle continue de siroter sa boisson avec sa petite paille qu'elle enroule autour de sa langue en ancrant son regard dans le mien, signe qu'il ne faut pas que je tarde à la ramener chez moi, car ma queue est à l'étroit dans mon pantalon.

– Tu me prends vraiment pour un charmeur sans cervelle ? demandé-je sérieusement.
– Ce n'est pas ce que j'ai dit.
– Mais tu l'as fortement pensé, conclus-je en lui adressant un clin d'œil joueur.

Elle secoue sa tête tandis que ses joues se parent d'une couleur rosée.

– Tu dis n'importe quoi ! se défend-elle. Parle-moi de toi.
– Que dire sur moi que tu ne sais pas déjà ?

Je réfléchis sans la quitter des yeux. Ses lèvres humides de son cocktail me donnent envie de les lécher.

– Fitz… Quand vous vous êtes battus… Fitz a dit que tu étais un assassin. Que voulait-il dire ? Qui est-il pour toi ?

Je perds mon sourire et mes poings se serrent pour faire retomber la pression de ce que génèrent en moi les propos de cet enfoiré d'Ash.

Un silence nous enveloppe parce qu'elle attend une réponse. Et comme j'ai décidé de jouer franc-jeu, je m'exécute. Ma voix se veut calme, mais à l'intérieur, je bous.

– Ash est le frère de mon premier amour. Et je conduisais la bagnole qui l'a tuée.

Nouveau silence. Je me perds dans mes pensées qui me ramènent à cette jeunesse qui me faisait tant kiffer, à Lara que j'ai profondément aimée en secret pendant des mois et des mois.

Les doigts fins de Romy se posent sur ma main et y exercent une légère pression. Mes yeux sont bloqués sur ce contact et je réalise que sa chaleur m'apaise.

– Fitz m'a parlé de sa sœur. Je ne savais pas que tu étais présent lors de l'accident.

Je hausse les épaules. Pourtant, Ash me tient depuis toujours responsable, et malheureusement pour moi, il a raison. Je conduisais cette bagnole, et si je n'avais pas tenté d'éviter cet animal, l'issue aurait pu être différente.

Elle retire sa main que mon regard fixe encore avant de remonter sur son visage. Elle est désolée pour moi, je le sens, ses yeux me le hurlent.

– Sinon, j'aime ma vie, dis-je pour détendre l'atmosphère et passer à autre chose. Les membres de mon club de moto sont ma famille. Un lien fort nous unit. Je gère aussi d'autres business. Le garage où bosse Fallon. On y travaille autant sur la mécanique que sur la carrosserie. Puis tu as le club de strip qui va ouvrir prochainement. Tyron est sur le projet et le gère d'une main de maître.

Elle grimace alors que je n'ai fait qu'énoncer les affaires qu'elle connaît déjà.

– Quoi ?
– À t'écouter, tout est beau et rose. Parfait même. Sauf que tu n'en restes pas moins un criminel et moi une flic. À cause de toutes tes magouilles, peu importe la façade que tu leur donnes, garage, *diner* ou boîte de strip, nous serons toujours opposés l'un à l'autre.

*Outch !*

Elle ne mâche pas ses mots.

– Tu me parlais de confiance, Saul, et je me rends compte que je ne pourrai pas te faire confiance, justement parce que je connais la face cachée de ces activités.
– Tout ce que tu vois de tes yeux, ce sont des affaires réglo. Nos statuts sont déposés, les comptabilités tenues

scrupuleusement. Ce que tu ne vois pas, ce que tu supposes, ne doit pas t'influencer parce que justement, tu ignores tout de ce qui anime nos journées. Pitié, ne fais pas comme tous ces flics qui font des raccourcis sans nous connaître !

Elle hausse un sourcil, puis soupire.

– J'ai tellement entendu de choses au sujet des Red Python…
– De qui ? Clark ?

Elle ne répond rien, alors je continue.

– Poupée, Clark est moisi de l'intérieur, pourri et rongé par sa soif de pouvoir et de reconnaissance. Tu penses qu'on est des criminels, il est pire que nous.

Elle ne semble pas surprise par ce que j'avance, comme si elle partageait les mêmes pensées que moi.

– Il vendrait sa mère, sa femme, sa fille pour arriver à ses fins.
– Je sais, finit-elle par dire dans un murmure. Mais aujourd'hui, c'est mon patron. Il signe mes putains de chèque et peut faire ce qu'il veut de moi.
– À notre manière, on fait régner l'ordre et la discipline dans la ville. On aide les commerçants s'ils se font voler

de la marchandise, on assure de l'aide aux plus démunis… Ne t'arrête pas sur les quelques actes qu'on veut nous caler sur le dos pour juger qui nous sommes, qui je suis.

Elle réfléchit encore, et ses pupilles dilatées par l'alcool continuent de me scruter.

– J'ai longtemps pensé que tu étais juste une belle gueule. Le fait que tu sois sur une bécane avec un cuir m'a fait tiquer. J'ai une aversion pour les gangs et tout ce qui s'en approche.

Elle parle au passé lorsqu'il s'agit d'évoquer ce que *je* représentais pour elle, et ce constat me ravit.

– On n'est pas un gang, Romy. Mon père a créé le club avec son meilleur pote et a toujours eu à cœur de porter de belles valeurs : chez nous, chacun peut être ce qu'il est, sans se réfugier derrière un masque qui doit plaire à la société. Les Red ont été une délivrance, un lieu d'écoute et d'acceptation sans condition, pour bon nombre d'entre nous. On est des rebelles, certains en marge de cette bonne société, mais on est une famille.

Ses yeux sont remplis de larmes qu'elle tente de dissimuler en regardant le plafond. Son menton bouge sous l'effet de l'émotion.

*Je me savais bon orateur, mais j'atteins des sommets !*

– Je suis en train de perdre la mienne.

Je suis bouche bée devant ces quelques mots que j'ai réussi à discerner.

– Comment ça ? demandé-je, curieux de comprendre son propos.
– Aujourd'hui, ma famille ne se résume qu'à mon père. Mon père qui a un cancer généralisé et qui va mourir très prochainement à Détroit, alors que, moi, je suis coincée ici.

Cet aveu me bouleverse plus que ce que j'aurais pensé. Je déteste l'idée que quelqu'un de ma famille, la vraie ou de cœur, ne soit pas dans son assiette. Pour autant, nous n'avons jamais connu le deuil suite à une maladie.

Sa détresse évidente me tord le ventre et me donne envie de la prendre dans mes bras.

*Putain, sortez-moi de là, je vire guimauve !*

– Ça te dit qu'on aille finir la soirée chez moi ?

J'ai beau me dire que je fais une belle connerie, je n'arrive pas à m'empêcher de lui proposer de venir chez moi. Ce n'est qu'une fois que mes mots sortent de ma bouche que je me rends compte de ma stupidité.

Son regard ne me quitte pas, mon cœur tressaute. J'essaie de jouer l'indifférent, de ne pas trop la fixer comme si sa réponse m'importait plus que n'importe quoi ce soir.

– Allons chez toi, répond-elle en finissant son verre.

*Va falloir qu'elle pose son cul sur ta bécane.*

Double merde. Seules nos régulières montent sur nos bécanes, c'est une de nos traditions. Aucun plan cul, aucune brebis ne chevauche nos bébés. Et je vais devoir faire une putain d'exception.

Je sors un billet de ma poche, puis le pose sur la table avant de prendre la main de Romy et de l'attirer à ma suite. Une fois dehors, je récupère mon casque pour lui mettre sur la tête avant qu'elle lève la main, m'intimant d'attendre.

– J'ai une question à te poser.
– Je t'écoute, réponds-je en calant mon cul sur ma bécane.

J'étire mes jambes devant moi, les bras croisés sur ma poitrine.

– T'as bien un deuxième casque ? demande-t-elle, l'air mutin.

Elle me sourit et je lui réponds :

– Bien sûr, je vais le mettre, mens-je.

Le bruit de ses talons sur le trottoir me sort de mes songes, et je vois Romy qui s'avance, passe ses bras sur mes épaules et noue ses mains sur ma nuque en approchant son visage du mien. Le souffle de son haleine alcoolisée et fruitée effleure mes lèvres, mais je ne bouge pas. J'attends qu'elle agisse. Qu'elle se livre. Elle plante un baiser tendre sur ma bouche en fondant contre moi, et j'ai l'impression de remonter à la surface, de retrouver ma respiration. Mes mains se posent sur ses fesses rebondies que j'attire contre mon sexe bandé.

Elle se recule, à bout de souffle, et me sourit. J'en profite pour reprendre le casque et lui mettre sur la tête. Elle se laisse faire et attend que je m'installe sur ma bécane pour se positionner derrière moi. La sensation de ses cuisses autour de moi a le mérite de me rendre fou, et rien que pour ça, et pour tout ce qu'elle a remué en moi ce soir, je vais la baiser fort. Très fort. J'ai besoin de décharger toute cette hargne.

*J'ai besoin de la dominer, de la faire mienne.*

Une fois arrivés dans mon garage dont la porte électrique est en train de redescendre, j'aide Romy à ôter son casque et je la tire vers l'entrée. À peine celle-ci franchie, j'écrase ma bouche contre la sienne, étouffant au passage son petit cri de surprise. Mais elle ne recule pas pour autant, parce que Romy aime ça. Elle aime ce jeu de domination. Elle aime se soumettre à moi. En réponse, elle presse son corps contre le mien.

Mes doigts se resserrent dans ses cheveux, avant de tirer quelques mèches soyeuses en arrière pour incliner sa tête et dévorer sa bouche de plus belle. Elle a le goût de la vodka qu'elle a siroté au bar et de quelque chose de plus délicieux encore. Je passe un bras autour de sa taille et l'attire encore plus près de moi. Elle frissonne, signe qu'elle commence à perdre pied, parce qu'il ne fait pas froid.

Romy gémit, un doux son qui fait palpiter ma queue. Je savoure la manière dont son timbre vibre contre ma langue quand je la dévore avec voracité. Sans jamais la relâcher, mes mains en coupe sur son visage, je la guide jusqu'à ma chambre, jusqu'à mon lit dont la silhouette se dessine dans la pénombre. Je décolle ma bouche de la sienne pour reprendre une respiration. J'ai l'impression d'être en apnée depuis des heures. Ses yeux sont voilés de désir et de quelque chose de plus sombre, de plus coquin.

Elle passe sa langue sur ses lèvres charnues et quitte ses bottines avant de s'asseoir sur le lit et de remonter en son centre pour s'allonger. Je grimpe sur elle en me positionnant entre ses jambes qu'elle a écartées.

À cet instant, je rêve de la faire mienne, de la soumettre à mes fantasmes les plus pervers. Elle respire fort et attend que je lui fonde dessus. Je me penche en avant pour déposer un chaste baiser sur la bouche, puis j'embrasse sa mâchoire tout en descendant jusqu'à son cou, à l'endroit où il se creuse sous son oreille. Lorsque je mordille et aspire sa peau, elle se cambre vers moi et sa poitrine fait pression contre mon torse. Ses ongles courts s'enfoncent dans ma nuque tandis qu'elle m'attire vers elle et en redemande sans parler.

Je vais, sans qu'elle ne le sache, lui donner sa première leçon de baise *by Saul*. Je passe mes mains entre nous pour soupeser ses petits seins rebondis. En sentant son téton pointer à travers le tissu de satin de sa chemise, je me rends compte qu'elle ne porte pas de soutien-gorge. Je grogne dans sa bouche ce qui l'a fait onduler davantage.

Je joue avec ses seins pendant de longues secondes qui deviennent peut-être des minutes, je ne sais plus. J'ai déjà ciblé ses zones érogènes et je ne fais que jouer avec pour la rendre folle. Folle de désir. Folle de moi.

– S'il te plaît, supplie-t-elle d'une voix éraillée.

Elle bouge son bassin contre mon érection pour se faire plaisir. Mais c'est moi qui décide quand elle peut se faire plaisir. Je m'écarte légèrement et lui demande :

– Tu veux jouir ?
– Je… Je veux…

Elle halète lorsque mes mains descendent plus bas, défaisant les boutons de son jean.

Je me redresse et tire son pantalon tout en entraînant les ficelles qui lui servent de string.

*Putain, elle avait décidé de me rendre fou !*

– Dis-moi ce que tu veux, ordonné-je.

*Vas-y, lâche-toi !*

– Saul… Touche-moi.

Je m'abaisse et pose ma langue à l'intérieur de son genou, remontant vers sa zone sensible qui luit déjà de plaisir. Ma queue frémit et ne songe qu'à une chose : s'enfoncer en elle.

– Te toucher où ? demandé-je.

– Bon sang, grogne-t-elle.

– Dis-le, répété-je, incapable de retenir plus longtemps ma nature autoritaire tandis qu'elle se tortille. Demande-moi les choses clairement. Demande-moi de lécher ta petite chatte chaude. Demande-moi de te baiser jusqu'à ce que tu perdes ta voix.

Devant tant de mots crus, elle hésite et semble embarrassée. Eh oui, chérie, c'est bien de vouloir se faire claquer le cul, mais il faut que tu exprimes ce que tu désires, ce dont tu as envie. Nous en avons envie tous les deux, sauf que moi, je connais mes besoins, je connais ma folie. Je n'ai jamais rencontré une personne avec laquelle je me sens connecté à ce point pour l'approfondir.

J'éloigne ma bouche de son bouton sensible que je crois voir vibrer sous le coup de ma respiration pour lui faire comprendre que sans rien me dire, sans verbaliser ce dont elle a envie, elle ne sera pas libérée.

– Attends, crie-t-elle. Vas-y, s'il te plaît. Embra… Embrasse-moi de partout, finit-elle par dire en désignant son intimité de son index.

Ces mots me montent directement à la tête et m'imprègnent d'un pouvoir encore plus capiteux que le désir physique que j'éprouve pour elle. Je me jette comme un morfal entre ses muqueuses et remonte vers son clitoris, que je pince entre mes lèvres avant de le titiller à coups de langue rapide, puis de l'aspirer. Quand j'insère deux doigts en elle en mordant plus franchement son bouton de chair, elle se tend et hurle son extase avant de serrer les jambes autour de ma tête. Je ne m'arrête pas de tourmenter son bourgeon hypersensible malgré la puissance de son orgasme, puis je me décide à jeter un regard vers elle.

Elle est rouge d'excitation et transpirante, et ses longs doigts fins déboutonnent maladroitement sa chemise.

*T'as raison, enlève-la correctement avant que je te l'arrache.*

Une fois nue, elle s'offre à moi avec sensualité. Je remonte le long de son corps en embrasant son ventre, puis en fondant sur sa bouche. J'aime qu'elle puisse goûter son jus, sa saveur. Je tends le bras pour récupérer dans ma table de chevet un préservatif et un bout de tissu. Quand certains se servent d'une cravate ou d'un masque pour obstruer la vue, j'utilise un torchon de mécanique. C'est moins glamour, mais ça fait aussi bien son effet.

– Je vais te bander les yeux pour que tu profites de tous tes autres sens, poupée, OK ?

En réponse, elle gémit et frissonne.

Je passe mon bras sous son dos pour la retourner sur le ventre, puis je la tire pour la mettre à quatre pattes. Je mets le chiffon sur ses yeux et fais un nœud derrière sa tête.

Je me recule, me déshabille à la hâte et récupère une corde que j'ai dans mon autre table de chevet. D'un regard, je sens Romy sur le qui-vive, nerveuse, et dans l'attente de ce que je vais lui faire.

– Avec ça, ton plaisir va être décuplé, poupée. Je serai seul maître de ta jouissance. D'accord ?

Elle bouge la tête, mais j'ai besoin de plus. Qu'elle verbalise qu'elle accepte de jouer avec moi. Je ne veux pas qu'elle se sente contrainte à quoi que ce soit.

– J'ai besoin que tu me répondes, poupée. Je peux continuer ?
– Oui, répond-elle immédiatement.

Je chope la capote que j'étends sur mon érection et me place derrière elle.

– Passe-moi tes mains.

Je la sens hésitante, alors je lui demande :

– Tu me fais confiance ?

Pour seule réponse, elle s'exécute et lorsque j'attrape ses deux poignets, je sens son pouls s'emballer. Le mien virevolte déjà depuis qu'elle est à poil, depuis que son cul est en l'air, offert à mon regard gourmand. Je pose ses mains sur ses reins et ordonne :

– Ne bouge pas.

Le visage écrasé sur mon lit, les fesses en l'air et les mains nouées dans le dos, voilà comment elle me rend dingue. Je ne l'ai pas pénétrée que je suis à deux doigts de jouir.

Je passe la corde de ses fesses à sa nuque en longeant sa colonne vertébrale.

– C'est quoi ? geint-elle.
– De la corde. Je vais te la passer sur ton corps, tes fesses, tes bras, tes seins…

Elle geint encore une fois.

– Je vais te faire jouir comme jamais tu n'as joui, ma poupée.

Sa peau se pare de chair de poule devant cette promesse.

– Détends-toi, reprends-je. Et fais-moi confiance.

Je rase ses côtes avant de passer la corde sous sa poitrine et je fais plusieurs tours de son corps pour le sculpter, l'encager, avant de passer au-dessus de ses petits seins bombés, autour de son cou et au milieu de son torse. Une fois l'opération terminée, je tire légèrement sur la corde. Romy pousse un cri.

Je vois la pression qui est exercée sur ses seins dont les tétons sont devenus aussi fermes qu'une brique. Je noue ensuite la corde dans son dos, prenant soin d'emprisonner ses mains. Elle est docile et se laisse faire.

*Putain, elle est faite pour moi !*

Je me replace derrière elle et je fais glisser ma main de l'intérieur de sa cuisse jusqu'aux plis de son intimité exposée. Je passe doucement mes doigts dans sa fente.

– Tu es trempée, poupée.

Elle gémit de plus belle lorsque j'avance mes doigts vers sa poitrine afin de jouer quelques secondes avec ses tétons sensibles en embrassant son épaule et sa nuque avant de les pincer. Elle geint de plaisir, ce qui me donne le feu vert.

Moi, je suis plus que prêt, tendu à l'extrême. Ça fait bien longtemps que je n'ai pas pratiqué le bondage, mais je crois que ça va devenir ma nouvelle lubie avec Romy.

– Tu es prête.

J'avance mon gland entre ses lèvres et je m'introduis en prenant soin de me délecter de toutes les sensations que me procure sa chatte étroite. Une fois que je bute, que je ne peux pas aller plus loin, mes à-coups deviennent incontrôlés. Je pilonne Romy et savoure ses petits cris d'extase. Quand je sens ses parois se rétrécir autour de ma queue, je me retire.

– Nooooon !

Je ricane.

– Poupée, c'est moi qui décide, réponds-je à sa protestation en claquant ma main sur sa fesse.

Voir l'empreinte de ma paume sur sa peau laiteuse me rend fier, fort, et encore plus dur.

Je récupère son suc pour l'étaler plus haut. Je veux la dominer comme je n'ai jamais dominé personne.

Je présente ma queue lubrifiée devant son anus et j'exerce de petites pressions.

– Tu me fais confiance ? répété-je.

Je veux qu'elle ait conscience qu'elle peut tout arrêter à n'importe quel moment. Elle hoche la tête pour me confirmer que c'est le cas.

– Inspire à fond et détends-toi.

Elle semble obéir en inspirant et en expirant bruyamment. Je me penche en avant pour mordiller son épaule et stimuler ses seins gonflés, ce qui la rend folle, je le sens.

– C'est ta première fois ? demandé-je.
– Oui, répond-elle à bout de souffle.

Quand elle recule légèrement, je comprends qu'elle est prête. Je me présente devant son petit orifice et pousse. Lorsque mon gland épais franchit enfin l'anneau serré de Romy, j'exulte, me sentant comprimé. Ma pénétration est lente, douce. Je la vois grimacer après quelques va-et-vient, et, voyant que je ne tiendrai pas longtemps, je passe ma main entre ses jambes pour stimuler son clitoris. Je reprends mes assauts en gémissant à mon tour, faisant écho aux siens. Je m'enfonce complètement en elle, prêt à éjaculer. Mes mains toujours en action, je lance :

– Tiens-toi prête à jouir ! À trois…

*Un.*

J'active mes doigts sur son clitoris comme si je devais effacer une tache incurable. Je sens une chaleur indécente descendre le long de mon épine dorsale.

*Deux.*

Je tente de réfréner mes ardeurs pour ne pas y aller trop fort, pour que cette première fois lui laisse un souvenir agréable, qu'elle en redemande. Elle est tellement serrée que ne pas jouir comme un puceau est un travail de longue haleine. La sensation est inédite.

*Trois.*

On jouit bruyamment tous les deux. Le son guttural qui émane de ma gorge couvre à peine le puissant cri de Romy.

J'attends quelques secondes avant de me retirer. Je me penche en avant pour lui enlever son masque de fortune et défais la corde dans son dos pour dénouer son corps.

Sa respiration est erratique, comme la mienne. Et quand elle se retourne et que ses iris plongent dans les miens, je comprends avec plus de sérieux que je suis dans la merde. Ce que je ressens au creux de mon ventre n'a rien à voir avec des maux qui pourraient être diagnostiqués par un médecin, non. Ce que je ressens va bien au-delà.

Putain. De. Merde.

---

1. Cocktail de couleur bleue à base de vodka.

# 20

## Romy

Ce sont des courbatures qui me tirent de mon sommeil aux premières lueurs du matin. Un coup d'œil à ma montre m'indique qu'il n'est pas encore six heures, et je comptabilise à peine deux heures de ce fameux sommeil qui semble m'avoir quittée.

Mon entrejambe est endolori et les courbatures que je ressens dans tout mon corps sont douloureuses. Je ne peux m'empêcher de repenser à toutes les manières qu'a eues Saul de me prendre cette nuit. Chaque partie de baise a été meilleure que la précédente, synonyme d'abandon sauvage et de recherche de plaisir ultime. J'entends encore mes cris et mes gémissements qui se mêlaient à ses grognements et ses râles puissants.

L'extase m'a parcourue avec une force impitoyable. Saul ne m'a laissé aucun répit, me faisant jouir de bien des façons.

J'ai adoré découvrir ces sensations inédites, ressentir ces frémissements dès qu'il me frôlait ou encore perdre durant quelques minutes un sens si important qu'est la vue. J'avais ainsi l'impression que les autres sens étaient décuplés, qu'ils compensaient l'absence de leur voisin. Je n'avais jamais autant vibré, gémi et joui de toute ma vie.

Quant à Saul, il a été, malgré nos activités, d'une douceur extrême. J'ai bien compris que mes entraves n'influaient en rien sur mes décisions. Il était à mon écoute, il m'a demandé de lui accorder sa confiance, et je la lui ai accordée.

J'aime à croire qu'il apprécie et respecte la Romy que je suis au quotidien, mais qu'il aime encore plus la créature coquine que j'ai pu être cette nuit. Une créature qu'il a méprisée avec tant d'arrogance, mais désirée comme un possédé.

D'ailleurs, je ne me suis jamais autant sentie désirée de toute ma vie. J'avais l'impression que moi seule comptais. J'ai ressenti ma sexualité, je ne l'ai pas seulement pensé. J'ai aimé m'abandonner totalement et laisser mon esprit aller où Saul voulait m'emmener. Et je recommencerai tant que le temps me le permettra, quitte à y laisser des plumes.

Lorsque mes yeux n'étaient pas bandés, j'avais le loisir de jouir de ses iris frôlant l'indécence, et sa façon de me regarder était remplie de vices et de sauvagerie. Derrière ses élans de domination, il y avait une délicieuse lueur de douceur qui me susurrait délicatement que j'étais en sécurité, que je pouvais lâcher prise sans risquer qu'il me trahisse, qu'il me blesse ou pire encore.

Je n'ai jamais passé de nuit aussi intense.

Trevor était un homme pur, doux, attentionné, bienveillant. Jamais il n'a accepté ce type de coquinerie. La simple idée de me claquer la fesse ne lui a pas traversé l'esprit, tout comme le fait que ça pouvait m'exciter. Il m'a fait l'amour durant des années, sans s'éloigner de ce qu'il connaissait : le missionnaire était selon lui une valeur sûre, la levrette l'extravagance de l'année… Je m'en suis toujours contentée, mais je me surprends à me dire que j'aurais pu passer à côté de… ça !

Je sens encore la chaleur des mains de Saul sur mon corps et son sexe dans mon intimité, ses coups de reins vigoureux et rapides qui me poussaient à l'extase. Mon corps vibre encore de frustration lorsqu'il me refusait l'orgasme pour l'accentuer quelques minutes plus tard. Sa peau recouverte d'une fine pellicule de transpiration contre la mienne, la folie qui semblait naître dans son regard et se propager dans mon être, comme une fusion. C'est ça ! Cette nuit, Saul et moi avons fusionné. Ses envies sont devenues les miennes lorsqu'il a assouvi mes besoins pour son plaisir personnel. Une fusion des sens, une fusion des corps, une fusion des âmes.

J'avais cette délicieuse impression d'être connectée à lui dans tous les sens du terme. D'être à lui. Totalement. Et c'est tout ce dont j'ai toujours rêvé, ce que j'ai toujours voulu sans qu'on n'ose me l'accorder.

Étrangement, je ne ressens aucune honte.

Je pourrais pourtant. Je me suis livrée d'une manière si inédite, si intime à un homme que je connais à peine et qui, malgré tout, me semble si familier. Lui, en revanche avait l'air de me connaître sur le bout des doigts, comme s'il avait étudié mon corps dans ses moindres courbures, comme s'il avait appris chacune de mes zones érogènes pour être sûr de me rendre folle de lui, de me faire plier de désir en un claquement de doigts.

Je ne ressens aucune honte à avoir joui alors qu'il me tenait prisonnière, à avoir été privée de tous mes mouvements, de mes sens, et d'avoir aimé ça. Je me suis livrée corps et âme à un homme que je suis censée mépriser.

Je bouge doucement et observe Saul quelques instants. Il est d'une beauté à couper le souffle. Son visage serein a des lignes douces quand il dort. Et il a l'air de dormir à poings fermés. Discrètement, je m'extirpe des draps à la recherche de mes vêtements. Je passe mon jean et finis par mettre le tee-shirt de Saul à défaut de pouvoir retrouver ma chemise.

J'ouvre délicatement quelques portes jusqu'à ce que je trouve les toilettes. Lorsque je me retourne, je prends le temps d'examiner mon environnement. L'intérieur de Saul a tout d'une garçonnière : c'est un joyeux bordel de décoration. Les murs sont blancs, mais le reste est dépareillé. Un plaid noir tranche sur le canapé en tissu vert forêt, de la même teinte que les chaises de la table à manger. La table basse est un patchwork de couleurs vives quand sa cuisine, aussi blanche que les murs, semble trop sobre. Un grand écran de télévision est installé sur un meuble en métal noir qui ressemble à des casiers de vestiaires universitaires, mais une veste légère posée sur un des côtés me laisse penser qu'il ne l'allume pas beaucoup. Quand je vois le personnage, je m'attendais à autre chose. Je ne saurais dire quoi exactement, mais en tout cas, pas à ça.

Une porte à côté de la télévision attire mon attention. Ce n'est pas celle qui donne dans le garage, et je peine à croire qu'il s'agisse d'une chambre, il y en a déjà trois dans la partie nuit d'où je viens.

Je m'approche en prenant soin de ne pas faire de bruit et en jetant régulièrement des coups d'œil au-dessus de mon épaule pour ne pas me faire surprendre en train de fouiner. Je pose ma main sur la poignée que je descends avec délicatesse avant de pousser tout aussi doucement la porte. Un bureau.

J'entre vivement dans la pièce et repousse la porte. J'ai beau avoir passé une nuit merveilleuse avec un voyou surprenant, la sincérité de nos échanges au bar m'a particulièrement émue. Surtout quand il s'est livré sur sa relation avec Fitz, mon cœur s'est légèrement pincé. Je ne me suis même pas arrêté sur le fait qu'il conduisait la voiture qui a tué sa copine, la sœur de mon meilleur ami. Non, j'ai tenté de m'imaginer la scène.

*Déformation professionnelle.*

Fitz m'avait parlé rapidement de sa sœur et de son décès prématuré dans un accident de la route. Je savais qu'il était dans le véhicule et qu'il a été blessé à la jambe. C'est pour cette raison, pour elle, qu'il a créé l'association. Pour sensibiliser les jeunes aux dangers de la route et à tous les excès avant de prendre le volant.

Quand il a évoqué son « premier amour », j'ai eu un pincement au cœur. Si ce n'était pas Saul Adams, j'aurais pensé avoir ressenti de la jalousie, mais c'est tout bonnement impossible.

Ouais, je sais, je me suis inconsciemment mise en compétition avec une personne décédée, c'est très con et puéril, mais je n'ai pas pu m'en empêcher.

D'ailleurs, avant de nous endormir, nous avons parlé du lien que j'entretenais avec Fitz. Sans évoquer les raisons de ma venue à Riverside, j'ai expliqué à Saul qu'il avait été mon premier ami, mon premier allié. J'ai évoqué nos incessantes interventions dans les différents lycées et universités du comté pour promouvoir la sécurité routière et les dangers des stupéfiants et de l'alcool chez les jeunes. J'ai vanté les mérites de l'association de Fitz, qui est en lien avec l'accident de voiture qu'ils ont eu tous les trois et qui a entraîné le décès de sa copine de l'époque. Il m'a, à son tour, expliqué qu'il aimait profondément sa sœur, mais qu'ils cachaient leur relation pour éviter les emmerdes. Des emmerdes qui ont fini par lui revenir comme un boomerang.

C'est souvent ainsi d'ailleurs, tu crois qu'enfouir tes problèmes va les régler, mais c'est le contraire qui se produit.

Nous avons parlé pendant une heure, peut-être deux, j'ai perdu la notion du temps tant nos échanges étaient naturels. Nous avons ri de certaines de nos anecdotes et nous n'avons pas abordé les sujets qui fâchent ou qui rendent triste. Je n'ai pas parlé davantage de mon père ni de mon boulot.

Après tout, nous ne sommes rien l'un pour l'autre… Si ? Non, bien sûr que non, sans quoi, je ne pourrais pas mener à bien ma mission et retourner voir mon père avant qu'il nous fasse ses adieux.

Quelque part, entre mon cœur et mon cerveau, je me sens tiraillée. Il m'a fait confiance en me ramenant chez lui, alors que moi… Moi, je pénètre dans son antre et viole son intimité en espérant trouver de quoi le faire tomber.

Je me sens rongée par la culpabilité de ce que je m'apprête à faire, pourtant, rien ne pourra m'arrêter. Je ne peux pas me le permettre.

Je n'ai jamais été bonne pour jouer sur deux tableaux, encore moins lorsque ma raison et mon cœur s'engagent dans un duel sans pitié. Je respire un grand coup et pense à mon père. En général, ça fonctionne très bien et les choix que je dois faire sont plus rapides, plus évidents.

La famille gagne et je sais que le président des Red Python comprendrait. La famille gagne toujours.

Mon père est ma seule famille, la seule et l'unique.

Je m'avance dans la pièce et découvre un bureau en bois foncé, encadré de quatre tiroirs de chaque côté, sur lequel est posé un ordinateur dernier cri avec un écran gigantesque.

*On a des progrès à faire dans la police…*

Derrière, un grand cliché des Red Python orne le mur. La photo en noir et blanc est vraiment belle, et j'y reconnais tous les membres actuels. Mason Reed pose au côté de Saul, bras dessus, bras dessous, Fallon Hill qu'il maintient fermement d'un bras autour du cou, à sa gauche. À la droite de Saul, je reconnais Liam Cox ainsi que Kurtis Garner. Juste à côté de Fallon, Kyle Douglas pose, une mine à peine sérieuse tout comme Tyron Newman et Dwayne Malone. Fallon, qui tire la langue en une jolie grimace en levant son majeur, est la seule femme sur le cliché. Peut-être parce que Mason est le seul homme marié de la bande qui gravite autour de Saul.

Je souris en regardant ce cliché symbolique. Quand certains affichent leur photo de famille prise à Noël devant un sapin XXL, d'autres prônent des tableaux comme celui-ci. Je ne les connais pas personnellement, mais j'ai l'impression qu'ils ne sont pas des inconnus non plus.

Je sais qui ils sont, leur fonction présumée dans l'organisation et c'est déjà bien.

La moyenne d'âge est jeune, et j'avoue qu'ils sont tous pas mal dans leur genre. Quel dommage qu'ils vivent tous dans l'illégalité.

*On arrête les jugements Romy !*

Sur la droite du bureau, des étagères couvrent tout le pan de mur. D'instinct, je m'y approche et vérifie que tous les livres en sont bien. J'observe ceux qui semblent les plus usés pour les prendre et examiner leur contenu. C'est une technique qu'on nous apprend à l'école de police : inspecter les objets qui sont les plus touchés, donc les plus usés, et les étudier sous toutes les coutures. Une simple pensée pour mon père et cette fichue mission me donne l'impulsion qui me manquait pour me lancer. Je passe les dix minutes suivantes à appliquer cette consigne, mais je ne trouve rien.

Je m'approche du bureau, m'assois sur le fauteuil et pose mes mains sous le plateau pour vérifier qu'il n'y a rien d'accroché. J'ouvre les tiroirs sur la gauche et les fouilles. Je lis quelques feuilles volantes sans grandes convictions : il s'agit de factures de pièces automobiles, de parquet et autres équipements pour ses entreprises.

Mon cœur bat la chamade. Je me convaincs que c'est nécessaire en pensant à mon père. Pour autant, je m'inquiète. Je m'inquiète de la suite des événements. Des conséquences pour Saul et son club si je venais à mettre la main sur l'information tant convoitée par mon patron, parce qu'au fond de moi, je sais que ses intentions ne sont pas bonnes.

Entre les propos de mon père sur la nécessité d'avoir des personnes toujours sur le fil du rasoir, pas réellement mauvaises, mais pas bonnes pour autant, que ce soit des indics ou des membres de la police, et ce que j'ai découvert hier soir et cette nuit sur Saul, mon opinion n'est plus aussi tranchée qu'avant. Dans le dernier tiroir, je trouve une arme à feu. Un Glock 9 mm semi-automatique. Je tire sur le tee-shirt pour ne pas laisser d'empreintes dessus et vérifie le chargeur qui s'avère plein. Il n'y a pas assez de lumière pour que je recherche le numéro de série, je peste et repose le calibre à sa place.

Je m'attaque à la colonne de tiroirs sur ma droite. Des fournitures, des cartouches d'encre à imprimante neuves ou encore des préservatifs, mais rien qui me permettrait de relier Saul ou le MC avec le Mexique.

Je redresse la tête et scrute le silence pour m'assurer que personne n'approche, et lorsque j'en suis sûre, je lance l'ordinateur en priant pour qu'il n'y ait pas de musique annonçant la bonne prise en main de l'appareil. Il finit par s'allumer sans cérémonial, et j'expire tout l'air contenu dans mes poumons. J'appuie sur la touche espace du clavier, et une fenêtre me demandant un mot de passe apparaît sur l'écran.

Merde.

Je recherche dans mes souvenirs ce que j'ai pu lire dans l'épais dossier que Clark m'a remis sur les Red Python. Quel mot ferait un bon mot de passe.

Je tape « redpython », échec. Je râle, mais ne m'avoue pas vaincue. Je réitère ma saisie en mettant des majuscules où ça me semble logique de les voir, en ajoutant des points ou des tirets entre les mots, mais rien ne fonctionne. Je grimace.

Je tente ensuite « sauladams », là encore dans toutes les déclinaisons possibles. Rien n'y fait, rien ne déverrouille cet ordinateur ! Je savais que j'aurais dû prendre cette option à l'école de police, mais je n'ai jamais jugé ça utile. Si j'avais su…

Je réfléchis encore et appose mes doigts sur le clavier. « Ashton », échec. « Riverside », échec. Je grimace de plus belle quand soudain la lumière jaillit et m'aveugle tandis qu'une voix claque dans l'air.

– Qu'est-ce que tu branles ?

# 21

**Saul**

– Qu'est-ce que tu branles ? demandé-je d'un ton sérieux, appuyé contre le chambranle de la porte, les bras croisés sur mon torse.

Ça fait plus de trente longues secondes, peut-être même plus, que j'ai ouvert doucement la porte de mon bureau, mais Romy ne m'avait pas remarqué. Elle est assise dans mon large fauteuil capitonné à ouvrir mes tiroirs, fouiller à l'intérieur, et maintenant, elle cherche le mot de passe de mon ordinateur en grimaçant à chacune de ses erreurs.

Elle pousse un cri et recule instinctivement. Elle regarde autour d'elle, comme si elle voulait effacer toutes traces de sa nouvelle trahison, ou peut-être se demande-t-elle comment fuir.

Elle lève les mains en l'air comme pour me rassurer sur le fait qu'elle ne représente pas une menace. Ce qu'elle ignore, c'est que j'ai compris qu'elle en était une lorsque j'ai ouvert les yeux et que la place à côté de moi, dans mon lit, était vide. J'ai naïvement espéré qu'elle s'était fait la malle, je crois que mon cerveau a tout tenté pour rassurer mon palpitant une nouvelle fois blessé. Mais au fond, je savais où elle était. J'ai à peine hésité, pas même regardé dans la salle de bains avant de la trouver ici, le nez dans mon ordinateur.

Je lâche un ricanement sans joie tout en secouant la tête. Je ne suis même pas déçu. Du moins, pas par elle. Seulement par moi et par l'espoir débile que j'ai pu nourrir cette nuit lorsqu'elle s'est confiée à moi, lorsque nous avons parlé comme si nous nous connaissions depuis longtemps, comme si nous étions deux personnes lambda, comme si tout était parfaitement normal.

Mais ça ne l'est pas.

Elle est flic et déteste ce que je représente. Campée sur ses opinions tranchées, je ne sais même pas pourquoi j'ai cherché à me dévoiler pour qu'elle prenne conscience que je n'étais pas l'enfoiré qu'elle imagine. J'ignore pourquoi j'ai pris la peine de me livrer sur ma vie, mon monde, alors qu'à l'évidence, elle s'en bat les couilles. Elle ne peut pas comprendre. Elle n'en a certainement même pas envie.

Je savais que j'étais face à une manipulatrice et pourtant, j'ai baissé ma garde, j'ai ouvert une porte donnant droit sur mes démons les plus intimes. Je lui ai fait confiance, je ne saurais expliquer pourquoi, croyant encore une fois que l'habit ne fait pas le moine, et que je me devais de lui donner une chance.

Je me suis fourvoyé, j'ai cru bon lui céder un bout du vrai Saul pour qu'elle comprenne que les activités du club ne faisaient pas de moi un homme mauvais. J'avais besoin qu'elle me voie tel que je suis vraiment.

Lorsqu'elle s'est, à son tour, confiée, j'ai cru tenir le bon bout. J'ai cru qu'on arrivait à se connecter de manière simple et évidente. Je ne pensais plus au MC, je pensais sincèrement mériter un peu de bonheur après ses années plongées dans le noir, le néant. J'étais bien, voilà tout. Et encore une fois, elle me baise la gueule avec son sourire charmeur et son regard coquin. Elle me baise la gueule et me broie le cœur.

– Si tu cherches le mot de passe, c'est « Lara2012 » avec un L majuscule. L.A.R.A., épelé-je.

J'insiste sur ces quatre lettres. Elle me fixe d'un regard de chien battu tandis que je sens la colère monter en moi, prenant le pas sur ma détresse émotionnelle.

*Ma chère Romy, je crois que c'était la fois de trop.*

– Je ne comprends pas que tu n'y aies pas pensé. Après tout, c'est la seule qui a compté, je pensais que tu l'avais compris.

Ma voix est froide et claque dans l'aube silencieuse, ma colère est tempérée pour le moment. Je veux la blesser. Son orgueil suffira puisque je n'atteindrai jamais son cœur de glace. En est-elle seulement dotée ? Ça n'a plus aucune importance aujourd'hui. Romy plante son regard dans le mien. Je ne parviens pas à y distinguer une émotion particulière, uniquement un vide intense ainsi que de la surprise, évidemment. Comme si je n'avais rien à foutre ici, chez moi, dans mon bureau.

Un instant, j'ai été tenté de la laisser galérer encore un peu, voir la frustration naître sur son visage pour m'en imprégner et m'en souvenir à tout jamais. Il faut bien apprendre de ses erreurs, non ? Elle garde ses mains en l'air, légèrement tremblantes, comme si elle craignait de me voir sortir une arme pour l'abattre sur-le-champ. J'en ai envie, bien sûr. Je ne supporte pas qu'on se joue de moi une fois, alors qu'on le fasse deux fois... D'ailleurs, en temps normal, la personne dans sa situation aurait déjà une balle entre les deux yeux.

Non, je ne peux le tolérer. Toutefois, je ne suis pas un imbécile, tout le commissariat doit être au courant de la tentative de Romy pour infiltrer le club. Je serai le premier montré du doigt, ou pire encore, le club dans son ensemble. Elle est protégée, la salope, elle le sait, elle en joue, et c'est ce qui m'énerve le plus.

Les bras croisés contre mon torse, appuyé contre le chambranle de la porte, une jambe repliée sur l'autre, la mâchoire contractée, je tente de garder ma fureur enfouie. Ce n'est pas chose facile, je le reconnais. Plus que ma confiance, c'est ce petit lien si particulier qu'il y avait entre nous qu'elle a brisé sans sommation.

– Tu as besoin que je le tape pour toi ? demandé-je sarcastiquement, cherchant une réaction de sa part.

D'une certaine façon, j'espère l'entendre sortir un discours qu'elle comme moi saurons être un mensonge, mais qu'elle tente au moins de se justifier. Je ne sais pas, n'importe quoi, un petit rien qui me donnerait une bonne raison de ne pas la buter. Pourquoi ne réagit-elle pas ? Pourquoi n'essaie-t-elle pas de se trouver une excuse ? Dans ma tête, je la supplie de prendre la parole, de me dire que ce n'est pas ce que je pense, que je me fais des films, qu'elle cherchait juste la recette des pancakes pour me préparer un petit déj. Ouais, j'espère qu'elle me sortira l'excuse la plus pourrie de l'univers pour que je puisse me dire qu'il y a peut-être quelque chose de bon en elle.

Malgré tout, cette infime parcelle de mon cerveau qui a besoin de compter, d'être apprécié et même aimé se révolte. J'ai tellement envie qu'elle me rassure, parce que je sais qu'il y a un truc entre nous. Je le sens, putain ! Elle n'a pas simulé cette nuit ! Son regard… Il n'a pas pu me tromper à ce point. Je sais qu'elle ressent ce que je ressens, qu'importent les actes qu'elle commet l'instant d'après.

C'est sans aucun doute le plus frustrant dans l'histoire. Savoir qu'elle aussi sent ce petit changement quasi invisible dans les battements de son cœur, cette impatience presque constante de nous revoir, parce que c'est comme une drogue et qu'elle comme moi, on rêve de planer loin de notre réalité. Je le vois, elle le ressent, comme moi, mais… elle décide encore et toujours de l'ignorer pour choisir sa carrière de petite fliquette merdique au lieu d'un truc qui pourrait être cent fois meilleur.

Elle se racle la gorge comme si elle allait prendre la parole. Sa bouche s'ouvre et se ferme quelques fois, mais rien n'en sort. Son mutisme me fait exploser.

– Tu veux quoi, Romy ? m'écrié-je. De quoi me coffrer ?

Mon regard se fait dur, mes mâchoires se serrent au point où j'ai la sensation que des dents vont voler en éclats. Ses narines se dilatent frénétiquement à chaque respiration saccadée qu'elle laisse échapper.

– C'est ça ton but ? continué-je, en approchant d'un pas rageur. Me crever ? Moi ? Mes frères ?

Sous l'effet de la colère, mes mains tremblent violemment et les battements de mon cœur se font plus lourds. Ma respiration, semblable à celle d'un taureau durant une corrida, me fait moi-même frémir. Je ne sors quasiment jamais de mes gonds, j'ai toujours su faire de ma colère, celle qui me bouffe de l'intérieur, une arme puissante, mais maîtrisable. Je l'ai appris à mes dépens : être esclave de ses propres émotions, c'est perdre tout bon sens. La rage et l'impulsivité aident à remplir bon nombre de tombes. Mais parfois, tout dérape, en un jour, une heure, peut-être même une seconde. C'est comme si tout ce que je contenais à l'intérieur pendant tout ce temps ressortait, je perds le contrôle et je déteste ça. Comme un môme incapable de gérer sa frustration, un môme qui n'arrête pas de pleurer, même s'il ne sait plus pourquoi il a commencé. Mais moi, je ne pleure pas. Je ne pleure jamais. Mes poings se ferment et s'ouvrent à mesure que je comble les mètres qui nous séparent.

Mon regard se voile de rage, je ne vois plus seulement Romy, celle que j'ai baisée à couilles rabattues toute la nuit en espérant une seconde partie de jambes en l'air et encore une autre, et peut-être même tous les jours pour une durée indéterminée. Non, je vois la traîtresse, celle qui s'est jouée de moi. Celle qui, encore une fois, a écarté les cuisses pour gratter quelques infos. La lâche qui se mure dans le silence, incapable de trouver les mots pour expliquer son acte.

Ne ressent-elle aucune honte ? Aucun regret ?

Je contourne le bureau pour me rapprocher encore plus d'elle. Elle observe autour d'elle comme pour étudier son plan d'évasion. Ce qu'elle oublie, c'est qu'elle est chez moi, sur notre propriété. Elle ne sortira pas vivante de nos terres si je donne l'alerte. Nos pieds se touchent désormais, et je la surplombe d'au moins trente centimètres. J'ai envie de lui faire du mal, pourtant, quand sa fragrance vient titiller mes narines, je me dis qu'il me faut lui tendre une dernière perche.

Sa respiration est saccadée, et malgré la crainte évidente qu'elle ressent, elle penche la tête en arrière pour arrimer ses yeux aux miens. Elle maintient mon regard, comme si je ne l'impressionnais pas !

*Méfie-toi de l'eau qui dort, Romy.*

– Très bien, fulminé-je face à son silence. Si t'en as autant dans le pantalon, ramène la cavalerie dans trente-deux jours, à minuit pile. La voilà ta putain d'info ! hurlé-je à quelques centimètres de son visage.

Je reprends ma respiration en grimaçant pour contenir toute la violence qui menace de jaillir sous la pression qui s'exerce dans ma poitrine.

– Pour le lieu, repris-je en serrant les dents, vous vous débrouillerez. Maintenant, dégage !

La stupéfaction se lit sur ses traits, mais elle ne bronche pas.

*Putain d'aplomb qui me fait péter les plombs !*

Je commets certainement une grossière erreur aux antipodes du plan que nous avions établi au sein de la chapelle, mais si elle en vient réellement à me trahir, je ferai en sorte que les gars ne soient pas mêlés à tout ça. Une partie de moi espère encore qu'elle la fermera, comme elle l'a fait avec Mason.

*Je ne suis plus sûr de rien, bordel !*

*Et je viens de trop l'ouvrir, comme un bleu…*

Je vais devoir prendre mes dispositions pour assurer le deal avec le moins d'effectifs possible afin qu'ils puissent s'échapper au cas où la flicaille débarquerait.

Ma main se glisse dans sa chevelure brune et mon poing se referme en tirant sa tête en arrière. Je plonge mon regard dans ses yeux vert profond que j'aime tant contempler. Elle est belle, terriblement belle. C'est à cet instant que je la vois, cette lueur qui voile son regard et qui me fait prendre conscience qu'elle a peur. Je l'effraie et une larme se met soudain à perler au coin de son œil.

– Tu prends tes affaires et tu te casses, loin. Tu me donnes la gerbe, Romy. Écarter les cuisses comme la dernière des salopes pour quelques infos…

– Je ne te permets pas, chuchote-t-elle d'une voix presque brisée.

– Et moi, je ne te permets pas d'entrer dans ma vie, chez moi, pour foutre ta merde. Je ne te permets pas de m'utiliser pour foutre ma famille derrière les barreaux. Nous sommes des Red, ouais, mais ce sont aussi des époux et des pères. Je ne te permets pas de me mentir en me regardant droit dans les yeux.

Je ne peux m'empêcher de ricaner amèrement en détournant la tête quelques instants et en relâchant la pression de ma main dans sa chevelure. Je me passe la seconde sur le visage comme si ça m'aidait à réfléchir, à comprendre, à… Je ne sais même pas.

– Et tu sais la différence entre toi et moi, Romy ?

Je plonge à nouveau mon regard dans le sien pour lui faire passer toute la peine qu'elle m'inspire. Parce qu'au-delà de la colère que je ressens, elle me fait pitié.

– Moi, ce soir, je pourrais m'endormir sur mes deux oreilles. Alors que toi, au nom de la justice, tu te comportes comme une moins que rien, tu mens, tu trahis… Et c'est toi qui représentes la loi ? Le bon côté ?

Je laisse passer quelques secondes, mais aucun de mes propos ne la fait réagir.

– Laisse-moi rire, tu es pitoyable ! C'est si facile de se cacher derrière un insigne pour faire des choses immorales et agir comme la pire des putes !

Mon visage à quelques centimètres du sien, je fais tout ce qui est en mon pouvoir pour maîtriser ma colère. Mes mots sont tranchants, certes, mais ma voix est contrôlée.

– Tu ne sais rien de moi, s'indigne-t-elle.

Je ricane franchement. Elle est complètement stupide ou elle se fout de ma gueule ?

– Oh, vraiment ? C'est sûr que je n'ai pas un dossier plus lourd que moi à ton sujet ! Quand tu invites une mission chez toi, tu pourrais au moins ranger les preuves que tu accumules sur lui et sa famille !

Elle cligne frénétiquement des yeux pour masquer son trouble, mais je comprends bien qu'elle ne s'imaginait pas que j'avais trouvé ce putain de pavé à notre sujet.

– Quoi, tu es surprise ? demandé-je face à sa mine choquée. Tu m'as pris pour un débutant, Romy. Tu ne t'es pas rapproché de moi parce que je faisais mouiller ta culotte, j'en ai maintenant la certitude… Sérieux, qu'est-ce qu'on vous apprend dans vos écoles de police ?

J'étouffe un rire acerbe tandis qu'une grimace déforme mon visage.

– Rappelle-toi de cet instant, celui où je promets de détruire tout ce en quoi tu tiens dans le simple objectif de te faire regretter chaque putain de seconde que tu as passée à m'espionner. Maintenant, casse-toi !

Sur ces mots, elle me pousse de ses deux mains sur mes pectoraux, tremblante jusqu'au bout des ongles.

– Va. Te. Faire. Foutre.

Elle me contourne et quitte la pièce d'un pas rapide.

Dans un cri de rage, j'envoie valser au sol tout ce qui se trouve sur mon bureau sur lequel je m'appuie en laissant tomber ma tête entre mes bras tendus et écartés. Elle me rend dingue. Puis j'entends sa petite voix :

– Saul…

Je ne prends pas la peine de lever les yeux, attendant qu'elle enchaîne. Je viens de lui demander de se barrer de chez moi, il *faut* qu'elle se barre de chez moi.

Je me redresse, me retourne et sonde son regard avant d'exploser de rire. Un rire sans joie qui me permet d'évacuer mon envie de casser tout ce que j'ai sous la main. Qu'est-ce qu'elle croit ? Qu'elle va réussir à me faire oublier sa trahison avec ses yeux de merlan frit ?

– Dégage de chez moi putain !

Je m'approche d'elle à grands pas, alors qu'elle prend la fuite. Avant qu'elle claque la porte, je remarque qu'elle porte un de mes tee-shirts sur son jean, et qu'elle est pieds nus. Je retourne dans ma chambre pour trouver sa paire de boots, m'en saisir, et aller lui jeter à la gueule, avant de reclaquer la porte.

J'y reste adossé quelques instants, à bout de souffle. Je crois qu'il est plus simple de gérer une dizaine de gros bras prêts à tout pour te casser la gueule, les fédéraux et les brebis, que Romy Williams, putain. J'abaisse mes paupières et laisse tomber ma tête en avant.

Qu'est-ce que j'ai branlé ?

J'ai vendu le MC pour une chatte…

Et le pire, c'est que j'ai menti… parce qu'elle m'a bien baisé.

***

Bien plus tard, le constat est triste, le spectacle est affligeant. Voilà comment Saul Adams renoue avec ses vieux démons, assis derrière le bar, à fixer son deuxième ou peut-être dixième verre de whisky. Je m'étais pourtant juré de modérer ma consommation d'alcool fort, de rester toujours maître de moi-même, de ne pas perdre le contrôle.

J'ai perdu la notion du temps, bloqué entre ici et chez moi, espérant encore me réveiller d'un de ces foutus cauchemars et pourtant, j'en suis conscient, ça n'arrivera pas. Ma vie tourne à l'horreur depuis la mort de Lara.

Comble de l'ironie ? Ash est là, installé à côté de moi, comme à la bonne époque lorsque la simple évocation de mon père nous permettait de nous bourrer la gueule bien avant l'âge limite, et cela, n'importe où. Mais tout a changé. Un long silence pesant a remplacé nos éclats de rire, notre humour de merde et nos surnoms à la con. La rancœur a remplacé notre amitié.

Il a toutes les raisons du monde de m'en vouloir, mais moi aussi.

Cette nuit-là, il m'a bousculé alors que j'entrais dans un virage. Cette nuit-là, il m'a obligé à soigner ses états d'âme au lieu de me concentrer sur la route. Cette nuit-là, il a perdu sa sœur, lorsque j'ai perdu la femme que j'aimais. Et plutôt que de nous soutenir l'un l'autre, traverser cette épreuve comme des frères, en tenant cette fichue promesse de ne jamais nous abandonner, il a disparu des radars. Il m'a laissé affronter ma culpabilité, seul. Et pour ça, je le déteste. Parce que, moi aussi, j'ai tout perdu. Lara, lui, un bout de moi, et de nombreuses années de ma vie. Chaque jour, dans le miroir, je revois l'homme qui a tué sa petite amie, et vivre avec ça, constamment, c'était déjà la pire des punitions. Perdre Ash, mon frère, c'était frapper un homme à terre.

– Qu'est-ce que t'as encore foutu ? gronde-t-il.

J'imagine qu'il a vu Romy, mais j'ignore ce qu'elle a bien pu lui expliquer. Tout ce que je ne dis pas ne pourra pas être retenu contre moi, donc je ferme ma gueule. Après tout, il est bien culotté de venir me demander de rendre des comptes.

– Tu ne dis rien, hein ? Défends-toi enfoiré, d'habitude tu l'ouvres sans cesse !

Un rictus ourle mes lèvres.

– Tu pars sur un terrain miné, Ash. Et je suis pas en état de supporter tes humeurs.
– Tu as déjà tué ma sœur, ne me prends pas ma meilleure amie. C'est la meilleure chose qui me soit arrivée dans la vie depuis longtemps. Tu ne mérites pas de faire partie de la sienne. Tôt ou tard, tu la briseras, déclare-t-il finalement.

J'accuse le coup face à son attaque, puis je finis par éclater de rire en levant mon verre à ses paroles. Décidément, on atteint des sommets ce soir.

– T'inquiète pas pour elle, va, ricané-je, amer. Elle est douée pour blesser les gens. Et pas qu'avec un flingue.

J'avale mon verre cul sec, et encore un autre. Peut-être arriverais-je à l'effacer de ma mémoire ?

# 22

**Romy**

**Un peu plus tôt**

J'ai envie de hurler ma rage, ma frustration, ma… solitude.

J'enfile mes boots que Saul m'a jetées à la figure avant de me claquer la porte au nez pour la deuxième fois en moins d'une minute. Le soleil se lève à peine et me voilà foutue dehors par un sombre connard. Je défais les lacets tout en marchant prudemment sur le chemin qui mène sur la rue.

Je m'assois sur le trottoir pour enfiler mes chaussures avant de me redresser et de m'éloigner de sa grande maison.

Je passe devant des habitations moins imposantes dont la première montre des signes de vie à cette heure si matinale. C'est allumé et les rideaux bougent. Je me sens observée, mais je garde la tête haute. À la vue de la suivante, mon sang se glace. Je distingue une silhouette sur un fauteuil dans l'ombre, puis la lumière rouge d'une cigarette qui se consume dont la fumée est rejetée en volutes qui s'envolent vers le ciel. À mon approche, la carrure massive se lève tandis que ma respiration se coupe. En plus de me faire humilier en étant foutue dehors, voilà maintenant que je vais me faire passer à tabac… Je suis lucide, j'ai beau être très bien entraînée, avec les quelques heures de sommeil à mon actif, mes fichues courbatures et mes pauvres cinquante kilos, je ne fais pas le poids.

Les jambes encore tremblantes de ma confrontation avec Saul, je continue de mettre un pied devant l'autre, comme si je ne venais pas de vivre une belle frayeur. Ça faisait d'ailleurs bien longtemps que je n'avais pas vu un homme aussi blessé et en colère. Les voyous que je croise au commissariat sont rarement effrayés, et la rage que je lis dans leurs yeux est adressée plus à l'institution qu'à moi. Là, tout était dirigé contre moi. Romy Williams.

– Salut Nuggets, annonce une voix que je reconnais.

Mason Reed entre dans la lumière et me dévoile son visage serein. Une expression que je n'avais jamais eu le loisir de voir. J'en suis presque soulagée. Je n'aurai pas de deuxième bataille à mener après si peu d'heures de sommeil à mon actif.

– Salut Reed ! balancé-je, l'air de rien. Tu vas bien ?

– Ouaip. Je te pose pas la même question, répond-il en me faisant un clin d'œil tout en désignant du menton mon haut.

Je baisse les yeux et remarque que je porte toujours le tee-shirt de Saul qui m'arrive mi-cuisse alors que le froid de ce début de journée fait pointer mes seins de manière assez visible sous le tissu. Je me redresse et pique un fard en essayant de tirer sur mon haut pour limiter la vision sur ma poitrine. Reed, lui, rit en prenant une nouvelle bouffée de nicotine.

– Tu comptes m'emmener ton bébé quand ? J'ai envie de voir ce que ton bolide cache sous le capot. Même l'essayer pour voir ce qu'il a dans le froc.

Je n'ai pas l'impression qu'il se foute de ma gueule, autant sur sa proposition que sur ma marche de la honte.

– À vrai dire, je ne sais pas vraiment. Je…

J'hésite à lui expliquer qu'il ne risque pas de la voir de sitôt. On va dire que je pense opportun d'éviter d'être dans le viseur de Saul pendant quelque temps. J'aimerais ne plus lire dans ses yeux cette fureur et ne plus me souvenir ce que je viens de faire. Suis-je pitoyable ? Je ne sais même plus quoi penser de cette intrusion. J'ai obtenu quelques informations qui ne sont d'ailleurs même pas bonnes. Comment aurais-je réagi si je l'avais attrapé en train de fouiller dans mes petits papiers ? Aurais-je été aussi virulente ?

– Viens jeudi prochain. C'est calme le jeudi.

Jeudi, c'est dans quatre jours, c'est-à-dire très bientôt. Je déglutis, désemparée. Je n'arrive pas à lui dire de laisser tomber. J'en suis à le trouver sympathique !

– T'es sûr ?
– Certain. Ma femme préférera me savoir au garage qu'à une soirée au club de strip !

Tu m'étonnes ! Quelle femme laisserait son homme passer ses soirées dans un club où les seules filles présentes sont à moitié nues à danser autour d'une barre ou sur un comptoir ? Je comprends totalement son épouse… Si j'avais un mec de la trempe du sien, un de ceux que les nanas doivent coller pour le plaisir d'être vues, je ne sais pas si j'arriverais à dormir sur mes deux oreilles ! Déjà que j'ai un sommeil agité…

– OK, capitulé-je. Je te la déposerai après ma journée. Merci !
– Un bébé de collection comme le tien, on n'en voit qu'une fois dans une vie. Et j'oublie pas…

Son ton soudain sérieux m'intrigue.

– T'oublies pas quoi ?
– Que tu m'as sorti d'une belle merde avec ces enculés de Tigers. Comme avec la maison du poulet.

Lorsqu'il parle des Tigers, je ressens sa rage. Il ne les porte pas dans son cœur, et moi non plus. On a peut-être bien plus de points communs qu'on ne pourrait l'imaginer.

Ne souhaitant pas rester dans les parages plus longtemps, je confirme que je déposerai ma voiture au garage et prétexte une course pour décamper. Tous les rideaux aux fenêtres des maisons devant lesquelles je passe s'agitent à mon passage, et, bien que je regarde droit devant, je suis envahie de honte.

Je passe devant un jeune homme qui me sourit timidement avant de m'ouvrir le grand portail qui me sépare de la rue. La vie normale. Et ce n'est qu'à cet instant où, à l'abri des regards quelques mètres plus loin, je m'autorise à courber l'échine, à m'appuyer contre un mur et à expirer tout l'air que j'ai dans les poumons. Je glisse la main sur mon visage en me demandant ce qui va se passer maintenant.

Qu'ai-je cru ? Que Saul avait un post-it sur son écran d'ordinateur ?

*Transaction avec le Mexicain le mardi 6 juillet à 10 h 30 à l'angle de la 5ᵉ et de la 6ᵉ*

Je suis vraiment la reine des idiotes.

*Dans trente-deux jours, à minuit.*

Était-il sérieux lorsqu'il m'a lancé avec mépris ces informations ? Comme pour ma réflexion sur le post-it, il n'a sans doute pas envisagé de faire un communiqué de presse officiel pour me transmettre les renseignements que j'attends, pour les livrer à Clark. Je prends conscience qu'il le sait depuis le début. Bien avant qu'il ne trouve le dossier concernant les Red chez moi. Il ne s'en est même pas caché. J'étais grillée alors que je n'avais pas commencé réellement ma mission. M'a-t-il gardé sous la main pour s'assurer que je ne faisais pas de vagues ? Cherchait-il à en savoir plus sur l'état d'avancement de son dossier au commissariat ? Clairement, s'il devait faire un choix entre ces informations sur son club au poste ou ma petite personne, je sais qu'il choisirait les premières. Mais pourquoi faire tout ça ? Coucher avec moi, jouer avec moi ? Qu'y gagne-t-il hormis la satisfaction de m'avoir humiliée ?

Je ne pense qu'à moi alors qu'un truc plus gros que l'Alaska me tombe dessus : j'ai des informations à donner à Clark, je vais pouvoir aller voir mon père. C'est plutôt une bonne nouvelle ! Sauf que je ne peux pas ignorer que Clark n'utilisera pas mes trouvailles pour une justice équitable. Je sais qu'il ne fera pas le « bien », qu'il ne fera que satisfaire ses objectifs personnels.

Ça devrait suffire à me révolter, me rendre mal en point comme souvent dès qu'on parle de justice et d'égalité de traitement, mais je crois que le plus troublant, c'est ce qu'il me semble avoir lu dans les yeux de Saul. De la souffrance. Ou peut-être ai-je rêvé. Fabulé. J'étais tellement apeurée que j'ai certainement imaginé toutes ces réactions que j'aurais souhaité qu'il ait.

Voyait-elle ce type de regard *elle* aussi ?

Pourquoi je pense à cette Lara avec un profond dédain ? Pourquoi j'arrive encore une fois à ressentir de la jalousie à l'égard de cette femme qu'il a tant aimée ? Il fait naître en moi un sentiment de faiblesse inexplicable.

Je n'ai jamais été en compétition avec aucune autre personne de la gent féminine, que ce soit à l'école de police où j'étais la seule femme de la promotion ou que ce soit sur l'unique relation amoureuse que j'ai eue avec Trevor. Si je remonte encore plus loin, je n'ai pas de souvenirs de ma mère, et mon père n'a jamais refait sa vie. Le seul visage féminin qui m'a marquée est celui de ma grand-mère, et elle ne correspondait pas du tout à l'image de la femme comme on nous la décrivait à l'école ou dans les magazines.

Mon téléphone vibre dans ma poche arrière et met fin à mon supplice interne. Je récupère l'appareil et vois le nom de mon meilleur ami. À croire qu'il a un sixième sens et qu'il a senti ma détresse. Je suis à une bonne quinzaine de kilomètres de ma voiture, et je comptais attendre une heure décente pour appeler Fitzy et lui demander de venir me chercher…

– Salut, dis-je d'une voix tremblante après avoir décroché.
– Oh, qu'est-ce qu'il se passe ?

Mon menton tremble et j'avale difficilement ma salive.

– J'ai besoin que tu me rendes un service.

Un silence s'ensuit.

– Fitzy…

Je n'arrive plus à retenir les sanglots dans ma voix lorsque je prononce son surnom. C'est idiot, mais j'ai réussi à me contenir devant Saul ou encore Reed, parce que je ne pouvais pas me montrer plus faible que ce que je ne l'étais déjà. Mais là, je peine à me contenir.

– T'es où ?

Sa voix est grave, aux aguets, comme s'il me savait en danger. Je regarde autour de moi pour lui donner un détail géographique.

– Je suis devant une boutique qui s'appelle Gold Flowers, tu vois ?
– Bouge pas, j'arrive.

Je n'ai pas le temps de rétorquer quoi que ce soit qu'il raccroche. Je m'adosse à la devanture du fleuriste en levant le visage vers le ciel. J'espère ainsi que mes larmes ne pourront pas envahir mes joues. Je régule ma respiration en inspirant à pleins poumons et expirant tout doucement. Mon cœur reprend un rythme quasi normal quand retentissent des bruits de moteurs non loin de moi. J'observe les alentours et je vois des voitures aux vitres teintées qui ralentissent en passant devant la devanture sur laquelle je suis appuyée, puis accélèrent pour repartir pied au plancher. Durant ces quelques secondes, mon souffle se bloque, mon palpitant bondit et mon ventre se contracte, comme si j'étais face à un danger. Sauf que je ne suis pas armée et clairement pas en tenue adéquate, si je devais me défendre…

*Puis, il semblerait que tu aies eu ta dose pour la journée !*

Je les suis des yeux quand un moteur moins prétentieux s'arrête devant moi. La vitre se baisse et j'aperçois Fitz. En un regard, il m'ordonne, l'air dur et fermé, de monter dans sa voiture. Je monte sur le siège passager sans demander mon reste. Il attend patiemment que je prenne la parole, mais rien ne me vient. Enfin, rien sauf :

– Tu peux me déposer au Lucky Buck ? Ma voiture est là-bas.

Fitz ne répond rien et regarde droit devant. À ses phalanges blanchies par la force qu'il déploie autour du volant, je comprends qu'il se contient, mais qu'il n'est pas loin d'exploser.

– Romy, tu m'expliques ?

Je m'affale un peu plus sur le siège en cuir de sa voiture et je regarde par la fenêtre. J'essaie de contrôler ma respiration et de réfréner cette boule qui obstrue ma gorge, celle qui menace de jaillir. Les larmes coulent sans que je ne puisse les retenir, puis ma poitrine s'élève brusquement libérant des sanglots qui ne cessent d'amplifier.

– Romy, putain, mais qu'est-ce qu'il se passe ? T'étais chez lui ?

Je ne réponds pas, préférant essayer de reprendre ma respiration. Mon cœur est prêt à lâcher. Je me sens impuissante, la situation m'échappe même si je me rassure en me disant que j'ai pris la bonne décision.

Il me laisse quelques minutes pour reprendre mes esprits. Lorsque mes larmes se sont taries, je souffle tout l'air contenu dans mes poumons.

– Tu étais chez Saul ? demande-t-il enfin.

Je savais que je ne pourrais pas échapper à cette question. Fitz est venu me chercher à quelques pas du quartier général des Red Python.

– Romy, je ne lui fais pas du tout confiance, ajoute-t-il.

Je soupire ne comprenant pas pour quelles raisons il s'obstine à me mettre en garde. Et puis, il n'y a plus rien à dire de toute façon.

– Épargne-moi ton sermon, Fitz. Je… J'ai…

– Tu portes son tee-shirt. T'es imbibée de son parfum et tu pues le sexe à dix bornes. Putain, mais tu fais n'importe quoi Romy ! crie-t-il. Ce mec est responsable de la mort de ma sœur !

– Fitz, bon sang, je n'ai pas à me justifier, putain ! Je fais ce que je veux avec qui je veux et je n'ai pas de compte à te rendre !

Je crie moi aussi, à m'en abîmer les cordes vocales.

– Ce type a tué ma sœur ! hurle-t-il.

La détresse que je détecte dans sa voix me fait mal, mais je ne réponds rien. Je sais plus que quiconque ce que c'est de perdre un être cher sous ses yeux, en étant impuissant. Le temps file et nous échappe, et on culpabilise. Pourquoi on a fait ci ? Pourquoi on a dit ça ? J'ai envie de le rassurer, d'être à l'écoute, compréhensive. Mais je suis clairement tiraillée entre ce que me fait ressentir Saul, mon seul et unique ami, et ma mission confidentielle qui doit me permettre de retourner voir mon père.

– Il va te briser, Rom', parce qu'il est comme ça, c'est un enfoiré.

Il essaie de contenir sa colère, mais sa voix vibre de hargne.

– Tu veux que je t'avoue un truc Fitzy ?
– Vas-y, balance-moi ta bombe…
– Je ne me suis pas sentie aussi vivante depuis bien longtemps. Et je ressens ce sentiment uniquement quand je suis avec lui.

Il semble horrifié par mes propos.

– T'es sérieuse ? demande-t-il en grimaçant de plus belle.
– Laisse tomber, tu veux ? Je ne peux pas t'en parler.
– Tu ne *peux* pas ou tu ne *veux* pas ?
– Qu'est-ce que ça change ?

Un silence s'ensuit jusqu'à ce qu'on arrive sur le parking du pub où est garée ma voiture. J'ouvre la portière pour m'échapper de cet habitacle où la tension n'amènera rien de bon, où nos discussions ne seront pas constructives, mais ma poitrine se contracte.

– Fitzy… J'entends tes mises en garde, vraiment. Je sais qu'il est dangereux et je n'ignore pas qu'il est loin d'être blanc comme neige, mais je…

Il penche la tête sur le côté en plongeant son regard dans le mien. Puis, en un clignement de paupières, j'ai le sentiment qu'il se résigne légèrement, qu'il comprend que je ne lui demande pas son avis.

– Je sais que tu ne l'aimes pas, mais fais-moi confiance, le rassuré-je.
– Je te fais confiance, mais pas à lui. Il a séduit ma sœur dans mon dos en sachant que je n'aurais jamais donné mon aval pour cette relation.

Je reste stoïque parce que Saul m'a avoué les circonstances de cet accident hier soir.

Je hoche la tête sans savoir quoi répondre. Fitz aussi semble avoir dit tout ce qu'il avait sur le cœur. Je brise la glace, n'oubliant pas que je dois aller travailler.

– Désolée du dérangement, Fitz. Et merci.

Sur ce, je claque la portière de sa voiture et me réfugie dans la mienne.

L'odeur du vieux cuir fait frémir mes narines, et le bruit du moteur que je déclenche m'apaise en un quart de seconde. Cette voiture est le meilleur calmant naturel.

Je passe rapidement à mon appartement pour me doucher et passer ma tenue de travail. En règle générale, les gars ne se ruent pas sur les gardes le dimanche, et vu que je suis seule et sans enfant, mon patron ne se gêne pas pour me coller une bonne partie de ces jours-là.

À peine arrivée, je me précipite dans notre petite cuisine pour me prendre une grande tasse de café. Pendant qu'il coule, j'attrape un post-it qui traîne sur le plan de travail et note la date d'aujourd'hui, avec la mention :

*RP opération + 32 jours à minuit*

Du bruit dans le couloir me fait sursauter et ranger le papier jaune fluo dans la poche de mon flingue, où personne n'ira le chercher. J'ignore encore ce que je vais faire de cette information. Je suis tiraillée entre cette mission, mon père et *lui*. Pourtant, il n'y a pas de match, je sais où je veux aller et quelles sont mes priorités. Il est peut-être temps que j'affronte mon boss pour continuer à pouvoir me regarder dans un miroir.

Deux collègues entrent dans la cuisine pour se faire aussi couler un café. Smith suit Jones, son aîné, qui se dirige vers la machine à grains.

– Tu tombes bien, Williams, lance Smith. Nous avons des nouvelles au sujet des enlèvements de femmes et jeunes filles des environs.

Je rêve de lever les yeux au ciel à cette annonce, parce que j'ignore tous les détails de cette affaire. Le shérif a bien pris le soin de m'affubler une mission irréalisable en me faisant un odieux chantage.

– Je peux vous être utile ?

Oui, je profite de l'absence du chef pour grappiller un peu de sensations dans mon job. Et je remercie secrètement Smith pour cette perche tendue. Ils se regardent rapidement entre eux tandis que le plus jeune hoche la tête. Il m'entraîne à leur suite dans la salle dédiée à l'affaire. Un pan de mur reprend le plan de notre État et des punaises colorées marquent des lieux qui, je suppose, ont connu des enlèvements. À ces punaises sont tendus des fils rouges au bout desquels figurent les photos de toutes les femmes, certaines très jeunes, qui ont été enlevées. Je m'approche et les observe toutes. On ne peut pas dire que les agresseurs ont des cibles précises, il y a tous les styles de nanas. Grandes, petites, blondes, brunes ou rousses, noires, blanches, métisses ou asiatiques…

– Proxénétisme ? demandé-je sans quitter des yeux cette toile d'araignée gigantesque.

– On n'exclut pas le trafic d'organes à ce stade. Nous n'arrivons pas à faire le lien entre toutes les femmes enlevées, et surtout, nous ne parvenons pas à les retrouver. Impossible de savoir si elles ont été droguées, si elles sont enfermées quelque part, ou si elles sont déjà sur le trottoir ou dans des clubs pour enfoirés.

Je hoche la tête en recevant ces informations. Je rage contre mon chef qui me refuse, je ne sais pour quelle raison, l'accès à ce type de dossiers pour lesquels je sais que je pourrai avoir une réelle valeur ajoutée. Je suis lieutenant, je suis sortie major de ma promo, ce n'est pas pour rien…

– En ce qui concerne les agresseurs ?
– On en a identifié quelques-uns lors du dernier rapt qui a eu lieu il y a trois jours dans une ville à seulement trente bornes d'ici. Ils sont sur le mur derrière toi.

Je me tourne et je m'avance avant d'être happée par plusieurs clichés. Je me sens blêmir en scrutant ces visages.

– Tout va bien ? demande Smith.
– Oui, oui. Lui, c'est celui qui a canardé M. Reed et moi l'autre jour. Et lui, c'est celui qui l'a provoqué. Je les reconnais sans la moindre hésitation.
– Attends, j'ai pas mis les dernières photos, objecte le plus âgé de mes collègues.

Il prend une enveloppe kraft qu'il retourne pour faire sortir quelques clichés. Il s'empare de punaises et ajoute trois nouvelles photographies. J'attends qu'il se recule pour scruter les trois visages. Si je m'étais sentie blêmir il y a quelques secondes, désormais je suis parcourue de frissons et je peine à respirer convenablement. Je me recule pour m'appuyer sur la table centrale, mes genoux menaçant de céder.

– Williams, tu veux un verre d'eau ? On dirait que tu as vu un revenant ! rit le plus jeune de mes collègues.

Je hoche la tête et pendant qu'ils se dirigent vers la porte, le plus âgé chuchote de sa grosse voix à son collègue :

– Tu comprends pourquoi le chef ne veut pas lui parler de ce genre de dossier. Les bonnes femmes sont plus sensibles.
– Je t'entends, grondé-je. Et je t'emmerde.

Je me surprends devant cette soudaine prise de position, et la surprise se lit également sur leur visage. J'ai confiance en moi, mais j'ai tendance à faire profil bas depuis que je suis ici. Qu'ils ne prennent pas ma gentillesse pour une marque de faiblesse.

– Tu en identifies, c'est ça ? demande Smith.

Je me redresse et me dirige vers le tableau.

– Lui. Orlando James, le chef du gang des Tigers de Détroit. Facilement reconnaissable avec sa boule à zéro et son tatouage de tigre sur son crâne. Nous n'avions pas réussi à mettre la main dessus. Et après, on m'a mise sur la touche… Enfin, on m'a envoyée ici quoi. Je n'ai plus eu accès au dossier ni aux archives de Détroit.

Voir sa tête m'horripile, mais le plus difficile à regarder est sans aucun doute Kissimmee.

– Lui, c'est Kissimmee, dit Kiss, le numéro deux de l'organisation. C'est lui l'homme de main, celui qui a les mains les plus sales, celui qui exécute les ordres. C'est à cause de lui que j'ai été mise hors course.

Un silence suit mon annonce. Je n'avais jamais parlé à personne de Détroit, des dossiers que j'avais gérés lorsque j'étais en poste, de ma vie d'avant, celle que je voulais coûte que coûte retrouver. Le regard que coule Smith vers moi est compatissant.

Je continue de balayer le pan de mur et repère un nom sans identifier le visage. Frederick Johnson. C'est le type que les Red ont passé à tabac il y a quelques semaines à l'arrière du pub.

– C'est qui lui ? demandé-je.

– Johnson ? On ne sait pas trop où il se situe dans la hiérarchie de l'organisation.

J'opine en continuant mon observation, en enregistrant autant d'informations que possible, ne serait-ce que pour comprendre ce qui se trame.

– Et lui, finis-je, c'est Lakeland, un des membres actifs du gang. Mais quand je vois ce qu'il est devenu, je pense qu'il y a eu un problème. Je l'ai coffré avant qu'il ne soit déféré. Nous avons saisi quatre cents kilos de coke pure, en pleine journée.

– Tu parles du numéro un, du numéro deux, de membres actifs du gang… Mais s'ils sont originaires de Détroit, que foutent-ils ici ? objecte Smith en se plaçant à côté de moi pour observer le tableau.

Je trouve anormal qu'il quitte leur bastion pour s'exiler à des milliers de kilomètres. Je n'arrive pas à me sortir de la tête qu'ils sont là pour plus que du business. Est-il possible qu'ils soient au courant que je suis ici ? Pourtant, tout a été mis en œuvre pour que je sois introuvable…

– Qu'est-ce que vous foutez ici ? gronde une voix bien connue, dans mon dos.

– Nous avons avancé dans le dossier des femmes enlevées, annonce Jones. Williams a identifié les membres du gang que nous ne connaissions pas. C'est une avancée de géants.

– Williams, beugle-t-il. Dans mon bureau !

Je lève les yeux au ciel sans que personne ne me voie et je me tourne pour ne pas me laisser distancer. En passant devant mes collègues, le plus jeune me gratifie d'un clin d'œil encourageant tandis que le second murmure :

– Désolée pour tout à l'heure. Visiblement, je me suis trompé sur ton compte et je m'en excuse.

– Il n'y a pas de problème Jones, rétorqué-je.

Dans tous les cas, dans quelques semaines, voire quelques mois, je ne serai plus dans ce commissariat. Je souris pour leur montrer que je suis reconnaissante qu'ils m'aient considérée comme un vrai flic aujourd'hui.

Une fois dans le bureau du boss, celui-ci grimace et attaque :

– Vous avez une date ? Un lieu ?

– Non, chef. Et ma couverture est, je pense, compromise.

– C'est-à-dire ?

– Je ne vous ai pas caché que cette mission me semblait compliquée. Nous sommes aux antipodes Adams et moi, difficile de créer du lien et de le faire parler.

– À défaut de le faire parler, fouiller autour de lui pour découvrir les informations qu'il nous faut !

*C'est une blague, pas vrai ?*

Il ne peut pas ignorer que je n'ai pas de couverture. Aux yeux de Saul, je suis Romy Williams, lieutenant de police. Il ne me laisserait jamais dans une pièce avec des informations compromettantes sur lui et son MC.

– Vous avez vraiment *tout* essayé pour obtenir ces informations ? tente-t-il.

Il met les pieds dans le plat, ce qui a pour effet de me fermer comme une huître.

Essaie-t-il de me demander si j'ai écarté les cuisses pour avoir les données manquantes à son équation ? J'ai envie de rire, mais je n'en fais rien. Clark est un enfoiré, mais il reste mon patron, et le seul qui puisse orienter le rapport qui sera examiné par la commission qui validera mon retour à Détroit, près de mon père.

Si Saul était présent, s'il avait entendu cette question, il aurait éclaté de rire. N'est-ce pas ce qu'il m'a balancé à la figure tout à l'heure ? Que j'avais bien écarté les cuisses pour glaner quelques informations, mais que mon plan venait d'échouer ?

– J'ai fait tout ce qui me semblait utile, chef.

Je mens de façon éhontée. Je veux couper court à cette conversation qui me met mal à l'aise. Il marmonne dans sa barbe, avant de me faire signe de quitter son bureau. Cependant, je ne me démonte pas et j'avance vers lui.

– J'ai besoin de quelques jours pour retourner à Détroit. Mon père est en fin de vie, vous le savez. Je dois l'accompagner.

– Le deal était pourtant clair : votre retour à Détroit est conditionné par l'obtention de ces informations.

Je n'aime pas recourir aux mêmes pratiques que Clark, mais il ne me laisse pas le choix.

– Madame Goodwill m'a transmis ses coordonnées personnelles à mon arrivée ici, en exigeant que je la contacte en cas de besoin. Je vous informe donc que je vais user de cette prérogative et faire valoir cette nécessité de rejoindre Détroit au plus vite.

L'animosité existante entre les deux personnages est de notoriété publique. Aussi, lorsque j'évoque l'éventualité de le court-circuiter pour aborder avec elle mes problèmes, je sais qu'il va réagir. Chantage ? Oui, clairement. Je déteste ça, mais aux grands maux, les grands remèdes.

Je m'apprête à quitter le bureau lorsque mon patron s'écrie :

– Je vous donne une semaine, à compter de samedi.

Je ne prends même pas la peine de répondre, mais je crois que montrer les dents a du bon avec lui.

Je retourne à mon bureau pour finir la paperasse qui s'est entassée cette semaine, puis je quitte le commissariat à dix-sept heures. Le soleil est encore bien présent dans le ciel et la chaleur est agréable, mais pas agressive. Je monte dans ma voiture et décide de rentrer dormir. Entre ma soirée de la veille, la nuit d'ivresse et les événements de cette journée, je suis à deux doigts de la syncope.

J'arrive rapidement devant mon immeuble, la circulation est fluide le dimanche à Riverside. Dès que je sors du véhicule, je me sens épiée. J'ai comme le pressentiment que quelque chose va se produire, et ça n'augure rien de bon.

J'observe autour de moi au cas où je constaterais quelque chose d'anormal, au cas où je verrais Saul ou Fitzy. J'ai quitté les deux dans des conditions assez chaotiques, peut-être que l'un d'entre eux voudra s'expliquer et discuter ?

Je ne vois cependant rien de particulier. J'avance doucement, toujours sur le qui-vive. Lorsque j'ouvre la grande porte vitrée donnant sur la cage d'escalier, je remarque immédiatement du mouvement sur ma droite. Je n'ai pas le temps d'agir et de dégainer mon arme que mes bras sont immobilisés et qu'un linge se pose sur ma bouche. J'essaie de me débattre, mais ils sont deux ou trois. Ils sont trop forts et je suis seule. Lorsqu'un souffle chaud s'abat dans mon cou, sous mon oreille, je perds pied.

– Ça fait plaisir de te revoir, Robert !

*Kissimmee.*

# 23

**Saul**

*Boum. Boum. Boum.*

– Tête de gland, si tu n'ouvres pas cette putain de porte, je vais l'éclater !

La voix de Mason assortie de grands coups portés sur ma porte d'entrée me tire de ma léthargie. Les yeux toujours clos, ma langue bouge dans ma bouche asséchée et me tire une grimace.

*Boum. Boum. Boum.*

– Ducon, à cinq, tu n'as plus de porte d'entrée !

Le marteau piqueur qui a élu domicile dans mon crâne est violent et cette sensation de gueule de bois me paraît inédite. Je ne me suis pas senti aussi vaseux et faible depuis plus d'une décennie.

– Cinq.

*Boum. Boum. Boum.*

Putain, je vais lui casser les poignets. Je n'ai toujours pas bougé d'un iota. Je suis affalé sur le ventre sur mon canapé, enfin je pense.

– Quatre.

Je fais papillonner mes paupières pour m'accoutumer à la luminosité, et lorsque c'est fait, mon regard se pose sur la porte de mon bureau. Des images de Romy arpentant ma pièce favorite se matérialisent dans mon esprit, et la rancœur m'envahit.

*Boum. Boum. Boum.*

– Trois.

C'est moi où il compte vite ? Le problème si je n'ouvre pas de mon propre chef ma porte d'entrée, c'est que Mason va réellement la défoncer, et je vais me cailler le cul dans ma propre maison. Oh, je ne crains absolument pas les cambriolages, personne n'est assez fou pour s'aventurer chez les Red.

Je me redresse sur les coudes et je bascule les jambes pour me retrouver en position assise.

– Deux. Je te préviens, à zéro, je cogne.

Les coudes sur mes genoux, mes mains maintiennent ma tête qui semble peser une tonne et demie. Combien de shots ai-je bus hier soir ? D'ailleurs, ça me fait penser à la discussion que j'ai eue avec Ash. Qui aurait cru qu'on aurait pu se parler, renouer le contact, grâce, ou à cause, d'une nana ? Il semble vouloir protéger Romy comme s'il s'agissait de sa sœur, et il croit que je suis le même mec qu'il y a dix piges, celui qui accepte sans ciller les remontrances et les mises en garde.

J'ai bien assimilé les messages qu'il voulait me faire passer. Je ne suis qu'une sombre merde qui ne mérite visiblement pas d'être heureux et bien avec une femme, en tout cas pas celle-là. Si je n'ai pas compris à quel point Romy est *fabuleuse*, *exceptionnelle*, *unique*, je peux aller me rhabiller. Si je n'avais pas perçu cette étincelle bienveillante, celle qui brillait dans ses yeux lorsqu'il parlait de Lara, j'aurais pu penser qu'il voulait se garder la fliquette pour lui. Putain de jalousie de merde !

– Un.

*Boum. Boum. Boum.*

Je me mets sur mes pieds et me dirige vers la porte d'entrée. Chaque pas résonne dans ma tête, tout autant que les poings de Mason qui martèlent ma porte. Je pose ma main sur la poignée et j'ouvre à la volée.

– Tu ne marches qu'à la menace, c'est dingue, s'écrit mon VP avec un franc sourire sur les lèvres.

Je n'ai pas le temps de répliquer qu'il rentre dans ma baraque non sans me donner un coup d'épaule. J'expire bruyamment en rejetant la porte pour qu'elle se ferme. Mason se dirige dans la cuisine, s'empare d'une dosette de café et d'une tasse.

Je m'approche et demande :

– Qu'est-ce tu branles ici ?
– Je m'assure que mon Prés' est toujours en vie.
– Mais encore ?
– Et que mon meilleur pote ait le moral.

Je soupire devant ses remarques que je ne comprends même pas tant ma tête est sur le point d'éclater. Je m'approche d'un tiroir de l'îlot central à la recherche d'un anti-douleur.

– Alors, mon meilleur pote a le moral ?

Je lève les yeux vers celui qui, d'ordinaire, ne s'embarrasse pas des discussions libératrices, celui que ne cherche pas à savoir pourquoi son voisin est d'une humeur de chien.

– Qu'est-ce que ça peut bien foutre ? répliqué-je, acerbe.

– Étant donné qu'on a une opération hors norme dans un mois avec le Mexicain, qu'entre-temps on doit réceptionner des caisses et des caisses de calibres à stocker puis à monter, tout en ayant un gang au cul qui nous cherche des poux et un club de strip qui ouvre la semaine prochaine, j'aimerais savoir si t'as le moral.

– Donc tu t'inquiètes pour ton Prés'.

Ce n'était pas une question, et je comprends les inquiétudes de mon bras droit. Cette opération avec le Mexicain a été reportée deux fois. Il faut que cette fois ce soit la bonne. J'en ai décidé ainsi. J'ai changé de partenaires pour honorer cette commande qui va nous faire rentrer un sacré pactole dans les caisses du club, et nous en avons plus que besoin.

Les Tigers, c'est encore un autre problème. Nous devons les fumer parce qu'ils ont touché les femmes du club. Rien que pour ça, ils doivent payer. Sans oublier qu'ils ont voulu crever Mason.

Et le club de strip… J'avoue que j'ai donné mes consignes à Tyron et je lui laisse la main sur le business. Je n'ai pas le temps ni la volonté en ce moment.

*Et ce n'est pas le bon cul que tu verrais remuer sur le podium.*

Je chasse cette idée de ma tête. Romy a suffisamment mis le bordel dans mon esprit pour que j'y prête encore attention.

– Je m'inquiète pour les deux. Mais je vais me concentrer en premier sur le Prés'.

– C'est que tu deviens chiant à faire que causer.

– C'est l'effet Fallon. Tu savais qu'elle me faisait regarder des tutos sur YouTube pour favoriser la communication ? Repérer le caractère de ton interlocuteur, utiliser le bon ton et le bon canal pour faire passer le bon message…

– Je connais pas ces techniques, mais ça a l'air chiant.

Il rigole en regardant le café couler dans sa tasse transparente.

– Je m'adapte à ma femme, le reste, j'm'en branle sévère.

– Là, je te reconnais mieux !

Je me sers un verre d'eau pour prendre ce putain de médicament dans le but que la caisse de résonance qui a élu domicile dans ma boîte crânienne cesse.

Nous gardons le silence durant quelques minutes, le temps pour moi d'essayer de me concentrer sur autre chose que ma migraine. Mason savoure, quant à lui, son café. Je sais que je dois le rassurer. Les membres du MC comptent sur leur Président pour assurer leur sécurité et le versement de leur paie. Si j'échoue sur les prochaines missions, c'est des pierres et des cailloux qui bourreront nos dindes à Thanksgiving.

– L'opération avec le Mexicain et la logistique qui va avec sont calées. Nous maintenons le cap. Cependant, nous allons devoir être vigilants.

– À cause des Tigers ?

– Tigers, flics, ils sont nombreux à vouloir nous faire tomber, dis-je d'un ton sérieux.

Je ne peux pas m'empêcher de repenser à ce qui s'est déroulé ici même il y a vingt-quatre heures à peine. Je suis tiraillé parce que je ne peux pas ignorer le fait que nous soyons différents, que son rôle est de me faire tomber. Seulement, je ne peux pas me résoudre à penser qu'elle s'est donnée à moi pour obtenir je ne sais quoi.

*Putain, elle vrille mon cerveau comme personne !*

– Faut régler le problème des Tigers.

Ma voix rompt le nouveau silence qui s'est installé dans la maison.

– Je veux la tête de celui qui s'est acharné sur ma femme.

Mason est colérique et assez violent, bien qu'il se soit calmé depuis qu'il est avec Fallon, alors que ce n'était pas gagné au départ. Dès que quelqu'un s'approche de sa nana, il se transforme et veut en découdre avec la terre entière.

– Je ne comprends pas leur tactique. Pourquoi nous prendre en frontal, s'en prendre aux femmes du club ? Je ne peux pas croire que ce soit qu'une histoire de business. Drogues et putes, ils peuvent les déployer partout dans le pays.

– Il y a forcément une donnée dans l'équation qui nous échappe, répond Mason.

– On a demandé à Kurtis de fouiller sur le *dark web* ?

– Ouais. Rien d'exceptionnel. Ils sont originaires de Détroit. Y a un an et demi, certains membres ont été coffrés, il y a eu une sorte de guérilla avec des morts. J'ai pas tout capté, ils ont tous des prénoms de ville de Floride. Ils sont du Michigan et ils viennent nous casser les couilles en Californie… Un flic a été pris pour cible, un certain Robert. Franchement, aucun type ne portant ce prénom ne ressort de mes recherches. Du moins, aucun qui ne semble avoir bossé sur cette affaire.

J'ai beau réfléchir, je ne trouve rien de logique dans l'histoire des Tigers. Je me hisse sur l'îlot pour m'y asseoir, les bras tendus en arrière. Je laisse tomber ma tête à la renverse et bloque sur le plafond.

– Pour le Red Secret, Tyron a le truc en main, t'as pas à t'en préoccuper. Seul hic, on ne peut plus trop compter sur lui pour l'opération avec le Mexicain. On ouvre vendredi prochain, soirée de test prévue le jeudi.

– Parfait.

Au moins un truc qui fonctionne et qui ne va pas me donner du fil à retordre.

– Par contre, on est d'accord qu'on va pas passer notre vie au club ? Fallon va me broyer les couilles si des meufs à moitié à poils bougent leur cul et leurs nichons sous mes yeux.

Je ris en imaginant la scène de ménage que Mason pourrait subir. Fallon est jeune, d'une gentillesse infinie avec ses amis et son homme, mais c'est une vraie teigne avec les autres. Elle n'a pas sa langue dans sa poche et surtout, elle n'a pas peur de tous les bikers qui défilent au *diner* ni au garage. Et, dernier détail, elle est très sélective lorsqu'il s'agit de ceux qu'elle laissera graviter autour de sa sphère personnelle.

– T'inquiète, mec, le QG reste au *diner* ! Tes couilles peuvent se rassurer !

Il se prend le paquet en main, le secoue, puis parle à son entrejambe :

– C'est bon Tic et Tac, vous allez survivre. Et toi *Little Mason*, tu pourras toujours jouir des abîmes du paradis !
– Sérieux, tu parles à tes burnes ? Et tu leur as donné un nom ?
– Ben quoi ? répond-il en grognant. Genre, tu le fais pas, toi ?!

Je ne peux plus étouffer l'éclat de rire qui me fait remuer les épaules comme un forcené et qui me donne mal aux abdos. Ce type aura ma peau. Toutes les personnes qu'on côtoie ont toujours pensé que j'étais la belle gueule, le beau parleur, celui avec le plus d'humour, mais Mason se révèle de plus en plus au grand jour. Bon, le grand jour ne se résume qu'à moi pour le moment, mais cette facette de sa personnalité que je découvre petit à petit depuis des mois renforce ce que je ressens pour ce mec. C'est un frère, celui à qui je confierais sans hésitation ma vie.

– Fais-moi couler un café plutôt que de raconter des conneries.

J'entends la machine s'enclencher et me dirige sous le porche, devant ma porte d'entrée. J'ignore l'heure qu'il est, mais le soleil débute à peine son ascension. Je m'installe sur un des deux fauteuils sur la gauche et attends que Mason rapplique avec deux tasses. Il m'en tend une et s'assoit avec la grâce d'un rhinocéros.

La tasse me brûle les doigts, mais j'aime cette morsure sur ma peau. Elle me rappelle à quel point je suis vivant.

– Et la fliquette ?

Ça y est, on y est. Je sens l'interrogatoire poindre.

– Quoi la fliquette ? demandé-je, de mauvaise foi. Rien de spécial.

Il ricane avant de reprendre :

– Je l'ai vu quitter le domaine hier matin.

Je hausse un sourcil pour lui demander implicitement où il veut en venir.

– Les poignets rougis.

Je lève les yeux au ciel comme un signe de capitulation. Mason est le seul à connaître mes jeux sexuels. J'aime le bondage et quelques pratiques BDSM, mais je ne m'y amuse que chez moi… Et vu que les nanas que j'amène chez moi ne sont pas nombreuses…

– Avec un de tes tee-shirts.

Je soupire et tourne nonchalamment le visage vers lui.

– Que veux-tu que je te dise ?
– Qu'elle ne représente pas une menace ni pour toi ni pour le club.

Je secoue la tête, ne sachant pas quoi lui rétorquer. Je n'ai aucune réponse concrète à lui donner.

– Si je peux me permettre de donner un avis, reprend-il, je…

– Tu ne t'arrêtes plus de parler ! Où est mon meilleur pote ? Qu'avez-vous fait de lui ?

Nous rions à ma réplique ce qui a pour effet de me détendre avant de devoir rendre des comptes. Il va bien falloir que j'y passe, j'en suis conscient.

– Ta gueule !

Voilà la réponse intelligente de Mason.

– Moi, j'accroche bien avec elle. Cette meuf est un nugget, ouais, c'est vrai. Mais quand les Tigers ont voulu me plomber le cul, elle a assuré mes arrières, face au gang, mais aussi avec les flics. Je sais pas comment l'expliquer… C'est tout à fait l'image que j'ai d'Emma adulte. Le bondage en moins.

Je souris à cette dernière mention. Qui aimerait imaginer sa sœur dans une situation de soumission absolue ? Personne. Si un jour j'apprenais qu'Aria était adepte de ce genre de pratiques, je pense que je péterais un câble.

Quant à la comparaison avec Emma, je suis surpris sans l'être. Emma est la sœur jumelle de Mason qui est décédée sous les coups d'un beau-père violent lorsqu'ils n'étaient que des gosses. Mon meilleur pote s'en est plus que voulu de n'avoir rien pu faire, mais ainsi va la vie, aussi injuste soit-elle. On a perdu tous les deux des êtres que nous aimions profondément, et si Mason a réussi à passer un cap avec Fallon, je ne sais pas si j'en suis capable. J'ai la sensation d'être hermétique à l'amour, ne pas mériter d'être aimé.

– Ouais, je suis convaincu que c'est pas une connasse, conclut-il.

– Je pense qu'elle est venue jusqu'à moi uniquement pour glaner des informations sur le club.

Le dire à voix haute fait prendre une autre dimension au problème que représente Romy.

– Se faire baiser pour quelques infos ? T'es sûr ? demande Mason.

– J'en sais rien, avoué-je en regardant les forêts derrière le domaine du MC. J'en sais foutrement rien.

Je porte ma tasse à ma bouche et souffle sur le café brûlant avant de le boire. Elle me vrille le cerveau comme ce n'est pas permis, mais au fond, j'ai l'intime conviction qu'elle ne peut pas être aussi mauvaise que ce que ma raison imagine. Est-ce que ça fait de moi un faible que de vouloir chercher à comprendre ? Essayer de pardonner ? En temps normal, je fonctionne à l'affect, j'arrive à cerner les gens avec une facilité déconcertante. Ce que je fais avec Romy. Sauf que ses actes ne sont pas en phase avec ce que je ressens.

– Niveau feeling, tu le sens comment ?

*Qu'est-ce que je disais ?*

Je recrache le café qui venait de s'infiltrer dans ma bouche en m'avançant pour ne pas m'en foutre plein le tee-shirt. Peine perdue, je m'en suis foutue sur mes fringues et même mes chaussettes blanches.

– Il n'y a rien à dire…

Ma voix manque de convictions. La vérité, c'est que je tente par tous les moyens de ne pas mettre de mots sur ce que Romy me fait ressentir.

– Ouais, c'est bien ce que je pensais…

– Putain, Mas', arrête de faire les questions et les réponses !

– Parle alors, putain. J'ai connu Fallon, je ne rêvais que d'une chose, lui planter une balle entre les deux yeux. Après, c'est son cul que j'avais envie de planter. Mais, putain elle m'a retourné la tête. Je tuerai le trou de balle qui posera son regard de branleur sur elle.

– Drôle de façon de me dire que tu l'aimes à en crever !

– Ta gueule ! Ouais, je l'aime à en crever, et je suis fier de pouvoir lui dire tous les jours quand je me réveille entre ses jambes.

– Amis de la poésie bonjour !

– En attendant, tu réponds pas à ma question. Tu essaies de changer de sujet, mais je veux savoir où je mets les pieds. J'ai beau l'apprécier, si tu me dis qu'elle est notre ennemie absolue, je m'adapterai. Le club passe avant tout, toi aussi.

Mason ne s'imagine pas une seule seconde à quel point ses mots me réconfortent. Ma légèreté n'est qu'apparente et j'ai besoin de savoir que je suis soutenu, quelle que soit la décision que je vais prendre. Je doute si souvent de ma capacité à tenir le rang qu'on m'a donné, je redoute le jugement de mes frères et de mon père qui a présidé le MC pendant plus de deux décennies.

Je prends aussi conscience que s'il y a bien un type sur cette planète à qui je peux balancer les pensées qui polluent ma tête, c'est bien lui.

– Je sais pas comment l'expliquer non plus… Je sais qu'elle est à l'opposé de ce qu'on représente.

Mason gronde et ouvre la bouche pour objecter, alors je me reprends :

– C'est une bleue, Mas' ! On sera jamais du même côté de la route. Elle est rigide sur les règles, moi, je ne pense qu'à les contourner. Je veux continuer nos business sans me demander si nous ne sommes pas observés de l'intérieur. Je veux pas changer mes habitudes, mes affaires, mon club et mes frères pour faire plaisir à une femme éprise de justice.

Il opine et valide cette version de mon récit. Je prends une grande inspiration pour continuer.

– Elle me retourne la tête. Je vois la lueur dans ses yeux qui brillent, qui s'animent lorsqu'on est ensemble. Je me sens connecté à elle comme jamais je ne l'ai été avec personne, pas même avec Lara. Nous étions jeunes quand nous nous sommes rencontrés, et bien que je l'aie profondément aimé, notre intimité était limitée.

– Et après on dit que c'est moi le pervers !

– Tu en es un !

– Je suis juste sexuellement très actif et monogame, je précise.

– Je plains Fallon.

– Baby Fallon ne se plaint pas, elle. Elle en redemande, souvent.

– C'est bon, m'écrié-je, je ne veux pas savoir !

Il rit en mimant les à-coups avec son bassin. Je finis mon café et pose la tasse. Lorsque je me redresse, Mason m'observe intensément.

– T'es mordu.
– Quoi ? objecté-je en grimaçant.
– T'es foutu, mec ! Le destin te l'a mise dans les pattes, c'est pas pour rien.

Je ne réponds rien, parce que je ne trouve rien à lui mettre dans la tête. On vire mièvres, ce n'est pas bon pour le business du biker…

– Puis, tu peux pas lui reprocher d'avoir voulu choper quelques infos sur toi ou nous, tu as fait pareil chez elle en revenant avec des centaines de photos du dossier que les fédéraux ont sur nous.

J'observe l'horizon en essayant de démêler le vrai du faux dans tous nos échanges, toutes les fois où nous avons été ensemble, que ce soit au commissariat, au pub, chez elle ou chez moi. J'ai beau essayer de nier l'évidence, elle est bien là, sous mes yeux.

*Je suis mordu, putain…*

– Elle est très pote avec Ash. Que j'ai revu d'ailleurs.

Mason se redresse sur son fauteuil, attentif à ce que j'ai à lui raconter.

– La première fois que je les ai croisés, j'attendais Romy devant chez elle. Il la ramenait. Quand sa voiture s'est arrêtée devant l'immeuble, j'ai cru rêver. Mais le pire, c'est quand *lui* m'a vu ! Il est sorti de la voiture.
– Et tu l'as défoncé.
– Pas cette fois-là. Mais la seconde fois, ouais ! On s'est tapé dessus comme des collégiens.
– Et Nuggets t'a soigné.

Je lui file un coup de pied pour lui faire fermer sa gueule.

– Tu t'es mis le compte avec qui hier alors ? Je suppose que c'est pas *elle*…
– Elle fouillait dans mon bureau. J'ai vu rouge et je l'ai foutu dehors.

Il grimace, serre les poings, mais ne répond rien.

– J'ai roulé pendant des heures pour faire redescendre la tension, j'étais en ébullition. Puis je me suis arrêté au retour dans un pub. Et j'ai bu. Je savais que j'allais reprendre ma bécane, mais j'ai continué à boire comme un enfoiré.

Mason sort un papier de sa poche, puis me le tend. Je l'ouvre et je découvre l'écriture d'Ash.

*Moto sur le parking du pub. Un taxi nous a ramenés. Ash.*

– J'ai demandé à River le compte rendu des allées et venues d'hier. Il est vrai qu'un taxi t'a déposé vers minuit, t'étais en piteux état. Tyron, qui rentrait du club, t'a visiblement ramené chez toi.

Je ne me souviens d'absolument rien de cette épopée. Nous avons longuement discuté avec Ash, même si le début de nos échanges n'augurait rien de bon.

– Je suis perdu, mec, dis-je dans un murmure. Je veux me méfier d'elle comme de la peste, mais… Putain, y a un mais.

Des bruits de pas rapides nous sortent de la discussion. Matthew, le second prospect, arrive vers nous en courant, une enveloppe à la main. Nous nous redressons de conserve et descendons les quelques marches de ma terrasse pour nous retrouver sur le bitume.

Nous sommes en alerte et nous tentons de déchiffrer ce qu'il débite dès qu'il est à notre hauteur.

– Un gros 4x4 noir s'est arrêté sur le parking du *diner*. Aria était au service et a paniqué. Je suis allé voir ce qu'il voulait et le mec sur le siège passager, il avait un énorme tatouage de tigre sur la tête, avec les dents acérées, les yeux jaunes.

– Ouais bon, va à l'essentiel, gronde Mason.

– Oui, oui, pardon. Il m'a lancé cette enveloppe en me disant : « Donne ça à ton chef, en lui disant que s'il veut discuter, qu'il vienne seul, au hangar jaune à la sortie de la ville à vingt heures. J'ai un deal à lui proposer. »

Je me tends instantanément et ouvre avec des doigts tremblants l'enveloppe. Dedans, je tire quelques feuilles épaisses. Je les retourne et je suis ahuri devant le spectacle qui s'offre à moi. Des clichés d'Aria, Fallon et même certains membres du noyau, pris de jour comme de nuit, au *diner*, au supermarché ou même à notre sortie de garde à vue il n'y a pas si longtemps. Une photo attire mon attention, nous sommes tous accoudés au comptoir du *diner*, souriants, presque ignorants. On y distingue chacun d'entre nous de manière limpide, la prise a donc été proche… Mais le pire, ce sont les trous béants de cigarette sur chacune des têtes des Red. Tous. Seules les femmes sont épargnées.

Mes mâchoires se serrent, je respire fort. Je tourne le papier glacé pour y découvrir un dessin au feutre rouge : une tête de tigre. Je ferme les yeux quelques secondes rien que pour tenter de canaliser la rage et la haine qui se mêlent en moi ne demandant qu'à exploser. À faire mal.

Mes doigts palpent mon jean avant de trouver mon téléphone sur ma cuisse. Je plonge ma main dans ma poche pour en ressortir cet appareil qui va me permettre de convoquer tout le monde.

– Chapelle dans dix minutes, grondé-je en tournant les talons.

# 24

## Saul

J'attends patiemment que les gars s'installent dans notre salle de réunion pour débuter la séance. Une fois le message envoyé, je suis rentré prendre une douche gelée de quelques secondes avant de me changer pour venir à la chapelle. Aria tremble quand elle m'amène mon café.

– Qu'est-ce qu'il se passe ? demandé-je.

Elle triture ses doigts en regardant ses mains avant de grommeler :

– Je ne veux pas que tu te mettes en colère. Enfin, pas plus que ce que tu l'es déjà.

– Aria, grondé-je.

Elle soupire et regarde autour d'elle. Les gars attendent leur café au bar et personne n'est encore attablé ici.

– Le mec qui a donné l'enveloppe au prospect, c'est lui qui nous a… Enfin, quand on était avec Fallon en ville… c'est lui qui a commencé à faire pleuvoir les coups.

Je serre les dents au point qu'il n'est pas impossible que je me brise quelques molaires. Putain de gang d'enculés de merde. Rien que de penser qu'ils sont assez fous pour s'en prendre aux filles dans une ruelle me rend dingue. D'un autre côté, s'ils avaient voulu les tuer, ils auraient pu. Ils voulaient juste attirer notre attention.

– Saul, je ne veux pas qu'il t'arrive quoi que ce soit.
– Ce n'est pas à toi d'en décider.
– Je suis ta sœur, je peux te parler.

Je lève les yeux vers elle. Je ne suis que fureur et à voir la surprise qui se peint sur son visage, je prends conscience qu'elle a compris. Elle a un léger mouvement de recul quand je me lève pour la surplomber de toute ma hauteur.

– Et je suis ton Président. Alors, tu parleras quand je t'en donnerai l'autorisation. Maintenant, tu sors de la chapelle et tu y rentreras uniquement quand je te le demanderai, est-ce clair ?

Sa lèvre inférieure tremble, mais je suis trop en colère pour me laisser attendrir par la détresse de ma sœur.

– Dehors ! crié-je pour qu'elle décampe.

Elle ne se fait pas prier, tandis que mes frères rappliquent, bien conscients que mon état ne leur laissera pas le temps de se siroter un café corsé. Je me laisse choir sur mon trône et observe Mason s'asseoir à ma droite, suivi du Limier, notre homme de main. Sur ma gauche, Dwayne, le trésorier du MC et Kurtis, le spécialiste en informatique. Les prospects sont debout à côté de la porte. Kyle, le plus jeune de l'équipe, rentre puis va se placer à côté du sergent d'armes.

– Tyron reçoit l'inspectrice de la mairie ce matin au club de strip, m'annonce Dwayne. La conformité est indispensable pour l'ouverture.

J'opine du chef. Heureusement que Ty' n'a pas besoin qu'on soit tous derrière ses basques pour fignoler les quelques détails nécessaires à l'ouverture de notre établissement. Un de plus qui ouvre ses portes légalement et qui devrait nous rapporter un paquet de billets verts.

Je pousse vers le centre de la table les photos que les Tigers m'ont fait passer.

– Les Tigers sont passés ce matin devant le *diner* et nous ont délivré un message.

Les gars décollent leurs fesses de leur chaise et se penchent en avant pour regarder les clichés.

Mes dents s'entrechoquent et avant que je n'aie le temps de répondre, Mason prend la parole.

– Je vais les crever !

Il pointe du doigt la table en cognant son index à chaque syllabe prononcée.

– Ce mec prend ma femme en photo, je devrais lui arracher les yeux pour ça ! éructe-t-il.

L'incompréhension se peint sur leur visage.

– Quel est l'intérêt ? demande Dwayne. Hormis nous faire comprendre qu'ils nous ont à l'œil jour et nuit…

Ma mâchoire se contracte à l'idée que nous soyons surveillés. Les Tigers veulent nous mettre la pression, c'est certain. Quant au message délivré au prospect, j'ignore comment l'interpréter. La seule chose qui me préoccupe à cet instant, c'est d'imaginer de quelle manière taillader sa peau pour le faire souffrir et faire durer la douleur.

– Le chef des Tigers donne un rendez-vous au Prés', en solo, ce soir à vingt heures au hangar jaune du vieux Hector, lance Mason. Il veut lui proposer un deal.

– Quel deal ?

Dwayne voit déjà les profits que nous pourrions tirer d'un nouvel échange commercial. Il n'a pas l'air d'avoir compris qu'il n'y a pas un dollar en jeu.

– Nous l'ignorons encore, réponds-je. Il y a quelques semaines, lors de la première prise de contact, le gang voulait mettre la main sur la came et les femmes de notre territoire. Ils étaient donc parfaitement au courant que les marchés n'étaient pas pris.

– Les mecs n'ont aucun intérêt à demander à voir le boss, seul, pour évoquer ce même deal. Y a autre chose.

Kyle est le plus jeune d'entre nous, mais ses raisonnements sont toujours justes et pertinents. Je coule un regard vers le geek de l'équipe et balance :

– Kurtis, lance des recherches, mec. Sur les gars, leur

téléphone, leur historique de navigation. Je veux savoir à qui ils envoient des messages et ce qu'ils se disent. Je veux connaître chaque site Internet visité, chaque connexion devant être localisée. Je veux connaître leurs habitudes, savoir quel PQ ils achètent et quelles variétés de pommes ils bouffent.

– Un jeu d'enfants, rétorque-t-il en sortant son ordinateur de sous la table.

Je le regarde, médusé. Quand certains de mes frères ont des brebis collées au cul, Kurtis a son PC greffé à ses doigts. Il tape frénétiquement sur son clavier, dans un silence religieux.

Mason prend une photo de Fallon, penche la tête sur le côté, plie en deux le cliché avant de le mettre dans sa poche. Kyle lui lance une vis qui traînait sur la table, attirant son attention.

– Quoi ? grogne mon VP dans sa direction.

– Pourquoi tu prends une photo ?

– C'est ma femme, je vois pas pourquoi vous voudriez la garder. On ne va quand même pas en faire des posters, non ?

Les gars ricanent, mais je les sens tous préoccupés. Depuis les Legends, un gang rival, nous n'avons pas été menacés aussi ouvertement. Les Tigers nous provoquent, ils veulent nous faire sortir de nos gonds.

Un claquement de langue fait converger tous les regards au même endroit. Kurtis claque à nouveau sa langue contre son palais, un sourire plaqué sur le visage.

– Clark est en contact régulier avec Orlando James, le chef des Tigers. Les relevés de téléphone du commissariat dénombrent plusieurs appels sur une ligne achetée à Détroit. Et le propriétaire de cette ligne est… suspense…

– Accouche, grogne Mason.

– Samantha James.

– La femme d'Orlando ? demandé-je.

– Techniquement oui, répond Kurtis, mais elle est morte depuis plus d'un an ! Il ne risquait pas de se faire cueillir.

– Dans ce cas, comment tu l'as trouvée ? attaque mon VP.

– Elle a fourni sa vraie carte d'identité en montant son dossier d'ouverture de ligne que j'ai obtenu en crackant le serveur de l'opérateur. Elle a beau avoir donné un faux justificatif de domicile, la bonne adresse figure sur sa pièce d'identité. Et cette adresse, c'est la même que celle qui est dans le dossier d'Orlando, dans le logiciel du FBI.

– Pourquoi garder le téléphone de sa femme ? marmonne Mason. Ce type est vraiment con !

Kurtis continue de s'activer sur son clavier, le bruit des touches ne cesse pas pendant plusieurs minutes.

– Ils sont de mèche avec les flics, lance Kurtis.

Ça se tient… Il faudrait quand même que nous soyons sûrs de ce qu'on avance. Les flics veulent nous faire tomber, ça, on l'a bien compris. Mais les Tigers, hormis notre business, que veulent-ils ? Vu les photos, j'aurais bien répondu « nos femmes », mais ça n'a pas de sens. Je n'arrive pas à donner une signification à ce bordel sans nom.

Puis le visage de Kurtis devient sombre, ses traits se durcissent.

– Qu'est-ce t'as ? demandé-je.
– Je lis les messages d'Orlando… Mais qui signe ses putains de texto ?! Le débile… La plupart du temps, c'est codé ou alors ils communiquent d'une drôle de manière, mais… Il lui a envoyé une photo cette nuit. Orlando. À Clark.

Il tourne son visage vers moi, puis son écran. Je me décompose, je le sens. Lentement, je me redresse, les muscles de mon dos et de mes épaules sont mis à rude épreuve. À l'intérieur de mon ventre, c'est le chaos. Et celui-ci a réussi à créer un langage qui aujourd'hui se passe de mots.

Pourtant, il n'y a pas que ça qui navigue dans les tréfonds de mes entrailles : la culpabilité s'insère également, parcourt mes veines, alourdit ma poitrine et plombe mon estomac. Romy est attachée à une chaise, le visage tuméfié et ensanglanté, la chemise ouverte. Sur une autre, on voit son visage de plus près, mais je ne vois que l'hématome sous son œil gauche, et les marques déjà violettes sur sa joue et son cou.

– Fais voir, ordonne Mason.

Kurt s'exécute pendant que mon cerveau carbure à plein régime. Je me demandais si Romy allait me trahir. Par simple déduction, si les Tigers sont réellement de mèche avec Clark et qu'elle a donné la moindre information à son boss, il n'y a aucune raison pour qu'ils s'en prennent à elle. Une colère sourde s'empare à nouveau de moi. Je secoue la tête, puis mes doigts se recroquevillent pour former des poings hargneux qui ne demandent qu'à sévir. J'observe de loin son visage meurtri, gravé dans ma mémoire désormais, et je ressens une bouffée d'espoir. Cet espoir que ça cesse et que le puits sans fond qui s'est creusé dans ma poitrine se remplisse.

– Quel est le rapport avec la fliquette ? demande le Limier.

Sur l'instant, hormis qu'elle me plaît, que je fricote avec elle depuis quelques semaines et que les Tigers ont forcément capté quelque chose quand je vois leur filature, je n'ai pas d'idées.

Comment arriver à expliquer ce qu'il se passe avec Romy sans que mes hommes remettent en question mon intelligence. Parce que c'est la première chose à laquelle ils vont penser quand je vais leur dire… Une flic et un biker ne feront jamais bon ménage…

– Nous sommes… débuté-je. Des amis.

Tous les regards convergent vers moi.

– Depuis quand tu as des amis qui veulent te foutre en taule ? demande Dwayne, dubitatif.

Ce qu'il ne sait pas c'est que je n'ai jamais autant pris de plaisir avec une nana qui me veut autant de mal, sur le papier.

– D'autant qu'elle enquêtait sur le club. Tu as convoqué une chapelle pour ça, rétorque Kurtis.

– Durant laquelle nous avions convenu qu'elle allait aussi nous servir à savoir quelles étaient les intentions de son chef, répliqué-je.

Je ne sais pas qui j'essaie de convaincre, mais si c'est les cinq paires d'yeux qui sont devant moi, je peux sortir les pagaies et ramer.

– Et le résultat ? demande le hacker.

Acculé, la colère s'empare de moi.

– Clark veut toujours notre peau, grondé-je. Merde, on est à Riverside, on est chez nous. Ces enfoirés de Tigers n'ont rien à foutre sur nos terres. Romy est retenue en otage par ceux qui ont tabassé ma sœur et Fallon, et vu l'état dans lequel elle est, on peut en conclure qu'elle n'est pas leur alliée. Ils veulent me voir au hangar ce soir, je vais y aller. Le président du MC souhaite mettre en place une opération pour la ramener. Vous en êtes ou pas, c'est aussi simple que ça.

Je finis ma tirade le souffle court. Je reste immobile quelques instants, jaugeant les gars, espérant que je n'ai pas à les supplier de faire une mission pour moi.

– J'en suis, annonce Kyle.

– Idem, réplique Mason.

Le Limier, Dwayne et Kurtis sont les membres les plus anciens. Je sens le premier sur la réserve et le dernier concentré sur son ordinateur. Le trésorier du club scrute mon regard comme pour chercher des réponses, celles qui pourraient le convaincre de prendre la bonne décision.

– C'est bon pour moi, finit-il par lâcher.
– Kurtis ? demandé-je.
– Je fouille encore, mais sinon, c'est OK pour moi. Je me range à l'avis général.

Nous sommes à cinq votes sur six, autant dire que nous sommes à la majorité quasi absolue. Seul le sergent d'armes du MC fait la fine bouche. Ce grand brun regarde la table en bois devant lui, comme si une illumination allait surgir d'une veine. Puis, il soulève la tête et tourne son visage vers moi.

– Prés', ce n'est pas une régulière du club. T'es sûr que…
– C'est pas la question, putain ! Au-delà d'aller sauver les fesses d'une fliquette, il s'agit surtout de reprendre le contrôle de notre ville. C'est notre territoire et ils nous pissent à la gueule, vous trouvez ça normal ?! Ils ont agressé la femme d'un des nôtres et ma sœur ! On ne peut pas laisser ça impuni. Finalement, ce sauvetage n'est qu'un prétexte pour remettre les pendules à l'heure.

Je les regarde tous dans les yeux en essayant de leur transmettre ma rage. Même si j'ai d'autres raisons pour vouloir aller massacrer ces enflures, je pense chacun de mes mots. En croisant le regard de mon VP, je ne peux m'empêcher de compléter ma tirade.

– Et Fallon non plus n'était pas une régulière du club quand on s'est tous mis en danger pour lui sauver le cul.

J'ai remarqué que Mason s'est tendu dès que j'ai prononcé le prénom de sa femme. Mais j'ai besoin de l'adhésion de tous les mecs ici présents, je ne veux pas commencer à diviser.

– Il avait déjà trempé son biscuit, réplique le Limier.
– Et ? demande mon VP entre ses dents.
– Et ? On s'est mis en danger parce que c'était ta meuf, ducon. Là, on devrait se battre pour une fliquette qu'on ne connaît même pas. OK, elle t'a sauvé le cul, ajoute-t-il à Mason, et ensuite ? Vous ne comprenez pas ou bien ?
– Moi j'l'aime bien l'nugget, s'amuse Mason en mettant en équilibre son fauteuil sur les pieds arrière.

J'ai la sensation de ne pas avoir l'assentiment de mes frères, et, au-delà de me faire royalement chier, la colère m'envahit un peu plus encore. Je le dévisage longuement avec toute la haine qu'il me fait éprouver avant que ce trop-plein n'explose :

– Tu fais chier, putain, hurlé-je, hors de moi.

Je dégoupille. Mon regard sombre et destructeur s'arrime à celui de mon sergent d'armes qui ne bronche pas. Je sens que je suis au bord du précipice. À jouer avec mes nerfs, il me fait flirter dangereusement avec mes limites. Je suis pris d'un instinct protecteur.

– C'est ma nana ! C'est ce que tu voulais entendre ? Ouais, elle est flic, mais c'est ma meuf. Ce bâtard l'a enlevé et défoncé, et je rêve de le foutre entre quatre planches. C'est clair ?

Je ne m'étais pas rendu compte que je m'étais levé, les poings serrés supportent le haut de mon corps penché sur la table. Mon discours aura au moins eu pour effet de mettre des mots sur la rage qui me consume. Je suis allé un peu fort en besogne en affirmant que Romy était ma copine, mais je ressens le besoin de la protéger. Et je n'ai aucune envie de perdre la seule femme qui réussit à me faire oublier mes démons.

Les yeux de mon sergent d'armes n'ont pas flanché, malgré ma colère. Je sais d'ores et déjà que dans l'hypothèse où le Limier ne me suit pas dans cette mission, *ma* mission, je ne pourrai pas m'empêcher de me sentir trahi.

Puis, il m'offre un sourire arrogant en signe de loyauté absolue, ce qui me soulage.

– Dans ce cas, j'en suis. À la vie à la mort, mes frères !

Nous répétons tous ensemble ces quelques mots, comme pour nous donner le courage d'entreprendre ce qui va suivre. J'ignore ce que je ressens tant les émotions se bousculent. Un mélange de délivrance et de terreur. Je suis effrayé à l'idée que mes frères se retrouvent au milieu d'un règlement de compte qui nous dépasse ou se fassent arrêter pour aller directement en prison sans passer par la case départ, mais je suis soulagé qu'ils soient là pour moi. Encore une fois, ils me prouvent que l'union fait la force.

# 25

**Romy**

Assoupie dans une position inconfortable, je peine à ouvrir les yeux. Je ne suis que douleurs et souffrances. Je gémis quand je tente de me redresser, mes cervicales n'ayant pas aimé supporter le poids de ma tête plongée en avant. Ma bouche est pâteuse et sèche à la fois. Je ne rêve que d'une chose : boire un grand verre d'eau.

Puis tout me revient en mémoire : le début de journée chaotique avec Saul, la prise de tête de Fitz, ma journée au bureau et ma confrontation avec Clark avant de rentrer chez moi, et…

*Putain, où suis-je ?*

Je me redresse et tourne la tête dans tous les sens, faisant fi des courbatures que je ressens. Je baisse les yeux sur ma tenue de boulot. Certains boutons de ma chemise ne sont plus à leur place, laissant mon torse visible, mes seins heureusement cachés sous mon soutien-gorge en coton.

Je me trouve dans un coin d'entrepôt où des palettes sont posées de part et d'autre, des caisses les surplombant à une bonne hauteur.

Bien que je tente de canaliser ma peur, les battements de mon cœur s'accélèrent et ma respiration s'alourdit progressivement. Je fouille la pièce du regard, cherchant une issue quelconque, mais la faible luminosité ne m'aide pas à me repérer ni dans l'espace ni dans le temps. Depuis combien de temps suis-je inconsciente ? Une heure ? Dix ? Un jour entier ? Peut-être même une semaine, qu'en sais-je ?

Je prends une grande inspiration, décidée à faire taire la crise de panique qui pointe doucement le bout de son nez. Je recommence, plusieurs fois, assez pour reprendre un semblant de calme, et ce, malgré la complexité de ma situation.

Si on résume, je suis attachée depuis je ne sais combien de temps, dans une pièce sans fenêtre, probablement dans un entrepôt à en juger les tôles de deux murs et du plafond qui est très haut. Ce lieu m'est totalement inconnu. Je suis retenue par un individu non identifié pour des raisons qui sont, elles aussi, complètement floues. En même temps, je peine à ouvrir un œil, car ma paupière semble peser des tonnes.

Et c'est certainement ce qui est le plus terrifiant, ne rien savoir, ne rien comprendre. Je tente de bouger mes poignets et mes jambes, testant au passage la solidité des nœuds, en vain. Les cordes sont si serrées qu'elles entaillent ma peau à chacun de mes mouvements, même les plus minimes. La chaise, visiblement en métal vu la fraîcheur de ce que je parviens à toucher du bout des doigts, n'a aucune chance de se casser, même si je me jette au sol. Les probabilités de m'en sortir seule frôlent le zéro. Je suis dans la merde.

L'ampoule au-dessus de ma tête, jusqu'ici éteinte, s'allume après un frétillement. Je ferme vivement les yeux, éblouie, tant et si bien que des taches blanches s'imposent sous mes paupières.

Doucement, en prenant soin de plisser les yeux, j'ouvre de nouveau ces derniers. Un seul sera utile… Dans un premier temps, je constate que je ne suis plus seule dans la pièce, mon regard croisant des boots sombres et sales. Le bout de ces dernières est recouvert de terre fraîche et visiblement boueuse. Peut-être suis-je retenue en otage dans une des forêts longeant la sortie à l'ouest de la ville ?

Il n'a pas plu depuis ce qui me semble être une éternité, mais je ne suis sûre de rien puisque j'étais inconsciente.

Je laisse mon regard remonter sur le jean usé et presque déchiré sur le genou gauche. Une ceinture noire maintient le bout de tissu qui semble sans âge avant d'atteindre un tee-shirt de la même teinte. Au passage, je note que ses bras sont recouverts d'encre noire, sans que je ne parvienne à distinguer aucun dessin. Je suis encore plongée dans un brouillard intense. La douleur qui irradie mon corps ne me permet pas de me concentrer comme je le ferais d'ordinaire.

Toutefois, lorsque mes yeux rencontrent enfin son visage, la brume s'envole, laissant place à une clairvoyance que j'aurais préféré ne pas avoir, confirmant mes propos précédents : je suis dans la merde.

La première chose qui me frappe, c'est son sourire, un mélange subtil de victoire et de sadisme à l'état pur. Puis son regard qui reflète la même fusion, à une chose près : la joie. Il semble aussi heureux qu'un gamin dans un magasin de jouets à qui on promet de choisir tout ce qu'il veut sans même débourser un dollar. Ce constat me glace le sang, à l'instar du tigre tatoué sur son crâne rasé. Orlando James a toujours dégagé quelque chose, un je-ne-sais-quoi qui me terrifiait, et ce, dès notre première rencontre, à Détroit.

Le voir ici, face à moi, fait ressortir un mélange peu réjouissant d'émotions. Un cocktail qui me démolit de l'intérieur. La peur, la colère, la rage, la tristesse, l'amour aussi, celui qu'on m'a sauvagement retiré.

Par chance, il ne voit pas mes mains trembler violemment dans mon dos, je ne saurais dire pour quelle raison : parce que je rêve de voir sa tête sur un piquet à la *Game Of Thrones*, parce que je suis totalement flippée, ou parce que j'ai froid.

– Tu devrais voir ta tête, ricane-t-il. Tu ne l'avais pas vu venir, pas vrai ?

Je me crispe. Même sa voix me donne la nausée. Pourtant, je ne suis pas plus surprise que ça, quelque part, je savais que cet instant arriverait. Quand, comment, je l'ignorais, mais depuis le meurtre de Trevor, il n'y a qu'une fin pour lui comme pour moi : que l'autre tombe. Je n'avais rien pour le coffrer, il avait donc toutes ses chances. Je dois reconnaître que j'aurais davantage parié sur une balle en pleine rue, sans bavure. Toutefois, il a le chic pour être là où personne ne l'attend.

J'ai envie de pleurer. Je pensais avoir encore un peu de temps avant ce règlement de compte, assez pour essayer une fois de plus de le foutre derrière les barreaux, où est sa place.

Je me suis trompée. Complètement. Pourtant, je le sais, la justice n'est que trop rarement victorieuse dans ce genre d'affaires. Je me suis souvent demandé s'il ne serait pas mieux de jouer selon ses règles, laissant mes principes de côté, dans l'espoir de gagner, une bonne fois pour toutes, mais j'ai préféré rester fidèle à ce que mon père m'a inculqué.

Une fois, j'ai eu le malheur de le faire. Une fois. J'en porte la culpabilité chaque jour, chaque heure, chaque seconde. Une erreur, c'est ce que mon père m'a soufflé pour me rassurer. « L'erreur est humaine, avait-il ajouté. » Une erreur ne tue pas d'innocents. Une erreur n'arrache pas de vie. Une erreur, c'est voler pour remplir son assiette. Une erreur, ce n'est en aucun cas tuer deux femmes qui n'y étaient pour rien, aveuglée par ma soif de vengeance.

– Ton mec ne devrait pas tarder à venir te sauver. Enfin, d'ici une heure et demie. J'espère qu'il aura plus de chance que l'ancien, reprend-il un grand sourire aux lèvres.

Mon cerveau se bloque un instant et je me demande de qui il peut bien parler. Je discerne l'insulte non dissimulée à l'égard de Trevor, mais à quel prétendu petit ami fait-il référence ?

Il ne peut pas parler de Saul, si ? Comment peut-il être au courant ? Et en même temps, c'est la seule personne qui me vient à l'esprit, la seule que j'aimerais voir en ce moment…

Toutefois, s'il pense que Saul va se déplacer, le pauvre se met le doigt dans l'œil et gratte son dernier neurone. À ce stade, je suis même surprise qu'Orlando ait encore la chance de me tuer lui-même. Quand je repense au regard de Saul… à la haine de ses paroles… Ouais, je crois que, cette fois, je l'ai vraiment blessé, et ça me bousille. Tellement. Trop pour que ce soit normal.

– Tu risques d'être déçu, ce n'est pas mon mec.

Parler avec la gorge sèche me fait tousser, et respirer devient désormais difficile.

– Ça ne sert à rien de mentir, ce n'est pas ce qui va te sauver. Ni *le* sauver.

Il me tourne autour inlassablement jusqu'à m'en donner le tournis. Je ne sais pas comment lui faire comprendre qu'il fait fausse route. Si Orlando espère voir rappliquer Saul et les Red à la vitesse de l'éclair pour me sortir d'affaire, il se trompe complètement.

J'ignore la douleur dans mes côtes et me redresse. Je peine toujours à parler vu les souffrances que je ressens au niveau de la mâchoire. Pourtant, je rétorque :

– Je ne mens pas. Je suis lieutenant de police, il est à

la tête d'un club qui fait souvent grincer des dents à mes collègues, qu'est-ce que tu veux qu'on foute ensemble ?

Je crois que la première personne que j'essaie de convaincre, c'est moi. L'homme que je commençais à apprendre à connaître me plaisait plus que ce qui m'était permis, et ce détail a du mal à s'intégrer dans ma tête. Peut-être aussi parce que cette histoire a été tuée dans l'œuf à cause de ma manie à tout foutre en l'air, de m'entêter alors que j'aurais dû lâcher prise et écouter mon cœur plutôt que les mauvaises idées de mon patron véreux.

Quand je suis avec lui, je me sens bien. Bien comme je ne l'ai pas été depuis longtemps en présence d'un homme. Avec lui, je ressens les petits papillons, ceux qui fourmillent dans mon bas-ventre, et mes mains deviennent moites. Je crois bien que j'ai le syndrome de l'adolescente qui a le béguin pour un garçon. En plus, je suis dans le cliché puisque ce mec est le bad boy en puissance, celui que j'imagine en cellule et pas dans mon lit, et encore moins dans ma vie.

C'est presque de la folie, qu'un homme comme lui, un homme qui représente tout ce que je cherche à arrêter, soit le seul capable de réanimer cet organe que je pensais à jamais éteint. Que ce soit lui, et pas un autre, qui me retourne le crâne, me poussant à remettre en question tout ce que je pensais être acquis depuis des lustres. Les notions du bien et du mal, du gentil et du méchant ne se sont jamais autant confondues dans mon esprit. Je perds le nord, le sud, l'est et l'ouest. J'ai même l'impression de me perdre moi-même et quelque part, me retrouver. Briser mes convictions les unes après les autres semble être devenu un jeu dans lequel il excelle. Tout comme le fait de me redonner foi en un sentiment qui me ramène à une époque qui me terrorise.

Jamais auparavant, je ne me suis sentie aussi minable qu'à l'instant où j'ai compris que cette fois, il ne reviendrait pas. Cette fois, pour de bon, je l'ai perdu. Et cette simple pensée me donne envie de cesser de me battre. Combien de fois encore vais-je devoir tout perdre avant d'enfin arrêter de recommencer les mêmes erreurs, inlassablement ? Je ferme prestement les yeux, retenant la larme qui menace de couler. J'ai perdu Saul et cette constatation est presque plus dure à avaler que celle qui me permet d'affirmer que je vais mourir ici.

*Et ça, ce n'est pas normal, Docteur !*

– Tu te souviens de Lakeland ?

Surprise par sa question, je ne réponds rien.

– C'est mon cousin… Et il est mort.

La gifle d'une violence inouïe qu'il fait claquer sur ma joue me fait chanceler, mais ma chaise reste bien droite, comme si elle était soudée au sol. Je vois des taches noires, blanches, jaunes, danser devant mes yeux et la brûlure que je ressens sur ma joue est cuisante.

– Si tu ne l'avais pas fait coffrer, sale pute, il serait toujours en vie, grogne-t-il.

Je voudrais bien lui répondre qu'ils peuvent tous aller brûler en enfer, mais je n'arrive pas à articuler. Alors, je plante mon regard dans le sien, lui crachant toute ma haine, toute ma rancœur à la figure, dans un silence digne d'un conseil de guerre entre la Russie et les États-Unis. Je veux qu'il voie, qu'il comprenne, que la mort de son cousin n'a aucune d'importance à mes yeux. Au contraire, elle me réjouit terriblement.

– Mais le pire, reprend-il en encerclant ma gorge de sa grande main, c'est qu'en voulant venger ton négro, tu as tué ma sœur et ma femme, et ça, ça va se payer.

*Putain c'était un accident !* ai-je envie de hurler.

Mais il ne m'en laisse pas l'occasion. Il comprime désormais ma trachée avec ses gros doigts raboteux et m'empêche de respirer. J'essaie de bouger mes mains et mes jambes dans l'espoir de le faire reculer, de le repousser, en vain. En même temps que je sens l'air quitter mes poumons, je vois défiler des images des moments forts de ma vie… La fierté de mon père quand j'ai reçu mon admission à l'école de police ou encore à la cérémonie de remise de l'insigne de la police de Détroit… Le sourire de Trevor quand il me faisait réviser mes cours ou son visage radieux quand il m'a fait sa demande… L'intensité du regard vert clair de Saul, ses grandes mains rugueuses, mais douces à la fois, la sensation de liberté que j'ai ressentie en étant derrière lui à moto…

– Il y a un deal entre les Red Python et le Mexicain. Où ? Quand ? me questionne-t-il en resserrant davantage sa prise sur ma gorge.

Saul… Son sourire et son rire semblent hanter mes pensées, peut-être les dernières. Comme un rappel de ce que je laisse derrière moi, je ressens encore la caresse de ses doigts sur mon corps, ses lèvres sur ma peau et peut-être plus intense encore, sa bouche soudée à la mienne, dans une danse à la fois charnelle et saupoudrée de tendresse. Ses yeux d'une beauté hors norme qui s'arriment aux miens tel un miroir de ce qu'il est à l'intérieur, un concentré de douceur et de colère, de solitude et de force, un mélange ardent qui brille constamment dans ses prunelles. Je me souviens des battements de mon cœur qui s'accélèrent à sa simple vue. De son souffle sur ma peau qui, instantanément, se recouvre de frissons. De cette fusion, ce petit truc en plus, qui au fond, je le sais, aurait fait de lui, le bon.

Cependant, ma respiration est difficile, et je crache du sang. Je me suis mordu la langue au dernier coup que j'ai reçu au visage. Un camion m'aurait happée, roulée dessus, je pense que la douleur serait moins intense. Je ne suis que souffrance et je ne rêve que d'une chose, être libérée.

D'un coup, Orlando relâche son emprise. Ma gorge siffle alors que l'oxygène remplit mes poumons. La douleur est si vive que je tousse durement, à m'en décrocher les bronches. Je me sens brûler de l'intérieur, comme si mes organes me faisaient leurs adieux chacun leur tour.

Comme un triste rappel à la réalité… Nous étions à Orlando, même nom que l'homme qui me martyrise depuis je ne sais combien de temps dans l'espoir que je lui donne des informations sur le lieu de la transaction que Saul doit avoir avec le Mexicain.

– Je ne suis au courant de rien, dis-je dans un filet de voix que je ne reconnais même pas.
– À d'autres, parle !

Sa voix résonne dans la pièce et plus particulièrement dans ma tête où une migraine s'installe. Mes tempes me lancent et mon front est barré par une chape en béton. Il me fixe sans que je réagisse et ça a l'air de le faire chier. J'ai un temps de retard entre ma volonté de parler et les mots qui sortent de ma bouche.

– Je ne suis pas au parfum, arrivé-je à articuler. Je ne sais absolument rien. Et même si je savais quelque chose, j'te dirai rien.

Pour toute réponse, Orlando hurle et s'approche de moi avec véhémence. Il agrippe mes cheveux avec violence pour mettre mon visage tuméfié face au sien.

– Tu vas te souvenir de moi, connasse.

Au lieu de lui répondre, je tente de jeter ma tête en avant pour atteindre son nez, mais je suis faible, donc le résultat n'est pas celui que j'espérais. La folie le gagne, je le vois dans son attitude, à la grimace qui déforme son visage.

– Souviens-toi d'un truc, on ne s'attaque pas aux Tigers en toute impunité.

Cette réplique me glace le sang. C'est exactement la même que Kissimmee avait prononcée avant de tuer Trevor, sous mes yeux.

Il m'agrippe de nouveau les cheveux et redresse mon visage face au sien. J'occulte la douleur qui paralyse ma tête, mon cuir chevelu étant malmené. Il fouille dans sa poche pour en sortir un post-it jaune. *Mon* putain de bout de papier. Merde ! Je ne sens pas le poids de mon arme à ma ceinture, et je me revois insérer dans l'étui ce petit bout de papier jaune fluo.

– « RP, opération + 32 jours à minuit », lit-il avant d'agiter ma note sous mes yeux. Ne fais pas comme si tu ne le savais pas. Balance-moi où aura lieu l'échange.

En guise de réponse, je rassemble mes dernières forces pour lui cracher au visage. Ma bave mélangée à mon sang atterrit sur son nez et sa joue, tandis qu'il lâche un juron avant de s'essuyer avec le bas de son tee-shirt.

– Tu vas le regretter, sale pute.

Je ferme les yeux et contracte mon corps. Je sens que je vais avoir besoin de ce semblant de protection : ne rien voir, limiter la douleur des coups. Son poing s'abat sur mes côtes, l'impact est si intense que j'en ai le souffle coupé. Je tente de me pencher en avant, dans l'espoir de contenir la douleur, mais de sa main libre, il maintient toujours et encore mes cheveux en tirant ma tête en arrière.

– Ouvre les yeux, crie-t-il. Je veux que tu me regardes te briser, sale chienne.

Je n'obéis pas, les images défilant dans mon esprit sont bien plus agréables. Je revois le regard rempli de douceur de mon père, je ressens les papouilles qu'il me faisait dans le dos ou les bras pour m'apaiser après un chagrin. Je revois le regard protecteur de Fitzy, celui qui m'a aidé à remonter la pente depuis mon arrivée à Riverside, prêt à tout pour défendre mon honneur. Et je revois le sourire taquin de Saul, ce jour-là, lorsqu'il m'a rejoint pour ce fameux verre qu'il me réclamait tant. Naïvement, j'avais cru qu'il ne pourrait pas atteindre mon cœur. Il représentait tout ce que je détestais, alors comment aurait-il pu ? Je crois qu'une larme coule sur ma joue douloureuse. Je lui avais dit qu'il était pénible, je le pensais. Il avait rétorqué que j'étais belle avec un tel naturel que… Merde, je n'ai pas les mots. Ça m'avait fait ce truc, dans le ventre, dans le cœur, dans mon corps dans son intégralité.

Il m'avait demandé pourquoi j'avais changé d'avis, je me suis toujours persuadée que c'était pour la mission, cette mission impossible à réaliser, mais au fond, je le savais, Saul Adams représentait, et quelque part c'est toujours le cas, une énigme. Non pas pour son rang, mais pour ce que je ressens en sa présence, ce truc qu'il dégage, qui fait écho en moi, qui m'appelle. Et j'ai beau savoir que c'est la pire idée du siècle, j'y vais quand même. Parce que c'est Saul. Et c'est tout. Et j'aimerais lui dire, aujourd'hui. J'aimerais revenir en arrière, à l'époque où j'avais encore du temps, quand les coups ne pleuvaient pas sur mon corps affaibli. J'aimerais lui dire que c'est seulement parce que c'est lui. Et que ça me suffit, que c'est parfait. Que c'est tout ce que je voulais, tout ce que je veux. Je voudrais lui dire que, maintenant, j'aimerais rentrer avec lui et juste être là, à ses côtés. C'est tout ce que je veux. Je n'ai pas besoin de plus, juste besoin de lui. J'aimerais lui dire qu'il a réussi, qu'il a gagné, il a ranimé mon cœur, seulement pour battre pour lui. Et plus important encore, j'aimerais lui dire merci de m'avoir montré le monde à travers ses yeux, d'avoir été lui-même et de m'avoir donné la chance d'être heureuse, encore un peu.

La douleur me percute sans cesse et de tous les côtés, et je m'abandonne. C'est le mieux qu'il me reste à faire. Abdiquer.

# 26

**Saul**

**Un peu plus tôt**

– C'est de la folie, tu ne peux pas y aller seul, gronde Mason.

Je l'écoute d'une oreille, concentré sur les plans du hangar que m'a fourni Kurtis. À l'aide d'un drone doté d'une caméra thermique, il a pu survoler la zone et nous donner un aperçu de ce qu'il se passait dedans. Comme on s'en doutait, Orlando n'est pas seul à l'intérieur. On a dénombré cinq individus, dont Romy. Enfin, je pense. C'est la seule personne qui n'a pas bougé durant les deux heures d'observation.

Le hangar est vaste et encombré. Une seule façon d'y entrer, la grande porte de garage sur la face nord. Forcément, il m'attendra devant. Sauf si j'y vais avec de l'avance.

– On ne peut pas prendre de risque, rétorqué-je. Si Orlando nous voit débarquer en nombre ou s'il entend nos bécanes, il va la buter.

– Qu'est-ce qu'il y gagnerait ? Franchement, y a forcément un truc qui nous échappe.

Je ne le contredis pas, parce qu'il a raison. Pourquoi s'en prendre à Romy et pas simplement à ma sœur ? S'ils avaient voulu m'atteindre, la valeur sûre aurait été un membre de ma famille, pas une nana que je vois depuis quelques semaines seulement. Je ne vois même pas comment ils auraient pu savoir qu'elle me fait triper. Seulement, si elle a été ciblée, c'est qu'ils l'ont suivie, il n'y a plus de doutes. Ils savent qu'elle fait partie de la police de Riverside, ils ont même envoyé sa tête à Clark. Si Kurtis n'avait pas capté autant d'interactions entre le shérif et le chef des Tigers, on aurait pu croire qu'il cherchait à monnayer Romy auprès des flics, mais leurs messages sont trop fréquents.

– Comme on le disait ce matin, peut-être qu'il est bien plus emmaillé avec les flics qu'on peut l'imaginer, annonce Kyle.

– Ou peut-être avec Williams, continue Dwayne.
– Dans ce cas, pourquoi l'avoir défigurée ?

Je pose cette question avec tout le sérieux qu'elle m'inspire. Rien que de me remémorer ces putains de clichés, j'ai la rage.

Personne ne me répond.

– Baby, lance Mason pour interpeller sa femme derrière le bar, tu me mets deux doigts de Nikka Taketsuru ?

En temps normal, elle chambre toujours son mec, lui rappelant que ce n'est pas une bonniche, que s'il a soif, il n'a qu'à venir se servir. Mais là, il ne se passe rien.

– Saul, tu veux un truc ?

Je la regarde, surpris.

Elle lève les yeux au ciel en soupirant.

– Accouche, ma proposition expire dans trois secondes. Être sympa me va pas !

Je souris face à ce bout de femme qui arrive toujours à nous faire sortir de nos pensées les plus sombres.

– Un café corsé, s'il te plaît.

– Pour une fois que l'un de vous utilise ce mot magique, je te le fais tout de suite, s'amuse-t-elle.

– Moi j'ai dit « baby », ça compte ? demande Mason en lui lançant un regard énamouré.

– Putain, tu deviens vraiment un canard, répliqué-je en baissant mes yeux sur les plans que je connais désormais en long, en large et en travers.

J'entends le percolateur s'activer, puis mon café couler. Fallon s'approche de la table sur laquelle nous nous sommes installés en me présentant ma tasse, posée sur une sous-tasse laquelle présente un spéculos d'un côté, un chocolat de l'autre.

– Tu me soignes, ma belle. Merci.

Elle pousse le verre de son mari sur la table, puis se penche en avant pour lui parler à l'oreille. Alors qu'elle pense lui chuchoter quelques paroles intimes, j'entends distinctement ce qu'elle lui dit.

– Mon amour, j'espère que tu sais où tu vas mettre tes deux doigts ce soir. Parce que rien que d'y penser, susurre-t-elle avec sensualité en se rapprochant davantage, je suis toute mouillée. Juste pour toi.

J'étais tellement absorbé par le début de sa phrase que je me suis concentré sur les paroles finales, et vu le visage déformé de Mason, je peux conclure qu'elles lui ont fait de l'effet. Fallon retourne derrière le bar en lui faisant un clin d'œil.

– Putain, elle va me tuer, grogne-t-il en replaçant sa queue.
– À l'étroit ? lance Dwayne.
– Quand elle est dans les parages ? Toujours !

Son air de gosse victorieux nous fait éclater de rire. Je crois qu'on en a besoin. De sourire, de décharger cette tension qui crispe nos membres, de penser à autre chose le temps de quelques minutes.

– Je pense qu'on va y aller plus tôt que prévu, lancé-je une fois que nous avons retrouvé notre sérieux.
– Je te préviens, tu n'iras pas seul. Prés' ou pas, tu vas te faire planter.
– Vous serez tous dans les parages. Il n'y a pas de fenêtres dans le bâtiment, juste la grande porte du hangar. D'après les images, et si on considère qu'ils sont quatre, l'un d'eux est toujours posté devant, à l'extérieur. Celui-là lancera l'alerte si nous débarquons en masse, d'où mon arrivée en solo. Il y en a un dans la pièce du fond où est Romy. Les deux autres vadrouillent, mais sont toujours dans la seconde partie de l'entrepôt.

Je connais les plans par cœur et récite ce qui me semble évident.

– Si le guetteur ressort après mon entrée, il faut l'abattre, sans bruit. Il ne faut surtout pas donner l'alerte.

– Il faut que le Limier soit en faction avec son fusil à moins de cent mètres, lance Mason. On est sûrs qu'il l'aura en pleine pastèque.

– Et s'il reste dedans avec toi ? demande Kyle.

– Dans ce cas, vous pourrez, toujours en silence, vous approcher du bâtiment. Ce que vous ferez après l'avoir buté.

Je laisse aux gars le temps d'assimiler les informations en regardant les photos satellites sur la tablette au centre de la table. Ils regardent les environs pour voir où ils iront se poster.

– Quand pourrons-nous donner l'assaut ? intervient Kyle. Tu rentres seul, on l'a bien compris. Cependant, combien de temps devons-nous attendre avant de rentrer les dézinguer ?

Je réfléchis. Je veux avoir du temps pour comprendre ce qui anime cet enfoiré, mais je dois pouvoir demander de l'aide dès que j'en ressens le besoin.

– Kurtis peut nous mettre à dispo des oreillettes, lance Dwayne. On pourra au moins entendre ce qu'il se passe. Il nous faut un code, un mot qui nous ordonnerait d'intervenir.

– Un mot comme dans *Cinquante nuances de Grey* ? demande Mason.

– Quoi ?

Nous nous sommes tous exclamés en même temps.

– Quoi, quoi ?

– C'est quoi ce… truc ? demandé-je.

Mason rougit et se passe une main sur le visage.

– Putain, vous allez vous foutre de ma gueule.

– Accouche, crache Kyle.

– Tu n'aurais rien à nous annoncer ? réplique mon VP. Tu n'arrêtes pas de parler d'accouchement. Me dis pas que t'as engrossé une brebis.

Nous rions.

– N'importe quoi ! Allez, balance ta référence douteuse.

Mason regarde au-dessus de son épaule si Fallon l'écoute, mais elle est au bout du bar en train de discuter avec Aria.

– C'est un film. Enfin, trois films. Fallon m'a cassé les couilles pour les regarder avec elle. Depuis qu'elle a découvert le cinéma à la demande, j'en bouffe tous les soirs.
– Et ?

Je l'incite à aller à l'essentiel.

– Et c'est un film où le mec est un malade du cul. Il ne pense qu'à ça. Et il a des pratiques…

Je le vois chercher ses mots.

– Particulières, complète-t-il.

Je comprends à son regard qu'il parle de jeux coquins. Je n'en mène pas large et je ne pose pas plus de questions. Mais Kyle l'incite à son tour à continuer.

– C'est juste que la nana doit dire un mot-clé pour qu'il cesse ses jeux.
– Intéressant. Et elle l'utilise souvent ?
– T'as qu'à regarder le film, ducon !

Je souris face à la ténacité de Kyle. Je n'aurais pas parié un cachou sur leur amitié lorsque Kyle a débuté en tant que prospect au sein du club. Mason était un enfoiré de première qui l'a défoncé, brûlé, maltraité… pour finir par le prendre sous son aile. Peut-être aussi qu'il veut le garder à l'œil vu que c'est le meilleur ami de Fallon, mais il ne l'avouera jamais. Nous devons avoir une confiance absolue en nos frères, sans exception.

– Tigre, dis-je d'une voix rauque. Ce sera le nom de code. Tigre.

– Noté, répond Mason, l'air soudain très sérieux.

– On rapplique au bout de combien de temps sinon.

– Attendez le mot magique, réponds-je avec un rire sadique sur le visage.

Je m'imagine déjà ce que je vais lui mettre dans la tête à ce bâtard.

***

À dix-huit heures, nous ajustons nos oreillettes. Le noyau est au complet, les deux prospects également. Nous effectuons quelques essais pour vérifier que nous nous entendons tous parfaitement. Nous confirmons chacun notre tour le bon fonctionnement des équipements en levant un pouce à l'attention de Kurtis qui est avec son casque dans le camion.

Je me place au centre des gars et ordonne les groupes :

– River et Kyle, avec Mason. Vous serez au plus près de l'entrée du hangar, sur la droite. À gauche, Tyron, Dwayne et Matthew. Quant à toi, mon frère, continué-je à l'attention du Limier, poste-toi de manière à lui faire éclater la tête.

Les gars s'affairent à rassembler leur barda afin d'aller se poster sans se faire repérer. Mon bras droit s'approche de moi et pose sa main sur mon épaule.

– J'ai pris quelques bidons d'essence. J'aimerais qu'après t'être défoulé, on puisse plus voir leur face de rat dans les environs.

Je souris. Mason a une légère tendance à la pyromanie. Il appuie sur son oreillette et annonce.

– Le boss a validé le feu d'artifice ! Je suis en joie !

À entendre le bruit des gars dans mon oreillette, je comprends qu'il n'est pas le seul. Mason retire son oreillette d'un geste de la tête et m'intime de faire de même. Il doit vouloir me dire quelque chose sans que personne n'entende.

– Bro, est-ce que t'es sûr de ton coup ?

J'ai un mouvement de recul et j'ancre mon regard dur dans le sien.

– C’est-à-dire ? demandé-je.
– Nuggets est une gentille nana, mais vaut-elle vraiment le coup qu’on risque tous nos vies ?

Je fronce les sourcils, ce qui le fait ajouter :

– Je veux dire, toi, elle, il se passe un truc ou bien… ?
– Mas’… On a déjà eu cette conversation.
– J’ai besoin de te l’entendre dire.
– Tu veux que je te dise quoi, putain ? Qu’elle me fait bander ? Bah j’te l’dis !
– On n’irait pas risquer nos vies pour de simples brebis, tu le sais. Donc ?

Je pince mes lèvres parce que mon meilleur pote et bras droit me demande clairement de me positionner vis-à-vis de Romy. Je l’ai fait lors de notre précédente réunion, mais j’étais à bout, tendu comme un string. Là, mon ami veut savoir. Est-ce que j’ai envie d’un truc sérieux, auquel cas, on se battra comme des mercenaires, ou ai-je juste envie de la baiser, auquel cas, il faut que nous rentrions à la maison ?

– Je suis sûr de mon coup, asséné-je.

Il hoche la tête en sondant mon regard.

– C'est ce que je voulais entendre.

Après ces paroles, Mas' donne un coup sur mon épaule et remet son oreillette. J'en fais de même. J'inspire profondément pour gorger mes poumons d'air et j'enfourche ma bécane. Je passe mon casque et annonce mon départ à mes frères.

Je rallonge volontairement mon trajet pour faire le vide dans mon esprit. Rouler en Harley m'a toujours fait un bien fou. J'ai tendance à avaler les kilomètres comme un boulimique. J'en veux toujours plus, tout le temps, sans arrêt.

Après plus de vingt ou trente minutes, je me gare devant le hangar. Le mec qui guette pose sa main sur sa mitraillette pendant que je retire ma protection. Je tire ma béquille avec mon talon et donne une impulsion pour me retrouver debout.

Je m'approche sans me présenter, puis j'écarte mes bras pour qu'il procède à sa fouille et me fasse entrer. Il s'exécute et, d'une main dans le dos, me pousse vers une porte entrouverte.

– Je suis dedans, marmonné-je dans ma barbe à l'attention de mes co-équipiers. Un mec au fond à droite sur un échafaudage. Il en manque deux.

– Qu'est-c'tu dis ? beugle le type qui m'a fait entrer.
– Va chercher Orlando, ordonné-je.

Le larbin me jauge, mais avec ses trente centimètres manquants, il n'en mène pas large quand mes yeux clairs percent ses iris sombres. Il fait un pas en arrière et siffle en tordant sa langue en forme de tunnel entre ses lèvres. Si je n'étais pas venu pour en découdre, je lui aurais demandé de me montrer comment on fait ce genre de chose !

Quelques secondes suivent son appel, tandis que la porte claque dans mon dos annonçant la sortie du futur macchabée. Une autre s'ouvre dans la pièce du fond. Dès qu'Orlando en sort, mon cœur se met à battre plus vite.

On y est.

– Cible à terre, annonce le Limier dans mon oreillette. Les deux équipes seront devant la porte dans cinq secondes.

Je m'avance jusqu'à ce que j'entende ce fils de pute au crâne rasé gronder.

– Reste à ta place, Adams.
– Qu'est-ce que tu veux, Orlando ?

Il se met à rire, un rire gras, sale, vicieux. Je serre mes poings le long de mon corps, je rêve de donner l'assaut pour en finir.

– Équipes en poste. On attend ton signal.

La voix de mon sergent d'armes me rassure. Les gars seront là pour sauver mon cul si besoin, et sauver celui de Romy également.

– Préparation du feu d'artifice, OK.

La voix essoufflée d'un des prospects arrive presque à me faire perdre mon sérieux. Mason a dû le faire courir autour du hangar pour qu'il déverse les bidons de combustible qu'il a pris pour faire péter cet endroit, avec les parasites de Tigers à l'intérieur.

– Tu cherches Robert ? me demande Orlando avec un rictus mauvais au coin de la lèvre.
– Robert ?
– Genre, tu ne sais pas qui c'est…

Il lève les yeux au ciel comme si je me foutais de sa gueule. Sauf qu'il me parle d'un truc que j'ignore, d'un mec que je ne connais pas.

– Je lance de nouvelles recherches, annonce Kurtis dans mon oreillette. Mais les premières que j'ai faites ont rien donné. Aucun mec avec le prénom de Robert était dans la brigade de Détroit.

– Écoute, dis-moi ce que tu veux, qu'on passe à autre chose une bonne fois pour toutes.

– Oh, mais c'est qu'il est impatient de retrouver sa pute le type !

Il est en train de jouer habilement avec mes nerfs et je sens que je perds pied. Sûrement trop vite.

– Écoute-moi, fils de pute, propose ce que t'as à proposer, qu'on en finisse.

– Je crois pas que tu sois en position d'exiger quoi que ce soit.

Je sais qu'il a en partie raison. Ouais, je suis là, seul, à la merci de ces enfoirés. Je ne suis pas en mesure d'exiger une discussion autour d'un café. Pour autant, je garde la tête haute et une stature digne de mon rang. Il veut un combat de coqs, il va avoir un combat de coqs.

– Je veux faire le deal avec le Mexicain.

Cette fois, c'est moi qui fais émerger de ma gorge un son entre le ricanement et le rugissement d'un félin.

– À quel titre ? Tu te prends pour qui, sérieux ?

– C'est à prendre ou à laisser, répond-il. Et en plus, je veux le business avec les femmes du comté. Et toi, tu veux Robert ou pas ? Si tu ne la veux pas, il y a un crochet qui attend d'accueillir sa carcasse déjà bien abîmée.

Il est étonnant qu'il pense pouvoir prendre la main sur cette transaction. Mais je ne remettrai jamais cette affaire en jeu, nous sommes sur la paille et cette opération nous est indispensable pour redorer notre blason et nous remplir les fouilles.

– Cette pute a assez fait de dégâts, marmonne-t-il dans sa barbe.

– Mais tu vas fermer ta gueule ?

Je laisse échapper un son guttural, presque animal, de ma bouche en faisant un pas vers lui.

Il se passe la langue sur sa lèvre inférieure avec son air mauvais et réplique :

– Robert ! Elle a des petits seins, mais elle a un corps d'actrice porno.

On se jauge du regard, les mâchoires serrées. Je ne sais toujours pas qui est ce Robert, mais je pense désormais que je ne suis pas au bout de mes surprises.

– À ta gueule, on croirait que tu ne connais pas l'identité de la meuf que tu baises ! Kiiiiiiiiiiiiiss, hurle-t-il.

Et là, tout s'éclaire. Le Robert dont parlait Kurtis n'était pas un homme, mais le nom de famille de Romy. La porte au fond du couloir s'ouvre dans un grincement qui agresse mes oreilles et une armoire à glace avance doucement dans l'ombre, avec quelqu'un devant lui. Je plisse les yeux en attendant que les deux personnes entrent dans la lumière.

Lorsque je vois deux rangers minuscules comparés aux pompes du fameux Kiss, puis le pantalon bleu marine se dévoiler, tout se confirme dans ma tête. Définitivement, Robert n'est pas un homme, il s'agit bien de Romy. Le type derrière elle la fait avancer et quand, enfin, elle entre en lumière, je perds pied. Sa chemise est ouverte sur son torse, elle a encore son soutien-gorge sur elle, mais ils en ont dévoilé trop. Elle a les mains attachées dans le dos, et ce Kiss la maintient debout par les cheveux, une lame sous la gorge. Quand les jambes de Romy cèdent, il fait tomber son couteau, signe qu'il me faut agir sans délai.

– Putain de *tigre* de mes couilles, je vais vous fumer.

Le premier coup de poing que j'assène à Orlando le fait vaciller en arrière. J'avance d'un pas pour lui enfoncer mon genou dans les côtes. Mais il met tout son poids vers l'avant, vers moi, et il nous fait chuter au sol. J'envoie mes poings dans ses flancs, quand un grand boum et des premiers coups de feu retentissent autour de nous. Le bruit d'un poids mort qui chute se fait entendre dans l'angle du bâtiment, mais vu les coups que je me mange en plein visage, je ne peux rien en dire.

– Stop où je l'égorge ! hurle Kiss.

Orlando se relève, me laissant sur le sol. Je tourne mon visage vers Romy qui semble terrorisée. Des hématomes apparaissent sur son ventre, sa gorge, ses joues. Putain, ils vont la briser.

– Vas-y, libère-la, dis-je en acceptant la main tendue de Mason pour me relever. Réglons ça entre hommes.

Il ricane en s'approchant de Romy. Je m'avance prudemment sans commettre d'impairs. L'autre brute a toujours sa lame sur la peau fine du cou de celle qui me fait vibrer. Je grimace de la voir grimacer. J'ai mal de la voir faible, meurtrie, blessée.

Il lève la main et pose son doigt sur son front qu'il laisse glisser le long de sa joue, sur les traits de sa mâchoire avant de prendre son menton entre son index et son pouce.

Il s'approche de son visage, et tandis que je m'apprête à le charger, Mason me retient par le bras.

– Attends quelques secondes, murmure-t-il dans mon oreille, on les encercle.

D'un coup d'œil, je vois mes frères passer derrière des palettes. Je jubile malgré la rage qui me consume. Ils sont bientôt finis, nous allons les crever comme des chiens. Cependant, je dois comprendre ce qu'ils avaient derrière la tête, savoir s'ils sont les seuls à être sur notre dos, si après cette soirée, nous serons enfin débarrassés.

Un gémissement sort de la bouche de Romy lorsque le doigt d'Orlando commence sa descente entre ses seins, puis il reprend la parole.

– Tu sais ce que ça fait, Adams, de perdre sa femme ?

Visiblement, Clark n'a pas dévoilé l'intégralité de mon dossier, sinon il aurait vu que j'avais écopé d'une belle amende suite à l'accident dans lequel Lara a perdu la vie et Ash a été gravement blessé à la jambe. Mes parents ont versé une somme à six chiffres en dédommagement. S'il connaissait un tant soit peu mon histoire, il saurait qu'après avoir perdu Lara, je ne laisserai rien ni personne me prendre la femme qui fait battre mon cœur.

– Oui, réponds-je.

Ma réponse le fait tiquer, et son visage énervé me fait face sans que la pulpe de ses doigts ne quitte la peau de Romy.

– Alors tu es au courant que Robert, ici présente, a buté la mienne ?

Je plisse les yeux pour comprendre où il veut en venir.

– Robert est la personne qui a mis une balle en plein cœur à ma femme. Mais comme si s'acharner sur des innocents ne suffisait pas, elle en a mis une dans la tête de ma sœur. Si on est si loin de Détroit, c'est avant tout pour elle.
– Et c'est quoi le rapport avec les Red ? Avec le Mexicain ?

Il ricane en me faisant désormais face. Je ne vois plus Romy cachée derrière son imposante stature.

– Vous avez que des ripoux par ici ! Le boss des flics a pas été difficile à mettre à table. Il est même plus intéressé par les affaires que des mecs de nos propres rangs. Il est plutôt doué d'ailleurs. Il a les gars des docks avec lui, et le directeur du port. On va se faire un max de blé. Puis, il rêve de vous coffrer et de vous laisser moisir en cellule jusqu'à la fin de vos minables vies. Ta pute n'a visiblement pas voulu

lui donner les infos qu'il attendait, donc… nous voilà, dit-il en ouvrant les bras. Mes soldats ne vont pas tarder à arriver, vous allez être encerclés. Laisse-moi le Mexicain et barre-toi.
– Des bécanes arrivent au loin, les gars, vous avez deux minutes devant vous, pas plus, marmonne Kurtis dans nos oreillettes.

On avait l'avantage, pourtant on est en train de perdre du terrain. Nous devons agir et renverser la tendance, montrer qui nous sommes. Nous sommes les Red, des mecs avec des couilles de taureaux que personne n'impressionne.

Tyron, qui est désormais derrière les deux crapules, lève la main et débute un décompte.

*Cinq.*

J'évalue Orlando en le regardant de haut en bas.

– Tu penses pouvoir faire le poids ? demandé-je pour gagner du temps.

*Quatre.*

Il sourit. Ce con sourit en dévoilant ses dents parsemées de strass. Une vraie boule à facette.

*Trois.*

– Retouche un seul de ses cheveux et je te crève, annoncé-je.

– Tu crois que t'es en position de me menacer ?

*Deux.*

– Tu penses qu'avant de lui trancher la gorge, je peux y glisser ma queue ?

Pour moi, le décompte s'arrête ici. Je me baisse, attrape le petit Jacknife accroché à ma cheville et lance ma lame en direction du type qui détient Romy. Au même moment, un coup dans les jambes me fait chuter et les bruits de moto se font entendre au loin.

– Ils sont là ! Barrez-vous ! hurle Kurtis dans l'oreillette. Ils ont des brouilleurs, j'ai dû contourner leur pare-feu pour reprendre la main sur les ondes. Repliez-vous, je vous attends sur le petit chemin. Bougez-vous !

Je sens la panique poindre dans la voix de Kurt', mais il est hors de question que je me casse d'ici sans Romy. Orlando me charge et d'un coup de pied en pleine mâchoire, je le freine dans sa route. J'entends Romy hurler quand Kyle l'attrape pour la mettre sur le côté et lui couper les liens qui entravent sa liberté de mouvement. Lorsqu'il la libère, elle recule vivement jusqu'à heurter le mur sur lequel elle se laisse tomber pour se mettre en boule.

Je me lève à la hâte alors que Mason et River traînent Orlando dans la petite salle où était retenue Romy il y a quelques minutes. Dwayne doit venir les aider tant le mec se débat. Je ne cherche pas à en savoir plus, je me redresse et me rue vers ma petite brune. Les mains sur les oreilles, elle tente de se protéger de la merde qui s'apprête à venir taper à nos portes.

– Je suis devant. Magnez-vous putain ! On va se faire canarder !

Kurtis hurle et tous les gars se ruent vers la sortie.

Je m'approche de Romy et la prends dans mes bras sans ménagement. Si elle se débat au début, les paroles rassurantes que je lui prononce tout en la serrant contre moi la mettent en confiance. Elle lâche prise, ses muscles se détendent.

– Ty', prends ma bécane ! ordonné-je.

Je cours jusqu'à, enfin, atteindre le portail. Mason est au cul du camion à attendre que j'y rentre. Lorsque je monte à bord, les mecs ont libéré la banquette et j'y allonge Romy. Le bruit d'une allumette qu'on gratte sur son papier râpeux me sort de ma torpeur. Je vois Mason regarder la flamme qui vient d'embraser l'allumette. Il tourne la tête vers moi et me sourit avant de lancer le bout de bois.

Le feu semble courir à l'allure d'un guépard et longe le bâtiment. Mason monte et crie à Kurt de mettre les gaz. Romy est toujours cramponnée à moi, mais semble à bout de force. Je sens son cœur battre rapidement, le mien en fait de même. Est-ce normal de ressentir ce genre de chose ? Que ce soit si fort ? Est-ce même humain ?

Une explosion fait bouger la camionnette malgré la distance qui nous éloigne du hangar. Nous regardons par les vitrages fumés à l'arrière de notre véhicule et nous sommes ébahis devant le spectacle.

– Ce n'est pas aussi spectaculaire que ce que j'avais imaginé, râle Mason.

– Vois le bon côté des choses, personne pourra se dire que c'est toi, rétorque Dwayne en rigolant.

– Je crois qu'elle a besoin de soin, annonce Kyle.

Mes yeux se posent sur Romy dont les petits poings emprisonnent toujours mon tee-shirt. Elle a une quinte de toux et quand je vois le sang qui se mêle à sa salive, une panique me broie l'estomac. Je me revois des années en arrière, quand le visage de Lara était sans vie, maculée de sang, *son* sang. Je ne peux pas être maudit à ce point, je ne peux pas perdre la seule femme qui réussit à me redonner l'envie de vivre.

– Va aux urgences ! hurlé-je. Vite !

# 27

**Romy**

L'entièreté de mon corps n'est que douleur. Un rouleau compresseur me serait passé dessus, je ne verrais aucune différence. Je tente de bouger mes doigts, mais même eux sont douloureux. De mes pieds à la racine de mes cheveux, je dérouille.

Le bip incessant de la machine résonne dans ma tête, me rappelant que je suis encore en vie. Et ça, pour une surprise, c'en est une.

Mes souvenirs sont flous, embués par un mal de crâne persistant. Toutefois, je me souviens de sa voix, comme une sensation de délivrance. À cet instant, je savais au plus profond de moi que, quoi qu'il arrive, tout irait bien. J'allais peut-être mourir, certes, mais… Il était venu. Pour moi.

Malgré tout ce que j'avais fait, Saul est tout de même venu à mon secours.

La raison m'est inconnue, peut-être rêve-t-il de me tuer de ses propres mains, qu'en sais-je… Quoi qu'il en soit, il m'a sortie de cet entrepôt à l'allure de tombeau qui semblait me promettre un aller simple pour la mort.

Et aujourd'hui, je suis en vie, contre toute attente. Même moi, je n'aurais pas parié sur ce revirement de situation. Je suis du genre optimiste, mais mes chances de survie égalaient les moins quarante.

La porte de ma chambre s'ouvre sans que le médecin qui pénètre dans la pièce n'ait pris la peine de s'annoncer, me pensant certainement encore inconsciente. Une nouvelle fois, je ne saurais dire combien de temps j'ai dormi. À travers la fenêtre, je constate qu'il fait jour. La pluie battante se fracasse sur les carreaux, les maigres rayons de lumière qui parviennent à franchir les épais nuages ne suffisent pas à éclairer la chambre.

Je reporte mon attention sur la jeune femme qui s'avance dans ma direction, un maigre sourire aux lèvres. Ses cheveux blonds sont remontés en une queue de cheval haute, alors qu'un masque chirurgical recouvre son menton. Elle a pris la peine de le retirer pour me dévoiler sa bouche et son nez. Ses yeux bleus me rappellent vaguement quelque chose sans que je parvienne à mettre le doigt dessus, et ils me scrutent attentivement tandis qu'elle se positionne au pied du lit.

– Madame Williams, je suis Zoey Roy. Je suis la chirurgienne qui s'est occupée de vous à votre arrivée.

Surprise, je tente de me redresser, en vain. La douleur fulgurante dans mes côtes me rappelle à la raison et m'oblige à me recoucher immédiatement en grimaçant. Je grogne de frustration, incapable de sortir le moindre son. Ma gorge, certainement à cause de l'étranglement d'Orlando, m'empêche de parler. Elle semble gonflée, asséchée et obstruée. Peut-être est-ce le fait de m'en rendre compte, mais l'instant d'après, une quinte de toux me prend, plus douloureuse que jamais. Mon corps me fait souffrir le martyre. Le connard ne m'a pas loupé… !

– Essayez de rester tranquille, me conseille le médecin en s'approchant du porte-sérum à ma gauche. Je vais vous redonner de quoi calmer votre douleur.

Elle sort une poche d'un tiroir et l'accroche au portant avant de le relier à mon avant-bras. La perfusion mise, elle recule d'un pas.

– Vous avez de multiples fractures aux côtes, l'une d'entre elles a perforé votre poumon gauche, j'ai dû rapidement intervenir avant que d'autres complications ne surviennent. Vous ne devriez pas garder de séquelles sur le long terme, hormis la cicatrice, mais je vous rassure, j'ai fait au mieux pour qu'elle ne soit pas trop visible. En dehors des côtes, vous avez subi des lésions à vos cordes vocales, rien d'inquiétant. Vous devriez pouvoir parler de nouveau une fois l'hématome disparu ou du moins dégonflé. Votre arcade sourcilière est fracturée tout comme votre nez. Ce sont des blessures impressionnantes et fortement douloureuses, mais vous serez vite sur pied. Vous avez eu de la chance, conclut-elle.

Si je le pouvais, je rirais. Visiblement, la chance est relative et dépend des points de vue. Personnellement, je ne considère pas que me faire passer à tabac soit de la chance. Bien sûr, j'aurais très bien pu y rester, mais j'aurais très bien pu passer ma journée à regarder des films, un pot de glace à la main, et la seule personne qui se serait fait casser la gueule, c'est l'acteur derrière l'écran de ma télé.

Le médecin me sourit doucement avant de poser sa main sur mon épaule. Mes yeux papillotent, je lutte pour ne pas plonger dans les bras de Morphée, mais rapidement, la fatigue me submerge, emportant dans son sillage la douleur qui irradie mon être de part en part.

***

Je suis tirée de mon sommeil par le grincement de la porte de ma chambre d'hôpital. Sous morphine, ma souffrance est sous contrôle et mon mal de crâne s'est envolé. J'ouvre difficilement les yeux, une nouvelle fois perdue dans le temps.

À ma droite, Clark pénètre dans la pièce. Je m'attendais à sa visite, mais j'en espérais une autre avant lui. Saul n'a pas pointé le bout de son nez. Pourtant, j'aurais aimé le voir, le remercier d'être venu me sauver, de s'être mis en danger pour me sortir de ce mauvais pas qui aurait pu me coûter la vie, et probablement la sienne. En aucun cas, je n'avais envie de voir Clark, mais alors vraiment pas. Je ne suis pas en état, aussi bien physiquement que mentalement, de supporter sa présence dans la même pièce que moi.

– Lieutenant Williams, ravi de vous voir réveiller, déclare-t-il sans grande conviction en attrapant une chaise. Avez-vous des informations pour moi ?

Je retiens un rire. On ne peut pas lui reprocher de tergiverser, ça, c'est certain. D'instinct, je me mure dans le silence, bien que ma gorge me semble moins douloureuse, du moins, assez pour que je puisse parler.

Il soupire, comme s'il avait deviné dans mon refus de communiquer que je ne souhaitais pas partager les quelques informations en ma possession avec lui. Mes soupçons sur le manque de droiture de cet homme ne font que se renforcer au fil des jours.

Je n'ai qu'une seule envie : aller mieux pour aller voir mon père avant qu'il ne soit trop tard. Je ne dirai rien sur Saul et le reste des Red Python. J'en suis certaine désormais, ma vision du bien et du mal n'est plus la bonne. Elle ne l'a certainement jamais été. Aujourd'hui, je me rends compte que porter un uniforme ne fait pas de nous quelqu'un de bien et à l'inverse, avoir des activités louches ne fait pas de nous un monstre. Ce qui définit une personne, ce sont les choix qu'elle fait : Saul a pris la décision de me sauver, malgré mes trahisons… Clark n'est qu'un pourri prêt à balancer n'importe quoi dans l'espoir d'obtenir une meilleure situation. Il ne pense qu'à sa putain de gueule.

Rien, absolument rien dans cette histoire ne tenait la route. Jamais je ne me suis retrouvée dans une situation comme celle-ci auparavant. Clark m'a jetée dans la gueule du loup sans se préoccuper de ma sécurité.

Il y a quelque chose qui ne tourne pas rond, je le sens au plus profond de mes tripes.

– Je suis au courant de tout, murmuré-je.

Clark se raidit, mais hausse le menton et m'observe avec dédain.

– Ce que les Red détiennent contre vous.

Je ne bluffe qu'à moitié parce que je ne fais que répéter les propos de Saul. Je n'ai rien vu de mes yeux, aucune preuve ni justificatif hormis les articles stockés aux archives du commissariat dans lesquelles j'ai été affectée pendant trop longtemps.

– Il y a quelques mois encore, Cole Adams était à la tête des Red Python… Oh, il était malin et il n'a pas mis bien longtemps avant d'obtenir des informations me concernant. Des informations qui, vous le devinez, ne me mettent pas en valeur, bien au contraire.

Je grince des dents, sans pour autant répondre. Clark a tué un otage, sciemment. Une belle bavure. Toutefois, puis-je réellement le juger puisque, moi aussi, prise dans la précipitation, j'ai commis le même crime ?

*Tu n'as pas eu ces femmes dans ton viseur,* me reprend ma conscience. *Lui a eu ce jeune homme en joue avant de choisir de tirer ou non… Là est toute la différence.*

Aujourd'hui et pour le reste de ma vie, j'en paierai les conséquences. J'en cauchemarde encore la nuit. Je porte le poids des remords sur mes épaules, lui semble n'en avoir que faire. Au contraire, seule son image, qu'il salit pourtant lui-même à cause de son comportement, semble compter à ses yeux.

– Vous imaginez bien que j'ai essayé de les coffrer plus d'une fois, histoire de me débarrasser de ce poids, mais ils sont plus malins qu'ils en ont l'air. Alors, lorsque les Tigers m'ont proposé un deal, je n'ai pas pu refuser : ils me débarrassaient des Red Python et moi, je fermais les yeux sur leurs petites affaires. Ne me regardez pas comme ça, Williams. Ne dit-on pas qu'il faut battre le feu par le feu ?

Je m'étouffe avec ma propre salive. Une quinte de toux réveille la douleur dans mes côtes tandis que Clark croise ses bras contre son torse, semblant attendre le silence comme un prof aucunement investi. Les battements de mon cœur s'accélèrent, d'après la machine qui continue à biper, de plus en plus vite, dans un bruit strident. La nonchalance dans sa voix ainsi que dans sa manière de s'exprimer me glace le sang, comme si son discours était parfaitement normal. Un goût de bile remonte le long de mon œsophage jusque dans ma bouche.

*Comment ai-je pu être aussi aveugle ?*

Je le savais être un enfoiré de première, à la limite de la dictature et du management par la terreur, mais de là à faire face à un tel individu…

– Mais voyez-vous, mes nouveaux amis ne sont pas parvenus à me donner le lieu de la rencontre entre les Red Python et le Mexicain, et puisqu'ils ne sont visiblement plus sur le coup, je vais devoir m'en charger moi-même. Aussi, j'ai besoin de connaître cette information. Je sais que vous la détenez.

– Même si c'était le cas, répondis-je avec une voix d'outre-tombe, je ne vous la fournirais pas.

Il lâche un ricanement sadique, me rappelant ceux des méchants dans les films d'animation. Je me crispe, tout le corps en alerte.

– Obstruction à la justice, je note, déclare-t-il. Vous m'avez déjà fourni, indirectement certes, la date et l'heure, vous avez déjà vendu Adams. Il finira en prison.

L'imaginer dans une cellule me tord les boyaux.

– Nous les coincerons, avec ou sans votre aide. Nos collègues de L.A. seront de la partie. Des tireurs d'élite, des hélicos, le SWAT seront déployés en début d'après-midi. Ils n'ont aucune chance. S'il vous reste un peu de matière grise, reprenez-vous et tentez de conserver votre insigne. Témoignez contre cette bande de racailles.

– Vous n'avez pas le droit, m'insurgé-je.

Je suis scandalisée, il ne peut pas me contraindre à faire quoi que ce soit.

– J'ai tous les droits. Il s'agira de votre parole contre la mienne. Autant dire que vous n'avez aucune chance.

Je ferme les paupières, cachant ainsi les larmes qui floutent ma vue.

Comment en suis-je arrivée là ? Tout remettre en question à cause d'un homme, un criminel, que j'aurais rêvé de mettre derrière les barreaux il y a quelques semaines encore.

Depuis l'enfance, mon monde tourne autour d'une certitude : dans la vie, il y a les méchants et les gentils. Aujourd'hui, elle éclate en mille morceaux, me mettant face à la réalité : l'uniforme ne fait pas la bonté, n'appelle pas la justice, et une veste en cuir ne fait pas la violence, n'appelle pas la cruauté.

C'est face à ce constat que je prends ma décision. J'appuie discrètement sur le bouton d'urgence, gardant les yeux clos pour cacher ma détresse, puis je souffle :

– Je n'ai rien à dire.

C'est le cas, mais j'aurais pu essayer de plaider ma cause, lui assurer qu'il sait tout ce que je sais, mais… Je crois que je suis fatiguée. Fatiguée de faire de grands sacrifices pour des gloires si brèves et si fades qu'elles n'ont finalement aucun sens. Fatiguée de mentir à ceux qui comptent réellement pour moi. Fatiguée de me battre pour me faire une place dans une ville qui n'est pas la mienne. Fatiguée. Juste fatiguée.

La porte de la chambre s'ouvre, je décolle légèrement mes paupières pour constater qu'il s'agit du docteur Roy. Elle observe rapidement le tableau qui se joue devant elle. Intérieurement, je prie pour qu'elle ne parle pas de mon appel à l'aide pitoyable.

– Désolée, monsieur, je vais devoir vous demander de sortir. Je dois prendre les constantes de M^me^ Williams et elle devra se reposer par la suite.

Clark affiche une moue contrariée tandis que je retiens de justesse un soupir de soulagement. Il se lève, en prenant plus de temps que nécessaire, et avant de quitter la pièce, il déclare haut et fort :

– À partir d'aujourd'hui, vous êtes suspendue,

Williams. Votre plaque et votre arme devront être rapportées dans les meilleurs délais aux bureaux.

Je hoche la tête en détournant le regard, une boule de haine me remontant dans la gorge. Le mot *suspension* caresse ma langue, y laissant un goût amer. Je m'abstiens de toute parole, craignant d'aggraver mon cas… ou d'éclater en sanglots. J'entends ses pas se rapprocher de la porte, puis cette dernière claquer après de rapides salutations au médecin.

Mes poings se referment sur les draps alors que je contiens mes larmes, à la fois de rage et de tristesse. Depuis que je suis arrivée à Riverside, toute ma vie explose en milliers de morceaux, si minuscules qu'il me serait impossible de les recoller.

– Vous allez bien ? me questionne le médecin en observant mes constantes.

Une larme roule sur ma joue, la première d'une longue série. J'avais déjà ressenti ça, cette sensation qui me broie le cœur, d'avoir mis toute une vie à me créer un monde pour qu'il explose en l'espace d'une seconde. Cette impression que tout ne tient qu'à un fil, qui me rappelle de la plus douloureuse des façons que rien, non vraiment rien, n'est éternel, que tout finit toujours pas cesser, emportant le meilleur avec lui.

Comme animée par une étrange magie, ma langue se délie, mes maux résonnent en mots dans la pièce, donnant un peu de sens à ce qui me pulvérise de l'intérieur, ce qui me fait bien plus mal que mes côtes fracturées. Entre deux sanglots, ma voix entrecoupée, étouffée et chuchotée retentit :

– Non, ça ne va pas… Il n'y a rien qui va ! J'ai l'impression que quoi que je fasse, peu importe la décision que je prends, je fais toujours les mêmes conneries !

Je la regarde droit dans les yeux, les larmes coulant à flots, et je vois dans son regard une lueur d'incompréhension. Je suis sûre qu'elle me prend pour une folle !

– Mais évidemment, vous ne voyez pas ce que je veux dire, je suis sûre que votre vie de médecin est parfaite ! Évidemment que vous ne seriez pas attirée par un homme qui est à l'opposé de vous sur tous les plans ! Évidemment que vous ne trahiriez pas ce même mec pour pouvoir aller rendre visite à votre père mourant ! Je suis sûre qu'aucun homme ne dirige vos moindres faits et gestes, parce que vous êtes un médecin qui a la tête sur les épaules !

Elle secoue la tête, le regard plein de compassion.

– Vous devez me prendre pour une folle… Mais vous savez, avant, j'avais ma vie en main moi aussi…

Alors pourquoi a-t-il fallu qu'il me retourne le cerveau avec son regard et son sourire ? Je devais récupérer quelques infos, rien de bien compliqué ! Mais ce sourire…

Je m'arrête un instant pour repenser à cette lueur qui m'a marquée à l'époque. Cette détresse qui fait écho à la mienne. Mon père m'a dit un jour cette phrase que je n'ai comprise qu'en voyant Saul pour la première fois : « Seuls ceux qui ont réellement souffert peuvent lire la souffrance derrière un sourire. Les autres la décèlent à travers les larmes, mais les plus écorchés par la vie savent que c'est derrière un sourire qu'on cache nos plus grandes peines. »

Perdue dans mes pensées, je sens le docteur poser une main délicate sur mon épaule. Elle m'offre un sourire qui se veut rassurant.

– Tout finira par s'arranger, madame Williams. Il faut simplement laisser du temps au temps.

*Je n'en suis pas si sûre…*

Et comme j'ai besoin de finir de vider mon sac, je termine ma tirade, à bout de souffle et plus épuisée que jamais.

– Il a tout envoyé chier, je reprends dans un rire sans joie. Mes convictions, mes opinions, ma droiture, ma tristesse, mes doutes. J'ai compris la signification de l'expression « tomber amoureuse ». On ne choisit pas de se casser la gueule, comme on ne choisit pas d'aimer. Alors ouais, finalement, « tomber », c'est le bon mot. Mais j'étais obligée. Je devais voir mon père une dernière fois, juste une.

Je prononce ces derniers mots dans un souffle et je m'endors, probablement aidé par le petit liquide qu'elle a mis dans ma perfusion.

***

Quelques jours plus tard, le docteur Roy m'a permis de signer une décharge et j'ai quitté l'hôpital. Je suis passée chez moi, j'ai fait un sac en quatrième vitesse sans être certaine de revenir un jour. J'ai mis le dossier des Red Python dans le container en bas de ma rue et j'ai pris le premier taxi pour l'aéroport. Il m'a fallu aller jusqu'à LAX[1], à une demi-heure de Riverside pour prendre un vol qui a duré près de cinq heures. Je n'ai pas prévenu mon père de ma venue, il m'aurait posé trop de questions qui méritent une discussion de vive voix.

Le trajet m'a permis de me reposer, sans trop penser. Je me suis gavée de plantes médicinales compatibles avec mes puissants antidouleurs. J'ai pratiquement dormi tout le trajet et une fois arrivée à Détroit, j'ai bien eu du mal à me réveiller. Pourtant, je me trouve devant la chambre de mon père, plus éveillée que jamais, une boule dans l'estomac.

Évidemment, la crainte de le voir faible me retourne les tripes, lui qui a toujours eu une santé de fer et une activité digne d'un ministre. Pire encore, la peur viscérale de le décevoir. Je le sais au fond, je n'aurai pas le temps de le rendre de nouveau fier de moi. Je me dis que les dés sont jetés, il partira avec l'image que je lui laisserai aujourd'hui : couverte d'hématomes et de sutures, sans plaque ni flingue, amoureuse d'un voyou.

Bon gré, mal gré, je pousse la porte de la chambre. Mon père regarde instantanément dans ma direction, toujours aussi vif dans ses réflexes de vieux flic. Il ne sourit pas, moi non plus. Il a dû perdre une vingtaine de kilos, au bas mot. Son teint est terne, son regard est lointain et sa voix, lorsqu'il murmure, est éteinte.

– Romy…

J'éclate en sanglots et me réfugie dans la faible étreinte de mon père.

---

1. L'aéroport international de Los Angeles est connu localement sous l'acronyme LAX.

# 28

**Saul**

– Bordel, mais laisse-moi appliquer le coton sur ta plaie !

Je grimace devant le volume de la voix de Fallon qui beugle dans mes oreilles malgré la migraine que je me tape depuis ce matin. Plus exactement depuis plusieurs jours.

– Si tu bouges comme un asticot, je peux pas te désinfecter !
– Ça fait mal, grogné-je.

Ouais, une plaie mal soignée pendant plusieurs jours, ça s'infecte. Et pour nettoyer le pue qui s'est accumulé sur mon arcade, ma cousine a dû venir il y a trois jours pour me poser un drain. Et depuis, Fallon joue les infirmières, quand ce n'est pas Aria qui s'en charge.

Je refuse de faire venir Zoey ici plus que de raison parce que Romy est toujours hospitalisée, et selon ma cousine, elle n'est pas près de sortir. Elle me tient régulièrement au courant de l'évolution de l'état de santé de ma fliquette qui a méchamment dérouillé avec les Tigers. Elle en est à son huitième jour d'hosto, à être clouée dans un pieu.

Je n'ai pas pu m'entretenir avec elle au sujet de toute cette embrouille. J'en ignore encore les tenants et les aboutissants, mais il faudra qu'elle se montre plus bavarde qu'à la normale, ne serait-ce que pour m'assurer que le danger est bien écarté.

L'entrepôt a cramé avec tous les occupants à l'intérieur, au plus grand plaisir de Mason qui aime plus que tout jouer avec les flammes. Les bécanes à qui nous avons fossé compagnie étaient nombreuses, et je dois évaluer, pour le bien du MC, si elles ne représentent pas un danger. Notre indic nous dit que non, mais j'aimerais m'en assurer.

– Allez, c'est bon. Zoey doit passer un peu plus tard.
– Comment tu le sais ? répliqué-je rapidement.
– Elle me l'a dit ! répond-elle d'un ton désinvolte.
– Pour quoi faire ? demandé-je.
– Qu'est-ce que j'en sais ? répète-t-elle.
– Fallon !

– Quoi ? Putain, elle m'a demandé de faire passer un message, je le fais. Tu veux que je te dise quoi de plus sans déconner ?

Elle tourne les talons en continuant à déverser sa colère, parce que c'est ainsi depuis qu'on est rentrés de mission : la femme de mon meilleur pote est de mauvais poil.

Je rumine, assis sur mon fauteuil dans la chapelle. J'ai du mal à être ailleurs qu'ici depuis l'exfiltration de Romy il y a de ça huit jours. Quand on l'a déposé aux urgences, on a dû appeler Zoey pour qu'elle gère l'admission par la cour arrière, loin des caméras et de tout ce qui pourrait relier l'état de Romy au MC. Depuis, je sais que nous sommes sous étroite surveillance, et je me fais violence pour ne pas prendre de nouvelles plus régulièrement. Je suis dans l'attente d'informations qui arrivent au compte-gouttes. Dieu merci, on a conservé la date d'ouverture du club de strip. Tyron a assuré.

Mason débarque avec son verre de sky et se pose à côté de moi. Après quelques secondes de silence où nous restons pensifs, il prend la parole.

– Je sais pas ce qu'elle a, mais depuis deux ou trois semaines, elle est vraiment casse-couilles.

Je souris. Mas' aime plus que tout sa femme, mais je sens qu'il en a gros sur la patate.

– Confie-toi à tonton Saul, mon salaud !

– Ta gueule, réplique-t-il en retenant un rire. Elle me les brise avec ses humeurs de merde.

– Bro, ta nana a toujours eu un caractère de merde !

– Non, non. Là, elle est pire qu'à la normale. D'habitude, elle part au combat pour tout et n'importe quoi. Depuis quelque temps, elle est toujours tendue, du matin au soir. Hier soir, elle s'est mise à pleurer parce qu'elle n'arrivait pas à ouvrir un bocal de cornichons…

Je prends théâtralement un air choqué, pose la main sur mon cœur et grimace en faisant les gros yeux.

– Pleurer ? Fallon pleure ?

– Ha ha ha ! Fous-toi de ma gueule…

– Non, sérieux, elle a pleuré ? Pour un bocal ?

– Ouais, après l'avoir jeté contre le mur à cause des nerfs. Le truc s'est brisé en mille morceaux.

Fallon a toujours été excessive, mais j'avoue qu'elle pousse le bouchon un peu trop loin. Je ne sais pas comment je réagirais si j'étais à sa place… Et je ne peux pas m'empêcher de me demander comment Romy réagirait à la place de Fallon…

– Je croyais qu'elle aimait pas les cornichons, reprends-je.

– Bah ouais… Et maintenant, elle en bouffe tous les jours, même au petit déj. C'est dégueulasse, et visiblement, ça rend ma femme un peu trop insupportable…

– Elle a toujours été insupportable !

Il me jette un crayon qui traîne sur la table en pleine face alors que j'éclate de rire.

– Tant qu'elle aime toujours autant le cul, continué-je en articulant entre deux hoquets, c'est qu'elle va bien.

– Ça, je ne vais pas m'en plaindre, elle est plus motivée que jamais ! Je me réveille en elle, je m'endors en elle, c'est pas beau ça ?

Sa voix est empreinte de fierté. Tandis que je me prépare à répliquer qu'elle est pire qu'une brebis en chaleur, on frappe à la porte. Je me tourne et j'observe ma sœur, appuyée contre le chambranle.

– On peut se parler ?

J'opine de la tête et fais signe de la main à mon bras droit de me laisser avec Aria. Elle s'avance et s'assoit à côté de moi. Une fois Mason en dehors de la pièce, elle prend la parole.

– Fallon dit que t'es en rogne à cause d'une femme.
– Fallon ne dit pas le mot « femme », m'amusé-je.
– OK, elle a dit meuf.
– Fallon ferait mieux de s'occuper de son cul, répliqué-je.

Elle ricane et soupire en s'adossant au fauteuil.

– Maman était au courant du business de papa. Elle savait se taire quand vous deviez prendre des décisions dans l'ombre, mais tu sais aussi bien que moi que ses avis étaient souvent bons, et que papa les a souvent suivis. Je veux que tu saches que je suis là et que tu peux me parler.

Je ne peux pas la contredire. Ma mère est une force de la nature qui a su s'imposer dans ce monde de dingue où gravitent essentiellement des hommes. J'ai déjà entendu mes parents discuter des affaires, ma mère donnant son opinion sur telle ou telle situation. Son intuition était souvent bonne d'ailleurs. Et mon père s'en est vite rendu compte. Elle était consultée officieusement pour toutes les affaires courantes.

Mais j'ai horreur qu'on me compare à mon père. Le poids d'être son fils est étouffant.

– Et ? demandé-je, l'air mutin.

– Et j'aimerais que tu arrêtes de me mettre de côté. D'autres également.

– Qui ? Fallon ?

Elle ne répond rien et moi, je ris dans ma barbe.

– Et ? Vous voulez pas non plus qu'on vous file les clés de nos bécanes !

– Oh non, je préfère ma petite voiture. Je suis sérieuse, Saul. Je te vois préoccupé, et pas seulement toi d'ailleurs, mais tu es le seul qui m'importe.

Je lève mes yeux vers elle tandis qu'elle me sort la moue qui me fait fondre depuis plus de vingt ans. Je rejette ma tête en arrière en soupirant. La garce, elle sait qu'elle a pris le dessus sur cette discussion.

– Je ne suis pas faible, Saul.

– Je n'ai jamais dit que tu l'étais.

– Alors, laisse-moi être là pour toi. Je peux être l'oreille qui écoute tes tracas… Et si une femme te rend heureux, j'aimerais que tu ne la laisses pas s'échapper à cause du MC.

Un rire sans joie émane de ma gorge et résonne dans la pièce où nous sommes.

– Pourquoi tu ris ? demande-t-elle en avalant nerveusement sa salive.

Comment lui dire que ma vie m'échappe, que je ne sais plus où je campe, surtout par rapport aux sensations bizarres que Romy éveille en moi ? Au milieu de tout ça, je dois composer avec la présence de l'aura de mon père dans les murs de notre quartier général et les emmerdes avec les flics désormais qui nous épient comme des rats de laboratoire.

– Aria, déjà, je ne suis pas papa. Arrête de penser que j'ai envie de faire comme lui.
– Je le sais, Saul, c'est juste que…

Je lui coupe la parole :

– Et si je ne te tiens pas au courant de toutes les problématiques du club, c'est pour te protéger.

Elle s'imagine que son avis m'indiffère, mais elle se trompe. Je ne veux juste pas qu'elle devienne encore une cible pour nos ennemis, les flics et tous les enfoirés qui ne pensent qu'à casser du biker.

– On était proches, avant… J'ai l'impression que tu t'éloignes. Certains mecs du MC sont plus à l'écoute que toi. Saul, je veux retrouver la complicité qu'on avait autrefois.

– Approche, lui dis-je en reculant mon siège.

Elle s'assoit sur mes genoux. Ses cheveux blonds, dont elle a teinté les pointes en bleu roi, frôlent ses épaules, et sa moue boudeuse me fait fondre. En même temps, elle me fait fondre depuis qu'elle est née et que, du haut de mes 5 ans, je me suis senti investi d'une mission d'une extrême importance : la protéger.

– Aria… Je ne veux pas te cacher des choses. En tout cas, pas sciemment. Tu sais aussi bien que moi que j'ai envie de m'émanciper de l'emprise de papa, et à travers le club et le business, c'est difficile.

– Je te parlais pas de papa…

– Je sais. Que veux-tu savoir ? Parce que les ragots de Fallon, je m'en méfie…

Elle réfléchit. Je sais qu'elle sélectionne les mots qu'elle va employer, parce qu'Aria est comme ça. Elle a fait cinq ans d'étude après son diplôme de la *High School*, et elle ne réagit jamais de façon démesurée. Elle est posée.

– Fallon dit que tu as rencontré quelqu'un.

On y vient.

– Et ?

– Et il paraît qu'elle n'est pas bonne pour toi.
– Et comment peut-elle le savoir ?
– Tu le sais très bien, répond-elle.

Je plonge mon regard dans le sien et j'essaie d'y lire son ressentiment, son jugement. Je sais qu'elle sait.

– Avant, tu me parlais sans détour de tes histoires de cœur, même de cul.

Hormis Lara, je n'ai jamais eu d'histoire de cœur. Que des histoires de cul sans lendemain. Aucune femme n'a suscité un réel intérêt. Aucune ne m'a donné envie de faire tomber les barrières que j'ai érigées autour de moi et de mon cœur. Je me suis souvent dit que j'étais indigne d'aimer et d'être aimé, et que le bonheur de la vie à deux n'était pas pour moi. Enfin, vie à deux, c'est vite dit. J'aime mon indépendance, je n'ai pas envie qu'une nana vienne me casser les bonbons. Et quand je vois comment Fallon se comporte avec Mason… ça vaccine ! Pourtant, je ne peux m'empêcher d'y croire.

– Aria, ça fait belle lurette que je n'ai pas eu d'histoire de cœur…
– Mais cette petite lueur dans tes yeux, moi je la vois, et je ne l'ai pas vu depuis plus de dix ans… Fallon m'a dit que tu avais rencontré quelqu'un. Une policière.

Je soupire en laissant tomber ma tête en avant. Fallon était-elle obligée d'entrer dans les détails ? Et dire que lorsqu'on l'a connue, elle ne voulait tisser de liens avec personne…

– Moi, je crois que les sentiments ne se contrôlent pas. Si tu penses qu'il se passe un truc entre vous, pense un peu à toi. Toi, Saul Adams, l'homme. Arrête de te mettre la pression avec le club, papa, les gars…
– Si c'était si simple…

Et surtout si elle savait.

– Parce qu'elle est flic, elle devrait être une ordure ? Ou contre le club ? Je ne crois pas aux stéréotypes, Saul. Si vous vous entendez bien, c'est qu'elle est faite comme nous. Puis, on ne va pas se mentir, on est les premiers à avoir des a priori sur la police.
– Parce qu'ils veulent crever les membres du club ! m'offusqué-je.
– Saul, gronde-t-elle, peu importe ce que tu as vécu, n'oublie pas que la patience finit toujours par payer. Parfois, il faut vivre le pire pour avoir le meilleur.

Aria et ses belles paroles…

– Qui te dit que c'est le meilleur ? Que cette nana n'est

pas là pour me briser davantage encore ? demandé-je, plein d'espoir.

Ma sœur me sonde en prenant un peu de recul avec son buste.

– Saul Adams ! Tu aimais profondément Lara, je le sais, mais tu avais 16 ans. Vous étiez jeunes et insouciants. L'accident qui lui a coûté la vie est triste et dramatique, mais c'était un accident. Elle est morte, mais pas toi. Alors vis ta vie pour honorer celle qu'elle ne pourra jamais avoir.

Entendre ces mots, repenser à cet accident, à mes excès, me tord le bide, mais je ne dis rien. J'attends que ma sœur vide son sac pour digérer ses paroles.

– Saul, ça fait une semaine que tu te morfonds dans la chapelle. Il se passe un truc, là, dit-elle en posant son index sur mon cœur.

Je resserre ma prise sur sa hanche et je la blottis contre moi. Je ne la remercierai pas avec des mots à voix haute, mais avec mes gestes.

– Tu vois que j'ai raison, rétorque-t-elle, victorieuse. Flic ou pas flic, Saul, écoute ton cœur. Fais confiance à ta sœur préférée !

– J'ai qu'une sœur, grogné-je, faussement vexé d'avoir été mis à nu en quelques phrases.

Elle m'embrasse sur la joue et se redresse quand un raclement de gorge derrière nous se fait entendre. Ma cousine Zoey se trouve sur le pas de la porte. Elle a beau être de la famille, elle ne rentrera pas dans la chapelle sans y être invitée. Aria va l'embrasser et longe le couloir en direction du bar derrière elle où Fallon assure le service en cette fin de journée. Je fais signe à Zoey d'entrer.

Elle s'approche de moi et dépose une petite mallette en cuir sur la table. Elle se penche pour m'embrasser sur la joue et passe les quinze secondes qui suivent à ausculter mon visage.

– Bon, Fallon a plutôt bien travaillé, dit-elle. Mais la plaie de l'arcade n'est pas jolie, je vais te faire une suture.
– J'en ai plein le cul de me faire raccommoder, râlé-je.

Zoey se fout de mes remarques et sort le nécessaire de sa trousse. Elle passe des gants, désinfecte la plaie avant de commencer à bouger ses mains comme une cheffe d'orchestre. J'avoue que ce n'est pas une partie de plaisir, mais je me concentre pour ne pas grimacer et passer pour une fiotte.

– Saul, reprend-elle alors qu'elle range son matériel et retire les gants, il faut que je te parle.

– C'est la journée des discussions ou quoi ?

– Me compare pas à tes barbares de potes !

J'ai horreur que Zoey parle des mecs qui sont devenus ma famille en les qualifiant de barbares. Elle n'a pas grandi avec nous, n'a pas tissé les liens qu'on a tous les uns avec les autres. Son père a toujours pensé que nous étions des marginaux, et même si sa mère, la sœur de la mienne, a toujours prêché pour notre paroisse, il reste quelques remarques désobligeantes.

– Je parlais de ma sœur, pas de mes *frères*.

– Qui n'en sont pas…

– Si t'es venue pour m'insulter ou insulter les miens, tu peux tracer ta route, grondé-je.

Ça y est, elle a réussi à me mettre en colère. Putain, je suis à fleur de peau, il ne m'en faut pas beaucoup pour démarrer, alors qu'elle ne me cherche pas.

– Donc, je repars sans te donner des nouvelles de Romy Williams ?

*La connasse.*

– Ni des visites qu'elle a reçues ces derniers jours ?
– Vas-y, accouche.

Elle se met à rire en s'assoyant sur la table en bois qui en a entendu des vertes et des pas mûres. Heureusement qu'elle n'a pas l'usage de la parole, elle pourrait nous mettre dans une sacrée merde !

– Tout d'abord, je veux te préciser que si je te dis ce qui va suivre, c'est parce que ta sœur m'a assuré qu'il s'agissait d'une personne importante pour toi. Puis, comme toujours, je vais te donner mon avis, tu t'en doutes bien !

Les femmes de cette famille vont me rendre dingue. Elles me provoquent toutes, me cherchent comme si elles n'imaginaient pas une seule seconde que je sois capable de les mater en moins de deux.

Je sais qu'elle a une place de choix à l'hôpital. Chirurgienne urgentiste, elle est toujours dans le feu de l'action, et elle est toujours présente quand on en a besoin, même si le MC lui sort un peu par les narines.

Je l'observe, patient, en attendant qu'elle commence son récit.

– Aria avait raison, pouffe-t-elle. T'as l'air tout chamboulé !

J'expire bruyamment sans pouvoir m'empêcher de sourire.

– Bon, déjà elle a reçu la visite de son boss. Un sacré enfoiré. Elle a dû m'appeler pour mettre fin à son calvaire.
– Qu'est-ce qu'il lui a dit ?
– En synthèse, elle refuse de lui donner des infos sur toi et les Red. Il a eu des infos grâce à elle, mais sans l'apprendre d'elle directement, j'ai pas tout compris. Mais il l'a suspendue.

Est-ce que c'est mal d'être heureux de cette dernière nouvelle ? Putain, j'ai l'impression qu'on m'enlève une épine du pied et qu'une inconnue dévoile son jeu dans mon équation.

– Elle m'a parlé, reprend-elle.
– Et ?
– Et je pense qu'elle tient à toi.
– Quoi ? réponds-je, choqué.

Comment peut-elle dire ce genre de truc ? Comment peut-elle savoir ce qu'elle a sur le cœur. Je ne vois pas Romy, d'habitude sur la réserve, se lâcher au point de faire des confidences à Zoey qu'elle ne connaît pas du tout.

– Elle te l'a dit ? demandé-je.
– Elle n'en a pas eu besoin. Je suis pas débile, j'ai compris.

Je suis stupéfait, mes yeux s'ouvrent comme des soucoupes.

– Oh, elle reconnaît qu'elle n'aurait jamais dû s'attacher à toi, que tu as fait valser toutes ses convictions.

J'accuse le coup, mon estomac accueille une grosse boule d'angoisse et mon ventre se noue. Je peine à rassembler des pensées cohérentes pour lui répondre. Elle ne m'en laisse pas le temps puisqu'elle continue.

– Je la pense vraiment sincère, et tu sais que je me trompe rarement sur les personnes qu'on côtoie…

Là aussi, je ne peux pas la contredire, Zoey a une sorte de radar à cons. Elle les repère à dix bornes. Alors je prends tout ce qu'elle me donne, j'emmagasine tout ce qu'elle peut me dire et ça me fait bizarre. Ressentir des choses me fait bizarre.

– En revanche, je n'approuve pas vos manigances. J'ai refusé que Kurtis mette toutes ces choses dans mes chambres. L'hôpital n'est pas un confessionnal, me réprimande-t-elle.

Ça, je me doutais qu'elle allait refuser de faire passer le club avant ses patients.

Elle sourit sans me laisser davantage de répit puisqu'elle enchaîne :

– Même si tu sais que je dis toujours non, tu peux continuer à envoyer Kurtis négocier pour faire ses petites installations. Ce type est certainement le plus intelligent de vous tous.

Je hausse un sourcil. Depuis qu'on est jeunes, il y a toujours eu des étincelles entre eux, mais Kurt m'a toujours assuré qu'il ne s'était rien passé et qu'il ne se passerait rien. Je n'ai jamais cherché à en savoir davantage.

– Son père est mourant, finit-elle par ajouter. J'ai pu consulter son dossier dans la base nationale. Sans rentrer dans les détails parce que ça ne te regarde pas, il est en fin de vie. Il a été autorisé à finir ses jours à domicile avec des soins palliatifs.
– Pourquoi tu me parles de son père ?
– Elle a signé une décharge cette nuit, quand j'étais au bloc. Quand j'ai fait ma tournée du matin, c'est à ce moment-là que je me suis rendu compte qu'elle était plus là.

Mon sang se glace et j'ai la sensation de chuter de dix

étages. Elle vient de se barrer, me laissant seule dans le tréfonds de ma noirceur.

– Elle est partie, et mon instinct me dit qu'elle s'est tirée à Détroit, conclut-elle en m'embrassant sur la joue pour quitter la pièce. Sois convaincant pour la faire rappliquer à Riverside. Et garde-la, je suis persuadée que c'est une perle.

– Zoey, l'interpellé-je. Pas un mot. À personne. Ni même à Aria.

– Secret professionnel, Saul, répond-elle avec un clin d'œil.

Aujourd'hui, ils ont tous lâché des bombes qui foutent le chaos dans ma tête pour finir par me faire ruminer ma merde. Je me sens impuissant. En temps normal, c'est le contraire, je me sens confiant et sûr de moi. Mais depuis que je l'ai récupérée, mal en point, qui s'agrippait à moi comme une moule à son rocher, je n'arrive pas à penser à autre chose, à être cohérent. Je m'en rends encore plus compte quand je prends mon téléphone pour envoyer un message à mon meilleur pote afin de lui faire part de mes intentions… Puis je me rends sur le site de l'aéroport de Los Angeles.

Romy, j'arrive.

# 29

## Romy

– Si tu me disais ce qui ne va pas ? me demande mon père d'une voix affaiblie.

Un faible sourire étire mes lèvres. S'il savait… Il me détesterait. Enfin non. Il serait déçu, mais c'est largement suffisant pour provoquer un désastre dans mon cœur. Je ne pensais pas que ce jour arriverait une seconde fois. Du moins, pas de son vivant. Après la mort de Trevor, j'ai déraillé, complètement, et mon père était aux premières loges pour observer ma déchéance.

Je me souviens qu'il n'a jamais été question de jugement direct, mon père n'a jamais été très doué lorsqu'il s'agissait de communiquer. Je crois que je tiens cela de lui : de vrais handicapés des émotions dans cette famille.

Pourtant, je voyais dans ses yeux tout le désespoir que lui causait mon comportement.

Bloquée dans cette bulle, celle emplie d'idées noires et d'un besoin de vengeance, je n'en ai jamais tenu compte. Il ne pouvait pas comprendre, voilà ce que je me répétais sans cesse.

Ma mère était morte à la suite d'une longue maladie, il me l'a dit lui-même : il s'y était préparé. On m'a enlevé Trevor, du jour au lendemain. Une seconde, il était là, la seconde d'après, il gisait sur le sol. Nos projets ? Envolés. Notre vie à deux ? Disparue. Et le coupable se baladait librement, aucunement inquiété par la justice.

C'est mon univers qui a volé en éclats. On peut passer son existence à faire le bien autour de soi, à être bon avec tout un chacun, sauver des vies, aider les plus démunis, il y aura toujours une personne à qui nos agissements de pure bonté causeront du tort.

– Romy, insiste-t-il.

Je serre la mâchoire, espérant m'empêcher de balancer tout ce qui me taraude. Un tas de questions sans réponses, des réponses sans questions, des convictions mises en berne, une peur viscérale, un cœur qui n'en peut plus de souffrir… Trop. C'est trop.

J'ai toujours eu du mal à parler de moi, de ce que je ressens. Trevor en riait, il disait que j'étais pire qu'un mec. Lui était plutôt fleur bleue, le genre à pleurer devant un film, à avoir les yeux qui brillent devant une belle histoire d'amour. Non pas que je sois insensible, simplement, je n'ai jamais su exprimer ce que ressentait mon cœur avec des mots. Parfois, parler me semble surfait. Je n'ai pas besoin de le dire pour le ressentir, pas besoin de le montrer pour l'éprouver.

Mon père attrape ma main et la serre doucement, comme un appel à la confession. Je relève mes yeux pour les poser sur son visage fatigué, son visage creusé par la maladie qui lui grignote un peu plus de vie tous les jours. Ses yeux verts, dont j'ai hérité, me sondent jusqu'à l'âme, cherchant l'origine de mes maux. Ils brillent d'espoir, celui que je parle avant d'imploser comme la dernière fois. Et je le fais.

– Tu as déjà hésité ? Est-ce qu'une seule fois dans ta carrière, tu ne t'es pas senti à ta place ?

Il affiche un faible sourire. Là, allongé dans son lit, il ne m'a jamais paru aussi fragile. Les docteurs l'ont autorisé à revenir à la maison. J'ai tenté de l'en dissuader, mais même ses médecins m'ont affirmé qu'ils ne pouvaient plus rien faire et qu'il serait mieux chez lui, dans un endroit familier qu'il chérit. Jusqu'ici, je suis parvenue à retenir mes larmes. Seulement, cette annonce fut certainement la plus douloureuse de ma vie.

Je n'ose pas sortir de sa chambre, par peur qu'il ne parte sans moi, et pourtant… Pourtant, égoïstement, j'aimerais ne pas être là. Ne pas voir la flamme s'éteindre définitivement dans son regard. Pas lui.

– Tous les jours, dit-il avant d'être pris d'une quinte de toux. Tu sais, Romy, lorsqu'on fait le job qu'on fait, on voit tellement d'atrocités que parfois, le cerveau dit stop. Je ne te parle pas de la mort, ce n'est malheureusement pas le pire. Il faudrait être sans cœur pour ne pas être touché par tous les malheurs que nous entendons, que nous voyons…

La misère de Détroit n'est un secret pour personne. C'est une ville ouvrière, mais depuis la faillite des usines automobiles à cause de la concurrence mondiale, bon nombre d'habitants se sont retrouvés au chômage, des crédits sur le dos et plus rien dans le frigo. Après la fermeture du dernier General Motors en ville, le taux de criminalité a atteint des sommets. J'ai eu de la chance, j'ai grandi du bon côté. Nous n'avons jamais roulé sur l'or et les fins de mois, nous devions nous serrer la ceinture, mais je n'ai jamais manqué de rien. Je n'ai jamais eu faim, je n'ai jamais eu froid. J'aurais très bien pu finir de l'autre côté de la ligne si nous avions eu un peu moins.

– Clark m'a demandé de lui ramener des infos, sans quoi, il ne m'autorisait pas à m'absenter pour venir te voir, commencé-je après de longues secondes de silence. J'ai eu droit à un joli chantage.

Mon père est pris d'une énième quinte de toux. Il se plie en deux avant d'attraper le verre d'eau qu'il boit à la paille. Il me fait un geste de sa main pour m'inciter à continuer.

– Clark était tellement déterminé à les faire tomber… Je ne comprends toujours pas pourquoi.
– Mais ?
– Mais… Saul… le président du club m'a montré un autre visage de la justice. Il m'a fait comprendre que les « méchants » ne l'étaient forcément. Il m'a ouvert les yeux.

Mon père sourit à mes propos, comme si je lui livrais une évidence.

– Certes, reprends-je, les Red Python ne trempent pas toujours dans des affaires légales, mais… Ils protègent les habitants de Riverside mieux que les flics, papa. Ils font mieux notre boulot que nous, tu te rends compte ?

C'est déconcertant, énervant, frustrant et… rassurant. Si tous les flics de Riverside sont aussi pourris que Clark, je suis soulagée de savoir que quelqu'un veille au grain, protège la ville et ses citoyens.

– Ils poussent les enfants à aller à l'école, empêchent le proxénétisme, aucune drogue ne circule dans les rues de Riverside. Papa, je n'ai jamais vu un taux de criminalité aussi bas que là-bas. Les habitants les respectent et pour rien au monde ils ne voudraient les voir partir. Lorsqu'ils ont un problème, c'est les Red Python qu'ils appellent, pas la police. Jamais la police. Au contraire, même les innocents les fuient. Un jour, Saul m'a dit qu'ils faisaient plus pour les riverains que la police. Je ne l'ai pas cru, jusqu'à le voir de mes propres yeux.

C'est tout de même le comble. Pourtant, en arrivant à Riverside, j'étais persuadée que la justice l'emportait sur tout, même après mon malheureux geste. Qu'il y a deux camps : les gentils flics et les méchants criminels. À mon sens, les deux ne pouvaient pas aller de pair, c'était tout bonnement impossible. Pourtant, Saul, Mason, Fallon et tous les membres des Red Python que j'ai croisés de près ou de loin, même si ce ne sont pas des enfants de chœur, ça ne fait pas d'eux des suppôts de Satan non plus. Ils ont des principes qui résonnent en moi comme un écho, faisant appel à tout ce que mon père m'a inculqué.

– Ta mère me répétait souvent ces mots : « Il n'y a ni gentil ni méchant dans ce monde, seulement une personne qui a, un jour, choisi une voie. Tu ne verras jamais le prix que ce choix lui a coûté, les cicatrices recueillies tout au long de sa vie. »

Je déglutis difficilement alors qu'une nouvelle quinte de toux le prend. Mon cœur se serre lorsque après avoir commencé à me redresser pour l'aider à se relever, il me fait signe de ne pas bouger. Je me sens tellement… inutile. Il est là, face à moi, si faible et si fatigué. Je ne compte plus les kilos qu'il a perdus à cause de ses traitements.

Je refuse l'idée que bientôt je vais devoir m'en sortir sans lui… C'est horrible, je n'y arrive pas ! Où est-ce que je vais bien pouvoir me réfugier quand tout ira mal ? Cette maison m'a vue grandir et elle détient tous mes souvenirs, mais elle ne sera rien sans la présence de mon père. Lui seul comprenait mes silences. Je n'avais pas besoin de prononcer un mot pour qu'il sache ce dont j'avais besoin… Et de penser que très bientôt son cœur va s'arrêter… Non, je n'y arrive pas !

J'aimerais être assez courageuse pour lui dire à quel point je l'aime pendant qu'il peut encore l'entendre. Du plus loin que je me souvienne, je ne lui ai jamais dit et lui non plus. Mais on se l'est montré au quotidien. Enfin, j'ai essayé, j'espère qu'il le sait.

Les mots ne seront jamais assez puissants pour expliquer ce que je ressens. Je le regarde et égoïstement, je le supplie de tenir encore un peu. Il souffre et je m'en veux terriblement de souhaiter qu'il soit encore là demain et le jour d'après.

J'aimerais avoir sa force, parce que même si on s'y préparait, je ne serai jamais prête à dire au revoir à celui qui m'a élevée, qui m'a forgée, qui m'a aimée.

Quand je le regarde, je suis si fière d'être sa fille. Je le vois et je me dis que j'ai eu tellement de chance d'avoir eu un père comme lui. Malgré la mort de sa femme, il s'est battu pour moi. Parfois en faisant front, souvent dans l'ombre, sans que je ne m'en rende réellement compte. Et dans chacun de mes pas, chacune de mes actions, il y a beaucoup de lui, parce que tout ce que je suis, c'est lui qui me l'a appris.

Je suis encore dans l'illusion qu'il va s'en sortir. Je me mens à moi-même, j'en suis parfaitement consciente, mais peut-on réellement accepter de voir son héros chuter ?

Je veux retourner à la pêche avec lui, boire mon café autour de la table de la cuisine avec lui. Fêter Noël et l'entendre polémiquer sur des sujets dont tout le monde se fout. Je veux encore l'entendre dire que les politiciens sont tous des cons déconnectés de la réalité et qu'ils devraient venir faire un tour par chez nous. Je voudrais encore entendre le bruit du verrou du coffre-fort qu'il fermait après avoir rangé son arme et sa plaque. Je voudrais lui apprendre une nouvelle fois à se servir de son iPhone et l'entendre jurer contre ce dernier parce qu'il n'arrivait pas à prendre une photo. Le regarder taper un message avec son index, lui proposer mon aide avant de l'entendre grogner pour seule réponse. J'aimerais encore l'entendre parler « comme un djeun », juste pour pleurer de rire. L'observer me faire un gâteau d'anniversaire, le laisser trop longtemps dans le four et finalement, aller à la boulangerie en urgence pour en acheter un. Je voudrais plus de temps, tout simplement. Qu'il s'arrête et me laisse encore un peu avec lui. Juste un peu.

– Romy… je déteste te voir pleurer ma chérie.

Je ne me rends pas compte que je pleure. Désormais, mes larmes redoublent. Mon père rattrape ma main et cette fois, me tire vers lui. Je me laisse faire, malgré sa faible force. Il me prend dans ses bras et un cri de douleur m'échappe. Je ne veux pas. Je ne suis pas prête. Plus les heures passent, plus sa fin approche, je le sais, je le vois, mais je ne peux pas. C'est au-dessus de mes forces.

– Je voudrais que tu me promettes de vivre pour toi, Romy. Quoi que tu fasses, que tu restes dans la police ou que tu partes vivre une tout autre vie, tant que tu es heureuse, je le serai aussi. Pars, voyage, si c'est ce que tu veux. Aide les mômes dans le besoin si c'est ce que tu souhaites. Aime ce Saul, aussi fort que tu en es capable. Aime-le à en avoir le souffle coupé, aime-le jusqu'à ce que ton cœur implose. Il n'y a que l'amour qui compte à la fin.

Après une quinte de toux, je resserre ma main sur la sienne.

– Je veux que tu me promettes de ne laisser personne juger la jeune femme magnifique que tu es. Personne, je dis bien, personne, n'a le droit de parole sur ta vie, Romy. Et quoi que tu fasses, je sais que tu brilleras.

Je resserre mon emprise sur son corps affaibli et pleure, encore et encore.

– Je te le promets.
– Tout ira bien, ma puce.

***

– Merci, dis-je en me saisissant de la tasse que me tend Fitz.

Il hoche la tête avant de s'installer à mes côtés. Le silence est pesant, il laisse planer toute la peine qui résonne dans mon cœur et dans l'intégralité de mon corps.

Il n'est plus là.

Il ne le sera plus jamais.

Je ne cesse de me le répéter, sans quoi, je n'arrive pas à y croire.

La cérémonie fut éprouvante. Mon père était un homme respecté à Détroit, aussi bien par les flics que par les petits bandits à qui il a tendu la main. Il y avait du monde, beaucoup trop pour moi. Tous, autant qu'ils étaient, attendaient de voir si, comme après le décès de Trevor, j'allais péter les plombs. Dommage pour eux, j'ai fait honneur à mon père, je suis restée forte et j'ai gardé la tête haute.

J'ai affiché un faible sourire toute la journée, serré tant de mains que je serais incapable de les compter. J'ai perdu le compte de toutes les condoléances que j'ai entendues, de tous les gestes d'affection que j'ai reçus. Pendant toute cette journée, j'ai agi en parfait automate, rien ne sonnait vrai. Même mon discours m'a laissé un goût amer dans la bouche tant j'étais détachée. Comme si j'observais la scène en dehors de moi.

Peut-être cela a-t-il rendu les choses un peu plus simples, me permettant de me détacher un peu, de prendre du recul, d'étouffer mon chagrin. Ce ne fut que de courte durée. Lorsque j'ai croisé le regard de Fitz, se tenant légèrement à l'écart, j'ai accouru pour me jeter dans ses bras. J'ai pleuré sur son épaule, à l'abri des regards. J'ai pleuré des heures durant, hurlant ma peine, et mon meilleur ami n'a pas lâché ma main.

Lorsque je lui ai envoyé un message, pour l'informer que c'était fini, je ne m'attendais pas à ce qu'il débarque. J'ai même été vexé qu'il ne me réponde pas.

Je n'en ai parlé à personne d'autre à Riverside. Je ne vois pas qui cela aurait pu intéresser. Saul ? L'homme que j'ai trahi pour être ici aujourd'hui aurait sûrement rigolé de ma détresse. Je ne connais personne d'autre, du moins pas aussi bien que lui.

Penser à Saul me fait frissonner. La date fatidique avec le Mexicain approche à grands pas. Je ne sais pas si Clark est parvenu à trouver l'endroit où aura lieu la transaction. Au fond de moi, je prie tous les dieux, les chamanes, les sorciers, les lutins et n'importe quel énergumène avec ne serait-ce qu'un chouia de magie dans leur être, pour que ça ne soit pas le cas.

Et puis, tout d'un coup, une idée me vient. Je me tourne vers Fitz, les yeux pleins d'espoir. Je connais le plan d'attaque des flics de Riverside, je peux le prévenir. Pas directement, sinon, c'est moi qui finirais derrière les barreaux. Je suis prête à parier que mon téléphone est sur écoute, comme celui de Saul, et je ne peux pas retourner en Californie, j'ai encore tellement de choses à faire ici... Ce n'est pas le cas de Fitz.

– Je n'aime pas ce regard, siffle-t-il. Non pas que j'aimais davantage le précédent, mais celui-ci annonce de très gros problèmes.

Je hoche doucement la tête, lui servant ma moue la plus adorable possible.

– De très très gros problèmes même, répliqué-je. Tu es avec moi ?
– Carrément !

Alors je lui explique le peu que je sais, en espérant que les confidences que m'a faites Clark à l'hôpital étaient vraies. Il avait prévu d'appeler la cavalerie de Los Angeles en appui. Des snipers, des anti-snipers également, des hélicos, bref, un sacré remue-ménage. Ils seront en place bien avant le début de la transaction, aux alentours de quinze heures, je pense. Si Saul tient réellement à faire le deal ce jour-là, il doit l'avancer au moins dans la matinée, parce qu'une fois les troupes déployées, les flics seraient capables de tenir la planque plusieurs jours afin d'être certains que les Red ne les baisent pas d'une journée. J'insiste, parce que selon moi, leurs déplacements sont surveillés. Sortir de leur QG sans se faire repérer ne sera pas une mince affaire, mais s'il utilise quelqu'un pour faire diversion…

Je donne à Fitz les plaques d'immatriculation des quatre voitures banalisées en planque constamment autour de leur bar, lui rappelant que mes infos sont peut-être erronées, parce qu'aucun de mes collègues n'a jamais jugé opportun de me mettre dans la confidence. Rien ne me garantit que Clark n'ait pas tout changé par peur que je fasse capoter sa mission. J'ajoute à ça que tous leurs téléphones sont très certainement sur écoute et géolocalisés. En cas d'échange avec le Mexicain, ils ne doivent surtout pas les prendre avec eux.

Je poursuis pour les méthodes de la police de Riverside telles que je les connais. Quand je vois l'organisation de l'araignée murale représentant le gang de Tigers, j'imagine qu'ils ne font quand même rien au hasard.

– Bordel de merde, crache Fitz, s'ils mettaient autant d'énergie à démanteler les cellules terroristes, les tours jumelles seraient encore debout.

Son humour noir me fait lâcher un rire. Parce que, bordel, il a raison.

– Transmets tout ça à Saul, seulement à lui, de vive voix et loin de tout téléphone.

– J'ai l'impression de partir en mission contre le gouvernement.

– Non, tu vas simplement faire une obstruction à la justice. Si tu te fais choper, toi et moi, nous irons faire un petit séjour derrière les barreaux. Paraît-il que la bouffe n'y est pas aussi mauvaise qu'on le dit.

Il sourit devant mon humour de merde.

– J'aurais tout le temps de travailler ma musculation, réplique-t-il.

Cette fois, c'est moi qui souris.

Je suis désolée, papa. Il est tant que je me batte pour ce en quoi je crois vraiment.

# 30

**Saul**

– Tiens, l'adresse, lance Kurtis en me jetant au visage son bloc de post-it jaune.

Je l'attrape au vol et lis l'adresse du père de Romy.

– Et je te conseille pas de chercher l'adresse avec ton tél, j'ai détecté de la présence sur nos réseaux. J'ai beau balancer des leurres régulièrement, les flics s'accrochent.

Kurtis continue de taper frénétiquement sur le clavier de son ordinateur et regarde, en même temps que ses doigts s'agitent, les quatre écrans face à lui.

– Fallait s'en douter, lance Mason. Depuis l'entrepôt, ils sont partout. Même Fallon les a repérés autour du garage.

Ça me fout les boules parce que le deal avec le Mexicain approche à grands pas et que je ne pense pas opportun de lui demander de le déplacer. Je ne veux pas passer pour un tocard pas sûr de lui qui ne connaît pas son business et son environnement. Puis, nous avons trop besoin de thunes pour compromettre ce deal. Nous vivons sur nos dernières économies, et les ultimes dépenses pour la sécurité de notre terrain, nos maisons, les travaux du club, les salaires des danseuses et barmaids vont nous mettre rapidement dans le rouge. Nous devons faire cette transaction.

– C'est quoi le programme cet après-midi, demande le Limier.

– Il faut finir de monter les armes à l'entrepôt, mais si on est surveillés, ça va être chaud, conclut mon VP.

– Faites diversion avec les prospects ou partez dans le coffre des bagnoles des brebis. Trouvez une solution pour que ces putains de calibres soient montés pour le deal, grondé-je.

Je sens tous les regards sur moi. Ils sont lourds de sens. Je ne m'énerve jamais, mais depuis quelques jours, je suis à cran. J'en ai pleins le cul de tout ce qui fait mon quotidien : ce club de strip qui aspire plus de billets que ce qu'il en crache, le restaurant a même dû décaler son ouverture faute de moyens. Puis il y a cette opération avec le Mexicain à gérer en parallèle de la police qui nous épie.

Sans parler de Romy dont j'ignore si elle va bien ou pas, mais je sais qu'elle a pris un billet pour Détroit quand elle s'est barrée de l'hôpital ; mon génie de l'informatique m'a confirmé ce point assez facilement.

Je me suis attaché à la vitesse de l'éclair, certainement parce qu'elle n'est pas si différente de moi, même si elle s'imagine le contraire. Aujourd'hui, je ne me voile plus la face : elle me manque, chaque jour un peu plus. Comment est-ce possible de souffrir autant de son absence après tout ce qui vient de se passer ? Pourquoi, alors que nous nous sommes fait du mal ? J'ai essayé de lui en vouloir pour cette fameuse nuit où je l'ai trouvée, la tête dans mon ordinateur, mais je n'y parviens pas. Je n'y parviens plus.

Je suis prêt à lui pardonner.

Elle a le poids de la réussite de son paternel sur les épaules et la peur de décevoir les autres, mais en premier lieu son père. Le fardeau de l'héritage familial est lourd et nos décisions dictées par leurs attentes, bien qu'on ait des caractères bien trempés. Ensuite, on a des idées arrêtées qu'on gère chacun à notre manière : quand je fais passer des messages avec humour sur l'instant, elle se mure dans le silence en attendant la bonne occasion de faire passer le sien. La finalité est pourtant la même. On a le goût du risque et le sens de la famille. De ce que je retiens de son passage à l'hôpital, c'est que malgré la pression de Clark, elle n'a rien voulu entendre. Elle n'a jamais voulu me charger, moi ou mes frères. Si elle a dévoilé malgré elle certains indices, je retiens qu'elle l'a fait pour aller voir son père mourant. Qu'est-ce que je serais prêt à faire pour aider mes frères ? Leur montrer qu'ils sont ma famille ? Je serais certainement capable de bien pire.

– On va le faire, Prés', reprend Kyle.
– Je sais. Désolé, je suis un peu à cran, repris-je en me passant une main sur le visage.
– T'es inquiet pour Nuggets ? demande Mason.

Je hais le surnom que mon VP utilise quand il parle de Romy, mais je n'en dis rien pour ne pas devoir m'en justifier. Quand je relève les yeux, les gars quittent le bureau pour nous laisser seuls. Pas besoin de grands discours chez nous, et c'est appréciable.

– Qu'est-ce qui te fait dire ça ?
– J'ai l'impression de me revoir quand Fallon a été enlevée par son beau-père. J'ai vécu ces jours d'attente comme la pire des souffrances.

Je hoche la tête, compréhensif. Je me souviens de cette période comme si c'était hier et pourtant, c'était il y a plus d'un an. Fallon avait donné sa vie pour Mason quand l'assassin de son père était venu la chercher comme un trophée à enfermer dans une vitrine. Mason a fait un carnage pour la récupérer, puis pour la venger, nous autres derrière lui, parce qu'on ne laisse jamais un frère agir en solo. C'est un peu ce qu'ils ont fait pour aller chercher Romy.

– J'ai l'impression de ne rien savoir d'elle, mais en même temps de ne pas pouvoir me passer d'elle. Et c'est d'autant plus troublant qu'elle me ramène à mes vieux démons : Ash, donc Lara, et plus généralement ce putain de sentiment que je pensais ne plus jamais être capable de ressentir.

– On est des couilles molles, bro. Elles nous tiennent par les burnes.

– Et toi, comment ça va avec Fallon ? demandé-je pour changer de sujet.

Mason passe sa main dans ses cheveux et soupire.

– Elle me met la misère. Tyron a fait sa soirée de lancement jeudi dernier, cette foutue avant-première, tu te souviens ?

– Ouais.

Bien sûr que je m'en souviens. Je suis passé une heure pour serrer quelques mains et me montrer, mais je ne voulais qu'une chose, rentrer pour attendre Zoey qui finissait sa garde à minuit afin d'en savoir plus sur l'état de santé de Romy.

– Quand je suis rentré, j'ai eu droit à une inspection complète, mec. Même ma teub elle l'a regardée sous toutes les coutures pour vérifier si je n'avais rien de suspect.

J'éclate de rire, c'est bien du Fallon, ça !

– Ris mon pote, on verra bien qui rira le dernier.
– Comment ne pas rire en imaginant cette folle haute comme trois pommes te mettre à l'amende ?!
– Ouais… Mais putain, je ne sais pas comment j'ai pu faire pour vivre plus de vingt piges sans elle. C'est tout ce qu'il me fallait.
– Et ça se voit, mec.

Il est moins agressif avec ses frères et les prospects. Avec ces derniers, il avait tendance à être plus que violent. Il n'y a qu'à voir ce qu'il a fait subir à Kyle avant qu'on ne lui remette son cuir : coups à foison, brûlures, tâches ingrates… Il lui a tout fait faire. Et maintenant, ils sont cul et chemise, toujours fourrés ensemble.

– T'es en train de me dire que je suis un fragile ?

– Non, ducon ! T'es plus pédagogue avec les nouveaux, c'est tout.

On n'a pas le temps de se dire plus qu'on frappe à la porte. Je crie un « entrez », quand Fallon ouvre, un bocal de cornichons dans une main, quelques boudins verts dans l'autre et la bouche pleine.

– Un mec est là pour te voir Saul. Un certain Fitzgerald. Mais je ne suis pas sûre, parce que je l'ai fait répéter plusieurs fois tellement ce prénom me donne envie de rire.

Je me lève sans écouter la suite des conneries qu'elle débite pour rejoindre en quelques secondes Ash qui s'est installé dans un box. Je m'assois en face de lui, en le saluant de la tête. Il a la mine fatiguée, les cernes sous ses yeux forment des auréoles sombres.

– Ça va, mec ? T'es blanc comme un cul !
– Ça peut aller… J'ai un message pour toi.

Surpris par son annonce, je me redresse sur mon siège.

– Comment ça, un message ?
– Je viens juste de rentrer de Détroit.

*Romy.*

– J'ai besoin de m'assurer que ton téléphone soit loin de toi et qu'on puisse se parler ailleurs que derrière une vitrine.

Je comprends où il veut en venir. Je fais signe à Aria qui est derrière le bar de venir. Une fois qu'elle est à côté de nous, je lui tends mon téléphone en lui demandant de le mettre dans le tiroir de la caisse et demande à Ash de faire de même. Il s'exécute sans broncher. Puis, je lui dis de fermer les volets et d'activer le brouilleur. Elle hoche la tête et s'exécute en quelques secondes. Une fois le *diner* sécurisé, je plante mes yeux dans ceux de mon ancien meilleur ami pour lui intimer de parler.

– Romy a perdu son père.

Entendre ces quelques mots me broie le ventre, mais je n'en montre rien. Ash ne m'a pas prouvé que je pouvais à nouveau lui faire confiance, surtout au sujet de Romy.

– Malgré tout, elle m'a chargé de te délivrer un message.

Ash déplie une feuille qu'il récupère dans la poche intérieure de sa veste, puis récupère des allumettes dans son jean. Il lit des notes griffonnées sur cette feuille blanche et commence à débiter son discours.

– Clark a prévu du renfort et l'artillerie lourde pour le jour J.

Et il m'énumère les confidences non vérifiées de Clark lors de sa visite à l'hôpital.

– Ils seront en place dans l'après-midi.

Puis il me tend la feuille.

– C'est le numéro des plaques d'immatriculation des quatre voitures banalisées en planque constamment autour de vous.

Je note mentalement tous les détails que m'annonce Ash et serre dans mon poing le bout de papier. Les flics ont une longueur d'avance, et c'est parce que j'ai ouvert ma grande gueule qu'ils l'ont. Si je n'avais pas dit à Romy, dans un excès de colère, la date et l'heure du deal, elle ne l'aurait pas noté je ne sais où, et personne n'aurait jamais su le pourquoi du comment.

*C'était pas le plan initial, bon sang !*

– Pourquoi t'envoyer, toi ?
– Parce que je suis son ami et qu'elle me fait confiance.

Et puis, j'étais à l'enterrement de son père et elle est persuadée d'être sur écoute, alors… me voilà !

Entendre qu'elle l'a contacté lui pendant cette terrible épreuve, mais pas moi me file une bonne droite virtuelle dans la tronche. Mais encore une fois, mon masque d'indifférence et d'arrogance est en place, ne laissant rien paraître.

– T'es venu pour me donner des informations ? Ou me narguer ?

Ash sourit.

– Peut-être un peu des deux.

Mes dents se serrent à cette réponse qui appelle une bonne mandale, mais je prends sur moi. Je prends sur moi parce qu'il a fait l'effort de venir sur mon terrain pour me parler de Romy. Il aurait très bien pu lui dire qu'il allait venir me voir sans pour autant honorer sa promesse. J'aurais gardé mon plan initial et je me serais fait cueillir par la cavalerie pour aller croupir en taule.

Désormais, je dois anticiper et préserver mon business.

– OK. Merci à vous deux, j'assène, le visage fermé.

Je sens qu'il m'observe et après un petit temps, il se penche sur ses avant-bras.

– Mec, je te connais par cœur. Tu peux enlever ton costume de président de ton MC, ne joue pas à ça avec moi. Elle te fait triper, en tout cas plus que toutes tes putes à bikers.

Fallon se tourne vers moi en passant près de notre table et me balance un regard entendu avant d'aller débarrasser les verres vides vers les billards. Fallon a toujours eu un problème avec les brebis…

– Alors arrête de jouer avec elle et de la traiter comme une merde.

Il a raison sur un point, il me connaît bien. Je fais tomber le masque qui cache mon visage pour me faire passer pour un mec jovial à toute épreuve. Je lui montre mon état d'esprit du moment, c'est-à-dire un mec mauvais à qui il ne vaut mieux pas casser les couilles.

– Qui te dit que je veux jouer ? craché-je. Tu n'en sais rien, Ash, alors ne parle pas de choses que tu ne connais pas.

– J'en sais rien. Mais elle a une vie chaotique, répond-il, soudain plus calme.

Je ferme les yeux et je noue mes doigts sur la table.

– Ne parle pas d'elle…

– Je suis pas venu te rabâcher que je t'en veux. J'ai compris depuis peu que ça ne servait à rien, que ta vie avait certainement été bien pire que la mienne.

S'il savait.

– Je m'en suis voulu tous les jours depuis ce putain d'accident, dis-je. Pas de l'avoir aimée, pas de te l'avoir cachée, non, mais de ne pas avoir su la protéger.

Je serre mes mains entre elles pour tenter de canaliser la rage mêlée à la peine que je rêve de faire exploser. Comme si toutes ces années à être mises de côté les avaient rendues plus fortes.

– On était deux cons avec des principes à la con, Saul. Nous étions jeunes aussi.

– Mais elle n'est plus là, dis-je d'une voix éraillée. Elle ne sera plus jamais là.

Une boule se loge dans ma gorge. J'aimerais effacer ce fameux jour de ma mémoire, juste pour ne plus revivre la dispute, les cris, le choc, le sang…

– Et elle n'aurait certainement pas aimé te voir dans cet état, reprend-il. Regarde-toi ! Le mec hermétique aux relations sérieuses qui enchaîne salope sur salope.
– Qu'est-ce que t'en sais ?
– Je suis pote avec Peggy, une de tes brebis. Elle a perdu son frère d'un accident de la route il y a huit mois. Depuis, elle vient aux groupes de discussion de l'asso que je dirige.

Je note sur ma liste de toucher deux mots à Peg'. Qu'elle ne prenne pas l'habitude d'avoir la langue pendue, sinon je serai obligé de la lui couper.

– Je ne t'en veux plus, finit par dire Ash.

Mes sourcils se froncent et mon regard le fixe intensément tandis que je cherche à saisir le sens de ses mots.

– Je me sens faible de ne pas pouvoir la protéger, réponds-je en détournant les yeux.

La fragilité de ma voix ne me ressemble pas. Malheureusement, il est impossible d'avoir une maîtrise sur le monde dans lequel nous vivons. Il y aura toujours, quelque part, un événement, aussi insignifiant soit-il, qui viendra enrayer la machine.

– Je conduisais, complété-je.
– Ouais. Et ?

Je ne sais quoi répondre.

Ma poitrine s'abaisse avec de plus en plus de rapidité, parce que cette culpabilité ne m'a pas quitté depuis près d'une décennie. Savoir qu'Ash ne me tient pas responsable de la mort de Lara me soulage d'un poids de façon inespérée. Un poids que je ne soupçonnais pas avoir encore sur mes épaules. Quand on vit depuis autant d'années avec la responsabilité, les regrets, on finit par les accepter et les intégrer dans notre existence, et ils nous rongent, petit à petit. On ne s'en rend pas compte, non, on a l'impression que tout est normal, jusqu'à ce qu'une rencontre vienne tout bouleverser. Jusqu'à ce qu'un vieil ami nous libère d'une charge qu'on pensait normal de porter.

– Saul, passons à autre chose. T'en penses quoi ? demande-t-il en tendant sa main, paume vers le plafond.

Mes yeux s'arriment aux siens, et nous nous observons durant de longues secondes. De longues secondes pendant lesquelles je revis toutes les années d'amitié que nous avons vécues, les conneries que nous avons pu faire, les rigolades insouciantes après le collège, les sales coups qu'on faisait aux filles pour les faire rager…

Cette amitié profonde ne m'a jamais quitté. Elle était juste enfouie sous des tonnes de rancœur.

– Je suis d'accord, réponds-je en tapant dans sa paume.

Nous sourions comme deux gosses à qui on vient de promettre une glace.

Je me tourne vers le bar et crie à Aria :

– Deux Belvedere[1] sans glace.
– Tu t'en souviens ? demande-t-il.
– Comment ne pas se souvenir de nos cuites magistrales ? De ton père qui gueulait quand on le réveillait en rentrant de boîte, défoncés, ou de ta mère qui nous mettait des coups de pantoufles après nous avoir surpris dans sa cuisine en train de nous faire des pattes en pleine nuit ?

Quand je repense à tous ces souvenirs, j'ai envie de les revivre, de savourer des moments où on aurait dû plus apprécier tout ce qui venait à nous.

Aria approche et nous sert les deux verres avant de s'éclipser. Nous prenons en main nos breuvages qu'on fait tourner dans le verre en cristal.

– Je te demande une faveur.

Je lève les yeux sur Ash et opine pour qu'il continue.

– Si tu n'envisages rien de sérieux, libère-la.

– D'accord.

– Et si tu la choisis, fais le deuil de Lara. Romy mérite une place dans son intégralité. Pas des miettes d'un fantôme.

– D'accord.

*Mais ça risque d'être dur…*

---

1. Type de vodka.

# 31

**Romy**

Ma nuit fut étrange, tantôt peuplée de rêves agréables, de souvenirs délicieux au côté de mon père, tantôt de cauchemars plus horribles les uns que les autres, tous mettant en scène Saul derrière les barreaux, blessé ou pire encore, six pieds sous terre.

Résultat des courses ? Je tourne en rond depuis bien avant l'aube. J'ai mis certaines des affaires de mon père en carton, avant de m'effondrer de douleur sur le canapé, consciente que je souffrais le martyre, là, à l'intérieur. Après quelques exercices pour me calmer, j'ai recommencé, jusqu'à tomber en panne de cartons. Comme une femme enceinte bourrée d'hormones, j'ai éclaté en sanglots et je me suis recroquevillé dans un coin de la pièce.

Pour des cartons.

Ou pour mon père.

Ou pour Saul.

Peut-être un peu des trois.

Ça a duré une heure, peut-être deux, ou trois, je ne sais pas. La transaction avec le Mexicain est, si les plans n'ont pas changé, pour aujourd'hui. Je n'ai aucune nouvelle de Saul ni de Fitz, ni de personne en réalité. Je n'ai jamais été aussi seule. Je ne peux m'empêcher de penser que je l'ai mérité. J'ai renvoyé Fitz à Riverside alors qu'il souhaitait seulement m'épauler, m'aider à traverser cette épreuve, à faire mon deuil. Comme une conne, je n'ai rien trouvé de mieux que l'envoyer saboter une enquête policière.

Quelque part, je pense qu'il s'agissait plus d'une excuse qu'autre chose. J'aurais très bien pu transmettre ses informations à Saul d'une autre façon, mais on devrait m'attribuer une médaille pour ma capacité à repousser la terre entière.

*Que Saul m'en soit témoin.*

J'aurais pu mettre un terme à cette mission qui sentait le roussi depuis longtemps… Mais j'ai continué parce qu'être en présence de Saul me faisait du bien : nos discussions, nos silences, nos étreintes et encore nos silences. Quand je suis avec lui, je me sens vivante. En réalité, j'ai vite oublié la mission.

Le déni, mon ami de toujours… Même lorsque j'ai réalisé que j'étais amoureuse, j'ai su que je l'étais depuis longtemps. Peut-être même que c'est ce qui m'a poussée à mettre les bouchées doubles. J'étais terrifiée par mes propres sentiments. Dingue, non ? Je préférais l'envoyer en prison plutôt que de prendre le risque qu'il me brise le cœur.

Résultat des courses ? J'ai le cœur brisé.

Perdue dans mes pensées, je lâche ma tasse qui vient s'écraser au sol. Mes mains tremblent, et je suis obligée, une nouvelle fois, de retenir mes larmes. Je regarde le reste de mon café sur le parquet en bois, mon mug rose en forme de licorne explosé en mille morceaux juste à côté.

Je sors un son à mi-chemin entre un sanglot et un rire. Je crois que j'ai atteint mes limites. Je suis au bout du bout. Je n'ai plus rien à donner. Le craquage était, de toute évidence, inévitable.

Je finis par me calmer et ramasse les morceaux de porcelaine sur le sol. En allant jeter les plus gros dans la poubelle de la cuisine, un éclat tranchant fend l'épiderme de la paume de ma main. J'observe les quelques gouttes carmin couler sur le blanc immaculé du plan de travail, puis je fixe ma paume devenue rouge. Cette vision me replonge directement dans mes cauchemars, ceux qui ont hanté ma nuit. C'est devenu une constante dans ma vie : les morts.

Ça a commencé alors que je n'étais qu'un nouveau-né, avec ma mère. Puis mes grands-parents. Puis mon premier amour, ensuite mon père. La liste est déjà trop longue pour une jeune femme comme moi qui n'a même pas 30 ans. Désormais, la crainte d'allumer la télé et d'entendre que les flics de Riverside ont abattu le président des Red Python me noue l'estomac. Peut-être est-ce pour cette raison que je ne l'ai pas allumé de la journée ?

Je ne sais même pas si mon meilleur ami a tenu son engagement d'aller lui délivrer mon message. À vrai dire, les quelques fois où ils se sont vus en ma présence, j'ai cru qu'ils allaient s'entretuer… Ce n'est peut-être pas l'idée du siècle que j'ai eu… Je soupire tant mon cerveau ne cesse de se poser des questions.

J'ai beau me dire que j'ai fait tout ce qui était en mon pouvoir pour le protéger, quelque chose me dit que Saul n'est pas le genre de mec à craindre la police, il me l'a montré plus d'une fois. Serait-il assez intrépide pour tenter l'impossible ? Parce qu'avec le déploiement prévu, cette mission s'assimile davantage à un suicide collectif qu'à un deal entre bandes organisées.

*Tu peux encore le sauver*, souffle une petite voix dans ma tête.

Désormais, la seule façon d'arrêter ce qui se prépare, c'est de faire tomber Clark. J'aurais dû m'en occuper plus tôt, ne pas attendre. Sans lui, il n'y a plus rien qui ne tient debout, sans lui, aucun flic ne sortira ce soir. Dans un geste désespéré, je passe ma main sous l'eau de l'évier et je l'emmitoufle dans un torchon propre. J'abandonne le reste de ma tasse brisée parterre pour me saisir de mon téléphone.

Je me laisse glisser sur le sol du salon de mon père, dans la pénombre causée par les rideaux que je n'ai pas osé ouvrir par peur de voir toutes ces fleurs déposées devant la maison par les habitants du quartier, et je cherche dans mon répertoire le numéro du bureau de Goodwill que je pianote sur un téléphone prépayé retrouvé dans le bureau de mon père. Clark en a une peur bleue, elle est sur son dos depuis que je suis en poste à Riverside, peut-être encore avant. Les fédéraux, dont Goodwill, ont, pour une raison qui m'échappe, une dent contre le shérif de Riverside.

Après ma bavure, c'est elle qui m'a permis de garder mon insigne à condition que je prenne du recul, que je quitte Détroit. Malgré ses airs de femme arrogante et frigide, c'est une nana bien.

– Goodwill, j'écoute, claque une voix dans le combiné.
– Bonjour madame Goodwill, c'est Romy… Romy Robert.

Ça me fait bizarre de m'identifier avec mon nom de famille que j'ai enterré pendant plus d'un an, celui de mon père. C'est Goodwill qui m'a conseillé de prendre le nom de jeune fille de ma mère lorsque j'ai été mutée à Riverside, pour que personne ne puisse me relier aux Tigers et que ces derniers ne puissent pas me retrouver, du moins pas facilement.

– Vous avez mis moins de dix-huit mois pour vous faire suspendre, Robert. J'avais parié deux cents dollars avec votre regretté père que vous tiendrez au moins deux ans.

*Il me connaissait si bien…*

Je souris, parce que malgré tout, son ton est plus amusé que malveillant. Mes genoux contre ma poitrine, toute trace d'hésitation quitte mon corps. Clark est un fumier de la pire espèce, je serais bien incapable de dormir sur mes deux oreilles tout en sachant que je n'ai rien fait pour l'arrêter. Même si, pour être honnête, mes intentions ne sont pas aussi pures que ce que je tente de me convaincre.

– J'ai des informations pour vous. Concernant Clark.

Silence. Un instant, je me demande si j'ai bien fait de contacter les fédéraux. Si Goodwill est au courant de ma mise à pied, je n'ose pas imaginer ce que mon enfoiré de boss a bien pu déblatérer à mon sujet.

– Je vous écoute, déclare-t-elle finalement.

Je prends une longue inspiration. Mon cœur bat si fort dans ma poitrine que ça finit par en être douloureux. Peut-on réellement considérer que je me comporte mieux que Clark tout en sachant que je tente de l'évincer pour protéger Saul ?

– Le shérif… Il est étroitement lié aux Tigers qui sont arrivés à Riverside il y a environ huit mois. Les mêmes Tigers qui étaient à Détroit. Clark ferme les yeux sur leur activité criminelle et, en contrepartie, les Tigers mettent à mal les Red Python.

Je repense à cette conversation que j'ai entendue quelques jours après ma prise de poste en Californie.

Clark discutait avec le leader des Legends, évincé depuis près d'un an, non pas grâce à la police de Riverside, mais grâce aux Red. Je n'avais jamais fait le rapprochement, je n'avais pas pensé que cela pouvait être lié à des affaires de corruption, mais désormais… C'est certainement la seule preuve que je pourrais avancer, la seule piste grâce à laquelle les fédéraux pourraient faire tomber Clark.

– J'ai entendu parler d'un compte qu'il aurait ouvert au Panama. Les Legends versaient des sommes conséquentes sur ce dernier. Je n'ai malheureusement pas de preuves matérielles de ce que je raconte, mais j'ai entendu un nombre incalculable de conversations.

Mon interlocutrice ricane au bout du fil.

– Parfait.

Je l'entends pianoter sur son clavier d'ordinateur à l'autre bout du combiné. Je prends mon courage à deux mains et continue :

– Tout porte à croire qu'il continue à se faire verser des redevances par les Tigers sur le même compte. Il y avait aussi une histoire avec le MC des Legends, anéanti il y a un an environ, à qui il délivrait toutes sortes d'informations confidentielles. Sans parler des pièces à conviction qui ont disparu alors qu'elles étaient déterminantes pour inculper certains leaders de ce groupe de bikers.

Je ferme les yeux, reprends ma respiration et poursuis. Je balance tout ce que je sais sur Clark, toutes les affaires louchent qui m'ont fait tiquer durant mes dix-huit mois à Riverside. J'essaie de ne rien oublier, consciente que s'il doit plonger, je devrai témoigner, et que… ça pourrait me coûter la vie. Parce que je prends conscience de la dangerosité de cet homme et de l'influence qu'il peut avoir sur des petites frappes capables de tuer pour quelques billets ou une barrette de shit.

Près de trente minutes après avoir commencé mon monologue ponctué de vagues acquiescements par des sons de gorge, j'étends mes jambes sur le sol et laisse mes membres se détendre. Les dés sont jetés.

– Que voulez-vous contre ces informations ? me demande Goodwill.

Je n'hésite pas :

– L'abandon de toutes les charges contre les Red Python, toutes les informations recueillies à leur sujet ont été obtenues à travers des procédés illégaux et malhonnêtes, ce qui fausse toutes les procédures. L'effacement des casiers de ceux qui ont été inculpés par Clark sur la base de je ne sais quoi. Et… ma démission, sans préavis, dès aujourd'hui.

– Attendez, reprenons dans l'ordre. Abandon des charges contre les Red. Ça se gère. Les casiers judiciaires, va me falloir du solide… Mais, mademoiselle Robert, pourquoi ?

Je sens qu'elle est surprise par ma requête. Néanmoins, personne ne connaît réellement les Red. Le peu que j'ai entrevu n'était pas si horrible que ce que j'avais pu entendre dans les bureaux du commissariat. Personne ne peut se voir à quel point j'étouffe avec lenteur. La culpabilité vis-à-vis de Saul m'enserre comme un serpent constricteur le ferait avec sa proie. Elle s'enroule, met la pression de plus en plus forte pour la priver de son souffle. Voilà ce que je ressens. Ce sera pour moi l'unique occasion de lui demander pardon, lui permettre d'être heureux dans la vie qu'il a choisi de vivre.

Puis, les personnes avec lesquelles je travaille n'ont pas jugé bon de considérer que j'existais et que je pouvais être compétente. Ils m'ont toujours pris pour une faible.

– Parce qu'on ne peut pas faire peser des charges contre des personnes qui n'ont rien à voir avec une affaire. On ne peut pas inculper des personnes, juste parce que leur tête ne vous revient pas. Je me suis engagé parce que je crois en la justice. Je crois en mon pays.

*Mais je n'y crois plus, désormais.*

J'explique à M^me^ Goodwill tout ce que je sais, tout ce que j'ai entendu, le peu que j'ai vu.

– Et votre démission ? Vous êtes sûre ?

– Je crois que je n'ai jamais été aussi sûre de toute ma vie.

– Mademoiselle Robert, je sais que vous avez traversé des épreuves éprouvantes ces derniers jours… Ne souhaitez-vous pas qu'on en rediscute à froid, demain ou un autre jour ?

Je ricane soudainement. Maintenant, demain ou dans un mois, ça n'y changera rien. J'ai vu et constaté des choses irréversibles, mon père m'a avoué des choses qui ont eu plus d'impact sur moi que ces années à croire en notre belle police, notre belle justice.

– Ce ne sera pas nécessaire. Je ne veux plus être dans la police. Je n'y ai plus ma place.

Voilà, c'est dit à haute voix.

Je ne sais pas ce que je ferai demain, mais je suis prête pour une nouvelle vie. Il est temps pour moi de tourner la page.

# 32

**Saul**

Il est quatre heures du mat' et nous avons près de vingt-quatre heures d'avance sur le timing initial pour notre deal avec le Mexicain. J'ai dû batailler avec mon partenaire pour le faire venir de Culiacán sans rentrer dans les détails. Je sais que nous sommes sous surveillance, et lui, et nous. Mais les phares de leurs gros GM blindés aux vitres fumées éclairent le seul chemin qui arrive à notre entrepôt, celui où nous avons fini il y a à peine deux heures de monter les armes commandées. En fin de convoi, je repère un camion un peu plus imposant, indispensable pour embarquer la soixantaine de caisses en bois contenant Kalachnikov, Benelli, quelques Sig Sauer Sniper ainsi que des armes de poing.

– J'ai hâte d'aller me pieuter, tu peux pas t'imaginer, grogne Mason à côté de moi.

Je l'observe, le visage dur et rétorque :

– Reste sur tes gardes, nous récupérons nos millions, ils chargent et ils bougent.

Il opine. Cette opération nous fait prendre des risques démesurés. Cet enfoiré de Clark l'a bien compris en nous oppressant, par la surveillance notamment : impossible d'appeler du renfort pour que nous ayons des membres armés aux quatre coins du domaine et du bâtiment, mais j'ai décidé de faire confiance à mon instinct, de même qu'à Romy. Ash m'a expliqué quelques bribes de détails sur les modes opératoires retenus pour placer mes forces à des endroits stratégiques. Ce n'est que théorie, mais on en a tenu compte. Cependant, je suis exposé comme jamais, mon VP juste derrière moi. Kurtis est dans son camion pour surveiller les flics, mais aussi le site.

– Tout le monde est en place ? demandé-je à travers l'oreillette dont on est tous dotés.
– En place. Ils sont dans mon viseur, lance le Limier.

Liam est installé sur le toit de l'immeuble en mode sniper, prêt à appuyer sur la détente en cas de mouvement suspect.

– Yep, répondent en chœur Dwayne et Tyron, qui sont postés devant les portes du hangar.

– Affirmatif, répond Kyle une dizaine de mètres derrière moi.

– Plus que jamais, finit Kurtis.

Une main se pose sur mon épaule, mon VP et meilleur pote me donne tout son courage.

– Ils sont là, annonce le Limier.

Mes gars postés devant la porte du hangar ouvrent celle-ci quelques secondes plus tard, lorsque les moteurs ont cessé de rugir.

– Holà, mon ami, lance le Mexicain suivi de deux gardes habillés en noir.

– Salut, mec.

Nos paumes de mains s'entrechoquent amicalement et ses yeux noirs s'ancrent aux miens. Le Mexicain, qui s'appelle Ignacio Hernandèz, est un homme d'à peu près ma taille, mais tout fin, ses cheveux longs rabattus en une queue de cheval derrière lui.

– J'espère que tu ne m'as pas fait quitter la demi-douzaine de putes russes qui me suçaient la bite pour rien, amigo.

J'écarte les bras en me lançant dans l'énumération des quantités d'armes qui nous entourent. Je l'invite à me suivre vers des caisses que nous avons volontairement laissées ouvertes pour qu'il voie de ses propres yeux la beauté des bébés qu'on a astiqués comme nos bécanes.

Après quelques minutes à toucher les armes, les positionner sur son épaule ou à sa ceinture, il se retourne vers moi. Ce quinquagénaire ne laisse rien transparaître sur son visage, mais j'y décèle un certain contentement.

– Beau boulot. Je suis impressionné par la quantité que tu as préparée, et par la qualité. On voit que vous n'êtes pas des amateurs.

– On s'efforce d'être les meilleurs sur la côte.

Il hoche la tête et lève la main en claquant des doigts. Deux autres types arrivent avec deux valises chacun. Ils les posent sur une caisse fermée et les ouvrent. Des billets à l'effigie de Benjamin Franklin me sourient avec suffisance.

– Le complément va être viré, dit-il en faisant un signe de tête à un de ses gars. Tu peux recompter pendant qu'on embarque les caisses.

– Je me connecte à nos comptes, annonce Kurtis dans mon oreillette. C'est bon, les deux millions y sont. Il est réglo le Mexicain !

Je m'avance jusqu'aux caisses et les referme avec précipitation.

– On ne fait pas confiance à ses partenaires ? demandé-je. Moi, je leur fais confiance.

Je fais signe au Limier et à Dwayne de récupérer les mallettes pour les mettre à l'abri dans la Jeep tandis que les Mexicains débutent leur manutention pour charger les caisses dans leur camion.

– Travailler avec ton père était un plaisir, mais les ambitions du fils me font triper et entrevoir de nouvelles relations commerciales.

– T'as mon numéro, réponds-je en lui tendant la main.

– Et je compte bien l'utiliser si besoin, rétorque-t-il. Si de ton côté tu as besoin de came, de filles, d'organes, tu sais où me trouver.

J'ai envie de lui mettre un coup de tête parce qu'il commercialise tout ce que je refuse de toucher de près ou de loin.

– Je note, mens-je.

Il me fait une accolade comme si nous nous connaissions depuis des lustres, puis hurle en espagnol à ses gars de se bouger le cul. Nous attendons quelques minutes supplémentaires qu'il décampe pour foutre le camp nous aussi. J'ordonne à Kyle de bouger la Jeep et de se barrer pour déposer les mallettes dans le coffre du sous-sol de mon garage, intimant à Kurtis d'assurer la surveillance à distance du convoi.

Mason trépigne d'impatience, ses mâchoires se serrent comme s'il était prêt à en découdre. Ça, c'est Mason, le vrai. Le mec qui tuerait pour protéger ses frères, qui rêve sûrement de foutre le feu à l'entrepôt pour voir danser les flammes devant ses prunelles et s'extasier de ce spectacle sensationnel. Mas' et les étincelles ne font en général pas bon ménage !

Une vingtaine de minutes plus tard, le camion quitte l'entrepôt, et Ignacio s'approche une dernière fois. Il me tend la main que je serre.

– À la prochaine, amigo.

Il se retourne, entre dans sa caisse et se barre laissant derrière lui la poussière soulevée par le véhicule.

– Kyle a mis les valises à l'abri, annonce la voix de Kurtis dans mon oreillette.
– On se rejoint au club de strip, lancé-je.

J'ai besoin de décompresser, de faire redescendre toute cette putain de tension qui fait de moi une cocotte-minute prête à éclater. Je sens les monstres du passé qui menacent de refaire surface.

*Il me faut rouler !*

Je fais signe à Mason d'avancer devant sans m'attendre. Je sais qu'il n'en fera rien, mais j'aime l'idée de pouvoir décompresser seul, de laisser redescendre cette pression. Lorsque les dernières bécanes de mes frères grondent et s'éloignent, je rejoins ma monture. Je l'enjambe et prends le temps de réfléchir à la situation.

Le deal avec le Mexicain vient de s'achever et j'ai une satisfaction énorme : sortir ma famille de la galère. Seuls les mecs du noyau savent à quel point nos ressources se sont envolées avec la réhabilitation du club de strip et du restaurant qu'on y a annexé. J'ai voulu m'émanciper de mon père et voir les choses différemment. J'ai pris de gros risques. Voir qu'on est sur le point de se refaire au nez de Clark est jouissif.

Je ne peux pas m'empêcher de me dire que c'est aussi grâce à Romy qu'on en est là. Si elle n'avait pas envoyé Ash nous faire un récap de ce que détenaient déjà les flics contre nous, leurs projets et leurs méthodes, nous n'aurions pas changé nos plans. Et d'ici quelques heures, nous aurions pu être avec les bracelets aux poignets.

Romy…

J'ai eu des journées de vide où je me suis demandé ce que je voulais vraiment. Pour mon club, puis pour moi. Et je me suis rendu compte que prendre des décisions qui n'impliquent que soi était le plus compliqué, parce que je ne me vois pas sans mon club, sans mes frères. Mais il me manque un truc : ma fliquette. Je rêve de la voir collée à moi, son cul sur ma bécane, mais son boulot me pose un sérieux problème.

Je ne sais pas qui j'essaie de convaincre.

Elle m'a ensorcelé ou mis une potion dans la dernière boisson que j'ai bue en sa présence, ou alors c'est son corps qui a envoûté le mien, mais je n'arrive pas à me la sortir de la tête, comme si elle s'imposait à mon cerveau telle une évidence. Une putain d'évidence qui me fait flipper.

Je démarre ma Harley et m'élance sur le chemin qui mène au club. Je prends volontairement des axes fréquentés, sous vidéosurveillance, juste par précaution. Si Clark veut me mettre je ne sais quoi sur le dos ce soir à défaut de me mettre les menottes, j'aurai un alibi imparable. Sans casque, je laisse mon visage bien visible.

Je sens les regards de certaines femmes lorsque je m'arrête aux feux, mais je n'en regarde aucune, du moins je n'en désire aucune. Il y a de ça quelques mois, mon membre se serait gorgé de sang rien qu'à l'idée d'être caressé. J'aurais joué, certaines auraient mordu à l'hameçon puis m'auraient suivi au détour d'une ruelle pour se retrouver à genou, ma queue entre leurs lèvres. Mais là, mon falzar ne me fait pas me sentir à l'étroit.

*Ça craint...*

Ça craint parce que Romy s'est barrée et que je ne sais pas si elle compte rappliquer. J'ai peur qu'elle ne veuille plus jamais me voir. Mais au fond de moi, je sais pertinemment qu'il n'en est rien. Elle sait comment je suis, elle me connaît sous mon vrai jour. Une vraie connexion s'est créée entre nous. Je me plais à imaginer comment lui rendre la vie meilleure quand elle reviendra à Riverside... Enfin, si elle revient un jour...

J'arrive en fin de matinée au club. Je gare ma bécane en reculant, pour être prêt au départ si l'alerte est donnée. Tous mes frères sont déjà là. Je vois des bagnoles sur les places de stationnement qu'on a dédié aux employés sur la face nord du terrain, loin des jolis bosquets et du parking en goudron dédié à la clientèle guindée du coin.

Avant de rentrer, j'observe la devanture du bâtiment et hoche la tête d'aise mêlée de satisfaction. Avec les gars, on en a parcouru du chemin. Ce business dans lequel on a investi toutes nos économies va nous rapporter un max de blé. Dwayne et ses projections financières ont toutes été approuvées. Une affaire de plus à notre actif, une légale qui plus est.

Lorsque je m'approche de la double porte blindée, Chuck et Adam, les agents de sécurité qu'on a embauchés avec six autres gars, m'ouvrent puis se décalent pour me laisser entrer après m'avoir salué. Nous avons décidé de scinder nos activités et de ne pas lésiner sur les moyens quant à la protection du bâtiment et des personnes qui l'occupent. Nous aurions pu agrandir nos rangs, mais nous avons voté que le recours à une équipe extérieure à la botte des Red bien sûr, c'était le mieux. Chuck, le boss, est impressionnant. Une montagne de muscles et d'antipathie, à l'image de Tyron qui l'a recruté. Cependant, quand l'un a la peau aussi blanche qu'un cul, le second a la peau noire d'encre. Je dois avouer que Ty' a fait un travail de malade avec le club. Nous avons voté les grandes décisions qu'il a mises en application sans l'aide de personne.

Je m'avance jusqu'à la seconde porte métallique qui, une fois franchie, donne sur la vaste salle à la décoration plutôt luxueuse plongée dans une semi-obscurité.

Des lumières au sol nous indiquent le chemin vers le bar en zinc et ses nombreux sièges rembourrés en cuir de vachette marron, vers la scène où des canapés en cuir rouge sang sont disposés pour admirer les danseuses ou encore vers les coins plus intimes où des voilages blancs cachent partiellement leurs occupants.

Tyron s'approche de moi et me salue d'une accolade.

– La forme, bro ? Bravo pour l'affaire !
– Merci, mon frère. Dis-moi, les néons qui ne s'allument pas vraiment, ils servent à quoi ?

Il éclate de rire devant ma question qui est pourtant sérieuse.

Il me fait signe de le suivre et passe derrière le bar. Il sort une télécommande et appuie sur un bouton. Soudainement, la lumière change. Les néons laissent place à un éclairage plus vigoureux, blanc. Sous cette clarté, l'endroit paraît plus lugubre, d'une banalité affligeante. Il appuie sur d'autres boutons qui modifient chaque fois la couleur des spots. La technologie est quelquefois effrayante !

– C'est bon, remets comme avant !
– Monsieur préfère l'atmosphère feutrée, réplique-t-il d'un ton narquois.

Bien sûr ! Qui se verrait dans un club de strip avec la lumière qu'il a dans sa cuisine ?

– Alors, dis-je pour changer de sujet, comment se passent ces premiers jours d'ouverture ?

Je m'adosse au bar où Mason m'a rejoint. Tyron s'assoit de l'autre côté. Devant nous, les danseuses s'exercent sous l'œil attentif de leur professeur.

– L'équipe de danseuses est au complet. Tu as Lia, Kaila, Monroe, Sherley et Abby. Whitney est celle qui gère les chorégraphies bien qu'elle danse aussi. Les tableaux qu'elle propose plaisent, mais j'ai demandé que ça change toutes les semaines.

J'opine du chef et ne lâche pas des yeux les filles qui se meuvent autour de la barre de pole dance. Les miroirs qui composent la scène et le plafond donnent une vision plutôt agréable des danseuses. Les mecs vont payer cher pour être aux premières loges, j'en suis certain.

– Debby, mets-nous trois blondes, crie Tyron à l'attention de la barmaid.

Je n'ai pas pris la peine de demander à Ty' ce qu'il pense de ce job que je lui ai foutu entre les pattes sans trop lui demander son avis. Il était là, il n'a pas dit non.

– Mec, reprends-je, ce business, ça te plaît vraiment ? On n'en a jamais trop parlé…

– Franchement ? Bro, c'est *mon* club. Me fous pas dehors maintenant que tout est calé !

– Je n'y comptais pas. Je ne veux juste pas que tu te sentes exclu du MC. T'es un Red. À la vie à la mort, dis-je en prenant la bière qu'il me tend.

– À la vie à la mort, réplique-t-il en faisant claquer sa blonde contre la mienne, puis contre celle de Mason.

Je bois une énorme goulée de ma bière. Le houblon glisse dans ma gorge et les bulles qui pétillent me font du bien. Elles me font ressentir autre chose que ce que je ressens ces derniers jours sans que je parvienne à mettre un nom dessus.

– Sacrée descente, dit Mason à ma gauche.

– Je crois que j'en avais vraiment envie. Et si je m'écoutais, je serais sur quelque chose de plus fort.

Je ne le vois pas, mais je l'imagine sourire.

– Mec, le deal qu'on vient de faire nous assure une vie paisible sur plusieurs générations. On mériterait de se mettre une race.

– Mais ?

– Mais il est à peine midi, et Fallon m'attend pour grailler, répond-il.

– Depuis quand tu fais le toutou ? demandé-je en me foutant ouvertement de sa gueule, tout comme Ty' qui s'est plié en deux.

– Ta gueule, gronde-t-il. Elle est toujours aussi chiante. Ses changements d'humeur me rendent dingue.

– L'amour rend con, répliqué-je sur le ton de l'humour.

Pour seule réponse, il me file un coup de poing dans l'épaule en murmurant un « connard ». Il finit sa bière et se lève.

– Allez, j'me barre. Je rentre au bercail.

Il se dirige vers la porte au moment où Kurtis sort des bureaux que nous avons fabriqués pour l'équipe de sécurité. Le club est criblé de caméras, personne ne peut passer inaperçu et nous la faire à l'envers. Dans le même temps, Ash apparaît vers l'entrée du club et s'avance vers nous, comme au bon vieux temps.

– Yo, lance Kurtis en se calant à la place de Mason. Debby, mets-moi un sky, beauté. Ash, tu veux un truc ?

– Mets-moi un shot de vodka.

– T'as entendu, Deb' ? Un shot de vodka pour le beau gosse ici présent !

L'heure suivante, l'atmosphère est devenue plus légère.

Les rires fusent malgré la fatigue et le stress lié à cette transaction avec le Mexicain qu'on a dû reporter deux fois avec l'assurance d'avoir toujours plus de caisses à lui remettre. Sans compter la mission de sauvetage de Romy qui est venue s'ajouter à ça.

Ash vient se poster à côté de moi pour commander un autre shot, puis reste silencieux. Je sais qu'il veut me parler, me dire je ne sais quoi. Je le connais trop bien.

– Vas-y, parle.

Il ricane.

– T'as réfléchi à c'que j't'ai dit l'aut' jour ?

Comment ne pas y avoir réfléchi ?

– À propos de quoi ? réponds-je pour le faire rager plus qu'autre chose.
– Sérieux ?
– Quoi, sérieux ?
– Saul, p'tain !

*Bingo !*

Ash est beurré complet, et je n'oublie pas que lorsqu'il

est venu me voir il y a quelques jours, il m'a lancé quelques piques.

– Tu m'as dit tellement de choses que je ne sais plus !

Il boit cul sec son petit verre de vodka et tourne son visage vers le mien. Ses yeux sont vitreux. Je sais que seule l'ivresse nous permettrait de voir la réalité en face, mais j'ai tellement peur de contempler le monde qui m'entoure tel qu'il est vraiment que je tente de mesurer la vitesse avec laquelle j'ingurgite les verres. Enfin, surtout depuis l'accident qui a coûté la vie de Lara.

– En c'qui concerne Rom… Romy, putain.

Je souris devant ses difficultés à prononcer des phrases entières sans bégayer ou avaler les mots.

Soudain, il tousse et devient tout rouge. Je lui tape dans le dos, aux aguets. Quand il arrive à respirer, il tape du poing sur le comptoir.

– P'tain, j'me suis 'touffé.

J'éclate de rire, à me tordre en deux. Je peine à reprendre contenance tant je suis hilare. Je finis ma bière quand l'atmosphère devient plus calme.

– Tu la kiffes ? demandé-je après plusieurs longues secondes de silence.

Je pose la question que j'ai sur le bout de la langue depuis des semaines. J'ai bien vu qu'il était hyper protecteur dès qu'il s'agissait de Romy. Je peux concevoir qu'il ait fait une sorte de transfert de Lara sur elle, mais je ne peux pas m'empêcher de me demander s'il n'attend pas plus. S'il n'est pas accro sans oser le verbaliser à haute voix. Ça n'a jamais été son fort de dévoiler ses sentiments.

– Quoi ? Noooooon ! répond-il rapidement en s'insurgeant. T'es ouf ou quoi ?

Plus le taux d'alcool monte, plus la vérité se dévoile. Mon flair m'indique qu'il ne me ment pas.

– Pourquoi tu la remets sur le tapis ?
– Tu l'as eu au tél y a pas longtemps ?

Sa demande me prend au dépourvu parce que j'ai pensé plusieurs fois à lui envoyer des messages, mais comme un con, je n'ai rien fait. Peut-être aussi parce que je me doutais que nous étions sur écoute. Je ne saurais dire si c'est une histoire d'ego ou d'appréhension, mais je n'ai pas bougé le petit doigt. Et cette question d'Ash me fait prendre conscience que j'ai peut-être fait une erreur.

*Putain, je ne sais plus quoi faire ni penser !*

– J'vais prend' ça pour un n… non. Permets-moi d'te dire qu't'es qu'un con. T'as l'bonheur à portée de main et tu branl' rien.

L'élocution d'Ash me fait sourire. Ça fait plus de dix ans que je ne l'ai pas vu, encore plus dans cet état !

– Ash, c'est une flic, je suis dans sa base de données, elle m'a auditionné une dizaine de fois depuis qu'elle est à Riverside… Y a pas un truc qui te semble incompatible ?

Il se met à rire en fermant les yeux.

– T'es encore plus con que j'le pensais. Elle a dém… démissionné, mec. Et j'suis sûr que t'y es pas pour rien.

Je blêmis en entendant la nouvelle. Mes mâchoires se serrent tout comme mes poings. Ce qui m'enrage le plus c'est sûrement qu'Ash soit au courant de cette information avant moi…

– Je croyais qu'elle était suspendue, répliqué-je.
– Ouais, bah, t'as rien capté. Elle est libre.

*Putain, cette information change la donne…*

# 33

**Saul**

– Je suis fier de toi, fils.

Le regard de mon père est brillant, tout comme le mien. Assis dans un box du ReDiners devant un café, je l'écoute me féliciter au sujet de l'opération avec le Mexicain. Il imagine déjà nos prochains deals et voit les dollars pleuvoir autour de nous. Mais nous n'allons pas nous enflammer, nous sommes à l'abri pendant de nombreuses années.

Quant à moi, à travers le regard de mon père, j'ai l'impression d'avoir gravi l'Everest.

– Bon, je te laisse. Je dois aller retrouver ta mère.

J'opine et l'observe saluer les quelques nomades de passage ainsi que Mason, accoudé au bar qui discute avec Fallon. Ce dernier me regarde et prend son verre avant de me rejoindre. Il s'avachit sur la banquette en face de moi et finit son whisky en basculant sa tête en arrière.

– Faut que tu m'emmènes à l'aéroport pour vingt-trois heures, annoncé-je.

– Tu te casses en vacances sans moi ? réplique mon VP.

– Hors de question que je voie ta sale gueule pendant des vacances !

Il sourit.

– C'est quoi le programme ?

– J'ai besoin que tu tiennes les rênes de nos business pendant quelques jours.

– Sans problème. Et tu vas faire traîner ton petit cul dans quel bled ?

– Détroit.

Ses yeux me percent au grand jour. Il comprend, mais ne me juge pas, ne fais aucun commentaire.

– Ramène le petit nugget dans sa boîte, et dis-lui de m'amener sa caisse au garage. J'ai putain d'envie de caresser son bijou, chuchote-t-il sur cette dernière phrase.

Je ne sais pas comment expliquer le *truc* si évident qui lie Mason à Romy. Il prend son parti, la défend et me parle sans cesse de sa caisse.

– Et ta femme, elle en pense quoi ?

Je me marre à ma question parce que j'imagine déjà Fallon derrière le cul de son mec, sortant les griffes pour défendre son territoire.

– Ma femme changera d'avis sur elle quand elle verra sa bagnole, crois-moi.

Je n'écoute que d'une oreille ce que Mas' me raconte parce que mes pensées sont déjà à Détroit. Mon vol décolle à minuit, et mes cinq heures de trajet me feront atterrir à l'aube. Je ne sais pas comment je vais être accueilli, mais je me dis que je n'en saurai rien tant que je ne me lancerai pas.

Je finis par envoyer un message à Ash pour lui demander la confirmation de l'adresse de Romy. J'espère qu'il a suffisamment décuvé de notre bringue de ce midi pour s'en souvenir et surtout me répondre.

Ash… J'ai vraiment l'impression qu'à ne pas se parler, aveuglés par la colère, nous avons perdu dix ans d'amitié.

Je me lève de ma place et vois le manège de Peggy, une des brebis du club, qui déambule en venant vers moi. Sa robe en latex rouge moule chacune de ses courbes et ses longs cheveux blond platine me laissent totalement indifférent. J'agite la main vers elle pour lui faire comprendre qu'elle peut changer ses plans pour la soirée, ce qui la fait grimacer, puis je tourne les talons pour aller chez moi. Je monte sur ma bécane, passe le portail de notre lotissement et remonte l'allée pour couper le moteur devant mon garage.

Je prépare ma valise et me pose sur mon canapé en attendant l'heure de prendre la route pour LAX.

***

Les perturbations avant l'atterrissage m'ont foutu l'estomac à l'envers. Le temps de trajet jusqu'au quartier de West Bloomfield dans le Birmingham District s'est ensuite déroulé sans encombre. Les quartiers de ce côté de la ville sont propres et clinquants, avec de grandes maisons en bois au milieu de vastes jardins verts ouverts. Entourée de nombreux golfs, la rue qui me mène à l'adresse transmise par Ash est très sympa : belles voitures, belles baraques, *sidewalks* très pratiques pour les multiples *runners* du dimanche. Nul doute que Romy a grandi du bon côté de la ville.

Je m'arrête devant une maison aux lambris jaunes et aux menuiseries blanches. Je regarde ma montre, il est à peine six heures. Je paie ma course et sors du taxi. Je m'approche de la bâtisse et monte les quelques marches qui mènent sous le porche, devant la porte d'entrée. Il me semble distinguer de la lumière derrière les rideaux fins accrochés à la fenêtre de ce que je suppose être la cuisine, mais je décide de poser mon sac à mes pieds et d'attendre, adossé à la balustrade derrière moi. Attendre d'être sûr qu'elle soit réveillée et surtout attendre de trouver les bons mots.

*Depuis quand t'as besoin de préparer tes discours de beau parleur ?*

Je n'ai pas le temps de me poser davantage de questions que j'entends le bruit d'une serrure. La porte d'entrée en bois blanc s'ouvre sur Romy, les cheveux en vrac, dans un legging et un large tee-shirt difforme. Elle écarquille les yeux quand elle me voit, mais sa mine triste et son teint blafard me blessent bien plus que tout l'emballage.

– Salut, dis-je pour rompre le silence.

Ses yeux se bordent de larmes. C'en est trop.

*Putain, elle me flingue.*

Je réduis la distance entre nous et l'enlace. Une main dans son dos, l'autre sur sa tête, je blottis son corps frêle contre le mien. D'abord raide comme un piquet, elle finit par se détendre, puis ses bras se nouent dans mon dos.

Je caresse ses cheveux le temps que son rythme cardiaque se calme. Le mien, si elle l'entend, s'affole.

– J'adore quand tu es contre moi, mais si on rentrait au chaud ? demandé-je en la taquinant.

Je la sens sourire contre mon torse et me tirer à l'intérieur sans desserrer son étreinte. Premier point positif, elle ne semble pas vouloir me foutre dehors à gros coups de pied au cul en me voyant débarquer à l'aube.

L'intérieur de la maison est joli, très simple. On voit qu'il n'y avait pas de femme à demeure. À gauche, j'aperçois la cuisine et à droite, le salon. En face de moi se trouve un escalier qui monte à l'étage.

Romy s'écarte de moi, légèrement troublée.

– Je te propose un truc à boire ?
– Un café si tu as, merci.

Elle se dirige vers la cuisine et je la suis. Elle remplit deux mugs à l'effigie de la police locale. Elle m'en tend un.

– Est-ce que tu chercherais à me provoquer ? demandé-je en riant.

Elle sourit, mais son visage reste si triste. Pourtant, elle est toujours aussi belle. Ses cheveux bruns tombent sur ses épaules et ses yeux verts ne pétillent plus de malice. J'ai beau évoluer dans un monde de chiens, je n'ai jamais perdu un de mes frères. Seule Lara m'a été arrachée. J'ai cru, à l'époque, que mon monde s'effondrait, mais j'ai conscience que la perte d'un de mes parents m'anéantirait.

– Je te présente toutes mes condoléances.

À vrai dire, je ne sais pas quoi dire de plus.

– Merci, répond-elle d'une voix voilée de tristesse.

Après quelques minutes d'un silence pesant, elle reprend la parole.

– Je pense que le plus dur est passé, mais sa perte laisse un trou béant dans mon cœur. Je n'ai plus aucune famille.

Elle me parle de son père, de sa carrière et de sa lutte contre la maladie. Son visage s'anime de fierté lorsqu'elle évoque son palmarès et la médaille de la ville qu'il a reçue il y a deux ans. Puis, elle évoque ses souvenirs d'enfance dans cette maison, tout comme les bêtises qu'elle n'avait de cesse de faire. Je la laisse repartir dans ses souvenirs, je bois ses paroles, plutôt satisfait de ne pas voir sa mine triste.

Quand elle me questionne sur moi et les dernières nouvelles, je pense savoir où elle veut en venir.

– J'ai eu le message d'Ash, et je tenais à t'en remercier.

Elle soupire. Je la sens délestée d'un poids. Elle ferme les paupières quelques microsecondes en baissant la tête. Lorsqu'elle la redresse, elle répond :

– Je t'avoue que j'ai eu peur qu'il n'arrive pas à mettre sa rancœur de côté pour venir te voir et te transmettre mon message.

Je comprends bien à sa façon de m'étudier qu'elle aimerait que je développe de moi-même, mais je préfère attendre qu'elle me pose des questions claires. Mais elle n'enchaîne pas et boit la fin du troisième café qu'elle s'est servi.

Je me lève pour me dégourdir les jambes et me donner une certaine contenance. J'espère masquer ma déception quand sa voix se fait entendre :

– Ton opération a quand même pu se réaliser ?

Étonné, je tourne mon visage vers elle. Je me décide à la provoquer tout en restant sérieux :

– Qui me parle ? La flic ? Ou la nana qui rêve de moi ?
– J'ai rendu mon insigne, Saul.

Je souris comme un niais.

– Donc tu rêves de moi…

Le regard enjôleur, je ne la lâche pas. Je me décide à jouer franc-jeu au sujet de la transaction avec le Mexicain.

– Le deal a été avancé et a été un succès.

Elle hoche la tête pour acquiescer, mais ne demande pas plus de détails, et c'est tant mieux. Partager des choses, pourquoi pas, et encore, tout dépend du statut qu'elle a et de la confiance que j'ai décidé de lui accorder, mais les détails du business des Red partiront avec moi dans la tombe.

– Tes potes vont bien ?

Je sens que mes lèvres s'étirent. Qu'elle apporte de l'importance à ceux que je considère comme ma famille me va droit au cœur.

– Très bien. D'ailleurs, Mason m'a chargé de te demander quand tu comptais lui apporter ta caisse.

– Il lâche jamais l'affaire, rit-elle. Très bientôt. C'est un cadeau de mon père, je compte en prendre soin. Je ne t'ai pas proposé de te rafraîchir ou de te reposer, je sais que tu as voyagé de nuit…

– Vu tes cernes, c'est plutôt à toi qu'il faudrait proposer de te reposer, poupée.

Elle lève les yeux au plafond avant de se redresser pour déposer les deux tasses dans l'évier. Elle s'approche de moi et me fait signe de la suivre. Cependant, avant de faire quoi que ce soit d'autre, j'ai besoin de savoir qu'elle est son état d'esprit. Alors qu'elle me passe devant, j'attrape son avant-bras pour qu'elle s'arrête et me fasse face avant de laisser glisser ma main jusqu'à la sienne. Elle ne la retire pas. J'entrelace nos doigts. Elle ne les retire pas.

– Romy…

– Saul…

Je rapproche son corps du mien et fais monter ma deuxième main à la hauteur de son visage. Je dégage une mèche de cheveux de devant ses yeux pour aller la mettre derrière son oreille.

– Pourquoi t'es venu ? demande-t-elle soudainement.
– Parce que tu me manquais, réponds-je avec honnêteté.

Sa main serre la mienne tandis que l'autre se pose sur mon torse.

– Et parce que j'ai envie d'avancer.

Ses lèvres se fendent d'un sourire éblouissant et ses prunelles crépitent.

– Et toi, qu'est-ce que tu veux ?

Je pose cette question dont la réponse va conditionner la suite de mon passage à Détroit.

– Ne me demande pas d'expliquer pourquoi, mais…

*Putain, je le sens mal…*

– Je n'ai jamais été aussi sûre de vouloir quelque chose.

Je fais glisser ma main de sa joue à l'arrière de son crâne. Mes doigts se faufilent dans ses cheveux que je tire légèrement en arrière pour exposer sa bouche. J'approche la mienne sans attendre, et quand elles fusionnent, mes derniers doutes s'envolent. Nos bouches s'ouvrent, nos langues se taquinent, nos mains s'impatientent. Les siennes sont passées sous mon tee-shirt et griffent mon dos, tandis que les miennes l'emprisonnent pour la garder près de moi. Je fais glisser mes baisers sur sa mâchoire, puis je m'attaque à son cou au creux duquel j'enfouis mon visage pour gonfler mes poumons de son odeur.

– Montons, dit-elle.

Mes mains descendent sous ses fesses pour la soulever. Son petit corps se colle au mien et ses jambes se nouent dans mon dos. Je me dirige vers les escaliers que j'emprunte pour nous conduire à l'étage. Elle me désigne la première porte entrouverte, que je pousse de mon pied.

Je la dépose sur le lit en reprenant mes baisers. Nos gestes sont impatients, ses gémissements font pulser le désir dans mes veines. Nos langues s'enlacent à nouveau, s'agacent, se cherchent, mais ça ne me suffit pas. Pourtant, elle s'arrête. Elle recule. Elle pose son front contre le mien, à bout de souffle.

– Je n'ai pas de protection, lance-t-elle, de la déception dans la voix.

Je souris en soupirant par le nez. J'avoue que j'ai flippé de ce recul pensant qu'elle faisait machine arrière, qu'elle ne voulait plus aller de l'avant. Avec moi.

– Je crois que j'ai été prévoyant et que j'en ai dans mon sac, réponds-je.
– Va chercher bonheur dans ton sac, va !

Je l'embrasse rapidement sur la bouche et me redresse. Je descends les marches des escaliers deux par deux pour me ruer sur mon sac. Je l'ouvre et cherche où j'ai pu bien foutre cette boîte de capotes que Mason a jetée dans mon sac dans le hall de l'aéroport, estimant qu'il n'en avait plus besoin. Je suis qu'un connard, je la fais patienter à l'étage pendant que, moi, je fouille dans mon bordel désorganisé où s'est glissé ce foutu paquet cartonné. J'ouvre toutes les poches comme un camé en manque. Mes gestes sont impatients. J'ai l'impression de perdre de trop longues minutes. Je finis par repérer la boîte qui est désormais aussi aplatie qu'une crêpe. Je quitte mes chaussures et je prends le temps de remonter. Je fais durer le plaisir, mais il va falloir qu'elle libère cette tension entre mes jambes. Je bande si fort que c'en est douloureux. Cependant, quand je rentre dans la chambre, Romy est en position de cuillère et semble dormir à poings fermés.

Je suis déçu, ouais. Je suis qu'un égoïste qui ne désire que m'enfouir en elle. Mais la voir si paisible tout en étant si fragile me prend aux tripes. Je m'approche d'elle, seulement vêtue d'un legging et d'un grand tee-shirt sombre, et je grimpe sur le lit pour coller mon torse contre son dos. J'ai besoin de la sentir, que sa chaleur calme mes ardeurs. Elle sent du mouvement, tente de se retourner, mais je l'arrête.

Elle est crevée et le sommeil semble avoir déserté ses nuits depuis un sacré moment.

– Dors, poupée, la rassuré-je. Dors tranquillement, je suis là.

Son corps se détend instantanément et je l'enveloppe de mon bras pour qu'elle ne soit plus jamais seule.

# 34

## Romy

Un gémissement quitte mes lèvres bien avant que je n'ouvre les yeux. Mon cerveau, embué par le sommeil, peine à comprendre le feu délicieux qui se répand dans mon bas-ventre et cette douceur qui humidifie mon intimité. Je souris en sentant la chaleur qui m'enivre. Mes mains glissent le long de ma poitrine, chutant sur mon ventre, pour finalement rencontrer une tignasse épaisse, mais douce entre mes jambes. Je soupire de plénitude, en enfonçant mes doigts dans les cheveux de Saul.

Il se délecte de mon suc, un doigt à l'intérieur de mon vagin tandis que sa langue titille mon clitoris. Les lents cercles qu'il y impose me font tourner la tête. Dans un naturel décomplexé, mes hanches se calent sur son rythme, cherchant une délivrance à la brûlure qui remonte de mes cuisses jusqu'à faire frémir mon épine dorsale.

*Bordel, je veux me réveiller comme ça tous les jours de ma putain de vie !*

Il glisse un nouveau doigt en moi, accélérant le rythme. Dans la pièce, seuls quelques sons se font entendre, dont mes gémissements que je n'essaie même pas de retenir. Je me délecte des bruits de bouche de Saul. Je vibre, presse mes doigts un peu plus fort, lui arrachant un grognement approbateur. Mes cuisses se resserrent autour de sa tête alors qu'il agite ses doigts dans mon intimité tout en accélérant son lapement. Ma tête se rejette en arrière, mon dos s'arc-boute, mes orteils se rétractent…

*C'est si bon !*

Ma respiration s'accélère et mes petits cris deviennent ingérables. Je ne parviens plus à me contrôler.

L'extase monte en moi, encore et encore. Le feu ardent dans mon bas-ventre, annonciateur d'un orgasme puissant, ne cesse de grandir, encore et encore. Le rythme que Saul m'impose est tel que j'en perds le fil, l'aiguille et même la robe. Je me cambre dans un geste désespéré visant à soulager mon clitoris quand il plante ses dents dans ma chair pour l'emprisonner. Ma première réaction est une plainte bruyante de douleur, vite remplacée par du plaisir à l'état brut. Je soulève mon bassin pour que sa bouche soit contrainte de m'aspirer, me titiller, me faire décoller. Je cherche la délivrance par tous les moyens.

L'orgasme approche.

Il est là.

Juste là.

Tellement proche…

Puis tout s'arrête. Punaise, il s'arrête. Il s'échappe de ma prise et remonte le long de mon corps en m'embrassant comme le Petit Poucet semant ses cailloux derrière lui. Sur son passage, Saul remonte mon tee-shirt. Durant un instant, je me demande comment il est parvenu à enlever mon legging sans que je ne m'en rende compte. Et puis, je réalise que je m'en fiche pas mal vu le résultat auquel j'ai droit. Il aurait pu me déshabiller complètement, je ne m'en serais pas offusquée.

Frustrée, lorsqu'il arrive devant mon visage, sortant sa tête aux cheveux ébouriffés de sous la couette, je lui lance un regard noir. C'est décidément le roi de la provocation :

je te fais miroiter que tu vas jouir comme jamais, mais je m'arrête toujours au dernier moment. Comme un boxeur qui te fait je ne sais combien de feintes avant de te balancer son plus bel uppercut. Saul est pareil. Il se joue de moi à chaque fois qu'on est dans des moments intimes. Et j'en redemande. À chaque fois.

Un fin sourire étire ses lèvres brillantes. Il est fier de son coup !

– Je te hais.

– C'est faux, rétorque-t-il du tac au tac. C'est même tout l'inverse.

Il ne me laisse pas le temps de répondre, plaquant ses lèvres sur les miennes. Je sens mon goût et mon odeur contre sa bouche, un peu acide, plutôt chaude. Sa langue s'enroule autour de la mienne dans un baiser charnel. En quête de satisfaction, et pour faire taire ce feu qui s'étend dans tout mon corps, je bouge les hanches, me frottant contre son érection. Je me cambre pour coller mes seins dont les mamelons sont raides sur son torse. Il grogne, pourtant il ne me touche pas. Il ne me pénètre pas, au grand dam de mon corps qui ne demande que ça.

Il se redresse et remonte ses jambes avant de s'agenouiller à côté de ma tête. Il est complètement nu.

Son membre est au niveau de mon visage, et je n'ai qu'une envie, le goûter. Le savourer. Il fait caresser son sexe sur ma joue, puis il glisse ses doigts dans mes cheveux, les serrant assez fort pour m'arracher un gémissement plaintif.

– Suce-moi.

Son ordre claque dans l'air ne laissant aucune place à la rébellion. Je n'en avais, de toute façon, aucune envie. Je me redresse légèrement sur le coude, me tourne et m'approche de lui. Enfin, de sa queue avec laquelle il me tient en joue. Son gland m'observe et je finis par lui donner des coups de langue. Je la fais glisser sur son frein, puis sur sa longueur. Je lève les yeux vers lui alors que je remonte le long de sa hampe. Je croise son regard dominateur et lâche un soupir de plaisir. Mes cuisses se resserrent l'une contre l'autre, ce regard pourrait me faire jouir à lui seul.

– On est plus des gamins, Romy. Prends-moi.

Sans attendre une réaction de ma part, il s'approche, et gourmande, je le prends entièrement dans ma bouche. Ma mâchoire s'écarte à son maximum, si bien que la commissure de mes lèvres en est douloureuse. Un grondement fait vibrer sa poitrine alors que je m'active. Son bassin bouge et, sous l'excitation qu'il n'arrive plus à réfréner, il m'impose un rythme soutenu, s'enfonçant dans ma gorge.

Sa main toujours dans mes cheveux, il serre le poing. Le délicieux mélange de douleur et de plaisir est déroutant, et réjouissant. Je n'ai jamais goûté un homme comme ça et… ça me plaît. Pire, j'adore. Il se penche en avant et de sa main libre, il saisit mon téton érigé. Coincé entre son index et son pouce, Saul le serre, le tire, le glisse entre ses doigts. Mes gémissements, à mi-chemin entre la plainte et le plaisir, se retrouvent étouffés par ses à-coups. Mon sexe pulse, je me contracte pour tenter de calmer l'abrasion qui grandit au gré des secondes.

Je lève mes yeux humides vers lui, son regard fougueux me désarçonne davantage que le plaisir que j'y lis. Ce que je lui fais lui plaît et je le rends fou. Il tire encore plus sur mon mamelon et cette fois, c'est douloureux. Mais, étrangement, la douleur se répercute bien plus au sud, dans mon clitoris. Je tente à nouveau de réfréner les élancements de mon entrejambe en serrant un peu plus les cuisses, cherchant à canaliser la chaleur qui s'y répand. Je suis trempée de plaisir, je n'en peux plus, c'est trop.

Mon regard se fait suppliant : je veux qu'il me pénètre.

Je veux jouir.

Il semble le lire et pour seule réponse, il sourit. Un sourire cruel, sadique. Je ferme les yeux, alors qu'il s'enfonce au fond de ma gorge, et qu'il ne bouge plus. Bordel.

Bien qu'ils soient clos, mes yeux se remplissent de larmes. Je me concentre sur ma respiration pour éviter de suffoquer, refusant de paniquer.

Il finit par me relâcher lorsque je commençais à réellement manquer de souffle. Je respire enfin l'air libre, même si les battements de mon cœur s'agitent dans tous les sens. Non, en réalité, mon cœur se fracasse contre mes côtes. C'est magique, un délicieux mélange d'excitation et de crainte qui me fait tourner la tête.

Sans plus attendre, il passe une main sous mon corps et me place à quatre pattes sur le matelas. Ma tête enfoncée dans l'oreiller, je me cambre le plus possible, impatiente d'enfin le sentir en moi. Pourtant, lui ne bouge pas. Toujours à côté de moi, j'attends sans pudeur, espérant entendre le bruit d'un emballage de préservatif.

Mais rien ne vient.

– Je vais te baiser si fort, poupée, que tu n'arriveras plus à marcher demain.

Je souris de sa provocation et décide de jouer moi aussi.

– Des promesses, toujours des promesses…

Toujours allongée, je vois Saul se pencher sur mon corps et placer son visage face au mien. Je sens son souffle brûlant effleurer ma peau.

– Tu me cherches, poupée ?

Il m'adresse un sourire provocateur qui m'amuse.

– Peut-être bien, répliqué-je.
– J'ai regardé un film qu'on m'a conseillé. Et le mec punit sa nana quand elle le provoque.

Je fronce les sourcils, pas sûre de comprendre.

– Et ?
– Trouve-toi un *safe word.*

Un instant, je me demande de quoi il parle. Et puis, dans mon esprit, ça fait tilt. J'ai envie d'exploser de rire si le film en question qu'il a regardé est *Cinquante nuances de Grey* ! Je le vois contenir un sourire lui aussi. Si je veux jouer le jeu, je dois lui donner une sorte de mot magique. J'ai beau réfléchir, aucun mot n'a de sens dans mon esprit. Mon cerveau est, comme qui dirait, en bug.

– Bécane.

Je pouffe à ma connerie.

– Original, commente Saul en brisant le silence. Ne me sors pas un jour que tu veux faire de la bécane, je penserai immédiatement à te baiser comme un sauvage !

Il m'embrasse fiévreusement, comme s'il avait des images assez vivaces de nous deux sur sa moto… Soudain, il me prive de sa bouche en se détachant de moi. J'ouvre les yeux, mais je peine à ajuster ma vision. Je suis essoufflée, mon corps me tire de partout tant la tension a pris possession de moi.

– Tu n'aurais pas dû partir, balance-t-il en se redressant pour récupérer quelque chose sur la table de chevet derrière lui. Je me suis inquiété pour toi, pour ta santé.

Bien que sa voix ne laisse filtrer aucune émotion, j'imagine ses yeux se voiler de brume comme ils le font parfois, d'inquiétude ou de colère, ou peut-être un savant mélange des deux. Mon cœur se serre.

– Tu as vécu un drame. Tu étais triste, mais tu ne m'as pas appelé. C'est sur *mon* épaule que tu aurais dû pleurer. C'est *mon* numéro que tu aurais dû composer.

Je serre les lèvres. Les battements de mon cœur n'ont cessé de s'emballer.

– Tu m'as trahi avant de me sauver le cul. Tu t'es joué de moi avant de t'enfuir. Tu t'es servi de moi, alors que j'aurais pu t'aider.

J'ai l'impression qu'il met toute sa force, toute la rancœur qu'il a accumulée, dans ses paroles. Savoir que, lui aussi, a souffert de cette situation, me dégomme de l'intérieur. Dans mon cœur, c'est un chaos sans nom. Je suis partie en pensant que mon absence n'allait gêner personne, mais l'égoïsme ne m'a jamais été bénéfique.

Il porte l'emballage de la capote à sa bouche avant de le coincer entre ses dents et de le déchirer. Il met la protection sur son membre et remonte entre mes jambes avant de glisser la main sous mon dos et de me retourner sur le ventre. Tirant mes fesses en l'air, je me redresse à mon tour sur mes avant-bras. La tension accumulée entre mes jambes en est douloureuse, j'ai besoin de le sentir en moi. Sans préalable, il s'enfonce dans mon intimité dans un unique coup butoir. Cette fois, je crie. De plaisir, de douleur, un peu des deux, beaucoup de tout.

Mon corps est pris de spasmes, je tremble. Pourtant, il n'attend pas que je m'habitue à sa grosseur. Il entame de longs va-et-vient, ardents, tapant au plus profond de moi. Je ne suis plus que gémissements. Saul enroule son poing autour de mes cheveux avant de me tirer la tête en arrière, m'obligeant à me redresser. Je sens son souffle chaud près de mon oreille.

– Besoin de dire quelque chose, poupée ?

Je frissonne. Ses doigts passent sur ma gorge et descendent bien plus au sud.

Je t'aime. C'est ce que je voudrais lui dire.

Sa respiration est erratique comme ses mouvements. Je tourne légèrement mon visage pour ancrer mon regard au sien. J'espère que ça sera suffisant pour lui transmettre ce que je ressens.

Il redouble la cadence et fait grimper la fièvre qui m'habite, me consume. J'arrivais presque au nirvana, quand il s'arrête et tire légèrement sur mes cheveux, il m'embrasse à m'en faire perdre haleine. Je finis par me détacher de sa bouche et me penche en avant.

Il reprend avec ardeurs ses va-et-vient. Sa main enfonce mon visage dans l'oreiller alors que de l'autre, il me maintient la taille. Je le sens en moi, partout, c'en est presque trop. Chauffée à blanc par les sensations qu'il me procure, je me laisse aller. Bientôt, même l'oreiller ne parvient plus à étouffer les cris de mon plaisir. Je ne pense plus qu'à ses paroles.

La main de Saul se referme davantage sur ma peau, je suis certaine que j'aurais une marque dans quelques heures. Son bas-ventre tape violemment contre mes fesses réveillant la douleur des claquements qu'il leur a infligés. J'aime ça.

Mon vagin se contracte autour de sa queue et je jouis pour la première fois. Un orgasme renversant qui me déconnecte de la réalité un instant. Si bien que je ne le sens pas se retirer, bien trop secouée par cette vague déconcertante de plaisir. Je reviens sur terre lorsque je sens son gland frotter contre mon anneau intime, y déposer mon suc pour l'humidifier. Je frissonne d'appréhension, mais je ne l'empêche pas d'agir.

Doucement, appuyant un peu plus au creux de mes reins, il me pénètre, centimètre par centimètre. Mes poings se resserrent sur les draps, ma respiration se bloque. Étrangement doux, Saul glisse sa main le long de ma colonne vertébrale. Ses effleurements de la pulpe de ses doigts me calment un peu.

– Caresse-toi, Romy.

Son ordre fuse dans les airs. Timidement, je laisse ma main se déplacer entre mes cuisses. Mon majeur rencontre mon clitoris gonflé et trempé de ma cyprine quand Saul cesse tout mouvement. Mes fesses sont contre son bas-ventre, signe qu'il est en moi jusqu'à la garde. Cette fois, il attend. Petit à petit, je me détends en commençant des mouvements circulaires avec mon doigt humide. Je me relaxe instantanément. Mon corps se relâche, comme habitué à la présence de mon biker. C'est à ce moment que Saul se décide à entamer de lents va-et-vient, contrastant avec la brutalité délicieuse dont il a fait preuve précédemment.

Il grogne tandis que je gémis de plaisir. Je continue mes petits cercles autour de mon clitoris, au même rythme que ses à-coups. Je tremble comme une feuille parce que je sens le plaisir m'envahir à nouveau. Saul accélère, je le fais également pour jouir quelques secondes plus tard. Encore et encore et encore. Il me rejoint après quelques coups de reins supplémentaires dans un râle guttural qui me gorge de contentement.

À peine s'est-il retiré, je m'écroule sur le lit, à plat ventre. Tremblante de la tête aux pieds, ma vision est floutée, comme si une brume m'empêchait de voir quoi que ce soit.

# 35

**Saul**

– Je vais prendre une salade César, avec une ration de poulet en plus, s'il vous plaît.

Je regarde Romy en me demandant comment je vais pouvoir m'y prendre pour lui faire manger autre chose que de la verdure et du poulet. Son regard soutenant le mien, elle hausse un sourcil pour me mettre au défi d'essayer de la gaver, avant de fusiller la serveuse du regard.

*Elle se révèle jalouse et possessive, et j'aime ça !*

– Un méga burger pour moi avec une seconde ration de frites et du cheddar.

– Je vous mets d'autres sauces, minaude la serveuse que je ne regarde même pas.

– Ce ne sera pas nécessaire, réponds-je.

Elle semble comprendre le message et se rue en cuisine sans demander son reste.

Trois jours. Ça fait trois jours que nous vivons dans une bulle à l'abri de tout, dans sa maison. Nous sommes sortis une fois, elle m'a amené avec fierté sur la tombe de son père. Elle m'en a parlé comme d'un homme bon, serviable et juste. Je crois que c'est lui qui l'a convaincue d'abandonner la police. Seule ombre au tableau, pourquoi avoir démissionné sans revenir à Riverside. Pourquoi se terrer à Détroit ? J'espère qu'il n'y a pas plus d'histoires, notamment avec cet enfoiré de Clark. J'ai interrogé Kurtis, j'attends son retour.

– Alors, dis-je pour la tirer de ses pensées lointaines, tu as choisi ce que tu voulais faire désormais ? Aider les jeunes, les femmes, les enfants, nos aînés ?

Ça aussi, c'est un sujet qui a animé nos débats. Elle veut aider son prochain et surtout ne plus jamais porter d'uniforme. J'avoue que je me fous de ce qu'elle veut faire, je veux simplement qu'elle rentre avec moi. C'est ce que je dois lui dire à ce repas d'ailleurs : je rentre ce soir par le dernier vol de vingt-deux heures trente. Je me suis absenté bien trop longtemps.

– J'aime toujours cette idée de lieu d'écoute pour les femmes, pourquoi pas les mères seules.

– Hier, tu parlais des femmes battues.

– J'ai peur d'avoir envie de tirer une balle entre les yeux de leur compagnon violent…

Ça aussi c'est un truc que j'aime chez elle : elle aime le tir. C'est une sortie qu'on s'est promis de faire prochainement.

– S'ils ont abandonné femme et enfants, tu penses que cette envie ne sera pas présente ?

– Pas faux… Quoi qu'il en soit, je veux me rendre utile. Dans toutes les épreuves que j'ai traversées, peu de personnes me sont venues en aide. J'ai abattu par imprudence deux jeunes femmes qui n'avaient rien demandé, et je m'en voudrais tous les jours pour ce que j'ai fait. J'ai été parachutée à l'autre bout du pays pour tenter de fuir le gang et de me reconstruire. J'ai atterri dans ce commissariat où pullulent tous les plus gros flics misogynes du pays ! Je me dis qu'aucune femme ne peut plus vivre sans assistance.

– Tu vas aider des flics ?

– Je ne veux plus porter d'uniforme, rit-elle. Tu suis ? Je veux juste aider. Je ne veux plus punir et être dans la répression.

– Ha ha ha, rétorqué-je comme un gamin. Et cette association, tu la montes quand ? Où ? Tu sais que j'ai rêvé que tu l'appelais *Women Safe*[1] !

C'est surtout ça la question dont la réponse m'intéresse. Elle m'a aussi beaucoup parlé des convictions et du boulot de son ex décédé. Elle m'en a tellement parlé que j'ai été jaloux d'un cadavre.

– Ça sonne bien, répond-elle, visiblement heureuse du nom proposé pour son asso.

Ouais, ça sonne bien. Ce que je constate, c'est plutôt qu'elle occulte ma dernière question avec son euphorie de façade.

– Et où sera donc le local de *Women Safe* ?

Elle pince les lèvres, ne sachant de toute évidence pas quoi répondre.

*Merde.*

C'est à ce moment-là que nos plats arrivent. Au même moment, mon téléphone vibre dans la poche intérieure de ma veste. Je le récupère pour me rendre compte que j'ai loupé un appel de Mason et deux messages de Kurtis. La troisième notification, c'est l'horoscope qu'Aria m'a installé sur mon smartphone et qui m'annonce, tous les matins, ses prédictions du jour.

– Ton horoscope ?

Je lève les yeux de l'écran et opine. Elle m'incite à le lire comme elle le fait depuis que je suis ici. Alors je clique pour faire la lecture de la phrase qui est censée révolutionner ma journée, voire ma vie selon ma sœur.

– « Quelque chose d'improbable va vous tomber dessus. Vous ne vous y attendez pas, mais ne le laissez pas filer. »

Je redresse la tête pour regarder le visage de Romy fendu d'un sourire.

– C'est vraiment niais ces trucs de gonzesse, craché-je.

En réalité, cette phrase est criante de vérité.

– Donc tu n'as aucun sentiment ? demande Romy, soudain sérieuse.
– Ce n'est pas ce que j'ai dit.
– Dans ce cas, dis-moi ce que tu ressens.
– Non !
– Et pourquoi ? s'agace-t-elle.
– Poupée, le jour où je te dirai que je t'aime, je t'épouserai et je te ferai porter un cuir pour que tous les enfoirés du monde entier qui ont une bite à la place du cerveau sachent ce qui les attend s'ils posent un regard sur toi.

Je te ferai une ribambelle de gamins parce que je passerai mon temps à te baiser. On aura une grande maison avec des dobermans pour bouffer tous les enfoirés qui s'approcheront de ma famille, ma femme et mes gosses.

Elle lève les yeux au ciel, pensant sûrement que je plaisante.

– Je suis sérieux, Romy.

– Saul, tu me parles de ta famille à tout bout de champ. Combien d'entre eux approuveraient ta relation avec moi ? Romy, ancienne flic aux casseroles plus clinquantes que la fanfare du 4 juillet[2] ?

C'est à moi de me poser ce genre de question, pas à elle.

– Tous. Tous approuveraient parce qu'on fonctionne comme ça. Si je choisis, c'est que je suis sûr. Si je suis sûr, mes gars le sont aussi.

– J'en ai auditionné les trois quarts ! réplique-t-elle. J'ai tous voulu les foutre en taule !

Elle s'agace et remue frénétiquement sa salade avec sa fourchette. Je ne comprendrais décidément rien aux nanas. Je lui promets de la protéger quand elle me parle de mes frères.

Je pique une frite dans mon assiette et regarde les messages de Kurtis.

[Clark a rendu son insigne !
Et il est en cabane. Il va se faire
casser l'oignon comme c'est pas permis !!]

Un sourire étire mes lèvres devant cette putain de bonne nouvelle. Je fais glisser mon doigt sur l'écran tactile pour lire le second message.

[La déposition à charge est anonyme.]

Je m'empresse de répondre.

[On va pouvoir sabrer le champagne !]

[Faudrait savoir qui féliciter. Regarde et dis-moi.]

Je pose mon téléphone après l'avoir mis en silencieux pour me concentrer sur Romy.

*À chaque jour suffit sa peine* comme dit mon père.

J'aurai mes réponses bien assez tôt.

Le repas se déroule sans accroc. Autour de nous, les clients mangent des plats plus typiques, parlent, rient. Les minutes défilent sans qu'on les voie passer. Dans l'après-midi, nous rentrons chez elle et lorsque je regarde mon téléphone, j'ai deux messages vocaux de Kurtis. Elle rentre tandis que j'agite une cigarette pour lui préciser que je reste dehors. Après l'avoir allumée, je compose le numéro de la messagerie.

« Yo, bro. J'ai que des putains de bonnes nouvelles ! Le fils de pute de Clark n'est plus ! Ha ha ! Il est tombé pour des chefs d'inculpation longs comme ma queue ! C'est pas le plus important, tu le savais déjà. J'ai cherché à savoir si le « pourquoi » il est tombé n'avait pas de lien avec la démission de Nuggets, et c'est là le plus intéressant. J'ai cracké le logiciel des fédéraux. J'ai galéré parce qu'il a fallu que je détourne je ne sais combien d'espions avant de poser mes griff… »

Silence. Je regarde mon téléphone avant de comprendre que son premier message est coupé. Merde, j'espère qu'il n'a pas eu de problème… Je lance le second.

« Putain de technologie de merde ! Il coupe les messages au bout d'une minute ! Sérieux, qui fait un vocal plus court ?! Bref… C'est bien elle qui a témoigné contre Clark, j'ai une déposition et des preuves dont la liste est aussi longue que… Ouais, t'as compris, j'l'ai déjà dit. Et la contrepartie, mon frère, elle me fait triper. Ton casier est vide, et les affaires où tu es cité ont vu ton nom s'envoler. Idem pour les Red. Elle a une paire de c… »

Silence. Je retire mon téléphone de mon oreille et regarde l'écran quelques secondes. Je détaille ce foutu appareil sans savoir comment verbaliser ce qui me noue les entrailles. Je repense à ce dernier message dont finalement je ne retiens que quelques mots : déposition, preuve, casier, vide, Red… Je ne suis plus sûr de réellement comprendre.

Pourquoi ? Comment ? Qu'est-ce que Romy retire de tout ça ? Peut-être qu'elle a quitté les poulets pour rejoindre les Fédéraux ?

*Mais non, dis pas n'importe quoi !*

Tout ce qui se passe depuis trois jours, c'est réel, c'est pas du chiqué.

Mes pensées sont confuses, si bien que mon inertie se prolonge. Je rappuie sur le message vocal pour l'écouter à nouveau quand la porte d'entrée s'ouvre sur Romy qui m'observe en haussant un sourcil.

– C'est un nouveau concept ? demande-t-elle en faisant un signe de tête vers la cigarette qui est toujours calée entre mes lèvres sans être allumée.

Je retire la tige avant de rentrer. J'enlève mon cuir et la suis dans le salon. Elle a relevé ses cheveux dans un petit chignon au-dessus de sa tête, libérant l'accès à son cou, sa nuque. J'ai enregistré toutes les nuits que nous venons de partager, tous ces instants où ses lèvres se sont étirées, ses yeux illuminés.

Elle s'installe sur le canapé et prend la télécommande.

– On se regarde un film ?

Je quitte mes pompes et me vautre dans le moelleux de l'assise, à moitié allongé.

– Quel genre ?
– Ce que tu veux, réponds-je.

À vrai dire, elle pourrait me mettre un épisode de *Oui-Oui*, ça m'irait, tant qu'elle est contre moi… Elle est un peu comme une drogue, j'ai l'impression de planer, que l'endorphine se propage dans tout mon corps dès que je suis à son contact.

– Film d'action ? D'horreur ? Comédie ?

Elle m'interroge sans me regarder. Elle fait défiler les choix que propose son abonnement Netflix.

– Sinon une série ?

Elle se pose la question à elle-même puisqu'elle ne cherche même pas à connaître mon point de vue et va directement dans la sélection de films d'action.

– Poupée ?
– Oui, dit-elle en sélectionnant un vieux film avec Bruce Willis.

Elle se tourne enfin vers moi, la télécommande toujours en main.

– Je t'ai dit que Mason attend ta caisse pour la réparer. Si tu ne la lui apportes pas, il va nous faire une syncope !

Elle rit, puis secoue la tête.

– Oui, tu m'as dit. Je la lui apporterai bientôt. C'est uniquement de ma voiture que tu veux me parler ? Je vois que tu veux dire quelque chose, tu te mâchouilles l'intérieur de la joue quand c'est le cas.

Je cesse de mastiquer l'intérieur ma joue. Elle sourit de plus belle, quand je prends une grande inspiration et que je me lance vraiment.

– J'ai eu un message de Kurtis tout à l'heure.
– Le geek ?

– Ouais, c'est ça. Il m'a informé que Clark avait été arrêté.

Elle peine à déglutir et elle replace une de ses mèches rebelles qui lui tombe devant les yeux derrière son oreille, pour gagner du temps. Elle n'objecte pas, ne répond rien. Elle ne semble même pas surprise, ce qui confirmerait les trouvailles de Kurtis.

– En fait, j'ai une ou deux questions, dis-je.

Elle hoche la tête.

– T'as démissionné à cause de Clark ?
– Non ! s'insurge-t-elle.
– T'es en lien avec les fédéraux ?
– Non ! répond-elle avec empressement. Non, pas du tout !

Et je la crois. Je vois dans ses yeux qui ne mentent jamais qu'elle dit la vérité. Et j'avoue que je suis soulagé parce qu'un quart de seconde je me suis demandé si elle n'était pas encore en infiltration…

Nous échangeons un regard, et je devine le moment où elle comprend. Elle perd son sourire, devient nerveuse. Aucun reproche dans ses yeux, juste un mélange de fierté et d'abnégation.

– En fait, tu sais tout.

Je hoche légèrement la tête.

Elle passe sa langue sur ses lèvres qu'elle mordille et se laisse tomber nonchalamment sur le canapé.

– J'aimerais juste comprendre pourquoi. Pourquoi tu as lâché ce que tu savais sur lui ? Pour y gagner quoi ?

Je mesure le ton de ma voix pour ne pas qu'elle s'imagine que je lui demande des comptes. Kurtis m'a dit ce que j'avais besoin d'entendre, mais j'aimerais que ce soit sa bouche qui me débite ces explications.

– Ton immunité. L'abandon des charges retenues contre toi et les Red.

Bien qu'au courant, j'accueille cette information comme une bonne droite. Rares sont ceux qui se mouillent sciemment pour les Red Python sans contrainte, et sans condition, mais elle l'a fait.

Je la sens fébrile, mais je décide de m'en amuser un peu. Je la pousse du bout de mon pied et je lance :

– Tu as voulu me protéger, moi, et mes frères ? Pourquoi ?

Elle hausse les épaules et détourne le regard.

– Ne fuis pas, poupée. Je veux savoir pourquoi.

Un soupir soulève sa poitrine tandis qu'elle croise les bras sous ses magnifiques petits seins. Je perçois son hésitation avant qu'elle ne capitule.

– Parce que.

Je hausse un sourcil pour l'inciter à vite parler. Ma patience a des limites. Elle doit voir que j'ai presque atteint le max de ce que je suis capable de faire à ma mine renfrognée.

– Parce que je savais déjà… que… enfin… ce que je ressentais pour toi.
– Et que ressens-tu pour moi, poupée ?

Je me redresse pour approcher mon visage du sien, pour être au plus près d'elle, la sentir, la frôler.

Je vois son souffle erratique, ses doigts s'entremêler, ses yeux qui se posent alternativement sur ma bouche, mes yeux, mes cheveux. Elle ne tient pas en place. Je ne sais pas si elle va prononcer ses mots qui me transportent. Puis, elle retient sa respiration et plante ses iris dans les miens.

– Je t'aime, chuchote-t-elle d'une voix éraillée.

Mon regard est toujours dans le sien, je lui transmets tout ce qui loge dans mon cœur. Je ne lui réponds pas parce que j'ai le sentiment que je n'en ai pas besoin. Les mots peuvent duper, pas les regards. Et là, le sien me sonde et elle devine tout ce que je ne dis pas. Elle sourit et elle réduit la distance entre nous pour poser sa bouche contre la mienne dans une douceur inouïe.

Ses doigts parcourent ma peau alors que je me presse un peu plus contre elle. Mon sang pulse, imprimant un rythme jusque dans mes tempes et dans mon boxer pendant que ma langue tournoie autour de la sienne.

L'une de mes mains enlève son élastique et libère ses cheveux alors que l'autre se trouve désormais sur ses hanches, jouant avec l'élastique de son legging. Ses doigts crochètent mon tee-shirt pour le retirer, puis je la rallonge en me positionnant entre ses jambes. Son bassin se relève explicitement me montrant qu'elle en veut plus.

Je plonge ma main dans la poche arrière de mon jean pour récupérer mon portefeuille et en sortir un préservatif avant que tout ne dégénère. Je le dépose à côté de son visage. Un échange de regards, un ultime accord, et sa main glisse derrière ma nuque pour m'attirer vers elle.

Ses lèvres semblent encore plus dévorantes que tout à l'heure. Nos dents s'entrechoquent, nos souffles se mêlent, nos langues se lient. Je remonte son débardeur et embarque son soutien-gorge que je ne prends même pas la peine de lui retirer. Son regard s'attarde sur mes gestes, puis mes lèvres parcourent sa peau avant d'aller sur ses seins que je lèche. Mon souffle brûlant fouette son épiderme et déclenche des frissons qui m'euphorisent. Ses doigts impatients se dirigent vers mon jean qu'elle déboutonne à la hâte. Puis, quand je me sens moins à l'étroit dans mon pantalon, je me redresse légèrement pour m'en débarrasser, mon boxer avec. Je me penche en avant pour récupérer le préservatif que je coince entre mes dents, laissant mes doigts descendre le long de son corps jusqu'à la lisière de son pantalon que je crochète pour lui enlever. Elle soupire en un soin mêlant exaspération et excitation.

– Pressée ? demandé-je, joueur.

Mes doigts effleurent son bas-ventre, puis un hoquet franchit ses lèvres quand je parviens en bas, où le vide ne sera plus dans quelques secondes. Mes doigts glissent le long de ses replis intimes et j'émets un grognement satisfait quand je perçois l'ampleur de son désir. Elle est trempée. Et moi je suis dur comme la pierre.

Je remonte le long de son corps en laissant s'agiter deux doigts en elle. Je la fouille, tout en embrassant chaque parcelle de sa peau. Je guette ses réactions quand je plaque ma paume contre son intimité pour me mouvoir plus vite en elle. Elle s'accroche à mes épaules en libérant quelques cris que je ne compte pas étouffer de ma bouche cette fois. Je la mène jusqu'au bord du précipice avant de retirer ma main.

– Saul, grogne-t-elle.
– Quoi ? réponds-je en laissant tomber le préservatif sur son ventre.

Je feins l'indifférence, mais ma queue est tellement dure que j'ai l'impression qu'elle va exploser. J'enfile le préservatif sans aucune hésitation. Je lui souris avant de fondre ma bouche contre la sienne. Elle ouvre plus grand ses jambes, ses cuisses se pressant contre mes flancs. Je marque une pause, me retire légèrement, puis reviens plus langoureusement.

– S'il te plaît, souffle-t-elle à bout de souffle.

Je me retire à nouveau, mais cette fois quand je reviens, je le fais d'un coup franc. Je m'enfonce profondément en elle et je soupire tandis qu'elle crie.

Mes à-coups se font plus invasifs, plus puissants, plus affamés. Ses chevilles sont liées dans mon dos, ne me laissant pas m'échapper. Nos peaux moites s'épousent alors que mon front se colle au sien. Nos souffles se percutent, nos gémissements se mêlent. Je la sens, la délivrance, à mes portes. Elle se glisse doucement, depuis chacun de mes membres jusqu'au creux de mes reins. Mon bas-ventre me tire douloureusement, se contracte. Je sens les parois de Romy m'enserrer, m'emprisonner. Elle y arrive, je ne suis pas loin.

Son dos s'arc-boute et elle hurle mon prénom d'une voix rendue rauque par le désir. Je continue mes assauts jusqu'à ce que mon bas-ventre se contracte, tout comme mes bourses, et que je me libère. Ma poitrine vibre quand un gémissement guttural remonte de ma gorge. Je ralentis mes va-et-vient pour finalement m'arrêter, à bout de souffle. Nous haletons, puis je me retire en me laissant tomber à côté d'elle, à la place des coussins que nous avons, je ne sais comment, envoyés valdinguer.

Je respire bruyamment, j'essaie de reprendre mon souffle et de calmer mon palpitant. Elle se met sur le côté, me faisant face. Je fais passer mon bras sous sa tête et me positionne de la même façon. Ses pommettes rougies sont le vestige de la passion que nous venons de vivre. Sa bouche entrouverte l'aide, elle aussi, à réguler sa respiration.

Je dépose un baiser sur sa bouche, que je butine avant de me reculer. Elle me semble émue, elle papillote des yeux et un sourire étire ses lèvres. J'ai le sentiment de me scinder en deux tout en ayant l'impression que les morceaux épars de ma vie sont rassemblés.

Pourtant, je dois lui avouer une chose importante.

– Poupée, je repars ce soir.

Elle devient livide. Elle ne devait pas s'attendre à une telle remarque.

– Sérieux ?
– Je suis là depuis trois jours, Romy.
– C'est que dalle trois jours !

Pas dans mon business. Ne pas se montrer est signe de faiblesse. Même si les dangers habituels sont hors d'état de nuire, les mauvaises herbes poussent partout, même si on pense les avoir éradiquées.

– J'ai des affaires à gérer. Des hommes à diriger.
– Ouais, et moi dans tout ça ?

Son débit est rapide, dicté par la nervosité. Ses mains

tremblent légèrement tandis qu'elle me repousse pour se relever. Je la retiens et pose ma main sur sa joue.

– Poupée, j'ai des responsabilités à Riverside. Ma vie est là-bas, mes business, mes hommes. Je ne suis pas venu pour m'amuser.

J'attends quelques secondes et lance :

– Rentre avec moi.

Elle semble ébranlée par mes propos.

– Je ne peux pas, Saul, je… Je n'ai pas réglé tous les papiers de la succession, j'ai rendez-vous chez le notaire dans deux jours, je… Je ne sais pas, c'est pas une décision à prendre à la légère.

Et cette fois, c'est moi qui suis ébranlé par les siens.

– Moi, j'aimerais que tu rentres avec moi. Que tu réfléchisses plus sérieusement à *Women Safe.*

Je la sens tendue dans mes bras.

– Détends-toi ! tenté-je de la rassurer.

Un silence pesant s'abat entre nous. Après un soupir, elle finit par abdiquer avec un sourire faussement enjoué.

– C'est juste que j'ai adoré ces trois jours, et que je ne veux pas que ça s'arrête.

*Ça tombe bien, moi non plus !*

– Dis-toi un truc, poupée, c'est que je me suis toujours dit que le jour où je trouverai la perle rare, ce sera pas pour enfiler des perles, si tu vois ce que je veux dire…

---

1. Traduction : « les femmes en sécurité ».

2. Le 4 juillet est la fête de l'indépendance aux États-Unis, leur fête nationale.

# 36

**Saul**

– C'était si bien que ça ? demande Mason tandis que nous arrivons à l'aube au ReDiners. T'as la gueule du mec qu'a baisé H24 pendant quatre putains de jours.

C'est ce qui s'est plus ou moins passé… Bien que nous ayons beaucoup parlé. Nous nous sommes découvert des passions communes, des valeurs que nous défendions corps et âme, dont la soif de justice. J'ai eu beaucoup de mal à la faire sortir, mais j'ai l'impression que Romy était plus joyeuse et mieux dans ses pompes quand je suis parti plutôt que quand je suis arrivé. J'attends juste de voir ce qu'elle va faire de nous. Parce que c'est elle qui a notre destin entre ses mains. Je lui ai laissé un peu de temps pour faire son choix : revenir à Riverside ou rester à Détroit.

Enfin, elle pense que je lui laisse le choix. Si dans une semaine elle n'est pas ici, je vais la chercher par la peau du cul. Après ces quatre jours, je ne me vois pas passer ma vie sans elle.

Je pousse la lourde porte vitrée pour rentrer dans notre QG où seule Aria s'active derrière le bar. Dès qu'elle me voit, elle le contourne et vient se blottir dans mes bras. Après lui avoir embrassé le dessus du crâne, elle se recule et me scrute.

– Tu sens le parfum féminin.

Moi aussi, je sens les effluves de la fragrance de Romy s'insinuer jusqu'à moi, emplir mes narines et rendre dingue mon cerveau.

– Parce que j'étais avec une femme.

Elle a un mouvement de recul, ses yeux s'illuminent comme si je venais de lui donner un budget illimité à dépenser au *mall*[1] le plus proche. Mais je sais qu'elle se fout juste de ma gueule.

– Pendant quatre jours ? Où est mon frère ? Le connard arrogant qui ne laisse rien passer avant son club de fous à moto ? Celui qui fait passer son bonheur après celui de tous les autres ?

– Tsss, prononcé-je en m'écartant pour aller me caler dans un box, à l'abri du monde environnant.

Mason me suit en riant et commande à Aria deux cafés et deux omelettes aux oignons. Je passe une main dans mes cheveux, qui ont bien poussé, et je commence à demander à mon bras droit comment se portent nos affaires.

– J'ai convoqué une chapelle dans vingt minutes, me dit-il, pour te faire un récap complet de ces quatre jours, parce qu'il s'en est passé des choses…

Nos assiettes arrivent tout comme nos cafés fumants. Aucun de nous ne parle, et nous dévorons ce que nous avons sous les yeux. Les gars débarquent un peu avant six heures du mat', nous saluent et prennent leur café avant de se diriger vers la chapelle. Mas' et moi finissons par nous lever pour nous y rendre également.

– Alors les mecs, fatigués ? lance mon VP.

Les paupières de Tyron se ferment toutes seules, il a du mal à rester éveiller. Les autres ne sont pas en meilleur état, aucun de nous n'est un réel lève-tôt. On est plutôt des mecs de la nuit, de l'ombre.

– On commence ? demandé-je.

Ty' lève la main et enchaîne.

– Si tu n'y vois pas d'inconvénients, Prés', je vais commencer parce que les forces me quittent. Je suis HS après ces trois jours intenses.

– Pourquoi intenses ?

Je hausse les sourcils pour lui faire comprendre que je voudrais en savoir plus.

– Descente de flics avant-hier, à la fermeture du club de strip. Après des heures au poste où cet enculé de Clark m'a mis la misère à coups de savate dans le bide, deux danseuses se sont barrées estimant que (il mime des guillemets avec ses doigts) « leur vie était en danger », et la nuit s'est enchaînée. Hier, j'étais convoqué par les fédéraux pour évoquer la descente de flics de Clark au club ainsi que son attitude. Ensuite, j'ai enchaîné avec le recrutement de deux nouvelles danseuses et la nuit. Je suis épuisé.

C'est rare d'entendre Tyron s'épancher sur ce qu'il ressent, encore moins se plaindre. D'habitude, il se mure dans le silence et le travail. Il exécute les ordres sans jamais émettre d'objections inutiles.

– Mec, on va prendre la relève les deux prochains jours, tu vas te reposer. Kyle, tu gères ?

– Ouais, boss.

– Parfait. Autre point à aborder, c'est le changement de shérif à la tête du commissariat. Kurtis vous a mis au parfum pour Clark ? demandé-je.

Tous les gars hochent la tête.

– T'as demandé confirmation à Nuggets ?

– Elle a balancé les pratiques et manigances de Clark. C'est pour ça qu'il a été cueilli.

– Et ? insiste Kurtis avec un sourire en coin.

– Et, quoi ?

– Kurtis dit vrai sur ses motivations ? Sur nos casiers ?

Je hoche la tête.

– Prés', reprend Mason, elle n'était pas faite pour être un nugget. Moi, je le sais depuis qu'elle m'a sauvé le cul des Tigers. Elle n'aurait pas pu finir dans une boîte à partager. Et en plus, elle a une putain de Ford Mustang Mach de 1971 qui dort dans son garage !

– On s'en bat les couilles de sa caisse, claque Dwayne en riant.

Les deux se balancent quelques insultes quand on m'interpelle.

– Prés', reprend Kurtis. Elle est plus un danger pour le club, c'est sûr ?
– Et elle est où d'ailleurs ? reprend Dwayne.
– À Détroit, répond Kurtis.

À peine a-t-il répondu qu'il s'est rendu compte qu'il avait parlé à ma place. On se jauge quelques secondes avant que j'entérine le sujet.

– À Détroit, mais j'espère qu'elle va rentrer bientôt.

Les gars se jettent des coups d'œil. Seul mon VP, qui a allumé une clope, tire dessus et souffle la fumée en l'air en essayant de faire des cercles.

– Elle va rentrer… Où ? demande Kyle.
– Mes frères, je sais que vous n'avez pas forcément une bonne image d'elle parce qu'elle était flic. Mais c'est fini, elle ne l'est plus. Et le meilleur moyen de nous prouver qu'elle n'était plus contre nous était de nous sortir des affaires qui pouvaient nous concerner, chacun.
– Mec, reprend Kurtis, ça va au-delà. Elle a fait effacer nos casiers judiciaires. On est de vraies pucelles aux yeux de la loi.

Je fais un signe de menton, fier.

– Elle rentre quand de Détroit ? demande Mason.

Je tourne mon visage sur la droite et hausse un sourcil. Qu'est-ce que ça peut bien lui foutre qu'elle soit ici ou là-bas.

– Pour qu'elle m'amène sa caisse au garage, ducon !
– Tu fais chier avec cette caisse ! Peut-être que Fallon va la défoncer, réplique Dwayne.
– La caisse ou Nuggets ? demande Kurtis, amusé.

Nous éclatons de rire à l'idée de voir Fallon en colère. Elle se battrait contre la terre entière et je crois que personne ne peut savoir si elle aurait envie d'en découdre avec la bagnole ou ma nana.

– D'ailleurs, faut que je vous dise un truc.

Mason balance ça d'un ton sérieux, faisant cesser toutes les voix graves de la pièce. Il a sorti sa lame et triture le bois de l'accoudoir, signe de nervosité. Avec les gars, on s'observe, ne sachant pas comment le faire parler sans l'énerver davantage.

– On t'écoute, lancé-je.
– Le premier qui se fout de ma gueule, je le crève.
– Tout doux, bro. Dis-nous et on verra ensuite.

Mason semble réfléchir, puis finit par lever la tête et redresser le dos. Il nous regarde chacun notre tour quelques secondes avant de lâcher :

– Je vais être papa.

Les mecs exultent, le félicitent. Je ne comprends pas trop pourquoi il stressait de nous avouer que sa femme attendait un enfant. Quand les esprits se calment, je m'approche et le congratule en le prenant dans mes bras. Je tape dans son dos en lui disant à l'oreille :

– Je comprends mieux les cornichons. Je suis fier de toi, mon frère. Ton gosse sera notre mascotte.

Je l'entends soupirer et secouer légèrement la tête. Je crains un instant avoir dit une connerie plus grosse que lui.

– J'ai oublié de préciser, reprend-il en se détachant de moi. C'est une paire de jumeaux. Enfin, vu que c'est des… filles, c'est des… jumelles.

Cette fois, aucun bruit ne fuse. On est sous le choc. Je ne sais pas si c'est le fait qu'il va avoir deux bébés ou si c'est le fait que ce soit deux filles qui nous met le plus sur le cul.

– Putain, me regardez pas comme ça ! grogne Mason.

– Mec, j'ai quatre sœurs, dit Kyle. Les deux aînés ont plus de couilles que nous tous réunis. Fille ou garçon, on s'en balance. Faut que tes gosses arrivent en bonne santé.

Je sens Mason se détendre légèrement.

– Je stresse déjà qu'un mec les regarde de travers, gronde-t-il.

Je le plains parce que dans notre milieu, hormis nos régulières, nos mères et nos sœurs, peu de femmes sont respectées. C'est une réalité. Les mentalités évoluent de notre côté, mais certaines de nos pratiques demeurent inchangées. Il n'y a qu'à voir comment les brebis donnent leur corps en échange d'un peu de chaleur et de protection. Ça, les décennies n'y changent rien.

Les gars se sont éparpillés dans le *diner* pour prendre leur petit déj, et je ne peux pas m'empêcher d'imaginer ce que Romy penserait d'intégrer vraiment ce monde, d'intégrer cette famille qui est la mienne. J'aime l'idée d'avoir des gosses qui courent partout dans notre lotissement, sur nos terres. Je ferai construire des jardins d'enfants pour que nos femmes soient en sécurité avec nos mioches. Mason ouvre la voie en ayant une femme et des enfants avant tout le monde ici, ce que personne n'aurait parié, mais il nous prouve que tout est possible.

J'attrape mon téléphone dans la poche arrière de mon jean et pianote sur l'écran.

[Félicitations !
Vous allez nous faire de beaux enfants.
Elles risquent d'être un peu foldingues
avec les parents qu'elles auront, mais elles
feront partie de cette belle et grande famille.
Tonton Saul est déjà gaga !]

Puis je ne peux m'empêcher d'envoyer un message à Romy.

[Tu rentres quand ?]

Ouais, je suis pressé.

Je voulais la laisser respirer une semaine, mais je ne tiendrai pas.

---

1. Un *mall* est un très grand centre commercial aux États-Unis.

# 37

## Romy

Le panneau passe sous mes yeux, mon cœur palpite un peu plus fort. J'ai un imprévu, je suis amoureuse. Tellement amoureuse que j'ai une nouvelle fois quitté la ville où j'ai grandi. Encore une fois, j'ai claqué la porte de ma demeure familiale, un simple sac sur l'épaule, et j'ai traversé le pays d'est en ouest.

Je m'attendais à tout sauf à lui. J'avais prévu de me terrer à Riverside jusqu'à en crever d'ennui, parce que c'est comme ça que je vois ma vie, d'un chiant comme pas possible. Mais Saul est arrivé et il a tout envoyé valser. Je me suis souvent demandé : pourquoi lui ? Pourquoi suis-je prête à revenir ici, à l'endroit où j'ai vu mes convictions voler en éclats, où j'ai cru devenir folle, où les flics auront toujours une dent contre moi, juste pour lui ? Et puis, j'ai compris. Saul a su voir en moi autre chose que ce que j'ai bien voulu lui montrer. Ça paraît con, mais ça compte.

Parce que c'est le seul à l'avoir fait.

C'est de la folie, j'en conviens, j'ai bon nombre d'ennemis désormais à Riverside. Après tout, même si mon témoignage reste anonyme, Clark est derrière les barreaux par ma faute. Et tous ses toutous ripoux voudront ma peau, c'est une certitude.

Et pourtant…

Le taxi s'arrête devant le *diner* des Red Python. Sur le parking, bon nombre de Harley sont garées et un sourire étire mes lèvres en reconnaissant la sienne. Il est là. Le chauffeur, aucunement affolé de se trouver devant le point de rassemblement des Red, attend patiemment que je tire mes billets de ma poche.

– Passez une bonne journée, me dit-il en récupérant l'argent.

Je souris, lui souhaite de même et saute pratiquement de la voiture, mon sac sur l'épaule. Il ne s'éternise pas et moi non plus. Je dois rassembler tout mon self-control pour ne pas courir.

Cinq jours.

Ça fait cinq jours que j'attends ce moment. Celui où je pourrais de nouveau plonger dans ses yeux, glisser mes doigts dans ses cheveux, humer son odeur et me perdre dans ses bras. Ça m'a paru une éternité. Bien que nous nous appelions presque tous les soirs et que nous ayons échangé des tonnes de messages, il me manquait. Terriblement. Trop pour ma santé mentale.

Je voulais prendre le temps de faire tant de choses, trier, ranger, profiter du calme. Mais je n'ai pas pu résister à l'attraction qui m'appelait sans cesse vers cette ville, vers lui. Je ne l'ai pas prévenu de mon arrivée. Je ne savais pas comment lui dire que je ne parvenais pas à vivre loin de lui, que les quatre jours passés avec lui ont été une révélation pour moi, que j'avais l'impression de mourir à petit feu loin de lui, sans qu'il me prenne pour une cruche.

*Je suis bien trop fleur bleue, il faut croire.*

Je pousse la lourde porte, faisant fi des battements chaotiques de mon cœur. Aucun doute ne m'assaille, il ne m'aurait pas rejoint à Détroit s'il ne ressentait pas la même chose que moi et ce, même s'il ne l'avoue pas. Si j'ai bien compris quelque chose au contact de Saul, c'est que les Red Python représentent son tout, son univers, son oxygène, sa famille. Pourtant, il les a laissés pour me rejoindre à l'autre bout du pays, où il aurait été impuissant si son club avait été en danger.

À peine suis-je entrée qu'un carillon résonne faisant converger vers moi une multitude de regards curieux. Je cesse de respirer. À vrai dire, leur accueil me fait un peu peur, je sais que Saul accordera de l'importance à ce que pensent ses coéquipiers. Et voilà que maintenant, en plus de vouloir avouer la puissance de mes sentiments à l'homme qui me chamboule, je dois éviter tout débordement avec eux. Je ne vois pas de visage familier autour de moi, du moins pas ceux avec lesquels j'ai pu discuter de manière sympathique au cours des derniers mois.

La femme de Reed est derrière le bar et hausse un sourcil d'étonnement quand elle se rend vraiment compte que je suis ici. Je m'approche du comptoir, ignorant les iris qui me transpercent de part et d'autre, et je la salue.

– Salut, lancé-je, timide.
– Salut. Tu t'es perdue ? demande-t-elle une pointe d'arrogance dans la voix.

Je crois qu'elle me donnera plus de fil à retordre que tous les types ici présents. La musique continue et tout le monde reprend sa petite vie.

– Non. Je cherche Saul.

– Pour quoi faire ?

– Je ne suis pas sûre que ça te regarde. Est-il ici ? Ou dois-je sortir mon téléphone et l'appeler directement ?

Elle s'agace, je le vois à son regard nuageux qui me lance des éclairs. Elle sort un pot à cornichons dans lequel elle jette ses doigts pour en récupérer un. On dirait une camée qui cherche sa dose.

– Dans la mesure où c'est comme un frère pour moi, j'estime que ça me regarde. Puis mon mec est son bras droit, ce qui veut dire qu'il est impacté par toutes ses décisions. Je m'assure donc, par ricochet, que mon homme reste en vie et à côté de moi, pas derrière des barreaux dans une prison fédérale où je ne pourrais pas le voir, le sentir ni le toucher.

Je comprends ses craintes, elles sont légitimes. Mais comment lui dire sans m'épancher que cette vie est derrière moi ?

– Mes intentions sont bonnes.

Elle me jauge quelques instants, puis dégaine son portable. Elle pianote dessus et m'annonce qu'elle l'a prévenu.

– Tu veux boire un truc en attendant ? Ils sont en réunion, je pense qu'ils ne vont pas tarder à sortir.

Je ne sais pas d'où ils vont sortir, mais je hoche la tête en lui demandant un café. J'essaie de garder le dos droit, les épaules droites, mais plus les minutes passent et plus je flippe. Je me fais une quarantaine de scénarios différents, je suis assaillie de toutes parts par des pensées qui me font tourner la tête.

Fallon, qui est passée de l'autre côté du comptoir, se rapproche de moi et s'assoit sur le siège à ma gauche. Après plusieurs longues secondes, elle rompt le silence :

– Alors, Mason m'a dit que tu devais nous apporter un bijou automobile ?

Je souris devant cette garde qui se baisse légèrement.

– Exactement, les Tigers me l'ont salement abîmé. Si j'ai bien compris, vous êtes des accros aux bagnoles ?!
– Mon père aimait ça et il m'a transmis sa passion de la mécanique, même si à la base c'est les bécanes que je réparais. Depuis, Mason m'a initié à bichonner les carrosseries aussi.

Elle semble aimer ça parce que ses yeux s'illuminent dès qu'elle aborde ce sujet.

– C’est beau d’avoir une passion en commun avec sa moitié.

Elle hausse les épaules comme si c’était naturel pour elle.

– Tu penses pouvoir l’amener demain ?

*Oui, elle est vraiment accro aux voitures !*

– Si tu veux, je la déposerai demain. Mais je ne voudrais pas qu’elle gêne, ni que vous vous sentiez obligés de quoi que ce soit.

Elle lève les yeux au ciel.

– Sache une chose…
– Romy.
– Sache une chose, Romy, je ne me force jamais à rien. J’ai un caractère de merde, je le sais et on me le répète assez souvent, mais je suis pas du genre à faire des courbettes. Ça ne me plaît pas trop que tu fricotes avec Saul parce que t’es une flic et que tu vas nous attirer que des emmerdes, mais pour une raison que j’ignore, mon homme t’apprécie.

Mes lèvres se plissent en un léger sourire tandis que les siennes se pincent.

– Ça me plaît pas trop, j'avoue… Mais si tu te tiens à carreau, ça me va.

J'opine en me retenant de rire avant de reprendre :

– Je ne fais plus partie de la police de Riverside, dis-je pour me défendre de son attaque à peine dissimulée.

Fallon ne semble pas surprise par mes propos, comme si je ne lui apprenais rien. En même temps, je pense que je ne lui apprends rien ! C'est dingue comme les informations circulent vite dans cette grande… famille. Un bruit derrière elle attire mon attention, de lourdes bottes claquent sur le sol. Elle regarde au-dessus de son épaule, se retourne et accourt se nicher dans les bras de son homme. Quant au mien, je l'observe avancer. Tee-shirt blanc près du corps sous son cuir, son jean sombre moulant ses cuisses. Je ne m'étais même pas rendu compte que je le reluquais de la tête aux pieds sans même une once de discrétion… Mes yeux sombrent dans les siens, ma respiration se coupe. Dois-je sauter dans ses bras ? Je l'ignore. Dans tous les cas, je suis statufiée, j'attends un signe de sa part. Un sourire enjôleur s'affiche sur son visage tandis qu'il s'avance d'un pas sûr vers moi. Je me mets sur mes jambes quand il arrive à ma hauteur et qu'une main possessive s'empare de ma nuque pour orienter mon visage vers lui. Je lis dans son regard toutes les réponses aux questions que je me suis posées.

Sa bouche s'abat sur la mienne. Mon corps se love contre le sien et mes mains agrippent le cuir de son dos. Sa langue s'immisce dans ma bouche me faisant perdre la notion du temps et visiblement la notion de l'environnement dans lequel nous sommes puisque les sifflements des mecs autour de nous font éclater la bulle dans laquelle nous nous trouvions.

Nos bouches s'écartent, mais nos sourires ne disparaissent pas.

– J'étais à deux doigts de venir te chercher, murmure-t-il.

– Ma vie est un chaos sans nom, mais je ne pouvais plus rester là-bas. Loin de toi.

Même si je ne sais pas ce que je vais faire ici, la vie me paraît moins pénible quand on peut la partager avec quelqu'un qui nous fait vibrer.

– Oh, putain, Nuggets ! Ça gaze ?

Mason s'approche de nous et me check.

– Tout baigne, réponds-je. Et toi ?

– Ma femme, ma famille, ma bécane, comment ne pas gazouiller ?

– Dans quelques mois, ça va gazouiller sévère, marmonne Saul.

– On ne dit plus gazouiller depuis une décennie, dis-je en ayant une pensée pour Fitz que j'ai encore eu au téléphone en arrivant à l'aéroport de Los Angeles.

Dans le même temps, Mason lui balance un coup de poing dans l'épaule tandis que Saul, qui a passé son bras autour de mon cou s'esclaffe.

– Pense à nous emmener ta caisse, reprend Mason en ignorant son boss. J'ai hâte de plonger ma main dans son moteur.

– J'ai déjà géré ce détail avec ta femme. Je vous la dépose demain.

Mason lève le poing en l'air et se tourne vers Fallon.

– T'es une boss, baby. Si je ne t'avais pas déjà foutu mon cuir sur les épaules, je le ferais sur-le-champ !

L'ambiance est bonne enfant, et je ne me suis pas sentie aussi bien depuis longtemps. Saul ne me quitte pas d'une semelle et ses potes s'en donnent à cœur joie avec leurs blagues salaces, leurs mains baladeuses sur ce qu'ils appellent les brebis et sur la boisson. Ça crie, ça transpire la virilité, mais je me sens bien.

Saul boit peu et que de la bière quand ses frères, qu'il m'a tous présentés, sont au whisky ou à la vodka. Je me laisse aller aux discussions et à l'atmosphère détendue, je rigole même avec Mason et un certain Kyle. Ce jeune a un discours réfléchi et mature, pendant une seconde je me suis demandé ce qu'il faisait parmi la bande, mais j'ai vite compris qu'ils avaient chacun un truc, ils amènent chacun leur pierre à l'édifice. Ils sont tout simplement une famille.

– Tout va bien, poupée ?

La voix de Saul me réveille quelque peu. Je commençais à m'enfermer dans mes réflexions. Je hoche la tête, mais il n'est pas dupe.

– On va chez moi ? demande-t-il.

Encore une fois je réponds d'un mouvement de tête et par un sourire heureux. Pourtant, je n'ai pas que des bons souvenirs dans sa maison… Et la seule fois que je l'ai quittée, j'avais été prise en faute et incapable de faire machine arrière. J'étais coincée dans une spirale infernale qui m'a fait agir comme une débutante : tête baissée à foncer dans le tas, sans réfléchir.

Je récupère mon sac pendant qu'il fait signe à ses collègues qu'il rentre. Certains crient, d'autres font le hurlement des loups ! Je me sens épiée comme jamais, mais pas dans le mauvais sens du terme.

Une fois dehors, il prend mon sac que je tenais dans la main, me tend son casque et me fait signe de monter derrière lui, sur sa moto. Je m'exécute sans contester. Je me colle contre son corps et enserre fort sa taille. Mes doigts sentent ses abdos durs comme la pierre.

Une fois garés dans l'allée de son garage, nous pénétrons dans son salon.

– Tu veux boire quelque chose ? me propose-t-il.
– Un truc fort si tu as.

Il ricane depuis la cuisine où il est allé.

– Tu as à peine bu au bar, et tu veux te torcher quand tu es chez moi ?
– Pas me torcher, réponds-je en le rejoignant. Juste me dérider un peu…

J'ai simplement besoin d'une petite aide pour prendre complètement ma vie en main. Je le dévisage, puis secoue la tête sans me départir de mon sourire.

– C'est vrai qu'on dirait que t'as un balai dans le cul,

poupée. Va falloir remédier à ça. Je préfère quand c'est ma queue qui prend possession du chemin interdit.

Ses paroles crues me font monter le rouge aux joues. Ce qu'il dit n'est pas faux pour autant : je suis de retour à Riverside, OK, mais je n'ai fait que suivre mon instinct qui me hurlait que ma place était ici, avec lui. Et je suis revenue *pour* lui. Il tire sur le devant de son jean pour faire un peu de place à son sexe que j'imagine bandé, et c'est le top départ des pensées plus coquines les unes que les autres.

– En ce moment même, je sais que tu penses à ça. Ma queue en toi.
– Pas du tout, mens-je effrontément.

Mon sourire en dit long et quand il me tend un verre de whisky, j'y trempe mes lèvres pour m'aider à me désinhiber. Il s'approche de moi et s'assoit sur le tabouret de sa petite table ronde.

– Tu viens avec moi si je vais prendre une douche ?
– Pourquoi, Saul. T'as peur que je te pique un truc ?

Il m'évalue quelques secondes avant d'éclater de rire.

– Je crois que je ne me suis pas excusé pour… ça. Je n'aurais jamais dû faire ce que j'ai fait.

– On est d'accord là-dessus.

– J'ai déconné, je m'en excuse, dis-je en m'approchant de lui. J'ai failli le payer de ma vie, mais tu m'as sauvée et je t'en remercie. Pour ça aussi, je crois que je ne l'avais pas fait.

Je me mets sur la pointe des pieds et enroule mes bras autour de son cou.

– Si je suis revenue, c'est parce que c'est toi que je veux.

Il m'attrape sous les bras et me soulève pour poser mes fesses sur le meuble à côté de nous. Mon visage plus près du sien, il finit par le prendre en coupe pour m'embrasser tendrement. Je m'arrime à son tee-shirt et me laisse enivrer par la douceur de ses lèvres, son odeur si unique. Sa langue attaque la mienne et notre baiser s'approfondit. Il approche son bassin de manière que je sente son envie de moi. Puis, il se recule à nouveau.

– Si tu restes, poupée, tu seras mienne, aux yeux de tous.

– Ce n'est pas un peu réducteur ? dis-je en étirant mes lèvres.

– Je ne suis pas un homme de Cro-Magnon, poupée, mais je sais ce que je veux. Et quand je veux quelque chose, c'est tout de suite et pour toujours, sans condition ni rébellion.

– Saul, je ne suis pas un de tes soldats.

Je m'amuse de son discours, mais nous savons tous les deux que nous sommes sur un pied d'égalité. Il n'y a plus de dominant et dominé, sauf peut-être au lit où j'accepterai d'alterner nos positions.

– Non. Tu es ma nana. Et ici, *je* suis l'autorité, *je* décide, et *tu* exécutes.

Je reconnais mes phrases préconçues de l'école de police et je souris. Je souris parce que dites ainsi, elles sont viables.

– Et, est-ce que tu sais ce que je veux, moi ? demandé-je en employant un ton condescendant.
– Vu le ton employé, j'ai tendance à penser à une fessée.

J'éclate de rire en repensant à celles qu'il m'a assénées lorsque nous étions dans ma chambre d'adolescente à Détroit. J'ai tellement été surprise que j'ai bondi comme une grenouille vers l'avant. En me retournant, j'ai vu la tête désolée de Saul. Nous avons été pris d'un fou rire… et j'en ai redemandé.

– Mais si tu es venue jusqu'à moi, reprend-il, c'est que tu me veux *moi*. Autant que, *moi*, je te veux, *toi*.

J'ai fait de la psychologie à l'école de police, des cours de perception de la gestuelle, mais aussi des séances où nous devions cacher nos émotions, ne rien laisser transparaître. Depuis la mort de Trevor, c'est exactement ce que je m'efforce de faire : sourire, donner le change, sourire à nouveau. Force est de constater que Saul a percé mon armure depuis quelque temps déjà et qu'il a la fâcheuse tendance à lire en moi comme un livre ouvert.

– Et si tu me montrais comment tu penses que je te veux, *toi* ?

Ma voix n'est que désir et sensualité. Parce qu'il a allumé un brasier qui est loin de pouvoir s'éteindre.

# 38

**Saul**

C'est avant le lever du soleil que j'ouvre les yeux et que je contemple celle qui partage mon lit depuis trois semaines désormais. Romy est sur le ventre, la tête nichée dans un coussin, me laissant le loisir de faire couler mon regard sur les courbes de ses reins. Ses fesses nues sont à demi couvertes par le drap, que je fais glisser doucement pour m'en dévoiler davantage. Rien que cette image me fait bander.

C'est bien simple, depuis qu'elle est revenue, j'ai la sensation que ma queue est au garde-à-vous dès qu'il s'agit d'elle. Qu'elle soit là physiquement, par FaceTime ou par messages, mon sexe réagit sans préambule pour me faire savoir qu'il veut s'enfouir en elle.

Je me redresse sur les coudes pour admirer cette nana qui a tout quitté pour moi et qui fournit tous les efforts possibles pour se faire accepter par tous mes frères, toute ma famille.

D'abord, elle a bien déposé le lendemain de son retour sa bagnole à Fallon, au garage. Les deux femmes ont discuté de je ne sais quoi, mais la femme de mon VP est rentrée le soir en me disant qu'elle approuvait ma relation avec Romy. Je n'ai pas cherché à en savoir plus, je lui ai frotté la tête comme une gamine ce qui m'a valu un : « Va te faire foutre putain de merde ! Tu fais chier à remuer les cheveux comme si j'étais un con de clébard. » Dans le MC, on est vulgaires, crus, mais je crois que Fallon nous bat à plates coutures dès qu'elle a un pet de travers. Et avec la grossesse, ça arrive souvent.

Puis, nous avons passé quelques soirées au *diner*. Elle a pu défoncer Dwayne au billard, Kurtis à Mario Kart, le Limier au tir à la carabine et même Kyle au Scrabble.

*Je sais… Le Scrabble… No comment !*

Seule ombre au tableau, les brebis. Romy n'est pas ma régulière et n'a techniquement pas autorité sur les filles qui font partie intégrante du club, quoi qu'on en dise. En ce qui la concerne, elle ne verbalise pas son agacement, mais je le remarque sans mal. Et je suis sûr que Lily aussi, et elle s'en donne à cœur joie de venir me chauffer et même à se frotter sans aucune pudeur. Mais je sens que ma poupée bout, jusqu'au jour où elle éclatera… Romy est douce et patiente, par conséquent, personne ne soupçonne la lionne qui sommeille en elle.

Je lui ai fait découvrir le club de strip. À cette occasion, elle a pu rencontrer Tyron et certaines danseuses. Ty' lui a posé des questions sur la sécurité auxquelles elle a répondu avec clarté. Après tout, ça a du bon d'avoir un ancien flic dans nos rangs !

Hier soir, nous avons dîné avec Aria et mes parents au restaurant à côté du club de strip qui va ouvrir ses portes la semaine prochaine. Sous couvert d'essayer la nouvelle carte, nous avons passé un moment en famille. Romy n'en menait pas large devant le charisme de mon père, mais ma mère a contrebalancé le mutisme de mon paternel. Deux heures plus tard, l'ambiance était détendue jusqu'à ce que ma sœur demande à Romy ce qu'elle allait faire désormais de son temps. Sa main qui était dans la mienne sous la table s'est brusquement raidie. S'en est suivi un blanc de quelques secondes avant que la principale intéressée reprenne la parole. Elle se laisse du temps, mais réfléchit à ouvrir une sorte d'association pour femme isolée.

Le repas s'est terminé avec l'embauche de la brigade du Chef Malone, la validation des plats qui nous ont été présentés au cours du dîner et le sourire de Cole Adams, ce qui n'avait pas de prix pour Romy, mais surtout pour moi. J'ai beau fanfaronner, avoir l'assentiment de mon père m'a soulagé.

Je me saisis de mon portable pour regarder l'heure. Cinq heures. C'est tôt quand on sait que nous avons joué avec Romy à essayer de nouvelles techniques de bondage jusqu'à trois heures.

En ce moment, je n'arrive pas à dormir parce que moi aussi, j'ai un cas de conscience. Je veux éviter que le bonheur que je commence à toucher du bout des doigts ne s'évapore. Que puis-je faire pour faire matcher la vie que je veux mener avec elle à ma vie avec le club ? Il faut qu'elle trouve un job, pas nécessairement qui ramène de la thune, à ce niveau, je vais m'assurer qu'elle ne manque de rien, mais un truc qui l'éloigne de mon monde quelques heures dans la journée, qui la passionne et qui la rende heureuse.

Quand mon portable vibre dans ma paume, je sors de mes songes et je le déverrouille aussitôt avec mon pouce.

[En place.]

Ce matin, mon sergent d'armes supervise une livraison d'armes en pièces détachées qui débarque par camion à quelques centaines de mètres de ma baraque seulement. Notre entrepôt ayant été sous un potentiel contrôle policier, nous ne pouvions pas prendre le risque inutile de nous faire prendre.

[J'arrive.]

Je me redresse rapidement et je vais sous la douche. J'y reste quelques secondes, juste le temps de me mouiller, me savonner et me rincer. Savoir qu'une trentaine de caisses est actuellement déchargée dans le vieux hangar qui abritait le tracteur de mon grand-père m'a réveillé aussi vite qu'une douche froide et deux cafés noirs serrés.

Lorsque je sors de la salle de bains, le lit est vide, mais le bruit de la machine à café se fait entendre. J'avance à pas de loup dans le couloir qui mène à mon séjour et je vois ma poupée habillée d'un de mes tee-shirts en train de bâiller.

– Pourquoi tu t'es levée ? demandé-je en m'approchant pour la serrer contre moi et lui donner un baiser sur le haut de son crâne.

– Parce que j'avais envie de te voir. J'ai une grosse journée aujourd'hui et je sors avec Fitz ce soir, donc…

Cette putain de soirée avec Ash, je l'avais oubliée, et franchement ça me fait toujours aussi chier qu'elle préfère passer du temps avec lui plutôt qu'avec moi.

– Tu fais quoi aujourd'hui ?

Je sais que je ne devrais pas lui faire la causette vu le taf qui m'attend, mais je ne peux pas m'en empêcher.

– Je dois passer au commissariat récupérer les affaires qui étaient dans mon casier. Puis j'aimerais faire du tri dans mon appartement, laver du linge, prendre des affaires de rechange…

– Je t'ai déjà dit que tu pouvais lâcher cet appart ! Depuis que tu es revenue, tu vis ici. Sérieux, Romy…

En général, elle sait que quand je l'appelle par son prénom, je suis plus que sérieux.

Je ne comprends même pas qu'elle se pose la question de garder ou pas ce timbre-poste qui lui servait de logement. Elle se retourne et me tend le café qui coulait avant d'ouvrir la porte du micro-ondes qui sonne. Romy en sort son éternel bol de la police de Détroit avec son chocolat au lait.

– Saul, on en a déjà parlé… OK, je suis ici la plupart du temps…

– Tout le temps.
– Oui, si tu préfères.
– Je ne préfère pas, c'est la réalité. C'est un fait. Point.

Elle soupire.

– Tu m'épuises, Saul.

Je bois le café d'un coup de tête en arrière et m'avance vers elle. Assise sur le tabouret, elle paraît minuscule face à ma taille de géant. Je pose une main sur la table et me penche en avant pour la dominer.

– Je t'épuise, mais tu m'aimes, poupée. Alors tu vas me faire le plaisir de ramener toutes tes affaires dans cette piaule et de bazarder l'autre.

Je l'empêche de me répondre en posant mes lèvres sur les siennes, avant de continuer :

– Et appelle-moi plus tard, je t'amènerai. Puis, quand tu auras fini avec Ash, je viendrai te chercher.

Sur ce, je me redresse, récupère mon cuir sur le porte-manteau et ouvre la porte d'entrée, franchement agacé.

– Saul, j'ai ma voiture, je peux quand…

– À plus, poupée, dis-je en claquant la porte.

Je ne lui laisse pas le temps de répondre, elle n'a pas le choix. Je veux bien prendre sur moi pour qu'elle passe du temps avec Ash, mais faut pas déconner non plus.

J'enfourche ma bécane et mets les gaz jusqu'à la face nord du terrain. Le camion décharge la dernière caisse. Cependant, mes pensées vont vers Romy, cette histoire d'appartement et cette putain de soirée.

Le Limier salue le livreur tandis que Kyle et River, un prospect, ont ouvert toutes les caisses pour vérifier leur contenu.

– Le compte est bon, lance Kyle.

Mon sergent d'armes se tourne vers moi et me tend un AK-47 qu'il vient de monter. J'examine le fusil sous toutes ces coutures, puis l'arme en le positionnant sur mon épaule. Décidément, cette arme est indémodable. Une nouvelle commande qui nous arrive de Seattle va nous permettre de nous en mettre plein les poches. Pas autant qu'avec le Mexicain, mais on parle quand même de montant à six chiffres.

– T'en penses quoi ? me demande-t-il.

– Franchement, au top, comme toujours. On a reçu les petits calibres ?
– Ouais, réplique le Limier. Des AK-74M et des Vityaz-SN.

Je hoche la tête.

– Kyle, River, vous veillerez sur cette cargaison jusqu'à ce qu'elle soit montée et livrée comme la prunelle de vos yeux, sinon je vous broie les couilles. Clair ?

Un signe de la tête m'indique que l'ordre est reçu.

– On commence le montage à compter de ce soir, lance mon sergent d'armes. La livraison est prévue pour dans trois jours. Ce devrait être une formalité.
– Que Dieu t'entende, réponds-je.

La matinée se déroule à merveille et quand je rentre à la maison aux alentours de quinze heures, elle est vide. Je dois dire que ça m'emmerde. Pas que je veuille une nana qui m'attende comme une plante verte à la maison, mais je ne sais pas où elle est, ni avec qui, et encore moins ce qu'elle fait. Des fois, j'aimerais qu'elle soit pucée juste pour savoir où elle est.

Une fois dans mon salon où flotte encore son parfum,

je sors mon téléphone de la poche intérieure de mon cuir et je me laisse tomber comme une masse sur mon canapé.

[T'es où, poupée ?]

La réponse ne se fait pas attendre. Je reçois un selfie de Romy avec Aria, elles me tirent la langue comme pour me narguer. Au fond de moi, le fait qu'elles s'entendent bien me fait sourire parce que ma sœur a un sacré caractère.

Je l'appelle. Elle répond immédiatement.

– Salut ! s'exclame-t-elle, visiblement très enjouée.
– T'es avec Aria ?
– À moins que tu sois devenue aveugle, oui, je suis avec elle.

C'est vrai, question stupide.

– En règle générale, dans les selfies que tu m'envoies, t'es seule. Et nue.
– Saul, chuchote-t-elle, gênée.

Je l'imagine déjà les joues rosies comme chaque fois que je suis cru ou trash dès qu'on parle de notre sexualité.

– Je suis avec Aria en ville. On a fait quelques boutiques.

– T'es passée à ton appartement ?

– Je suis d'abord passée au commissariat. J'y ai croisé certains collègues pas très contents de me voir débarquer, mais j'ai pu faire ce que je devais faire. Puis je suis allée faire du rangement dans mon appartement, lancer une machine, la sécher, tout ça tout ça.

Le « tout ça, tout ça » veut dire : « J'en ai fait qu'à ma tête et mes valises sont toujours là-bas. » Mais je n'en dis rien, nous réglerons ça ce soir dans l'intimité des quatre murs de notre chambre.

– Tu rentres avant de partir ce soir ?

– Je pense rentrer dans une heure, j'ai encore un truc à faire avec Aria. Et si tu es toujours d'accord, je veux bien que tu me déposes chez Fitz.

Elle semble oublier que je ne lui ai pas proposé de l'accompagner. C'était une affirmation assez claire pour moi. Cependant, je pensais que le terme « aller boire un coup » signifiait sortir dans un bar.

– Chez lui ?

– Oui. Soirée Netflix.

Je grogne parce que ce plan ne me plaît pas.

– Saul, chéri, c'est mon ami.

La garce ! Elle ne m'affuble jamais de petit surnom mielleux et elle en place un, ici, l'air de rien, pour faire passer la pilule. Et ça fonctionne. À moitié.

– On en reparle tout à l'heure, grommelé-je.
– Bisous, lance joyeusement Romy qui comprend qu'elle va me faire plier.
– Bisous mon frère, crie Aria en fond.

Je raccroche. Et je fulmine.

Ma journée se passe relativement vite. Nous faisons un point avec le noyau sur la marchandise à monter dans le hangar et sur la route à prévoir dans trois jours en direction de Sacramento. Je serai en tête de cortège, Mason, le Limier et Kurtis à ma suite. Dwayne sera au volant du camion. On laissera les deux prospects gérer le *diner* pendant ce temps, Ty' en appui si besoin.

Elle rentre à dix-huit heures quinze et semble pressée. Elle file directement sous la douche après m'avoir embrassé rapidement au passage. J'aimerais l'y rejoindre, mais Mason m'appelle à ce moment-là pour me parler du montage des armes fraîchement arrivées.

La discussion, bien que concise, dure quelques minutes. Quand je raccroche, Romy débarque, les cheveux mouillés.

– T'es déjà habillée, râlé-je.

– Je sais que tu me préfères sans rien, mais je ne pouvais pas aller chez Fitz le cul à l'air, répond-elle.

Encore heureux !

– Tu me déposes ?

– Déjà ? répliqué-je vivement.

– Je suis *déjà* à la bourre.

Je serre les dents et accepte. Elle récupère son sac tandis que je mets mon cuir, et nous nous dirigeons vers l'allée devant le garage pour monter ma bécane. Je ne lui avouerai jamais, mais je suis dégoûté qu'elle passe sa soirée chez Ash. Je sais, c'est égoïste parce que je vais bosser à n'importe quelle heure du jour et de la nuit, n'importe quel jour de la semaine, sans me soucier de ce qu'elle fait ou ce qu'elle en pense. Mais voilà, je suis un mec égoïste.

Je coupe le contact une fois devant l'immeuble et enlève mon casque. Elle en fait de même et le pose sur la selle. Je me mets sur mes pieds et ancre mon regard au sien.

– Tu m'appelles, quelle que soit l'heure.

Elle opine du chef et m'attire à elle pour m'embrasser. Je la serre en retour, puis je la soulève du sol en approfondissant notre baiser. Pourquoi chaque fois que je l'embrasse, j'ai le sentiment de ne pouvoir m'arrêter là ? Pourquoi ai-je toujours besoin de plus ? Ma langue lèche sa lèvre et Romy entrouvre la bouche, à la recherche de son souffle. Ouais, moi aussi ça me fait cet effet-là, celui d'avoir l'impression de manquer d'air. Elle finit par s'écarter de moi et souffle sur mes lèvres.

– Tu m'embrasses comme si on n'allait jamais se revoir.

Je souris parce que je pense tous les jours à la même chose quand je quitte la maison et qu'elle est encore endormie dans le lit, ou semi-endormie devant un chocolat chaud dans la cuisine.

– Sauf que tu viendras me chercher ce soir, Saul. On se détend, rigole-t-elle.

Je suis contraint de la libérer, mais j'ai du mal à la laisser partir. Je me fais violence, pour m'éloigner de son parfum qui m'enivre. Il allège toujours les poids qui peuvent me peser sur la poitrine.

– Je serai au restaurant. On doit valider la décoration de la salle avec ma sœur et ma mère. Appelle, je serai là en moins de dix minutes.

Elle pose un dernier baiser sur mes lèvres et s'engouffre dans le hall de l'immeuble où crèche Ash. Je rebrousse chemin et enjambe ma bécane, parce que je me connais, si je reste là à bloquer sur sa fenêtre, je ne vais pas pouvoir m'empêcher de ruminer, puis de monter. Je veux aussi faire comprendre à Romy que j'ai une totale confiance en elle.

Je démarre ma moto et m'insère dans la circulation encore dense en cette fin de journée. Moins de dix minutes plus tard, j'arrive devant l'entrée réservée au restaurant que gère ma mère. À l'intérieur, seule Aria observe différents échantillons sur la table. Quand elle me voit, son sourire illumine son visage.

– Je savais pas que tu venais, dit-elle en s'approchant pour se blottir contre moi. Je comptais aller te voir chez toi parce que je savais que tu étais seul ce soir…

Aria et Romy deviennent un peu trop proches visiblement. Je n'aime pas l'idée que ma sœur soit au courant de ce que je fais ou pas de mes soirées…

– Me parler ?
– Oui. D'un truc qui me travaille pas mal.

Aria a désormais toute mon attention. J'attrape une chaise, m'assois à califourchon dessus et invite ma sœur à faire de même d'un coup de tête.

– Je t'écoute.
– Fallon m'a demandé d'être la marraine d'une des jumelles.

Jusque-là, rien de dramatique.

– Et ?
– Et je me suis engagée à organiser la *baby shower.*

Je fronce les sourcils d'incompréhension. De quoi me parle-t-elle ?

– Et ?
– Et tu sais ce que c'est, l'euphorie, les copines, qu'est-ce qu'on fera, qu'est-ce qu'on fera pas…
– Aria, viens-en aux faits, je ne comprends rien. J'ai l'impression de lire un fil d'actualité Facebook de l'an 2000. 9 h, je me lève. 9 h 03, je fais couler mon café. 10 h, je m'habille enfin. 10 h 10, il fait froid dehors…

Ma sœur lève les yeux au ciel.

– Bref, j'ai promis à Fallon un week-end à Vegas pour sa *baby shower.* Il y a un samedi où défilent des voitures anciennes. Tu aurais vu son visage s'illuminer, tu n'aurais pas pu dire non, toi non plus. Sauf que je n'ai plus une thune, que j'ai fait les premiers devis pour un super hôtel, les vols et l'organisation d'une soirée, et que je ne peux pas honorer ma parole.

Je reste figé devant cette annonce.

– Tu veux de l'argent ?
– Ça te dérange pas ?

Je lève les yeux au ciel en secouant la tête.

– Si ma propre sœur ne peut pas me demander ce genre de chose… Combien ?
– Je te dirai ça ce soir, je ferai les comptes.

Je hoche la tête, mais je vois qu'elle est toujours contrariée.

– Autre chose ? demandé-je.

Elle cesse de se mordiller l'intérieur de la joue – ça doit être un truc de famille – puis me lance :

– J'ai besoin que tu persuades Mason de nous laisser partir.

Je souris. Je crois qu'elle a plus besoin de moi pour ça que pour le financement de leur week-end entre filles.

– Je vais voir ce que je peux faire, réponds-je avec une moue amusée.

Elle semble soulagée, ses traits sont détendus.

Nous passons l'heure qui suit à choisir les couleurs des nappages, des rideaux et autres couverts qui seront dans les tiroirs de notre restaurant dans les prochains jours. Enfin, j'ai l'impression d'être un simple locataire. Aria choisit chaque détail en me demandant si je veux émettre un veto. Mon avis se résume à ça : un droit de veto. Mon regard ne cesse de se porter sur ma montre, puis sur mon téléphone pour vérifier que Romy ne m'a pas envoyé de message.

À une heure du mat', je n'ai toujours rien. Pourtant, je devrais apprécier le spectacle que j'ai devant moi. La nana sur la scène est parée d'une chevelure brune dont les pointes jouent avec le creux de ses reins. Elle est de dos et lorsqu'elle se penche en avant, tout le monde retient son souffle, sauf moi, qui alterne mon regard entre le podium et mon téléphone. Je fais de mon mieux pour ne pas lui envoyer un message, non pas pour lui demander comment elle va, non, juste pour l'informer que je viens la chercher. La tenue de la danseuse tatouée sur une bonne partie du corps disparaît subitement, nous dévoilant un sublime string rouge. Elle se retourne, se déhanche, virevolte autour de la barre. Les gars dans la salle accusent le coup et font pleuvoir les billets sur le sol tandis qu'elle se trouve maintenant à quatre pattes. Elle rampe jusqu'au bord de la scène et son regard ténébreux s'arrime à celui de la personne juste à côté de moi. Tyron. Je me tourne vers lui qui, le visage impassible, l'observe intensément en retour. Je me penche en avant pour rappeler à mon frère qu'on ne touche pas les employés alors qu'une vibration agite ma paume. Je me redresse et déverrouille l'écran.

[Tu peux venir me chercher ?
Si tu ne peux pas, pas grave, je prends un taxi.]

Je me mets déjà sur mes pieds quand je réponds :

[J'arrive.]

– J'y vais, mec. On reparlera de celle-là plus tard, dis-je en désignant la fille sur la scène.

Tyron ne répond rien et hoche la tête. Je sors sans prêter un regard au monde qui m'entoure et grimpe sur ma bécane à la vitesse de la lumière. En seulement cinq minutes, je suis au pied de l'immeuble d'Ash et fais sonner une fois le portable de Romy. Je suis anxieux, sans savoir pourquoi. Enfin, si. Je suis jaloux. Et je n'aime pas ça.

Je n'ai pas retiré mon casque pour éviter de laisser entrevoir mon agacement d'avoir passé la soirée à attendre. À l'attendre. Je la vois descendre les dernières marches de l'escalier devant la grande porte vitrée et son visage s'illuminer lorsqu'elle me voit, toujours sur ma bécane. Elle passe son sac en bandoulière et trottine jusqu'à moi qui lui tends son casque. Elle s'exécute, et je conduis prudemment jusque chez moi. Parce qu'elle est là, que sa chaleur m'enveloppe malgré tout.

Je me gare dans le garage et je me redresse sans lui adresser un mot avant de rentrer. Parce que j'ai envie que d'une seule chose : la posséder. Lui faire comprendre que je ne veux pas de secrets entre nous, et je ne veux surtout pas qu'Ash, ni aucun autre, ne prenne trop de place.

Dès qu'elle rentre et que mes yeux se posent sur elle, sur son jean à taille haute qui moule son fessier et me présente une énorme pêche bien mûre, sur son débardeur blanc qui laisse entrevoir la dentelle de son soutien-gorge, je ne peux pas m'empêcher de fondre sur ses lèvres. Elle fait tomber son sac à main sur le sol tandis que ma bouche part à l'assaut. Elle pousse un cri de surprise, mais se laisse aller et passe ses bras derrière ma nuque. Je la porte jusqu'à la table de la cuisine et l'y dépose avant de m'insérer entre ses jambes pour coller mon érection contre son intimité.

– Saul, murmure-t-elle tandis que je fais voler son débardeur avant de m'attaquer aux boutons de son jean.

Sa voix, déjà habituellement éraillée, est encore plus rauque. Elle est sexy et bandante, quoi qu'elle fasse. Qu'elle marche, dorme, s'énerve, rit. Il n'y a pas une situation où je ne la désire pas. J'essaie quand même de me maîtriser, pour ne pas l'effrayer, mais j'avoue que c'est plus que difficile. Voire impossible. Puis, quand ce n'est pas moi qui vais à elle, c'est elle qui vient me chercher. Je dois dire qu'elle est aussi demandeuse que moi. Mes dents entament son épaule, alors qu'elle siffle quand elle libère mon sexe de mon pantalon. Je me presse un peu plus contre la dentelle de son boxer. Puis, ma main défait avec habileté son soutien-gorge pour libérer ses petits seins aux tétons érigés, tandis que je mordille le lobe de son oreille. Elle écarte un peu plus ses cuisses, lève son bassin pour frotter son clitoris à ma queue.

Mes doigts descendent le long de sa fente humide. Elle tente de guider mon sexe vers le sien, mais je me recule après que mon gland a vérifié par lui-même qu'elle est prête. Elle attrape mon visage pour m'embrasser, mais, après quelques secondes, je m'écarte et elle gémit. Bien que je ressente le besoin de la pénétrer, j'ai envie de faire durer le plaisir, de la conduire jusqu'aux limites de la frustration.

– Saul, me supplie-t-elle quand, à nouveau, j'éloigne mon visage du sien.

J'adore quand mon prénom s'extirpe de ses lèvres avides. Ça ressemblerait presque à une louange.

– Qu'est-ce que tu veux ?
– Toi.
– Moi ?
– Oui.

Je la fais basculer en arrière et m'accroupis pour me retrouver devant l'objet de mon excitation. Mes doigts décalent sa culotte en dentelle avant de souffler sur son clitoris déjà gonflé et je commence à y faire glisser ma langue par à-coups. Elle geint de plus en plus rapidement, et quand elle se cambre en gémissant, je souris contre son épiderme puis me recule.

– Saul ! proteste-t-elle.
– Oui ?

– Tu y retournes ! Tout de suite ! crie-t-elle, le visage déformé par la frustration.

Je me redresse en embrassant son corps jusqu'à sa bouche. Ma langue taquine la sienne, ses dents attaquent ma lèvre inférieure.

J'écarte à nouveau la dentelle de sa culotte et y guide mon sexe, que j'ai pris soin de protéger d'une capote. Je la pénètre lentement. Elle exhale, soulagée, et je dois me faire violence pour ne pas lui asséner des coups de boutoir, y aller comme un forcené partant à la guerre. Une fois que je ne peux plus avancer, les gémissements de Romy me ramènent à la réalité. Je me retire, reviens aussi langoureusement que possible, et m'enfonce jusqu'à la garde, d'un coup sec. Elle pousse un cri de surprise, suivi d'un miaulement d'excitation. Mes hanches ondulent, alors qu'elle écarte un peu plus les jambes, tout en cambrant son dos. Ma main entre ses seins, l'autre maintenant sa cuisse, je la pilonne. Chaque gémissement étouffé manque de me faire imploser. C'est bon, si bon. Comme ça ne l'a jamais été, comme ça ne le serait plus jamais avec personne, j'en ai la certitude. À chacun de mes assauts, elle se crispe et ses parois m'enserrent signe que la libération est proche. Puis, n'y tenant plus, je me retire.

– Putain, Sauuuul ! crie-t-elle à nouveau.

Elle m'injurie, m'arrachant un rire, puis se redresse. Elle me pousse pour me faire asseoir sur le tabouret derrière moi et me chevauche. Je l'observe faire, ses gestes assurés me rendent dingue.

*Putain, j'aime quand elle prend les choses en main !*

Elle me guide en elle, impatiente, et comme toujours, je m'attelle à la faire crier plus fort, à malmener son corps, la laissant imaginer qu'elle a tout le contrôle.

Sa langue glisse sur mon cou, provoquant une traînée de frissons. Elle cherche à me rendre encore plus fou que ce que je ne suis déjà lorsque je suis avec elle.

Elle me chevauche comme un cow-boy en plein rodéo, montant et descendant, ondulant, à un rythme effréné. Nos peaux claquent, je m'attelle à mouvoir mon bassin pour la faire crier plus fort jusqu'à ce qu'elle explose. Et qu'elle me fasse exploser en retour dans un son guttural sauvage.

Essoufflés, repus, transpirants, on se regarde comme deux fous en plein délire.

Je la dévisage, sans pouvoir m'empêcher de la toucher. Mes mains dans son dos, sa chute de reins, ses fesses bien rondes, je n'arrive pas à réfréner mes doigts… Elle me sourit en frissonnant.

– On peut retomber amoureuse d'un homme qu'on aime déjà ?

Elle ne me laisse pas répondre, m'embrasse avant de se soulever, libérant ma queue toujours prête à repartir au front. Elle file ensuite dans la salle de bains attenante à la chambre. Et quand je vois son petit cul valdinguer de gauche à droite, je sais qu'elle fera de moi tout ce qu'elle veut.

# 39

**Romy**

– Ils arrivent ?

Aria se tourne vers moi. Son sourire éclatant fait étinceler ses yeux.

J'acquiesce, tout en pianotant sur mon téléphone pour suivre en temps réel le déplacement de Saul. L'itinéraire qu'il m'a partagé semble indiquer qu'il sera là dans une à deux minutes. Mon cœur bat la chamade. J'espère tellement que cette surprise lui plaira, mais j'ai tout à coup un doute. Non pas que l'aménagement des locaux de *Women Safe* ou du *Aria's Pub* ne lui plaisent pas, mais que je lui ai caché de nouvelles choses. Et niveau taille du secret, je bats des records. D'abord, j'ai tu avoir trouvé un local et l'avoir aménagé, sans lui. Ensuite, j'ai embarqué sa sœur dans ma folie en validant son projet fou d'ouvrir un commerce loin des Red.

Ça fait près de trois semaines que nous travaillons d'arrache-pied avec Aria pour gérer nous-mêmes nos travaux. Et nous avons pu compter sur la complicité de sa mère et sur les fonds que j'ai hérités de mon père. Quand le propriétaire des lieux nous a dit n'être pas contre vendre ses locaux, j'ai sauté sur l'occasion.

Les statuts de mon association sont déposés, quatre chambres à l'étage ont été aménagées, et un bureau ainsi qu'un réfectoire sont installés en bas en plus du hall d'accueil. Le pub d'Aria et mes bureaux sont reliés par une cuisine équipée qui pourra permettre à ma belle-sœur de proposer des tapas lors de soirées football ou basket. Oh, et détail qui a toute son importance : le *Aria's Pub* est dédié exclusivement aux femmes.

Des bruits de moteurs de moto se font entendre. Aria sautille sur place, fière de montrer à son frère ce que nous avons imaginé. Je tapote nerveusement du pied alors qu'Aria dépoussière une énième fois le comptoir en zinc de son pub.

Saul, suivi de Mason, Dwayne et Tyron, se gare devant le bâtiment. Je sors pour les accueillir. Officiellement, je veux montrer les locaux à mon homme pour qu'on évalue ensemble les travaux qu'on doit effectuer. Officieusement, on veut lui prouver qu'on peut se gérer seule, sans son aide ou celle du MC.

Lorsqu'il descend de sa bécane, je m'approche et me blottis contre lui. Après quelques secondes, je me détache et jette ma tête en arrière pour pouvoir accéder à sa bouche.

– Salut, poupée.

Je souris, comme je le fais toujours. L'émotion étire mes lèvres, et alors qu'il s'apprête à y déposer un second baiser, il recule, sourcils froncés.

– C'est quoi cette odeur de peinture ?
– Quoi ? Peinture ? Pas du tout ! Tu verrais l'état du bâtiment.

Je mens pour garder un maximum l'effet de surprise, mais je suis incapable de le regarder droit dans les yeux en le faisant.

Il observe autour de nous et je tente de masquer ma nervosité.

– Tu mens super bien, réplique-t-il.

*Putain.*

Je m'élève sur la pointe des pieds afin de l'embrasser.

Il devient suspicieux, hausse un sourcil l'air de dire « je t'ai cramé à dix mille », et moi je perds un peu la face. Je m'écarte pour aller saluer le reste de la bande, l'air de rien, mais je fuis tout bonnement son regard perçant. Lorsque je repasse devant lui en lui faisant signe de me suivre, il n'en fait rien.

– Saul. Viens !
– Menteuse, je vois clair dans ton jeu. Ça fait des semaines que tu rentres plus crevée qu'à la normale. Quand ce n'est pas de la poussière qui couvre tes vêtements, c'est la peinture qui se loge dans les cheveux. Tu as perdu du poids en faisant des travaux toute seule et en n'accordant pas autant d'attention à ton homme.

Je déglutis avec difficulté.

– Tu oublies un détail, bébé. Cette ville m'appartient. Aucun artisan ou commerçant n'aurait bossé pour toi ou pour ma sœur sans mon aval.

C'était la crainte d'Aria, mais dès que les premiers artisans que nous avons eus en ligne ont donné leur accord pour venir faire leurs devis puis certains travaux, nous étions soulagées.

Je soupire bruyamment. Je suis déçue que cette surprise tombe à l'eau.

– Je dois poursuivre ? continue-t-il en s'asseyant sur une des chaises hautes du bar.

Comment il fait pour toujours avoir un coup d'avance sur moi ? Dès que je l'emmène quelque part ou que je lui achète quelque chose, il devine ce que je prévois. À croire que j'ai une puce dans le cerveau et qu'il détecte mes envies, mes projets et où je me trouve. C'est agaçant, et désolant.

– Non, ce n'est pas nécessaire, réponds-je en fusillant du regard Mason qui ricane dans sa barbe.

Je m'approche de lui et me cale entre ses jambes pour l'amadouer. Comme il est assis, nos visages sont au même niveau.

– Saul…
– Je n'aime pas les secrets.

Sa voix est tranchante. Il est intarissable dès qu'il s'agit de faire respecter ses règles à la con !

*Un peu comme toi quand tu l'as connu !*

– Je sais. Mais je voulais te prouver que j'étais capable de faire des trucs sans ton aide, que je pouvais m'accomplir, faire enfin quelque chose que je veux, *moi.* Je voulais que tu sois fier de moi.

Ses yeux s'adoucissent et sa main vient se poser sur ma joue. De son pouce, il caresse ma pommette.

– Poupée, je sais tout ça et je suis déjà fier de toi. Mais je ne veux pas de secret. La prochaine fois, préviens au moins Mas', qu'il sache où tu es.

Une satisfaction infinie obstrue ma gorge et m'émeut. Enfin, la première partie de sa phrase. Pour la seconde, j'ai l'impression de devoir avoir un chaperon à chaque décision que je vais prendre.

– Où est ma sœur ? demande-t-il pour changer de sujet.

Je regarde au-dessus de mon épaule et distingue la silhouette d'Aria dans le pub. Saul a beau porter des lunettes de soleil, je sais qu'il l'a également vu. Aussi, je souris à ma belle-sœur pour qu'elle ne se rende compte de rien et me retourne face à mon homme.

– Fais semblant d'être surpris, soufflé-je, agacée qu'il ait vu si clair dans mon jeu.

Il rit avant de déposer un baiser sur mes lèvres. Je l'entraîne à ma suite et pousse la lourde portée vitrée du pub. Un « surprise » s'élève dans les airs. Aria a les bras ouverts et les yeux remplis d'étoiles.

– Mais… C'est pas vrai !

Saul s'écrie exagérément.

– C'est splendide ! Vous avez fait ça toutes seules ?

Il tourne sur lui-même, le visage marqué par un sourire éclatant et observe chaque recoin du pub. J'avoue à contre-cœur qu'il a un meilleur jeu que moi et ça m'agace d'autant plus. Sa sœur se jette dans ses bras et lâche quelques larmes de bonheur, et certainement de fierté, de plaire à ce grand frère protecteur.

– Je ne m'y attendais pas du tout ! s'exclame Saul.

*C'est bon, on a compris.*

Je me tourne vers lui et lui adresse un regard qui signifie très clairement : n'en fais pas des caisses non plus !

Quand je me détourne, je lève le nez sur Mason qui me scrute, se retenant de rire. Punaise, lui aussi me fait tourner en bourrique à toujours se foutre de moi.

Il me fait signe de m'approcher du comptoir où il est accoudé. Tyron est déjà derrière la tireuse pour préparer des bières.

– Alors, Nuggets, pas trop déçue que ta surprise tombe à l'eau ?
– Oh, ça va ! grogné-je. On peut rien faire dans cette ville sans que tout soit rapporté. Imagine le jour où j'irai acheter un test de grossesse dans une pharmacie.

Je me rends compte que j'ai pris l'exemple le plus pourri de l'univers quand les trois armoires à glace qui sont autour de moi me sondent avec intensité.

– On se calme, les gars, ce n'était qu'un exemple.
– Je prends conscience que personne ne m'a appelé pour me prévenir de l'achat d'un test par Fallon. Et pourtant, elle en a fait douze.

Mason semble plutôt inquiet, mais sa femme m'a expliqué avoir volé ces tests pour éviter que l'information ne lui remonte aux oreilles.

Aria et Fallon sont amies et cette dernière est venue nous rendre visite dès que nous avons eu les clés du local. Nos rapports évoluent doucement, mais sûrement.

– T'auras qu'à lui demander, réponds-je. Bref, je suis dégoûtée qu'il n'y ait pas eu d'effet de surprise.

– Quand il l'a su, il m'a missionné pour surveiller les environs. Et quand ce n'est pas moi qui le faisais, c'était Kyle.

Ce dernier opine.

– Par contre, pourquoi il n'y a pas de chiotte pour les hommes ? continue Mason. Oh ! Laisse-moi deviner, c'est pour qu'on puisse niquer dans les toilettes sans que personne ne trouve ça suspect, hein ? ajoute-t-il avec un sourire goguenard.

Je retiens un ricanement en levant les yeux au ciel. Aria va d'un instant à l'autre lâcher sa bombe.

– Quoi ? s'écrie la voix de Saul derrière nous.

Je me retourne pour voir Aria se moquer ouvertement de son frère à qui elle vient probablement de préciser que ce pub était dédié aux femmes. Saul se retourne et s'adresse à ses hommes.

– Putain les gars, on sera pas les bienvenus ici !

Je me retourne vers Mason et lui adresse un clin d'œil.

– Oh, putain, grogne-t-il en levant les yeux au ciel.
– On est dans la merde !

Je me tourne vers celui qui me fait vibrer depuis des mois désormais et je me surprends à vouloir encore plus. Quand ses yeux croisent les miens, il s'approche de moi, le sourire aux lèvres. Il ne semble pas s'offusquer du choix d'Aria et j'en suis heureuse pour elle. Elle a mis tellement de cœur dans cette affaire.

Je continue de scruter Saul, et je me rends compte que je suis clairement dépendante de ses sourires, de ses rires, de sa voix, de son parfum, de son caractère, mais aussi de sa famille. J'espère que ma place auprès d'eux n'est pas précaire et qu'ils m'acceptent comme un membre à part entière. Je n'ai plus qu'eux.

– Tu viens avec moi ? demandé-je sans attendre de réponse.

Je contourne le bar, la main de Saul dans la mienne. Je l'amène dans la cuisine commune que nous avons, qui aboutit sur le petit réfectoire de mon association, puis à l'accueil.

– Bienvenue chez *Women Safe*, une association gérée par une femme aux services des femmes.

Saul, qui fait trente bons centimètres de plus que moi, regarde autour de lui. Les murs sont peints de cette fameuse peinture qu'il a dû trouver dans mes cheveux : du jaune moutarde, du noir, du blanc. Un gros canapé sombre contraste avec la couleur du soleil derrière la vitrine au verre fumé et cache un recoin destiné aux enfants. Je me suis fait envoyer par un voisin les jouets qui m'appartenaient, ceux qui étaient encore dans le grenier de la maison de mon enfance.

Deux gros fauteuils colorés sont disposés de l'autre côté de la pièce, juste à côté de la porte qui mène à mon bureau. Saul y pénètre et marque un temps d'arrêt. Mon bureau ressemble à quelques exceptions près au sien, celui dans lequel j'ai été prise en faute il y a longtemps désormais.

– Comme ça, je suis certaine que tu seras toujours avec moi, même quand je travaille ici.

Il sourit et me désigne les escaliers.

– Chambres et salles de bains à l'étage.
– Tu me montres ?

Pourquoi cette question d'une banalité singulière me donne chaud aux joues tout en m'irradiant le bas-ventre ?

Je passe devant pour monter les quinze marches qui donnent sur un unique couloir desservant quatre grandes chambres, et deux grandes salles de bains. Je lui montre les particularités de chacune d'entre elles avec contentement. La première est bleu marine et couleur sable pour faire penser à l'océan. La seconde est sur le thème tropical avec sa tête de lit en papier peint panoramique et ses murs gris. La troisième fait référence à la forêt avec sa peinture vert sapin et son mobilier en bois. Et enfin, la dernière, la plus grande, est sur le style biker : noir, gris et rouge. Un énorme python rouge a été dessiné par un petit artiste qu'il m'est arrivé d'arrêter lorsque j'étais encore en service pour ses dessins sauvages. Le rendu est magnifique. Sur un mur, des étagères recueillent des cadres en référence à la mythique Route 66, des motos d'exception de toutes marques ainsi que des figurines de Harley. Je savais qu'elle allait lui plaire.

Il se tourne vers moi. J'ai l'impression qu'il est sensible à cette attention qui lui est destinée et tend le bras pour que je m'avance vers lui. Comme il le fait souvent, il m'embrasse à m'en faire perdre haleine. Et, comme je le fais toujours, je ne rate pas une miette de notre baiser.

– Cette chambre sera la nôtre quand on picolera trop au pub d'Aria ! dit-il après s'être écarté de moi, un sourire aux lèvres.

– Certainement pas ! Il s'agit d'un endroit dédié aux femmes.

Ses lèvres recouvrent à nouveau les miennes. Je nous connais, si on ne ralentit pas la cadence, on se retrouvera nus dans les prochaines minutes, et les magnifiques draps en lin noirs qui ornent le lit au cadre en métal sombre seront bons à passer à la machine. C'est une habitude chez nous.

– T'as fait du bon boulot, dit-il.

– J'ai quelque chose pour toi, continué-je en récupérant la feuille pliée en quatre dans ma seconde poche.

Je lui tends, il l'examine avant de l'ouvrir. Son visage s'éclaire quand il semble comprendre enfin.

– Putain, j'ai cru que tu le lâcherais jamais cet appart !

J'ai enfin rendu mon appartement. Mes valises et quelques cartons sont dans ma voiture. J'ai récupéré de nombreux meubles pour les mettre ici, chez *Women Safe*, et j'ai vendu ceux qui restaient. Après des semaines de lutte pour trouver ma place, j'ai la sensation d'y être parvenue.

Puis, si quelque chose ne fonctionne pas comme ça devrait l'être, j'ai quatre chambres qui m'attendent ici.

Du plat de la main, il force ma poitrine à se presser contre son buste. Je le dévisage, de longues secondes. Je me noie dans ses prunelles claires. Ses lèvres frôlent les miennes et un frisson parcourt aussitôt ma colonne vertébrale. Je tente de lui voler un baiser, mais il retient mes poignets dans mon dos, me privant de toute prise. J'inspire son odeur et l'idée de le goûter me donne déjà l'eau à la bouche. Mais Saul est ce qu'il est, et il apprécie de faire durer le suspense, de me pousser jusqu'à ce que je le supplie.

Quand ses doigts effleurent ma poitrine, je me cambre, désireuse de le sentir, puis dans un murmure, je mets fin à mon supplice :

– Embrasse-moi, s'il te plaît.

Son rictus est mi-victorieux, mi-vicieux. Putain, ses jeux de domination, bien que je les aime plus que tout, me rendent folle à cet instant.

Ce que j'apprécie aussi, c'est que ces « punitions » n'interviennent que dans l'intimité. Malgré la présence des brebis dans le *diner*, jamais il n'a tenté de me rendre jalouse bien que certaines de ces filles faciles aient tenté de le faire à sa place.

J'ai eu envie plus d'une fois de me battre et de marquer mon territoire. Cependant, comme me l'a expliqué Aria, tant que je n'ai pas franchi un autre cap avec Saul, tant que je n'ai pas cette étiquette de régulière, toute violence serait malvenue.

*Il est où ce cuir dont on me parle si souvent ?*

– Tu sais que je t'aime ? demandé-je en faisant glisser ma lèvre inférieure entre mes dents.

Clairement, je tente de l'amadouer parce qu'il va me faire perdre les pédales avant de me donner autant de plaisir qu'il est possible d'en recevoir.

– Je t'aime tout autant.

Je reste figée sur les premiers mots qu'il a prononcés. Je les savoure parce que je sais qu'ils sont vrais de vrais. Saul ne dit jamais rien au hasard, je suis donc certaine qu'il a pesé ses mots avant de les proférer. En règle générale, il préfère prouver que parler. Pourtant, sa réputation au sein du MC est plutôt d'être un tchatcheur de première.

Je me demande souvent s'il les prononçait davantage quand il était avec Lara. C'est puéril et stupide vu qu'elle n'est plus parmi nous, mais son fantôme est toujours autour de nous, je le sens.

Je n'ai toujours pas bougé, et c'est la caresse de son pouce sur ma joue qui me fait sortir de ma torpeur. Il me caresse des yeux, ces fameuses pupilles qui me délivrent plusieurs messages.

– Je t'aime, répété-je.
– Vaut mieux, vu le manche que tu viens de me filer, poupée.

Je me recule et observe son jean complètement déformé par son énorme érection. Je me mets à rire en caressant cette bosse de ma paume de main. Je remonte mes yeux vers les siens et répète.

– Je t'aime.

Je ne me lasse pas de lui répéter ces mots.

Que lui ne me les répète pas aussi souvent devrait me perturber, mais quand on apprivoise cet homme puissant, on sait. On sait qu'il ne se dévoile que rarement. Pour autant, je n'ai jamais rencontré une personne aussi authentique. Trevor était pur, sain, lisse. Il aura toujours une place de choix dans mon cœur. Saul, lui, a débarqué comme un tsunami, faisant sombrer toutes mes certitudes.

Je pensais que mes sentiments pour mon premier amour étaient à leur apogée, et je me suis trompée. Saul me fait sentir complète, vivante, aimée et bien plus encore.

Je l'aime à en crever.

# Épilogue 1

**Saul**

*Lara,*
*Je crois qu'il est temps pour moi de te libérer.*
*Je sais que tu comprends. Je le sais parce que tu as toujours tout compris avant moi. Peut-être que, où tu es, tu t'es aussi demandé pourquoi je refusais de vivre au profit de la survie, pourquoi je repoussais sans cesse le bonheur pour mieux me complaire dans la souffrance. Je suis certains que tu me regardais en te demandant pourquoi je me refusais à l'évidence.*
*Parce que c'est ce qu'elle est, une évidence. Comme tu l'as été à l'époque.*
*Mais je dois te laisser partir. Aujourd'hui.*
*Tu représentes mon passé, elle est mon futur.*
*À jamais tu resteras une partie de moi,*
*Saul.*

Je plie la lettre en deux avant de la glisser dans le premier tiroir de mon bureau. Une larme roule sur ma joue. Ce sont les doigts délicats de Romy qui l'effacent.

La chaleur de son torse contre mon dos me rassure, j'ai fait le bon choix. C'est celle qui partage ma vie depuis plus d'un an désormais qui m'a conseillé de me libérer du poids de Lara, non pas pour l'oublier, mais pour la laisser aller au-delà.

Écrire cette foutue lettre me fait me sentir bien. Mieux.

Ma femme pose ses fesses contre le bureau et me fait face. Je déplacerais des montagnes pour elle, et je tuerais la moitié de la planète s'il le fallait.

Je glisse mes doigts sous son cuir et hume son odeur. Mes bras enroulent sa fine taille et mon front se pose sur son ventre. Ses mains caressent alternativement mon dos, ma nuque, mon cuir chevelu.

– Je t'aime, murmure-t-elle.
– Je t'aime, Romy. Je t'aime à en crever.

# Épilogue 2

**Romy**

Étendue sur un transat au bord d'une des piscines du Bellagio aux côtés de Zoey, je sirote un cocktail orange succulent dans un bikini aux couleurs du drapeau américain. Aria et Fallon sont assises devant moi, têtes rejetées en arrière pour s'exposer au soleil. Il fait déjà très chaud, et il n'est même pas midi.

– Rom', appelle Fallon, les massages sont à quelle heure ?

– Faut qu'on soit à quinze heures au spa. Aria, Pia sera arrivée ?

Je pose la question l'air de rien alors que je sais pertinemment que la mère d'Aria nous rejoint vers midi au restaurant italien de l'hôtel avec Maria, la mère de substitution de Fallon. Elle ne l'a pas revu depuis plus d'un an et demi et nous savons toutes à quel point elle lui manque.

– J'espère, répond Aria en m'adressant un clin d'œil. Elle doit venir manger avec nous avant.

J'espère que cette surprise lui plaira, qu'elle sera heureuse de partager vingt-quatre heures avec celle qui lui a donné le plus d'amour au cours de son enfance. Je sais à quel point le manque de repère féminin dans sa vie l'a dévastée, on en a longuement discuté au pub d'Aria ou même dans les locaux de *Women Safe*. Aujourd'hui, Mason est son phare. L'axe central de sa vie. Et la réciproque est vraie.

– C'est normal que Mas' me manque autant ? demande soudain Fallon.

*Qu'est-ce que je disais ?*

Nous nous redressons toutes les trois et l'observons à travers nos lunettes de soleil comme si un troisième œil lui avait poussé sur le front.

– Ne me regardez pas comme ça, grogne-t-elle en levant les yeux au ciel. Depuis qu'on se connaît, je n'ai jamais été loin de lui.

– On est arrivées seulement hier matin, s'insurge Aria. Sans déconner, vous pouvez rester à distance pendant trois jours ?!

Elle finit sa phrase en grimaçant. Du coup, je ne vais pas dire que Saul me manque et que j'aurais adoré profiter du soleil en sentant l'odeur de son parfum.

On continue de lézarder au soleil jusqu'à l'heure du déjeuner. Pia nous a rejoints avec Maria sur laquelle Fallon a sauté. J'ai bien cru que cette petite femme ne tiendrait pas debout. Les larmes de joie qui glissaient sur ses joues nous ont attendries puisque Fallon est une jeune femme qui montre peu ses sentiments, surtout les positifs.

Nous avons toutes fini au spa, nous faisant alternativement masser. Lorsque je me retrouve dans le hammam avec Zoey, celle-ci m'interroge.

– Tu ne m'as jamais dit comment tu te sentais dans cette grande famille de dégénérés. Tu gères ?

Je sais que la cousine de Saul ne porte pas le MC dans son cœur. Pour elle, vu tout ce qu'elle voit aux urgences, elle a dû mal avec toute cette violence. Comme moi, elle s'arrête à ce qu'on voit de l'extérieur et aux on-dit.

– Je m'y sens bien. Je vis chez Saul depuis quelques mois maintenant, et ça roule.

– Tu ne portes toujours pas le cuir.

Ce n'était pas une question. Et je ne sais pas comment y répondre. J'ai toujours clamé haut et fort que je détestais les gangs et que j'exécrais tout signe d'appartenance. Je pense donc que Saul ne franchit pas le cap en se disant qu'il me respecte, moi et mes opinions. Puis, la question ne s'est pas réellement posée bien que je sache que notre mode de vie est assez marginal chez les Red. Aucun mec ne vit avec une femme sans que ce soit sa régulière.

– Perspicace, réponds-je en un clin d'œil.

– T'es heureuse ?

– Très, répliqué-je rapidement. Pourquoi tu me poses cette question ?

– La dernière fois qu'on s'est retrouvées toutes les deux, tu étais au fond du trou avec les histoires de ton boss, un enfoiré d'ailleurs, de Saul et tout le tralala.

Sombre époque, en effet. Heureusement, Clark est toujours en détention pour association de malfaiteurs, faux et usages de faux, et, petite surprise, pour complicité dans une affaire de trafics d'humains. Il se trouve que ce sont les Tigers qui enlevaient les femmes disparues depuis plusieurs mois avec la complicité de ce bon vieux Clark !

Ils les parquaient dans des containers sur les docks avant de les envoyer vers l'Europe de l'Est.

– Les temps ont changé, dis-je avec assurance. La police est loin derrière moi et la vie que j'ai aujourd'hui, avec *Women Safe* d'un côté et Saul de l'autre, me rend pleinement heureuse.

– Je suis ravie de l'entendre.

Nous sommes interrompus par Aria qui entre dans le hammam où l'humidité commence à me rendre vaseuse.

– Elle me fatigue à me réclamer Mason ! s'exclame-t-elle.

– Encore ? répondons-nous en chœur.

– Je vous jure que je vais aller lui acheter un vibro pour calmer ses ardeurs !

Nous rions de bon cœur. Fallon et Mason copulent comme des lapins, ce n'est un secret pour personne.

– On va devoir aller se préparer pour la soirée. Il est déjà dix-huit heures.

Nous passons les deux heures suivantes à nous préparer pour aller au restaurant, puis dans le club de l'hôtel où trônent quelques machines à sous. Nous sommes quand même à Vegas !

Après le repas, nous nous sommes dirigées vers la piste de danse, déchaînées. Les cocktails nous ont toutes désinhibées sauf Fallon qui reste avec son gros ventre sur le tabouret du bar. Elle est souriante et regarde tout autour d'elle, mais je sens qu'elle ne rêve que d'une chose, s'allonger sur le lit moelleux de sa chambre.

Je m'approche d'elle et lui propose :

– Tu veux qu'on marche un peu ?

J'ai l'espoir que cette petite promenade la requinquera un peu. Fallon regarde son téléphone et sourit, visiblement heureuse, avant de me répondre :

– Tu m'accompagnes dans ma chambre ? Je veux mettre mes tongs.

Je baisse les yeux devant ses sandales à lacets qui montent jusqu'à son genou. Très joli, mais pas très confort à mon avis.

– Je t'accompagne si tu veux, mais on redescend ensuite, Fallon.

Elle opine tout en souriant. Changer ses chaussures ne devrait pas la rendre si euphorique, si ? Quoique, elle est d'humeur tellement changeante depuis qu'elle est enceinte, que plus rien ne m'étonne. On se fraie un chemin jusqu'à la sortie du club, et nous nous retrouvons dans un des halls de l'hôtel.

– Attends, annoncé-je, je vais aller récupérer un cocktail au bar.
– T'en es à ton troisième en moins d'une heure, tu devrais te calmer.
– Oh, ça va ! réponds-je en balayant sa remarque de la main. On est sur place !

Fallon lève les yeux au ciel et semble agacée, mais ce n'est pas grave. Au bar, je commande un mojito qui arrive rapidement. Nous nous nous dirigeons ensuite vers l'ascenseur qui nous amène à notre étage. Dès que les portes s'ouvrent, elle me lance :

– Reste ici si tu veux. Je n'en ai pas pour longtemps.

Je hausse un sourcil, mais accepte. L'espace d'attente des ascenseurs est arrondi, parsemé de banquettes et de tables d'appoint sur lesquelles trônent des bouquets de fleurs aux odeurs rafraîchissantes.

Je porte mon verre à mes lèvres et en découvrant les arômes acides du citron mélangés à celui de la menthe sur ma langue, je ne peux m'empêcher de lâcher un gémissement indécent de pur plaisir.

*Les cocktails, c'est la vie !*

– Si c'est ce cocktail qui te fait faire ce genre de bruit, je vais t'en servir à longueur de journée !

Mon esprit a beau être embrumé, je reconnaîtrais cette voix n'importe où. C'est la seule qui me fait vibrer de tout mon être. Je tourne vivement la tête pour m'assurer que je ne rêve pas et je lui saute dans les bras, manquant de justesse de renverser mon verre. Je niche ma tête dans le creux de son cou et respire son odeur apaisante. Il me serre si fort dans ses bras que je n'ai aucun doute sur le fait que je lui ai manqué.

*Que c'est bon !*

Lorsque mes pieds touchent le sol, je lève la tête tandis qu'il baisse la sienne et nos bouches se retrouvent dans un baiser profond, langoureux. Il n'y a plus de doute, mon corps se languissait de son contact. Je m'en rends d'autant plus compte lorsque je sens son érection tout contre moi. J'ai une cruelle envie de m'unir à lui. Il se recule légèrement, me laissant reprendre ma respiration, les lèvres engourdies, glissant son nez contre le mien.

– Mais qu'est-ce que tu fais ici ? articulé-je, au bout de quelques secondes, heureuse.

Pour seule réponse, il fait jouer ses sourcils. Au même moment, Fallon débarque dans le petit hall en se recoiffant, suivie de son mari. Je me détache de Saul.

– Mas' ? Non, mais sérieusement, c'est quoi ce traquenard ? demandé-je théâtralement. C'est une *baby shower* 100 % meufs !

Je peste juste pour la forme parce qu'à cet instant, je suis une femme comblée dans les bras de mon homme. Je sens la chaleur de Saul derrière moi passant son bras autour de mes épaules.

– On rejoint les autres ? demande-t-il.
– Vous êtes tous venus ?
– Simplement le noyau, réplique mon amant en m'entraînant dans l'ascenseur.

Nous sommes tous les quatre dans la cabine, Fallon fuit mon regard comme prise en faute.

– C'est toi qui les as appelés !

Elle ferme les yeux en souriant. Cette garce sourit !

– Fallon ! râlé-je. On s'est démenées pour t'organiser ce week-end *entre filles*.

Je lui fais les gros yeux pour qu'elle comprenne qu'aucune de nous ne s'imaginait que les garçons allaient débarquer. Soudain, une alerte m'interpelle. Le strip-teaseur. Nous avons commandé un strip-teaseur en mode motard pour dans… Je vérifie ma montre… Moins d'une heure. Putain !

Je remonte mon regard désespéré vers Fallon qui remarque que quelque chose me tracasse, mais je ne peux désespérément rien lui dire devant Saul et Mason.

– Je suis désolée Rom', mais tu sais à quel point ma libido est… Plus de trente-six heures, j'étais au bout du bout.

– Ouais, t'étais au bout, marmonne Mason.

– Punaise, vous êtes pires que des lapins ! m'écrié-je.

– Dit celle qui réclame son câlin tous les soirs, m'achève Saul.

Je me retiens de rire, les joues rougies, et je me retourne.

– Saul Adams !

Le tintement des portes qui s'ouvrent au rez-de-chaussée me fait sortir des iris de Saul qui m'ont ensorcelée. Lorsque nous retournons dans le club, la joyeuse bande est dans l'espace V.I.P., autour d'une table où sont dispersées de bouteilles d'alcool. Ils sont tous là. Aria me regarde, paniquée. Nous nous installons, puis elle s'approche de moi et me glisse à l'oreille :

– Je vais aller annuler le strip-teaseur… Si c'est encore possible.

Elle lève les yeux au ciel d'agacement.

– J'te jure qu'ils me font vraiment chier !

Sur ce, elle se dresse, furibonde, et se dirige vers la sortie pour tenter de trouver une solution. Et je suis sûre qu'elle va s'en sortir comme une cheffe, il n'y a qu'à voir comment elle gère son affaire. Son pub dédié aux femmes a eu du mal à démarrer. Elle a passé des journées à se morfondre dans les locaux de *Women Safe* qui s'est bien fait connaître. De nombreuses femmes poussent ma porte pour obtenir de l'aide. C'est quelquefois pour de la paperasse administrative, d'autres fois après des violences conjugales. C'est dur, mais je crois en ce que je fais pour mes petites protégées.

Plongée dans mes pensées, je les regarde tous. Ces hommes et ces femmes au cœur immense qui m'ont accueillie comme une des leurs dès que Saul m'a présentée comme sa femme. Pas besoin de bague ou de cuir. Ils ont le sens du partage, me font confiance, et ça, ça n'a pas de prix. Je me sens bien avec eux. Et dresser ce constat ce soir provoque en moi un cocktail d'émotions. Ma poitrine gonflée de fierté, je peux affirmer que j'aime *ma famille*.

Saul passe son bras sur mes épaules et m'attire à lui, comme s'il avait senti que j'étais prise par l'émotion du moment.

– Pas trop déçue qu'on soit là ? demande-t-il au creux de mon oreille.

Je souris et réponds :

– Pas du tout…

Et j'ajoute en chuchotant :

– Je crois même que j'en avais secrètement envie.

Il agrippe mon menton entre son pouce et son index, puis écrase sa bouche contre la mienne. Il vient de lancer une allumette sur l'essence qui crépite dans mes veines dès qu'il est à proximité de moi. Je m'embrase. Ma langue part à la recherche de la sienne tandis que je m'approche encore plus de lui. Il se détache de moi alors que j'étais à deux doigts de le chevaucher devant l'assemblée.

– Poupée, j'ai une proposition pour toi.

Ma respiration est saccadée et mon corps en veut davantage.

– Quoi ?
– On se marie et ensuite je t'emmène faire un tour sur *ma bécane* ?

Je l'observe, émue avant de hocher la tête. Mais je ne peux m'empêcher de le taquiner un peu.

– Un seul tour ?

Saul me mordille le nez avant de se lever en me portant sous les fesses.

– Chaaaapeeeelle !

Tous les hommes du MC émettent des acclamations de joie avant de nous suivre jusqu'à la chapelle de l'hôtel où Elvis nous attend derrière son pupitre. Je ris de plus belle quand Saul me remet sur mes jambes et qu'Aria me clipse un voile dans les cheveux. Saul me tend sa main et me demande :

– Prête, poupée ?

Je crois que je ne l'ai jamais été autant. Je ne pense plus à rien hormis le moment présent, l'amour que nous partageons.

– Oui.

Saul réduit la faible distance entre nous et prend mon visage en coupe. On s'observe longuement. Je vois ce que ses yeux me hurlent, ces mots qu'il me répète à longueur de temps : « Tu es ma drogue, je t'ai dans la peau, je serai incapable de te faire partir. » On travaille sur chacun de nos défauts depuis le début pour que notre histoire fonctionne, pour nous donner les moyens d'être heureux. On a trouvé, il me semble, un parfait équilibre. Il se penche et m'embrasse.

– Je t'aime, murmure-t-il contre mes lèvres.
– Je t'aime encore plus.

# Remerciements

Sachez tout d'abord que je commence ces remerciements à une heure parfaitement descente : 18 h 28. Pour ceux qui ont lu *Red Python Save Me* (dispo en librairie !) et en particulier les remerciements, vous avez certainement la réf (et ça, c'est cool, sinon, va découvrir l'histoire de Fallon et Mason, hop hop hop). Bref, c'était juste une petite touche de nostalgie avant de commencer les choses sérieuses, à savoir, les remerciements.

Tout d'abord, il me semble nécessaire, voire obligatoire, de remercier ma chère co-auteure : Ellie Jade. Tout particulièrement pour ce roman qui a été une réelle épreuve pour moi. J'ai adoré retrouver les Red Python, en particulier Saul que j'aime d'amour. Mais disons que Romy et moi avons eu quelques petits différends (*levage de yeux au ciel et soupir las*) Par chance, Ellie a su prendre les choses en main et d'un coup de baguette magique, m'a appris à tolérer la fliquette. (Je suis sûre que Romy est Balance… Pardon les Balances.) Bref ! Je m'égare. Merci mille fois, pour tout ce que tu sais et tout ce que tu devines. Pour tout ce que tu m'apportes et tout ce que tu m'apprends. Puisse ce duo perdurer, je t'aime, la vieille !

Un gros *big up* à Morgane, notre éditrice (pardon pour la lettre, ne m'en veux pas, j'aime trop ça !). Toujours un réel plaisir de travailler avec toi. Merci d'apporter ta patte chez les Red Python et d'y croire depuis le début. Ce roman n'aurait clairement pas la même saveur sans ton investissement et ton travail d'experte. *Cœur avec les doigts*

Par la même occasion, merci à toute l'équipe Addictives. Merci de nous donner la chance de poursuivre avec vous. En espérant que d'autres grandes aventures nous attendent dans le futur. *immense cœur avec les doigts pour que tout le monde le voie*

Enfin, merci à toi cher lecteur de nous avoir suivies dans cette nouvelle aventure. J'espère que Saul et Romy ont su faire battre ton petit cœur. Que du *love* !

C'était Alexia Perkins

18 h 42, fin de transmission.

***

Et elle me dit : « On fait des remerciements vite fait. » *yeux levés au ciel & soupir*…

Le monde des bikers est un de mes genres de romance favoris, j'adore en lire et en écrire… Ce tome n'échappe pas à la règle. J'ai aimé Saul et Romy, mais aussi retrouver mon Mason chéri !

Merci à toi ma petite Alex pour ces moments de partage et tes coups de gueule ! Je t'ai rattrapée à plusieurs reprises, mais le produit fini en valait la peine.

Merci à toi Morgane. Tu me fais grandir à chaque collaboration, et je t'en serai toujours reconnaissante. Le travail qu'on a accompli sur ce roman me satisfait grandement.

Merci à notre maison d'édition pour cette confiance renouvelée et à toute l'équipe qui œuvre dans l'ombre. Votre travail mérite d'être reconnu à sa juste valeur.

Merci à mon mari, mes enfants, Émilie, Noëlle, Marion, Amel qui me soutiennent quoi que j'entreprenne.

Et merci à vous, de nous lire et de faire que tout ça puisse se passer. Je vous luv. *cœur avec les doigts*

Ellie

ISBN 979-10-257-5865-6

ZAUL_001